A
Death
In
The
Family

James
Agee

이 도서의 국립중앙도서관 출판예정도서목록(CIP)은 서지정보유통지원시스템 홈페이지(http://seoji.nl.go.kr)와
국가자료공동목록시스템(http://www.nl.go.kr/kolisnet)에서 이용하실 수 있습니다.
(CIP제어번호: CIP2015020466)

가족의 죽음

제임스 에이지 자전소설

문희경 옮김

🌿 차례

1부

하루 전,
그리고
그날 낮

01

    그날 밤 저녁을 먹으면서 아빠는 전에도 여러 번 했던 얘기를 또 꺼냈다. "우리, 극장에 갈까?"

    "아이고, 제이!" 엄마는 탄식했다. "그 볼품없고 조그만 남자가 뭐 볼 게 있다고!"

    "그 사람이 뭐가 어때서?" 아빠는 엄마가 뭐라 말할지 알면서도 기어이 이렇게 물었다.

    "너무 추잡해!" 엄마는 역시나 그렇게 말했다. "너무 천박하다고! 그 추잡한 지팡이 휘두르면서 여자 치마나 들춰 보고 우스꽝스럽게 걷는 꼬락서니하고는!"

    아빠는 그저 껄껄 웃었다. 어쩐지 싱거운 농담이 되어 버린 느낌이었지만, 그 웃음에 루퍼스는 언제나처럼 기분이 좋아졌다. 그 웃음소리를 들으면 아빠의 품에 안기는 것 같았다.

    진주조개처럼 영롱한 저녁 빛 속에 시내를 걸어 마제스틱 극장에 도착한 두 사람은 스크린 불빛에 도움을 받으며 자리를 찾아 앉았다.

퀴퀴한 담뱃내와 지독한 땀내, 향수며 더러운 속옷 따위가 뒤섞여 마음을 들뜨게 만드는 냄새가 극장 안에 떠돌았다. 피아노에서 경쾌한 선율이 흐르고, 스크린에서는 말들이 질주하며 일으키는 흙먼지가 웅장한 깃발처럼 나부꼈다. 길쭉한 말상에 기다란 입술을 굳게 다문 윌리엄 S. 하트*가 쌍권총의 불을 뿜으며 말을 달려 앞으로 나아갈 때 뒤로 물러나는 광활한 대지는 천지처럼 드넓었다. 그러다가도 그가 여자 앞에서 얼굴을 붉히고 말이 윗입술을 말아 올리자 객석에서 한바탕 웃음이 터져 나왔다. 윌리엄 하트에 이어 스크린에는 야자수가 길게 늘어선 도시의 뒷골목 풍경과 함께 찰리**가 등장했다. 발끝을 밖으로 펼치고 가랑이가 쓸리기라도 하는지 무릎도 잔뜩 벌린 채 엉거주춤 걷는 그를 보자마자 다들 웃음을 터뜨렸다. 아빠도 루퍼스도 같이 웃었다. 이번에는 찰리가 달걀을 봉지째 훔쳤는데 경찰이 다가오니까 그걸 바지 엉덩이께 숨겼다. 그러더니 웬 예쁜 여자가 보이니까 엉거주춤하게 지팡이를 돌려대면서 얼빠진 표정을 지었다. 여자는 고개를 홱 돌린 채 턱을 높이 치켜들고 지나가면서 짙은 색 입술을 최대한 조그맣게 오므렸고, 찰리는 얼른 여자를 쫓아가면서 지팡이로 오만가지 장난을 치며 관객들을 웃겼다. 하지만 정작 여자는 거들떠보지도 않았다. 길모퉁이에 서서 전차를 기다리던 여자는 등을 돌린 채 찰리를 아예 없는 사람 취급을 했고, 여자의 관심을 끌려고 한참 별짓을 다 해봐도 소용이 없자 찰리 역시 객석을 내다보며 어깨를

---

* 무성영화 시대의 영화배우로 서부극의 주인공을 맡았다.
** 찰리 채플린.

으쓱하고는 자기도 여자가 거기 없다는 듯 굴었다. 장단에 맞춰 발을 구르며 짐짓 관심 없는 척해 봤지만, 찰리는 이내 다시 매력적인 미소를 꾸미고는 중산모를 살짝 기울이며 여자에게 찝쩍거렸다. 그러나 여자는 쌀쌀한 표정으로 고개를 홱 돌렸고 관객들은 또 다시 웃음을 터뜨렸다. 포기를 모르는 찰리는 우스꽝스러운 모습으로 여자 뒤쪽을 향해 살금살금 다가갔다. 그러더니 지팡이를 위로 곧게 획 쳐들고는 구부러진 부분을 여자의 치마에 걸어서 무릎까지 걷어 올렸다. 엄마가 질색하던 바로 그 모습이었다. 찰리가 여자의 다리를 어찌나 이글거리는 눈빛으로 쳐다보던지 다시 한 번 극장 안은 와르르 웃음바다가 됐다. 하지만 여자는 여전히 모른 척했다. 그러자 찰리는 지팡이를 빙빙 돌리다가 갑자기 엉거주춤 서서 지팡이를 휘고 바지춤을 획 추어올리더니 여자의 치마를 다시 걷어 올렸다. 커튼 자락처럼 주름이 잔뜩 잡힌 여자의 팬티가 보일락 말락 했다. 관객 모두가 와와 함성을 질러댔다. 여자가 참지 못하고 버럭 화를 내며 돌아서서 찰리의 가슴팍을 세게 밀치자 찰리는 다리를 쭉 뻗고 쿵 하고 아프게 주저앉았고, 다시 객석에서는 환호성이 터져 나왔다. 여자가 전차를 타야 하는 것도 잊은 채 골이 잔뜩 나서 도도하게 걸어가자, 아빠도 흥이 나서 "말벌처럼 부아가 나셨네!"라고 소리 질렀다. 길바닥에 주저앉아 아파하던 찰리는 갑자기 구역질난다는 표정을 지었다. 그 순간 관객들은 찰리가 바지 속의 달걀을 이제야 떠올린 걸 알아차렸고, 그들 또한 달걀에 생각이 미쳤다. 그때 찰리의 표정, 입술을 잔뜩 오므리고 이를 드러낸 채 안쓰럽게 지어보이는 그 미소를 보고 있자니 엉덩이 밑에서 깨진 달걀이 어떤 느낌일지 알 것 같았다. 흰색 피케* 양복까지 차려입었건만 그것이 바짓가랑이를 타고 흘러 타이츠에 뒤범벅이 된 꼬락서니로 사람들의 힐끔거리는 시선을 받으며 집까지 걸어가야 했을 때만큼 기분이 야릇하고 끔찍했다. 아빠가 배꼽이 빠져라 웃었고 사람들도 웃었다. 루퍼스도 얼마 전에 비슷한 곤경에 처해봐서 찰리가 안 돼 보이기는 했지만 웃음의 전염성이 워낙 강해 덩달아 웃을 수밖에 없었다. 우스꽝스러운 장면은 여기서 끝이 아니었다. 더 곤혹스러운 표정이 된 찰리가 지팡이는 옆구리에 낀 채 길바닥에서 아주 조심스레 몸을 일으키더니 더할 나위 없이 신중하게 바지를 앞뒤로 떼어내기 시작했다. 마치 건드리지도 못할 만큼 더러운 물건을 만지기라도 하는 것처럼 어설프게 손가락을 구부려 끈적끈적 들러붙는 천을 살에서 조심스레 떼어냈다. 그리고 손을 뒤로 가져가더니 깨진 달걀이 든 축축한 봉지를 끄집어내서 봉지 안을 흘끔 들여다보았다. 찰리는 깨진 달걀 하나를 꺼내 다시 반으로 지저분하게 쪼개고 물컹한 노른자를 한쪽 껍데기에서 다른 껍데기로 옮기다가 떨어뜨리고는 진저리를 쳤다. 다시 봉지 안을 들여다보던 찰리는 깨진 달걀 때문에 미끌미끌 뒤범벅이 됐지만 그래도 성한 달걀 하나를 꺼내 옷소매로 살살 닦고 바라보았다. 그러더니 그걸 더러운 손수건으로 싸서 조심스럽게 작은 코트 속 조끼 호주머니에 넣었다. 이어 겨드랑이에 끼운 지팡이를 얼른 꺼내서 다시 똑바로 잡고 마지막으로 관객을 한번 돌아보고는 여전히 짜증은 나지만 신바람이 난다는 듯 어깨를 으쓱거렸다. 그리고 돌아서더니 마치 개들이 그러는 것

* 무늬지게 짠 무명천.

처럼 큼직한 신발로 깨진 껍데기며 달걀 범벅이 된 봉지를 뒤로 쓱 밀어내고는 그 지저분한 꼴을 흘끗 쳐다본 다음(이 모습에 다시 웃음이 터졌다) 걸어가기 시작했다. 지척거리는 특유의 걸음을 옮길 때마다 지팡이는 더 크게 휘어지고 무릎은 전보다도 더 많이 벌어진 엉거주춤한 모양새였다. 왼손으로는 엉덩이에 들러붙은 바지를 연신 떼어냈고, 그래도 성에 안 차자 한쪽 발을 흔들고 다시 반대쪽 발을 흔들었으며, 바지 속으로 손을 쓱 집어넣고 잠시 서서 젖은 개처럼 몸을 부르르 떨다가 다시 걷곤 했다. 그러는 사이에 그의 조그만 모습이 담긴 동그라미만을 남긴 채 화면이 갑자기 검게 변했으며, 피아노곡이 바뀌고 정지된 컬러 화면 광고가 나왔다. 루퍼스와 아빠는 자리에 그대로 앉아 윌리엄 하트의 영화를 마저 보았다. 그러면서 그가 왜 근사한 조끼를 입은 사내를 죽였는지 확인했다. 그가 사내를 죽이자 여자가 놀라면서도 기뻐하는 표정을 짓는 것을 보니 짐작대로였다. 사내가 여자를 욕보이고 여자의 아버지까지 속였던 것이다. 아빠가 "흠, 이건 전에 본 거네"라고 말했지만 그들은 하트가 사내를 죽이는 장면을 다시 보았다. 그리고 극장을 빠져나왔다.

날이 완전히 저물었으나 시간은 아직 일렀다. 게이 가街에는 무언가에 골몰한 얼굴들이 가득했고, 아직 쇼윈도에 불을 밝힌 가게도 많았다. 석고로 만든 사람들이 기품 있는 자태로 아무도 입지 않은 새 옷을 입고 뻣뻣하게 서 있었다. 쇼윈도 안에는 스트레이트 반바지에 무릎을 내놓고 긴 양말을 신어서 누가 봐도 계집애 같은 사내아이도 있었다. 그렇기는 해도 그 애는 아기들이 쓰는 모자가 아니라 앞부분에 챙이 달린 모자cap를 썼다. 루퍼스는 두근거리는 마음으로 모자를 바라보다가 아빠를 올려다보았지만 아빠는 눈치채지 못했다. 아빠는 아까 본 찰리 영화 생각에 기분이 좋아 보였다. 일 년 전, 그때는 엄마였지만, 안 된다고 했기 때문에 선뜻 말이 나오지 않았다. 아빠는 별생각이 없을 테지만 엄마는 아직 루퍼스에게 챙 달린 모자를 사줄 생각이 없어 보였다. 지금 아빠한테 사달라고 하면 아빠는, 안 돼, 찰리 채플린이면 됐잖니, 라고 말할 것이 뻔했다. 거리에는 깊은 생각에 잠긴 채 서로 밀치고 지나가는 사람들의 얼굴과 크고 화려한 글씨체로 "스터치네", "조지네"라고 적힌 간판이 보였다. 나 이제 간판을 읽을 수 있어. 루퍼스는 생각했다. "스터키"*도 읽을 줄 알아. 그래도 입 밖에 내지는 말아야 할 것 같았다. "떠벌리지 마라." 아빠가 언젠가 이렇게 말한 적이 있는데, 그 목소리에 어린 엄격함에 당혹스러워 학교에 가서도 며칠이나 멍하니 생각에 잠겼던 기억이 났기 때문이다.

떠벌리는 게 뭘까? 그건 나쁜 거야.

루퍼스와 아빠는 인적이 드물고 사람들이 더 은밀해 보이는 으슥한 길로 들어섰다가 요상하게 흔들리는, 마켓 스퀘어의 불빛 속으로 나왔다. 이 시간의 거리는 거의 비어 있었다. 하지만 말 오줌이 줄줄 흐르는 인도를 따라 여기저기에 마차가 정물처럼 서 있었고, 히커리나무 틀에 흰 천막을 팽팽히 당겨 씌운 그 안에서는 은은한 불빛이 새어나왔다. 검은 피부색의 남자가 흰 벽돌담에 기대서서 순무를 질경질경 씹으며 초점 없는 슬픈 눈으로 그들을 내려다봤다. 아빠가 손을 들어 말없이 인사를 건네자 남자도 손을 들긴 했지만 드는 둥 마

---

* 스터치를 스터키로 잘못 읽은 것이다.

는 둥이었다. 루퍼스가 돌아보니 슬프고도 어쩐지 위험해 보이는 남자의 눈길이 뒤를 쫓고 있었다. 둘은 랜턴으로 은은한 주황색 불을 밝힌 마차 한 대를 지나쳤는데, 안에는 어른 아이 할 것 없이 한 가족이 조용히 잠들어 있었다. 또 어느 마차 뒤에는 여자가 앉아 있었는데, 선 보닛의 나팔 모양 챙 아래 얼굴은 갸름했고 검은 두 눈은 그늘에 가려져 있어 마치 검은 얼룩처럼 보였다. 아빠는 눈을 돌리고 밀짚모자를 살짝 잡았다. 루퍼스가 뒤돌아보니 여자는 생기 없는 두 눈으로 물끄러미 앞만 바라보고 있었다.

"흠, 한잔 걸쳐야겠다." 아빠가 말했다.

그들은 여닫이문을 지나 짙은 냄새와 소리 속으로 빨려 들어갔다. 음악은 없었다. 사람들과 시장통 술집의 냄새들, 맥주, 위스키와 시골 사람들, 소금이며 가죽의 냄새만 빽빽이 들어차 있을 뿐이었다. 왁자지껄 소란스럽지도 않고, 그저 나직하게 웅얼거리는 얘기소리만 빼곡했다. 누군가가 침을 뱉어 놓은 그릇에 떨어진 불빛을 보고 있던 루퍼스는 아빠가 위스키를 주문하는 소리를 들었다. 아빠는 이리저리 둘러보면서 아는 얼굴을 찾았다. 루퍼스와 아빠는 평소 여기 파월 리버 밸리처럼 멀리까지 오는 경우가 드물었다. 루퍼스는 아빠가 오늘 밤 아는 사람을 한 명도 만나지 못하리라는 걸 곧 알 수 있었다. 눈을 들어 아빠를 쳐다보니 아빠는 몸을 뒤로 젖히고 아주 당당하게 한 잔 쭉 들이켜고는 조금 뜸을 들인 후 옆자리에 앉은 사람에게 "얘가 내 아들이외다"라고 말하는 것이었다. 따스한 사랑이 전해졌다. 이어 옆구리로 아빠의 손이 들어오는가 싶더니 몸이 붕 떠져 루퍼스는 바 앞에 앉혀졌다. 그러자 뻣뻣한 수염이 덥수룩한 벌건 얼굴들이 죽 앉아 있는 모습이 한눈에 들어왔다. 사내들이 루퍼스를 따스하게 바라보았다. 몇은 씩 웃어 주었고, 더 멀리 있는 사람들은 처음엔 무심히 쳐다보다가 하나둘씩 빙긋이 웃었다. 루퍼스는 쭈뼛거리기는 했지만, 아빠가 자기를 자랑스럽게 여기고 사내들도 자기를 좋아해 준다는 생각이 들자 마음을 놓으며 그들을 향해 웃어 보였다. 그 순간 사람들이 갑자기 웃음을 터뜨렸다. 루퍼스는 그들의 반응에 당황해서 웃음기를 잃어버렸다. 그러다 친근한 웃음이란 걸 깨닫고 다시 웃었고, 그들도 다시 웃었다. 아빠 역시 그런 루퍼스를 보고 웃으며 "얘가 내 아들이오"라고 따스하게 말했다. "여섯 살인데 벌써 글도 읽을 줄 알아요. 난 애 나이 두 배나 먹었을 때도 못 읽었는데."

그런데 루퍼스는 문득 아빠의 목소리에서, 바에 둘러앉은 사람들이나 자신의 가슴까지 텅 비어 버리게 하는 듯한 허탈감을 느꼈다. 루퍼스는 자기가 어떻게 싸우는지를 떠올려 보았다. 만약 아들이 씩씩하고 강하다면 똑똑하다는 걸로 떠벌리지 않을 거야. 루퍼스는 창피하고 괴로웠지만 아빠는 눈치채지 못하는 것 같았다. 그저 루퍼스를 들어 올릴 때처럼 느닷없이 다시 조심스럽게 내려놓고는 "한 잔 더 해야겠네"라고 말하며 천천히 술을 들이켰다. 그리고 사람들 몇과 인사를 나누고 밖으로 나왔다.

아빠는 남자 대 남자로 정중하게 라이프세이버*를 권했고, 루퍼스도 깍듯하게 받았다. 이로써 둘 사이에 계약이 체결된 셈이었다. 아

---

* 둥근 고리 모양의 박하향과 과일향 사탕. 롤 모양의 얇은 알루미늄박 포장으로 유명하다.

빠는 전에 딱 한 번 "내가 너라면 엄마한테는 말하지 않을 거야"라고 루퍼스에게 일러둔 적이 있었다. 그리고 그날 이후로는 아들을 믿어도 된다고 판단한 것 같다. 루퍼스도 아빠가 보내 준 무언의 신뢰를 고맙게 받아들였다. 둘은 마켓 스퀘어를 벗어나 컴컴하고 인적이 거의 없는 길을 따라 라이프세이버를 빨면서 걸었다. 아빠는 크게 걱정을 하지 않았지만 그래도 라이프세이버로는 목숨을 구제하지 못할 거라는 생각에 집에 가서는 아주 많이 피곤한 척하면서 침대에 들어가자마자 등 돌리고 자는 게 상책이라고 생각했다.

농아 보호시설이라 그런지 아무 소리 없이 조용하네. 아빠가 아무도 깨우지 않으려는 듯이 아주 조심하면서 조용조용 말했다. 이런 밤이면 아빠는 늘 그랬다. 연한 벽돌 벽에 난 창문이 간호사의 눈동자처럼 까매보였고, 나무들의 옅은 그림자 사이에 깊이 들어앉은 건물은 고즈넉했다. 앞에 펼쳐진 가로등 불빛 속 어사일럼* 대로의 풍경이 쓸쓸했다. 전당포 격자 창살 안에는 낡은 기병도騎兵刀가 가로등 불빛에 반짝였고 배를 불룩 내민 만돌린이 은은하게 빛났다. 문 닫은 드럭스토어에는 밀로의 비너스가 황금빛 몸에 고무 끈을 휘감고 서있었다. L&N**역의 스테인드글라스가 지친 나비처럼 힘겨워 보였다. 구름다리 한가운데에 멈춰 선 둘은 발밑에서 내뿜어져 오는 기관차의 연기를 마셨다. 아빠 손에 번쩍 들려진 루퍼스는, 석탄가루에 얼굴이 따끔거렸지만, 이렇게 몸이 붕 뜬 채로 선로와 힘센 기관차들을 내려

---

* 보호시설이라는 뜻으로, 루퍼스의 아빠가 앞에서 농아 이야기를 한 이유는 이 거리 때문이었다.
** 루이빌 & 내슈빌 철도.

다보면서도 더 이상 겁이 나지 않는다는 사실에 기분이 좋았다. 저 아래 역 마당에서 빨간불이 깜빡이다가 초록불로 바뀌었고, 잠시 후 짜릿한 딸깍, 소리가 들렸다. 기차역 시계가 10시 7분을 가리켰다. 아빠와 루퍼스는 아까보다 조금 느긋하게 발걸음을 옮겼다.

내가 싸움만 잘 했더라도, 루퍼스는 생각했다. 내가 씩씩했다면, 아빠는 내가 글을 읽을 줄 안다고 떠벌리지 않았겠지. "떠벌리지 마라"는 건 그거였어. 그런 뜻이었어. 씩씩하지 않다면 똑똑하다고 떠벌리지 마라. 떠벌릴 거라곤 없으니. 떠벌리지 마라.

포레스트 거리의 어린잎이 가로등 아래서 흔들렸고, 아빠와 루퍼스는 그들만의 길모퉁이에 이르렀다.

사람의 발길에 맨바닥이 드러난 곳도 있고 잡초가 웃자라서 인도보다 약간 올라간 곳도 있는 공터였다. 인도에서 몇 걸음 들어가면 중간 크기의 나무 한 그루가 서있고, 낮에는 이 나무의 그늘 안으로 들어갈 정도로 가까운 곳에 석회암 덩어리가 있었다. 더러운 빨랫감을 큼직하게 뭉쳐놓은 모양의 그 바위 덩어리 어느 곳에 앉으면 한 블록쯤 떨어진 곳의 흐릿한 가로등 불빛마저 나무 몸통에 가로막혀 아주 컴컴했다. 저녁에 시내로 외출했다 집으로 돌아오는 길에 루퍼스와 아빠는 늘 구름다리 중간부터 걸음을 늦춰서 집 근처 길모퉁이에 다다를 즈음에는 더 천천히 걸었다. 이러는 데에는 이유가 있었다. 둘은 길가에 잠깐 멈춰 섰다가 말없이 어두컴컴한 공터로 들어가 바위에 올라가 앉아서 가파른 산비탈과 노스녹스빌의 야경을 내려다보았다. 계곡 깊숙한 곳에서 기관차가 털털거리며 서성였고, 결합 장치에 긴 사슬을 채웠고, 빈 객차에서 깨진 북소리가 났다. 인도 저 아래에서 어떤 남자가 느리지도 빠르지도 않은 걸음걸이로 와서 고개도 돌리지 않은 채 잠깐 멈추었지만 분명 그들이 거기 있는지 모르는 것 같았다. 루퍼스와 아빠는 남자가 시야에서 사라질 때까지 가만히 바라보았다. 둘은 같은 생각이었을 터이다. 남자가 아무런 피해도 주지 않았고, 그들이 그곳에 있는 만큼 그 남자도 그곳에 머무를 권리가 있는 줄은 알지만, 남자가 처음 나타난 순간부터 사라질 때까지 그들만의 여행이 방해받은 기분이었다는 것 말이다. 일단 남자가 시야에서 사라지자 둘만의 시간이 훨씬 즐겁게 느껴졌다. 루퍼스와 아빠는 둘만의 시간에서 진정한 평온을 되찾았다. 둘은 어둠 저편으로 노스녹스빌의 불빛을 바라보았다. 머리 위에 나뭇잎이 잔잔하게 흔들리는 걸 느끼고 나뭇잎을 바라보았고 나뭇잎 사이로 일렁이는 별빛을 봤다. 보통은 이렇게 뭔가를 기다리는 저녁 시간이나 집에 가기 몇 분쯤 전이면 아빠는 담배를 한 대 피웠고, 그걸 다 피우고 나면 일어나서 집에 가는 것이 순서였다. 그런데 오늘따라 아빠는 담배를 피우지 않았다. 얼마 전까지만 해도 아빠는 아직 길모퉁이를 한 블록쯤 남겨 둔 곳부터 힘들어하는 루퍼스를 타박하곤 했다. 그런데 요즘은 별 말이 없었다. 루퍼스는 자신이 꾸물거린 탓도 있지만 아빠도 원해서 자주 멈춰 서는 것 같다는 느낌을 받았다. 아빠는 집으로 가는 길을 서두르고 싶지 않은 것 같았고, 분명 아들과 같이 있는 이 잠시의 여유를 즐기는 것 같았다. 요즘 들어 루퍼스는 구름다리를 다 내려올 무렵이면 이곳에 들를 생각에 가슴이 두근거렸다. 아빠와 함께 바위에 앉아 있는 일이십 분 정도가 어찌나 행복한지 세상 그 무엇과도 비교가 되지 않았다. 말로든 생각으로든 그 정체가 무엇인지, 그 이유가 무엇인지 알아내기는 어려웠다. 그저 그래 보이고 그런 느낌이 들었을 뿐이다. 아빠도 여기서는 다른 어느 곳과 달리 유독 만족스러워 보였다. 둘이 느끼는 만족감이 아주 비슷하고 서로에게 의지한다는 생각이 들었다. 아빠와 자신의 사이가 멀어졌다는 걸 루퍼스가 예리하게 느꼈던 적은 사실상 거의 없었지만, 그래도 그랬던 적은 틀림없이 있었을 터이다. 바위에 조용히 앉아 있는 내내 루퍼스가 벅찬 만족을 느꼈던 이유는 두 사람이 화해했다는 것을, 사실상 둘 사이에는 아무런 칸막이도 없고 관계가 멀어진 것도 아니며 이렇게 단단하고 확고한 화합에 비한다면 어떤 의미를 부여할 만큼 심각한 문제는 전혀 없다는 것을 깨달았기 때문이다. 루퍼스가 보기에 아빠는 가정을 사랑하고 식구들을 모두 사랑하지만 가족을 사랑하면서 얻는 만족으로도 어쩌지 못할 만큼 외로웠고, 오히려 가족을 사랑하기 때문에 더 외롭거나 외로움을 떨쳐 내지 못하는 것 같았다. 그런데 여기에 나와 앉아 있으면 아빠가 외롭지 않아 보였다. 아니면 외롭더라도 외로움과 친해진 듯 보였다. 아빠는 고향을 그리워하고 이 바위에 앉으면 그 어느 때보다도 고향이 더 그리워지지만 그래도 괜찮은 것 같았다. 아빠가 행복하려면 무엇보다 잠시 집에서 벗어나 어둠 속에서 고요하게 나뭇잎이 살랑거리는 소리를 들으며 밤하늘의 별을 봐야하는 것 같았다. 그리고 자신이 함께 있다는 사실이 아빠의 행복과 떼려야 뗄 수 없는 관계인 것 같았다. 그들은 서로의 행복을 알고 행복의 이유를 이해하며 서로가 서로에게 얼마나 의지하는지, 무엇보다도 서로가 서로에게 이 세상 누구보다, 그 무엇보다 얼마나 더 중요한지 안다고 루퍼스는 생각했다. 이런 행복 가운데서도 가장 큰 행복은 이렇게 서로 그런 마음을 안다는 것, 또 안다는 사실을 숨기지도 않고 드러내지도 않는다는 것에 있었다. 루퍼스는 이런 사실을 아주 명확히 이해하고 있었지만 물론 말로 표현할 수 있는 종류의 것은 아니었다. 이것이 의미하는 것에 대해서는 뭐라 표현할 말도, 심지어 개념이나 의례적인 감정도 없으며, 어른이라고 해서 소년과 다르지 않았다. 이런 깨달음은 감각과 기억, 느낌, 그저 그들이 잠시 멈춘 공간, 집에서 사분의 일 마일*쯤 떨어진 이곳, 도시에서 외따로 자라난 나무 아래 바위의 느낌 속으로 명료하게 이어졌다. 그 장소에서, 그들은, 거친 진흙에 발을 딛은 채 북쪽의 밤을 지나서 서던레일웨이 선로와 노스녹스빌 너머 겹겹이 포개진 야트막한 산맥과 파월 리버 밸리를 응시했다. 머리 위에서 어룽거리는 우주의 등불은 너무나 가깝고 한없이 친근해서, 대기가 나뭇잎과 두 사람의 머리카락을 휘저을 때면 별들이 숨을 쉬고 속삭이는 듯했다. 이런 밤이면 아빠가 가끔 노래를 흥얼거리다가 한두 마디씩 가사를 불쑥 내뱉었지만 채 한 소절도 다 부르지 않은 건 침묵이 훨씬 더 유쾌해서였다. 이따금 아빠는 밑도 끝도 없이 몇 마디 불쑥 꺼내 놓고는 말을 이어가지도 않고 하던 말을 끝맺지도 않으며 대답을 들으려 하지도 않았다. 역시나 침묵이 훨씬 더 좋아서였다. 아빠는 이따금 울퉁불퉁한 바위를 손으로 툭툭 치고 꾹 눌러보기도 했다. 어떤 때는 담배를 채 반도 피우기 전에 끄고 잘라서 담뱃재를 뿌리기도 했다. 그런데 오늘은 여느 때보다 훨씬 조용했다. 다른 때보다 조금 일찍부터 걸음을 늦추고 더 천

---

* 1마일은 약 1.6킬로미터.

천히 걸으면서 한 마디 말도 않고 집 근처 길모퉁이로 향했다. 인도를 벗어나 흙바닥에 발을 들여놓기 전에 잠시 머뭇거리기도 했는데 순전히 망설이는 호사를 누리기 위해서였다. 바위에서 자리를 잡을 때도 침묵을 깨지 않았다. 언제나처럼 아빠는 모자를 벗어서 구부린 무릎 앞에 내려놓았고 언제나처럼 루퍼스는 아빠를 따라했지만, 오늘은 아빠가 담배를 말지 않았다. 거의 매번 누군가에게 방해를 받았듯이 둘만의 시간을 침범한 그 남자가 떠나기를 기다렸다가 이내 둘만의 기분 좋은 시간 속에 다시 빠져들어 평온을 찾았다. 그런데 이번에는 아빠가 콧노래를 흥얼거리지도 않았고 한 마디 말도 하지 않았고 손으로 바위를 누르지도 않았다. 그저 두 손을 무릎에 걸치고 앉아 노스녹스빌을 내다보면서 기차의 차량을 떼었다 붙이는 혼잡한 소리를 들을 뿐이었다. 한참 침묵이 흐르고 아빠가 고개를 들어 나뭇잎을, 나뭇잎 새로 보이는 광활한 우주의 별들을, 입을 굳게 다문 채 웃음기 없이 차분하고 진지한 눈으로 바라보았다. 평소에 알고 있던 아빠의 눈빛이나 입술과는 사뭇 달랐다. 루퍼스가 아빠의 얼굴을 바라보는 동안 아빠는 자연스럽게 아들의 맨 머리에 가만히 손을 얹었다가 다시 이마를 쓰다듬으며 머리카락을 뒤로 넘겨주고 뒷머리를 가만히 잡아 주었다. 루퍼스가 아빠의 단단한 손에 머리를 기대자 아빠는 루퍼스의 오른쪽 귀와 뺨을 손으로 감싸고 머리 전체를 감싸고는 말없이 아들을 힘껏 끌어당겼다. 아빠의 몸을 덮은 까끌까끌한 옷감 너머로 갈비뼈가 들썩이는 울림이 전해졌다. 이어 아빠는 아들을 풀어 주었다가 아들이 제대로 앉는 사이 어깨를 꽉 잡았다. 그 순간 루퍼스는 아빠의 눈이 더 맑아지고 진지해 보이며 입가에 깊이 팬 주름이 흐뭇하게 퍼지는 걸 보았다. 그리고 눈을 들어서 아빠가 응시하는 곳, 조용히 숨 쉬는 나뭇잎과 심장처럼 고동치는 별들을 바라보았다. 아빠의 길고 깊은 한숨, "흠…"이라고 불쑥 내뱉는 탄식이 들리더니 아빠의 손이 루퍼스에게서 떨어지고 둘은 같이 일어섰다. 그 뒤로 집으로 가는 내내 둘은 한 마디 말도 하지 않고 모자도 쓰지 않았다. 루퍼스가 잠이 들락날락할 때 다시 한 번 화차들의 우르르 소리가 들리고 깊은 밤에 숨죽여 웅얼거리는 말소리가 들렸다. "아냐, 애들이 잠들기 전에 돌아올 거야." 그러더니 잰 걸음으로 삐거덕거리는 소리를 내며 살그머니 계단을 내려가는 발걸음 소리가 들렸다. 하지만 포드가 삐걱거리며 출발하는 소리가 들릴 때쯤 루퍼스는 이미 깊은 잠에 빠져들어 이 모든 일들이 꿈의 한 자락처럼 느껴졌다. 이튿날 아침에 엄마가 아침식사 자리에 아빠가 없는 이유를 설명해 줄 즈음에는 간밤의 말소리와 소음은 까맣게 잊은 터라, 긴 세월이 흐른 뒤 그 소리가 기억났을 때는 자기가 지어낸 게 아니라는 확신이 전혀 들지 않았다.

02

한밤중 잠결에 그들은 마치 무슨 성가신 벌레 때문에 귀찮은, 그런 느낌을 받았다. 정신이 들어서 짜증스럽게 손을 저어봤지만 그들을 괴롭히는 무언가는 물러나려 하지 않았다. 둘이 동시에 잠에서 깼다. 어둡고 텅 빈 복도에서 전화가 홀로 맹렬히 울어댔는데, 버려진 아기만큼이나 처절하게 막무가내로 울어대서 조용히 시키지 못할 것 같았다. 한 번 들었을 때는 뒤척이지 않았다. 그러나 곧 그들의 의식은 짜증에서 저항으로 옮겨갔고, 결국 굴복할 수밖에 없었다. 전화벨이 다시 울렸다. 그와 동시에 아내가 "제이! 애들!"이라고 소리쳤다. 남편은 "가만있어"라고 툴툴거리며 말하고는 다리를 획 돌려서 두 발을 바닥에 쿵하고 내려놓았다. 전화벨이 다시 울렸다. 그는 맨발로 뒤꿈치를 들고 부리나케 어둠 속으로 나가면서 나직이 욕을 뱉었다. 그가 전화기를 때려잡을 기세로 다가가 수화기를 잡아채려는 순간 벨이 다시 울렸다. 이렇게 한창 울어대는 수화기를 잡아채자 전화벨이 임종 직전의 가래 끓는 소리를 내며 사그라졌고 잔인한 만족감이 밀려왔다. 그가 수화기를 귀에 댔다.

"네?" 그는 마지못해 하는 것처럼 말했다. "여보세요."

"그 댁이, 어…."

"여보세요, 누구십니까?"

"거기가 제이 폴레트 씨 댁입니까?"

다른 목소리가 끼어들었다. "맞아요, 교환. 내가 직접 얘기할게요, 저기…." 랠프였다.

"여보세요." 제이가 말했다. "랠프?"

"잠깐만요, 그쪽하고는 연결이 안…."

"여보세요, 형?"

"랠프? 그래, 나야. 무슨 일이냐?" 랠프의 목소리가 심상치 않았다. 취한 것 같군. 제이는 생각했다.

"형? 내 말 잘 들려? 나 지금 '내 말 잘 들려'라고 했어, 형?"

울기도 하는 것 같았다. "그래, 잘 들려. 무슨 일이야?" 아부지, 불쑥 그 생각이 들었다. 틀림없이 아버지 일이야. 아버지와 어머니를 떠올리자 서늘하고 쓸쓸한 어둠이 엄습했다.

"아버지 말이야, 형." 랠프는 눈물 젖은 목소리로 말했고, 제이는 수화기를 귀에서 살짝 떨어뜨리고 넌더리가 난다는 듯 입을 오므렸다. "이렇게 밤늦게 형한테 전화하면 안 되는 줄 알아. 그래도 이러지 않으면 형이 절대로 날 용서하지 않을…."

"잡소리 집어치워, 랠프." 제이가 쏘아붙였다. "쓸데없는 소리 그만하고 어서 얘기해 봐."

"그래도 내 의무니까, 형. 맙소사 난…."

"알았다니까, 랠프. 전화해 줘서 고마워. 어서 아버지 얘기나 해봐."

"있잖아, 이것 때문에 돌아왔어, 형, 지금 방금, 형한테 전화하려고 부랴부랴 집으로⋯ 물론 바로 다시 가봐야 돼. 형이⋯."

"야, 랠프, 잘 들어. 내 말 들리니?" 랠프는 대꾸가 없었다. "돌아가셨어, 살아계셔?"

"아버지?"

제이가 "그래, 아버지"라고 하고는 화를 꾹 참고 말을 이으려는데 랠프가 다시 입을 열었다. 쟤도 어쩔 수 없어. 제이는 이렇게 생각하고 기다렸다.

"어, 아냐, 돌아가신 건 아니야." 랠프가 풀이 죽은 목소리로 말했다. 제이를 감싸던 어둠이 제법 걷혔다. 마음을 추스른 제이는 랠프가 울먹거리며 다시 감정을 짜내는 소리를 들었다. 마침내 랠프가 격앙된 목소리로 "그런데 오 맙소사, 끝날 것 같아, 형!"이라고 말했다.

"내가 올라가 봐야 될 정도야? 어?" 랠프가 믿을만할 정도로 멀쩡한 정신인지 의심이 들기 시작한 그가 이렇게 물었다. 랠프는 제이의 목소리에 담긴 의심을 오해했다.

랠프는 사뭇 근엄하게 말했다. "거야, 형 마음이지. 아버지도 그렇고 다른 식구들도 그렇고 형이 그렇게 나온다면 이상하게 생각하겠지. 장남이, 그것도 아버지가 제일 아끼시던 자식이⋯."

이렇듯 말투가 달라지고 대화의 방향이 바뀌자 제이는 잠시 어리둥절해졌다. 그러다 랠프가 무슨 소리를 하는지, 자기 말을 어떻게 오해했는지, 자기를 어떻게 넘겨짚었는지 알아채고는 주먹을 날릴 만한 곳에 랠프가 없어서 다행이라고 생각했다. 제이가 말을 끊었다.

"잠깐, 랠프, 내 말 잘 들어. 아버지가 그 정도로 위중하시면 빌어먹을 당연히 내가 올라가야지. 그러니까 그딴 식으로 말하지…." 그러다 문득 스스로에게 혐오감이 들면서 이런 일로 랠프와 왈가왈부하는 게 얼마나 부질없는 짓인가 싶은 생각에 "잘 들어, 랠프. 내가 널 야단치는 걸로 받아들이지 말고, 그냥 들어 봐. 내 말 들리니?"라고 말했다. 발과 다리에 찬기가 올라왔다. 한쪽 발을 다른 쪽 발밑에 넣고 녹였다. "들려?"

"잘 들려, 형."

"랠프, 오해하지 말고 들어. 너한테 뭐라는 게 아니라 지금 네 목소리가 어째 한두 잔 걸친 것 같아서. 지금…."

"난…."

"아니 잠깐만. 네가 취했든 아니든 상관 안 해, 네가 어떻든 관심 없어. 중요한 건 말이야, 랠프. 사람이 취하면, 그건 내가 잘 아는데, 부풀리게 마련이거든…."

"내가 지금 형한테 거짓말한다는 거야? 형은…."

"닥쳐, 랠프. 거짓말이 아닌 거 안다니까. 그런데 술에 취하면 부풀리게 마련이라 상황을 아주 심각하게 생각할 수 있어. 자, 잠깐 생각해 봐. 그냥 한번 생각해 보라고. 그리고 네가 생각을 바꾼다고 해서, 지금 전화했다고 해서 뭐라 할 사람은 없다는 걸 기억해. 그래, 아버지가 얼마나 안 좋으신 거니, 랠프?"

"하긴 형은 내 말을 믿어 줄 마음이 없으니까…."

"생각을 하라고, 빌어먹을!" 랠프는 말이 없었다. 제이는 발을 바꿔서 올렸다. 문득 랠프에게서 뭐든 분별 있는 반응을 끌어내려는 게 얼마나 바보 같은 짓인지 깨달았다. "그래, 랠프. 심각한 상황이라고 생각하지 않았다면 나한테 전화하지 않았겠지. 제수씨 옆에 있니?"

"어, 응, 샐리는…."

"제수씨랑 잠깐 통화하자, 바꿔 줄래?"

"어, 샐리는 집에 없다니까."

"물론, 어머니도 안 계시겠지."

"저기, 형, 어머니는 아버지 옆에서 잠시도 떨어지지 않잖아. 어머니는…."

"의사도 거기에 있겠지? 물론."

"의사도 아직 아버지랑 있어. 내가 나올 땐 그랬어."

"의사가 뭐라던?"

랠프는 머뭇거렸다. 자신의 이야기를 망치고 싶지 않은 모양이었다. "가망이 있대, 형."

제이는 랠프가 말하는 투로 미루어 보아 의사가 가망이 크다고 하지 않았을까 하는 의심이 들었다.

가망이 크다고 했는지, 그냥 가망이 있다고 했는지 물어보려다 말았다. 그런 걸로 입씨름을 하자니 문득 랠프보다도 스스로에게 구역질이 났기 때문이다. 게다가 발이 너무 차가워서 이제 가렵기 시작했다.

"잘 들어, 랠프." 제이가 목소리를 가다듬었다. "내가 말이 너무 많구나. 난…."

"어, 이제 전화 끊어야 할 것 같은데 몇 가지…."

"내 말 들어. 지금 바로 출발할게. 거기 도착하면 틀림없이 ― 지금이 몇 시지, 몇 신지 알아?"

"두 시 삼십칠 분이야, 형. 그럴 줄 알았어. 형이…."

"날이 밝을 때쯤이면 도착할 거야, 랠프. 어머니께는 지금 바로 출발해서 최대한 빨리 도착할 거라고 말씀드려. 랠프. 아버지, 의식은 있으시니?"

"오락가락하셔. 아버지가 계속 형 이름을 부르셨어, 형. 가슴이 찢어지더라고. 아버지는 틀림없이 하늘에 감사하실 거야. 당신 장남이, 늘 최고로 생각하는 아들이, 시간을 내서 와야겠다고 생각한다니…."

"그만해, 랠프. 도대체 넌 형을 뭘로 보는 거냐? 아버지가 의식이 돌아오면 내가 지금 가고 있다고 말씀드려. 그리고 랠프…."

"응?"

지금은 말하고 싶지 않았지만, 그래도 말해버렸다. "이런 소리를 할 시간이 없는 건 알지만— 어머니가 눈치채실 만큼 마시지 마. 커피나 좀 마시고 들어가. 응? 블랙으로 마셔."

"그럼, 형. 나도 아무 때나 삐치는 사람은 아냐. 그렇잖아도 무거운 어머니 마음에 걱정거리나 더 얹어드리고 싶지 않아. 지금 같은 때, 이런 마당에는. 형도 잘 알잖아. 형, 고마워. 나까지 마음 써줘서 고마워. 기분 하나도 안 나빠. 나야 고맙지, 형. 고마워."

"그럼 됐어, 랠프. 고맙긴." 제이는 이렇게 덧붙였다. 그리고 자기가 심하게 몰아세웠나 싶은 생각에 조금 한심해진 기분이 들었다. "바로 출발할게. 그럼 끊는다."

"메리 형수님한테 얘기 잘 해줘, 형. 날 안 좋게 생각할까봐, 내가 전화한 걸로…."

"걱정 마. 이해할 거야. 들어가, 랠프."

"형, 나도 전화하지 않았을 거야, 꼭 해야 하는 상황이 아니었다면…."

"괜찮아. 연락 줘서 고마워. 들어가."

랠프는 아직 만족스럽지 않은 목소리였다. "응, 들어가."

어리광을 부리고 싶은 게로군. 고맙다는 말이 모자라거나. 제이는 가만히 수화기를 들고 있었다. 전화가 아직 끊어지지 않았다. 제이는 내가 어디 그래줄 것 같아, 라고 생각하면서 전화를 끊었다. 한심한 울보자식. 그는 침실로 돌아갔다.

"세상에나." 메리가 나직이 말했다. "삼촌이 영영 전화를 안 끊을 줄 알았다니까!"

"어, 음. 걔도 어쩔 수 없었을 거야." 제이는 침대에 앉아서 손을 더듬어 양말을 찾았다.

"아버님 일이야, 제이?"

"응." 제이는 양말 한 짝을 신었다.

"아, 올라가 보려고?" 메리는 문득 남편이 뭘 하는지 알아채고 말했다. 메리가 남편에게 손을 얹었다.

"그럼 아주 심각한가 보네, 제이." 메리는 아주 조심스럽게 말했다.

제이는 가터*를 채우고 메리에게 손을 얹었다. "누가 알아. 랠프 말을 다 믿기는 어렵지만 그렇다고 안 가볼 순 없잖아."

"그럼, 가봐야지." 메리가 손을 움직여 남편을 토닥였다. 제이가 아

* 양말이 흘러내리지 않게 잡아 주는 밴드.

30

내의 손에 손을 포갰다. "의사가 아버님 보셨대?" 메리가 조심스럽게 물었다.

"가망이 있다고 했대, 랠프 말로는."

"그럼 어떻게 될지 모르는 거네? 혹시 아침까지 기다려 보면 다시 괜찮아지실지도 모르고, 아버님이 회복하셨다는 소식이 올지도 모르고. 아니, 그렇다고 꼭 내가…."

부끄럽게도 제이도 같은 생각을 한 터라 새삼 짜증이 치밀었다. 심지어 이런 생각도 스쳤다. 당신이야 쉽게 말하지. 막말로 당신 아버지도 아니고, 또 당신은 맨날 우리 아버지를 무시했잖아. 하지만 그는 이런 마음을 애써 떨쳐 내고 이런 식으로 생각하는 스스로를 한심하게 여기며 말했다. "여보, 그냥 당신 말대로 아침까지 기다려 보는 게 나을지도 몰라. 잘못된 소식일 수도 있으니까. 랠프야 허구한 날 정신이 말짱하지 않으니까. 그래도 우리가 그런 위험한 가능성을 감수할 처지는 못 되잖아."

"그야, 그렇지, 제이." 메리가 요란하게 부스럭거리며 일어났다.

"당신은 왜 일어나?"

"어, 당신 아침." 메리가 전등을 켰다. "어머 이런!" 메리가 시계를 보고 말했다.

"아냐, 메리. 당신은 그냥 자. 난 시내에 가서 뭐 좀 사먹으면 돼."

"말도 안 되는 소리 마." 메리가 서둘러 가운을 걸쳤다.

"정말이야, 그러는 게 간단해." 제이는 야간식당을 좋아하지만 루퍼스가 태어난 뒤로는 한 번도 가보지 못한 터라 아주 약간 실망하기는 했다. 그래도 아내가 자기를 위해 잠을 떨치고 일어난 사실만으로도 마음이 훈훈했다.

"제이, 그게 무슨 소리야!" 메리는 가운 허리띠를 묶고 슬리퍼를 신고 발을 끌면서 서둘러 문으로 향했다. 그리고 돌아보며 연극의 방백처럼 말했다. "신발은— 부엌으로 가져와서 신어!"

제이는 아내가 방에서 나가는 모습을 보면서 대체 무슨 소리인가 잠깐 궁리하다가 피식 웃었다. 메리는 신발에 관해서라면 지나치게 야단스러운 편이었다. 맙소사, 여자들은 자식 일이라면 매일매일 오만가지 자잘한 걱정을 머릿속에 담고 산다니까! 본능적으로 그러는 것이라고 제이는 다른 양말을 끌어올리면서 생각했다. 그것은 자연스러운 일이었다. 숨을 쉬는 것처럼.

하긴 틀린 것은 하나도 없어. 그는 옷을 벗으면서 생각했다. 물론 습관처럼 그러니까(그는 서랍장으로 갔다) 도를 넘을 때도 가끔은 있지. 하지만 짜증내기 전에 일 초만 고민해 봐도(그는 속옷 윗도리 단추를 채웠다) 대체로 맞는 소리야.

그는 바지를 털었다. 이런 생각에 한결 마음이 가벼워지는가 싶더니 다시 그림자가 드리우고 조금은 어리석은 기분이 들었다. 아직은 우려할 일인지 아닌지 확신할 수도 없었고, 어쩌면 이렇게 침통해야 할 일이 아닐지도 모르기 때문이었다. 랠프 그 자식. 그는 속으로 읊조리면서 바지를 추어올리고 맨 위 단추를 채웠다. 그리고는 잠깐 서서 빛을 받아 번뜩이는 창문과 그 너머의 칠흑 같은 어둠을 응시했다. 그 시간과 밤의 아름다움이 내면으로 스며들었고, 째깍거리는 시계 소리가 들렸는데, 그 소리가 벽 속에서 들려오는 쥐 소리처럼 낯설고 기이했다. 침통한 상황이든 아니든 침통한 여정이 될 것임은 분명해 보였다. 그는 한숨을 내쉬며 그가 기억할 수 있는 아버지의 첫 모습을 떠올렸다. 매부리코에 잘 생긴 얼굴, 당당하고 위압적이던 검은색의 멋진 콧수염을 기르고 쏘아보던 아버지. 아주 오래 전부터 제이는 아버지가 의도와는 상관없이 집안에 도움이 되지 않는 부류라고 생각했다. 아버지가 어머니에게 무거운 짐을 떠넘긴 탓에 제이는 어린 나이에도 무척 분개하곤 했다. 그리고 아직 제이는 그 문제를 극복하지 못했다. 아버지는 천성이 워낙 낙천적이고 심성이 아주 따뜻해 누구라도 호감을 품지 않을 수 없는 사람이었다. 그리고 어머니에게도 결코 해를 끼칠 의도는 아니었을 것이다. 아니, 아버지의 의도는 아주 좋았다. 이런 생각을 하면 특히 화가 치밀었고, 심지어 지금도 그 사실만 떠올리면 속이 쓰렸다. 하지만 지금은 이런 생각도 들었다. 그래, 그래도 젠장, 그랬던 건 사실이다. 그걸로 이득을 취했을지도 몰라도 아버지가 일부러 그러려 했던 건 아니었고, 그걸로 뭘 얻는지도 몰랐잖아. 아버지는 세상 누구보다도 의도만큼은 훌륭했어. 창문을 내다보는 잠시 동안, 갑자기 아버지의 모습이 떠오르지 않고 아버지 생각도 전혀 나지 않으며 시계 소리도 더 이상 들리지 않았다. 안쪽으로는 빛이 은은하게 반사되고 바깥으로는 무한한 어둠이 물처럼 어리어 있는 창문을 본 것뿐이었지만, 그 창문조차 창문인 게 아니라, 그 순간에는, 우주마저 점령해 버린, 뭔가 말로 표현할 수 없이 강렬하면서도 한편으로는 무심한 그 무엇이 되어 있었다. 광막한 거리감이 그를 엄습하더니 근거 없는 경이와 슬픔으로 변해 버렸다.

제이는 생각했다. 뭐, 누구나 언젠가는 가야하는 거잖아.

그러자 삶의 초점이 되돌아왔다.

깨끗한 셔츠야, 제이는 생각했다.

그는 바지 위쪽 단추를 풀고 무릎을 펴면서 엉거주춤한 자세로 서 있었다. 멍청한 꼴이야. 매번 이 짓이라니(그는 긴 셔츠자락을 우겨넣어 자리를 잡았다. 이 셔츠는 유독 자락이 길었고, 이렇게 입으면 왠지 유난히 사내다운 기분이 들었다). 셔츠를 먼저 입으면 엉거주춤한 꼴로 멍청하게 서있을 필요가 없을 텐데(바지 앞섶의 단추를 다 채웠다). 흠.(멜빵을 오른쪽 어깨에 걸쳤다) 누구에게나 습관이란 게 있으니까(왼쪽 어깨에 멜빵을 걸치고 다시 살짝 엉거주춤 앉아서 매무새를 만졌다).

그는 침대에 앉아 신발 한 짝에 손을 뻗었다.

오.

읍.

그는 신발과 넥타이, 칼라와 칼라 단추를 집어 들고 방을 나서려 했다. 그러다 구겨진 침대가 눈에 들어왔다. 음, 아내를 위해 해줄 일이 있군. 그는 옷가지를 바닥에 내려놓고 침대 시트를 반듯이 펴놓고 베개를 툭툭 쳐서 부풀렸다. 아내의 자리엔 아직 온기가 남아 있었다. 그 따뜻한 기운이 사라지지 않도록 이불을 위로 당겨 덮되, 금방이라도 다시 들어가고 싶은 마음이 들게끔 이불을 살짝 젖혀 놓았다. 아내가 기뻐하겠지. 이렇게 해놓은 걸 보면 무척이나 좋아할 거야. 다시 신발과 칼라, 넥타이와 칼라 단추를 주워들고 부엌으로 갔다. 방문이 살짝 열린 아이들 방 앞을 지날 때는 각별히 조심했다.

메리는 막 달걀을 뒤집고 있었다. "금방 준비할게." 그는 아내에게 말하고 급히 욕실로 들어갔다. 그런데 이건 이 층에서 해야 되는데. 똑같은 생각을 오백 번쯤 한 것 같았다.

그는 거울을 향해 턱을 쳐들었다. 상태가 썩 나쁘진 않은 것 같아서 세수만 하기로 했다. 그러다 생각에 잠겼다. 어쨌거나, 깨끗한 셔츠를 입은 이유는 뭔데? 그는 하나님께, 아니기를, 제발 아니기를 빌었지만 몹시 침통한 상황이 벌어질 가능성도 짚었다. 장례식에 맞춰 입은 거 아니야? 이렇게 생각하면서 게으른 자신이 못마땅해졌다. 그는 면도날을 꺼내 서둘러 날을 갈았다.

메리는 가죽에서 나는 요란한 소리를 듣고 살짝 치미는 짜증에 달걀 프라이팬을 스토브 뒤쪽으로 밀었다. 평소 제이는 시간을 들여서 면도했다. 면도가 즐거워서가 아니라(몹시 싫어했다) 어차피 해야 할 일이라면 제대로 하고 싶었고 얼굴 베는 건 딱 질색이었기 때문이다. 그러나 이번에는 조급한 마음에 턱을 내밀고는 전에 없이 무심한 눈으로 훑어보고 몸을 앞으로 내밀어 면도를 시작했다. 그런데 놀랍게도 막힘없이 잘 깎였다. 콧구멍 밑부분도 다른 때보다 애를 덜 먹었고, 턱 쪽도 빈틈없이 완벽했다. 그는 아주 흐뭇하게 양쪽 광대에 비누거품을 살짝 바르고 조그만 반달 모양의 잔털을 밀었다. 아직 메리가 투덜대는 소리가 들리지 않았다. 세면대를 말끔히 닦고 변기 물을 내려서 비누거품과 수염이 묻은 휴지 조각을 흘려보냈다. 그런 건가? 그는 변기에서 쿨럭쿨럭 물이 빠지는 걸 보면서 스스로에게 물었다. 아냐, 아닐 거야. 그는 칼라 단추로 손을 뻗었다.

메리가 문 앞에 왔을 때, 그는 못 본 척하면서 넥타이를 거머쥐고는 넥타이를 맬 때마다 늘 그러듯이 턱을 쭉 빼서 옆으로 살짝 기울이며 성미 급한 말 같은 표정을 지었다.

"제이." 메리는 그의 초조한 표정에 마음이 조금 누그러져서 부드럽게 말했다. "재촉하려는 건 아닌데 음식이 다 식겠어."

"금방 나갈게." 그는 넥타이 매듭이 단추 위에 오도록 신중히 맞추면서 거울에 비친 자신의 눈을 뚫어져라 바라보다가 유독 꼼꼼하게 가르마를 타고는 서둘러 부엌 식탁으로 향했다.

"와, 여보!" 베이컨과 달걀, 커피가 모두 차려져 있고, 메리는 팬케이크까지 굽고 있었다.

"아침은 꼭 챙겨먹어야지, 제이. 아직 몇 시간은 더 쌀쌀할 텐데." 메리는 교회나 도서관에 있는 것처럼 말소리를 낮추었다. 무의식중에도 잠든 아이들을 배려하고 야심한 시각이라는 걸 알고 있어서였다.

"여보." 그는 스토브 앞에 선 아내의 어깨를 감쌌다. 메리는 돌아서면서 잠을 제대로 못 자서 떼꾼한 눈으로 빙그레 웃었다. 그는 아내에게 입을 맞추었다.

"달걀 들어요. 다 식겠어." 메리가 말했다.

그는 앉아서 먹기 시작했다. 메리는 팬케이크를 뒤집으면서 물었다. "몇 개나 먹을 수 있어?"

"글쎄, 모르겠네." 그는 달걀을 삼키면서(음식을 입에 넣고 말하지 마라) 대답했다. 아직 잠이 다 깨지 않아 별로 배고프지는 않았지만 아내의 마음에 감동하여 든든히 먹어두기로 했다. "우선 두세 개 먹어보고 봐야겠는데."

메리는 팬케이크를 덮어서 뜨겁게 해두고 반죽을 하나 더 부었다.

제이는 아내가 달걀에 평소보다 후추를 많이 쳤다는 생각이 들었다. "달걀 맛있네."

메리가 거의 비몽사몽인 와중에서도 이렇게 한 이유는 몇 시간 후면 그가 틀림없이 집으로 돌아와 다시 식사를 할 것이기 때문이었다. 커피를 보통 때보다 진하게 탄 이유도 마찬가지였다. 그리고 역시 같은 이유에서, 마치 산골의 아낙처럼, 그가 식사를 하는 동안 스토브 옆에 서있는 게 기꺼웠다.

"커피 맛 좋다." 그가 말했다. "이러니까 훨씬 좋아." 메리는 팬케이크를 뒤집었다. 사실 그녀는 늘 커피를 두 주전자 만들어야 하나 고민했다. 하나는 자기가 마실 수 있을 정도로 만들고, 다른 하나는 오래된 가루로 주전자가 꽉 차기 전까지는 원래 있던 찌꺼기를 버리지 않고 커피 가루를 조금만 더 넣고 물을 새로 부어, 남편이 좋아하는 식으로 만들까도 했다. 하지만 그러다가도 도저히 용납이 되지 않아서 차라리 남편이 황산을 그만큼 들이켜는 걸 보는 편이 낫지 싶었다.

"걱정 붙들어 매." 메리는 남편에게 미소를 지었다. "당신 입에 딱 맞는 커피는 나한테서 못 얻어 마실 테니까."

제이는 아내에게 얼굴을 찡그렸다.

"와서 앉아, 여보." 그가 말했다.

"잠깐만…."

"어서. 두 개면 될 것 같아."

"정말이야?"

"모자라면 내가 한 장 더 구울게." 그는 아내의 손을 잡고 아내의 의자로 끌어당겼다. "여기 앉아." 메리는 앉았다. "괜찮아?"

"잠을 잘 수 없었어."

"좋은 생각이 있어." 그는 일어서서 아이스박스로 갔다.

"뭐하는 거야— 아. 아냐, 제이. 음. 고마워."

메리가 말리기도 전에 제이는 냄비에 우유를 부었고, 냄비를 스토브에 올리자 메리도 그러는 것도 괜찮겠다고 생각했다.

"토스트 좀 먹을래?"

"아니, 고마워, 여보. 우유만 있어도 아주 완벽해."

그는 달걀을 마저 먹었다. 메리가 일어서려 했다. 그는 아내의 어깨를 눌러 앉히고 일어섰다. 그리고 가서 팬케이크를 가져왔다.

"눅눅해졌을 텐데. 내가 다시…." 메리가 다시 일어서려고 하자, 이번에도 그는 아내의 어깨에 손을 얹었다. "그냥 있어." 그는 짐짓 근엄한 척하면서 말했다. "나쁘지 않아. 최고야."

그는 버터를 바르고 당밀을 붓고 팬케이크를 나란히 자른 뒤 다시 나이프와 포크로 돌려서 십자 모양으로 잘랐다.

"버터 더 발라." 메리가 말했다.

"많이 발랐어." 그는 팬케이크 네 조각을 포크로 찍어서 입에 넣었다. "고마워." 그는 팬케이크를 우물거리다 삼키고는 다시 네 개를 더 찍었다. "우유가 데워진 것 같군." 그가 포크를 내려놓으며 말했다.

하지만 이번에는 남편이 말리기 전에 메리가 먼저 일어났다. "당신은 그냥 먹어." 메리는 김이 모락모락 나는 우유를 두툼한 흰 잔에 부어 들고 와 앉아서 두 손으로 잔을 감싸고 남편의 먹는 모습을 바라보았다. 뜬금없는 시간에 갑자기 잠이 깼고, 그럴 수밖에 없는 상황과 그럴만한 구구절절한 사연이 있는데다 그가 해야 할 일의 묵직함, 일종의 고단한 흥분에 휩싸인 상태다 보니 둘 다 말을 한다는 게 유난히 힘들었지만 그러면서도 유난히 더 말하고 싶기도 했다. 그는 아내의 시선을 느끼고 눈을 마주 보았다. 진지하며 미소가 어린 눈빛으로 바라보면서도 턱은 부지런히 움직였다. 배가 그득했지만 먹다 죽는 한이 있더라도 끝까지 다 먹겠다고 다짐했다.

"너무 많이 먹진 말고, 제이." 메리가 말없이 바라보다가 말했다.

"으음?"

"억지로 많이 먹진 말라고."

그는 맛있게 먹는 척하는 데 성공한 줄 알았다. "염려 마." 그는 포크로 팬케이크를 더 찍었다.

얼마 남지 않았다. 메리는 음식을 흘깃 내려다보는 남편을 지그시 바라보았고, 더는 아무 말 하지 않았다.

"흐음." 그는 등을 기댔다.

이제는 두 사람의 시선을 빼앗을 일도 없는데 왜 그런지 여전히 할 말이 없었다. 그렇다고 안절부절 못하는 정도는 아니지만, 흡사 연애를 하는 것 같은 수줍은 기분이 들었다. 피곤에 젖은 서로의 눈을 들여다보면서 지친 눈을 반짝였지만, 서로의 마음을 또렷하게 알 수 있는 깨달음을 가슴에 담고 있지는 않았다.

"당신 생일에 뭐하고 싶어?" 그가 물었다.

"어머, 제이." 메리는 깜짝 놀랐다. "어쩜, 그런 멋진 생각을! 어머— 어머…"

"생각해 봐." 그가 말했다. "뭐든 당신이 제일 하고 싶은 걸로— 물론 온당한 범위 안에서." 그가 농담을 던졌다. "어떻게 할지 보자고. 애들도 말이야." 그러나 둘은 동시에 같은 소망을 떠올렸다. "그 전에 우리가 바라는 대로 일이 잘 풀려야지, 우리 집 일 말이야."

"그래야지, 제이." 메리의 눈빛이 잠시 흔들렸다. "별 탈 없길 바라자." 메리가 다른 상념에 빠진 듯 말했다.

제이는 아내를 보았다. 가끔 아내가 무언가에 정신이 팔려 있으면 당황스럽고 왠지 불안했다. 여자들이란, 하고 제이는 생각했다.

메리가 다시 정신을 차리고 둘은 서로 마주 보았다. 할 말도 딱히 없었거니와 꼭 말을 할 필요도 느끼지 못했다.

제이는 천천히 숨을 깊이 들이마시고 천천히 내뱉었다.

"있잖아, 메리." 아주 다정한 목소리였다. 그리고는 아내의 손을 가만히 잡았다. 둘은 평소 같지 않은 미소를 지으며 제이의 아버지를 생각했고, 서로를 생각했다. 그러면서 머리로 이미 이해하고 있던 것을 마음으로 한 번 더 느꼈다. 아무 말도 할 필요가 없었다.

그들은 일어섰다.

"어디에 뒀더라— 아아." 제이가 짜증이 치미는 투로 말했다.

"코트랑 조끼." 그는 계단으로 향하면서 말했다.

"기다려." 메리가 재빨리 남편을 앞질렀다. "당신이 애들 깨울까 봐." 메리가 어깨 너머로 돌아보며 속삭였다.

아내가 이 층에 올라간 사이 제이는 거실로 나가서 전등을 켜고 파이프와 담배를 집었다. 고요한 불빛으로 밤의 한없는 적막이 밝혀지자 모든 소소한 물건들에 황금빛 갈색이 어렸다. 그리고 방이 희한하게 부드러워 보였다. 기분이 조금 이상했지만 왜인지는 몰랐다.

집이란.

그는 불을 껐다.

메리는 천천히 내려오고 있었다. 애들이 이불을 잘 덮고 자는지 살펴 본 게군. 제이는 스토브 앞에 서서 리놀륨 바닥의 짙은 색과 옅은 색 사각형의 굴곡을 물끄러미 바라보았다. 이걸로 깔아서 참 다행이었다. 메리가 옳았다. 무난한 검정과 흰색이 복잡하고 알록달록한 무늬보다는 보기 좋았다.

메리가 계단을 다 내려오는 소리가 들렸다. 아니나 다를까 들어오면서 처음 한 말은 이것이었다. "있잖아, 아이들을 깨우고 싶은 걸 간신히 참았어. 바보 같지만, 애들이 워낙 익숙하니까— 당신이 인사도 안 하고 가면 애들이 너무 실망할 것 같아서."

"잘 자라고? 정말 그럴까?" 제이는 기분이 좋은지 않은지 분간이 가지 않았다. 혹시 우리가 애들을 응석받이로 키우는 걸까?

"물론, 내가 잘못 생각하는 건지도 모르지."

"애들을 깨우는 건 바보 같은 짓이야. 그랬다간 당신이 밤새 한 숨도 못 잘지 몰라."

그는 조끼 단추를 채웠다.

"이런 건 상상도 하고 싶지 않지만, 그래도,"(메리가 머뭇거리며 말을 꺼냈다) "최악의 상황이 되면 말이야, 제이, 생각보다 오래 가있을지도 모르잖아."

"물론 그렇겠지." 그가 무겁게 말했다. 갑작스레 벌어진 이 상황이 워낙 불확실하고 또 모호해서 제이나 메리나 갈피를 잡지 못했다. 그는 다시 아버지를 떠올렸다.

"당신 생각엔, 혹시 나도?"

"글쎄."

"음, 아냐." 그가 천천히 입을 열었다. "아닐 거야. 아냐. 있잖아, 설사, 혹시라도 최악의 상황이 벌어지더라도 내가 다들 데리러 다시 올게. 그러니까, 장례식에. 그리고 이런 중요한 일들은, 보통 아주 신속히 결정되더라고 어느 쪽이든, 내일 밤까지는 돌아올 가능성이 아주 높아. 아니, 벌써 오늘 밤이구나."

"응, 알았어. 그래."

"저기 말이야. 애들한테 얘기해 줘. 약속하거나 하진 말고 그냥 잠들기 전에는 꼭 돌아올 것 같다고 말이야. 아빠가 최선을 다할 거라고 말해 줘." 그는 코트를 입었다.

"알았어, 제이."

"그래. 그러는 게 좋겠어." 그 때, 메리가 그의 가슴 쪽으로 손을 뻗자 제이가 흠칫 뒤로 물러섰다. 둘 다 놀라고 당황한 눈빛이었다. 메리는 찡그린 채 미소를 지으며 남편을 놀렸다. "겁먹기는. 아이고 소심하셔라. 깨끗한 손수건을 넣어주려고 한 것뿐이야, 해코지하지 않아요."

"미안해." 그가 피식 웃었다. "그냥 뭐 하려는 건지 몰라서." 그는 턱을 당기고 약간 인상을 찌푸리며 아내가 구겨진 손수건 대신 새 손수건으로 바꿔 넣는 걸 바라보았다. 유난한 대접을 받으려니 민망하기도 했다. 아내가 세심하게 하얀 손수건의 귀퉁이를 주머니에서 살짝 빼놓는 걸 보고는 더욱 당황했다. 본능적으로 손이 움직였다. 그러다 곧 멈추고 다시 손을 주머니에 넣었다.

"됐어. 아주 근사해." 메리는 아들을 바라보듯이 남편을 찬찬히 뜯어보았다. 그는 엄마처럼 구는 아내의 순수한 행동에 조금 바보 같은 기분이 들고 애틋한 마음이 들기도 하며 아주 우쭐해졌다. 잠깐이나마 자신이 정말로 근사하다는, 아무튼 아내에게는 그렇게 보인다는 우쭐한 마음이 들었고, 그것 말고는 아무것도 중요하지 않았다.

"음." 그가 시계를 꺼냈다. "어이쿠!" 그는 아내에게 시계를 보여주었다. 3시 41분이었다. "세 시도 안 된 줄 알았는데."

"그러게. 너무 늦었네."

"흠, 더는 지체할 시간이 없어." 그는 팔로 아내의 어깨를 감싸고 뒷문으로 향했다. "그래, 메리. 진짜 가기 싫은데, 어쩔 수가 없네."

메리는 문을 열고 남편을 앞서서 뒷베란다까지 나갔다. "당신 감기 걸릴라." 그가 말했다. 메리는 고개를 저었다. "아니. 안보다 바깥이 덜 추워."

그들은 베란다 끝까지 갔다. 가장 밝은 것들만 제외하고는 모든 별들이 오월의 습기에 가라앉았고, 엎드려 누운 도시의 빛은 하늘로 올라갔다가 지상으로 다시 내려왔다. 뒷마당 가장자리 깊숙한 곳에 꽃이 만개한 복숭아나무가 천상의 파수꾼처럼 빛났다. 얼굴에 물씬 와닿는 풍요로운 기운은 연인이 어루만지는 손처럼 부드러웠고, 하늘에 기대어 잠든 너른 세상은 향기로 진동했다.

"천국 같은 밤이야, 제이." 이렇게 말하는 아내의 목소리가 한없이 정겨웠다. "나도 같이 가면 참 좋겠는데"―좀 더 선명하게 떠올리면서―"무슨 일이 생기든 말이야."

"나도 같이 가면 좋겠어, 여보." 말은 그렇게 했지만 그럴 가능성을 헤아려 본 적은 없었다. 솔직히 말하면 혼자 차를 몰고 가는 것에 문득 기대감이 일기도 했다. 그래도 그는 아내의 특유의 목소리가 들리자 애정을 담아 "같이 가면 좋을 텐데"라고 대꾸했다.

그들은 어둠에 넋을 잃고 서 있었다.

"그래, 제이." 메리가 불쑥 말했다. "더는 붙잡지 말아야겠다."

그는 잠시 말이 없었다. "그러게." 그의 목소리에는 별스럽고 고단한 슬픔이 묻어났다. "어서 가야겠다."

그는 아내를 포옹하고 몸을 뒤로 젖힌 채 바라보았다. 대단한 이별을 하는 것도 아닌데 분위기가 심각해 놀랐다. 그가 해야 하는 일이 심각해서일지도 모르고 어쨌든 침통한 때인지라 그럴지도 몰랐다. 아내의 표정도 같아 보여서 차라리 아까 애들을 깨웠으면 좋았을 것도 싶었다.

"잘 있어, 메리." 그가 말했다.

"잘 가, 제이."

그들은 입을 맞추고 아내는 한동안 남편에게 머리를 기댔다. 남편은 아내의 머리를 어루만지면서 말했다. "연락할게. 되도록 빨리, 상황이 안 좋으면."

"그런 일 없게 해달라고 기도할게, 제이."

"음, 그런 일이 없기를 바라는 수밖에." 다정함으로 가득했던 두 사람의 순간은 생각의 저편으로 흩어졌지만, 그래도 그는 아내의 둥그스름한 뒤통수를 계속 어루만졌다..

"어머님께 안부 전해 드리고. 내가 두 분 생각하면서 기도한다고 말씀드려줘 — 항상 그런다고. 아버님께도, 물론, 아버님이 — 말씀을 나누실 정도로 괜찮으시다면."

"그럴게, 여보."

"조심해서 다녀와."

"그래."

그는 아내의 등을 토닥이고는 몸을 떼었다.

"그럼 연락해 — 금방 — 보자."

"그래."

"그래, 제이." 메리는 남편의 팔을 꼭 붙잡았다. 그는 눈 아래쪽에 입을 맞췄다가 아내의 실망한 입술을 알아차렸다. 둘은 씩 웃었고, 아내의 입술에 힘껏 키스를 했다. 이렇게 즐거운 마음이 하늘거리는 가운데, 여느 아침 작별인사처럼 아내가 가락을 붙여서 "안녕, 존, 금방 돌아와"라고 말하고, 그도 "한두 주 안에 돌아올게"라고 노래로 화답할까 하다가, 두 사람 모두 마음을 추어올렸다.

"알았어, 여보. 잘 가."

"잘 가, 내 사랑."

그가 계단 맨 아래에서 갑자기 돌아섰다. "여보." 그가 속삭였다. "돈은 있어?"

메리가 급히 생각해 보고는 답했다. "괜찮아, 고마워."

"애들한테 대신 인사 전해 주고, 오늘 밤에 보자고 얘기해."

"약속은 하지 않는 게 낫겠지?"

"응, 그래도 또 모르니까. 메리, 저녁 전에 올 수 있으면 좋겠지만 기다리진 마."

"알았어."

"잘 자."

"잘 자." 그는 차고로 향했다. 뒷마당 한가운데에서 돌아보고 소리를 낮추어 외쳤다. "그리고 당신 생일에 어떻게 할지 생각해 둬."

"고마워, 제이. 알았어. 고마워."

석탄재 깔린 길 위를 최대한 조용히 걸어가는 남편의 발자국 소리가 들렸다. 제이는 먼저 차고 빗장을 들어 옆으로 치워 놓고 문을 열때 소리를 내지 않으려고 조심하는 것 같았다. 그런데 문 한 짝이 삐걱거렸다. 반면 평소 더 요란하던 다른 한 짝은 이상스레 잠잠했다. 차 왼쪽으로 다가간 그는 좁은 차고 탓에 어쩔 수 없이 몰래 차를 빼내는 듯한 자세를 취하더니 칠흑 같은 어둠 속으로 사라져 버렸다.

메리는 남편이 동네사람과 애들을 다 깨우지 않으려고 안간힘을 써보지만 소리 내지 않고 시동을 거는 게 불가능하리라는 걸 알고 있었다. 안쓰러운 한편 재미있기도 했다. 그리고 입 밖으로 내든 내지 않든 뒤따를 게 틀림없는 남편의 울화와 욕설을 늘 그러하듯 두려운 마음으로 기다렸다.

으아아—히 으 유 히 와이 으히 으, 위크-으-위크-으

으그흐—히 흐 이유 위크

(이제는 거의 아무 소리도 내지 않고 점화 장치와 연료 조절판과 공기흡입 조절장치를 필사적으로 조절하고)

으그그—히여 유흐여 위크 이유 이유 위크 위크 위크 이유 이유이유, 위크

(메리로서는 결코 알아듣지 못하지만 지금 있는 곳에서 충분히 예상은 할 수 있는)

으그그—으그그—이유히유히으그 위크 이유 이유 으그그 이유 위크 위크 이유이유, 위크 위크, 으.

(지독한 변비에 걸린 흉측하고 거대한 짐승 같기도 하고, 미치광이가 흐느껴 우는 소리 같기도 하고, 괴롭힘을 당하는 쥐 소리 같기도 한)

으그그― 으그그― 으그그(가여워라, 화가 단단히 났나보네) 으그그― 위크― 흐어흐어흐이유― 어흐 위크이유어어흐이그흐이그흐이유히유 아 아 아 아 아아 흐 흐 흐 흐 르 흐(아, 그만!) 르 흐 르 흐(창문 하나가 올라가고) 르 흐 르 흐 르 흐 르 흐 르 흐 르 이유이흐 르르흐르흐르흐르흐르흐르흐(격분과 승리감에 주먹으로 문을 내리치고) 르르르 – – – – – – – (창문이 내려가고) 르흐르흐르 흐르흐(차가 뒤로 빠져나오면서 석탄재가 타닥거렸다) 르흐르흐 – – – – – (그는 우악스럽게 차를 돌리면서도 능숙하게 뒤로 돌아서 철망에 닿을 듯 말 듯 나왔다. 집들 사이로 거리의 가로등 불빛이 차의 검은 옆면을 비췄다) 르르 – – – – – (그리고 거침없이 차고 모퉁이를 돌고 반대로 돌아 동쪽으로 난 골목으로 들어가서 차를 세웠다) 르르 – – – – – – – – (차가 고분고분하고 순종적이면서도 고약한 노새처럼 서있는 동안, 그가 잠깐 다시 나타나 집 쪽으로 고개를 돌려 아내를 보고 한 손을 흔들었고― 아내도 손을 흔들었지만 그는 보지 못한 채― 대문을 끌어당겨서 닫고 그 너머로 사라졌다) 르르르르르르르르흐르흐르흐르흐르

흐르

흐르

흐

르

르
르
르
르
르
르
르
르
르
르

크 우타 와우우우우악

크롸아아아우룩?

치쿠와악와악.

롸우쿠아쿠아쿠아.

크롸아롸욱.

롸롸악?

이룩.

룩.

메리는 긴 한숨을 천천히 내쉬고 안으로 들어갔다.

잊어버리고 있던 미지근한 우유가 입도 대지 않은 채 놓여 있었다.
메리는 우유를 단숨에 마셨지만 아무런 만족을 느끼지 못했다. 오히
려 빈 잔에 하얀 줄의 흔적을 남기고 흘러나오는 새하얀 우유가 이상

스레 불쾌했다. 메리는 설거지를 아침에 하기로 하고 개수대에 물을 틀어서 그릇을 그대로 담가 두었다.

요란한 소리를 들었는지 않았는지 아이들은 여전히 꿈길 속이었다. 캐서린, 루퍼스 두 아이 모두 여느 때처럼 깊이 잠들어 있었다.

하긴 그런 소리에 잠을 깰 정도로 어린 나이가 아니지. 특히 루퍼스는. 메리는 아이들이 감기에 걸리지 않도록 세심히 이불을 덮어 주었다. 아이들은 거의 뒤척이지 않았다.

의사에게 물어봐야겠어.

메리는 단정하게 정돈된 침대를 보았다. 어머, 여보. 메리는 환하게 웃으며 침대 속으로 들어갔다. 하지만 제이가 자신을 위해 따뜻한 기운을 애써 잡아두려 한 마음까지는 끝내 알아채지 못했다. 침대에서 온기가 빠져나간 지 한참 됐으니까.

03

　지금쯤 아내는 방에 들어가서 침대를 봤을 터였다. 아내가 그것을 발견한다고 생각하자 입가에 미소가 번졌다.

　그는 포레스트 가를 따라 구름다리를 건너고 검게 그을린 역사를 지나 농아 보호시설 아래쪽에서 왼쪽으로 급회전을 한 후 가파른 내리막을 내려갔다. 왼쪽에 펼쳐진 L&N 차고 부지에서는 여기저기 널린 철판과 그림자 덩어리, 거품처럼 일어나는 증기가 보였다. 점멸 신호가 보이고 소리도 들렸지만, 그게 뭘 의미하는지는 더 이상 기억 나지 않았다. 오른편으로는 컴컴한 공터, 빛바랜 광고판, 잠들어 있는 작은 건물들이 모여 있는 더 어두운 구역이 존재했고, 그곳에 불빛이 띄엄띄엄 보였다. 조명이 흐릿한 조그만 구멍가게 같은 이런 곳에서, 돼지기름을 너무 뜨겁게 달궈 연기가 일어나 벽이 뿌옇게 바랜 이런 곳에서, 어디는 흑인들이 가는 곳이고 어디는 백인들이 가는 곳으로 구분지어 있으며 철도 노동자들과, 제법 규모가 있는 도시라면 어디에나 있지만 무슨 일을 하는지는 알 수 없는 올빼미들을 상대하는 이런 곳에서, 그도 식사를 했을 것이다. 이런 곳에는 간혹 카운터를 지키거나 스토브 앞에서 땀을 흘리는 여자 말고는 남자들 밖에 없었다. 이런 곳에 오면 그는 한 마디 말도 하지 않은 채 무언가를 공모하는 것 같은 분위기와 웅성거리는 목소리를 즐기곤 했다. 적당한 곳에 들어간다면, 그리고 알 만한 사람이거나 믿을 만한 사람이라는 인상을 준다면 야심한 시각의 어느 때든 술 한두 잔은 얻어 마실 수 있었다.

그는 혀로 입안을 훑으면서 아직 입에 남은 당밀과 커피, 베이컨과 달걀의 맛을 되새겨 보았다.

얼마 안 가서 도시가 서서히 한산해지면서 벼룩이 들끓을 것 같은 스산한 시골 분위기가 내려앉았는데, 그러면 그는 늘 이상하게 우울해졌다. 작고 초라한 집들과 납득하기 힘들 정도로 웅장하게 새로 지은 집들이 함께 하는 모양은, 시골에서 누릴 수 있는 한가로운 생활을 기대하기에는 너무 다닥다닥 붙어 있는 꼴이었으며, 어떤 식으로든 공동체의 유대감을 누리기엔 또 엉성하게 떨어져 있는 꼴이었다. 뒤편의 안쓰러운 작고 초라한 텃밭, 그리고 집들 사이에는 쓰레기와 오물, 허물어진 헛간과 비에 떨어진 광고판들이 길을 따라 널려 있었다. 그는 승객은 하나도 없이 오랜 운행 끝에 종착역이 가까워오는 늦은, 심야의 전차를 지나쳤다.

이 분을 더 달리자 이런 풍경도 끝이 났다. 이내 어둠이 더 친밀해졌으며, 그만큼 더 공허해졌다. 엔진 소리도 달라져서 부드럽고 단조롭게 웅웅거렸고, 부풀어 오른 싹을 틔운 나뭇가지들이 갑자기 빠르게 마지막 남은 선명한 빛을 휩쓸고 지나갔다. 차는 우주의 암흑의 중심을 뚫고 달렸다. 그 어둠을 꿰뚫을 것 같은 빛의 기둥이 달리는

데 방해가 되는 모든 자잘한 장애물과 길의 상태를 곤충의 더듬이마
냥 더듬어 살폈고, 그밖에는 아무것도 비추지 않았다. 그는 조끼 단
추를 풀고 바지의 맨 위 단추를 풀어놓고 등을 기댔다. 잠시 후 코트
를 벗을까도 생각했지만 야간 운전이 리듬을 타고 탄력을 받은 터라
흐름을 끊고 싶지 않았다. 그는 더 깊숙이 기대앉았고 그의 눈은 기
어를 바꾸듯이 헤드라이트가 비추는 범위 안에서 제일 먼 곳과 제일
가까운 곳 사이에서 쉴 새 없이 움직이면서 여행의 즐거움에, 그리고
아직 정해지지는 않았지만 본질적으로 중요한 그 의미에 온전히 자
신을 맡겼다.

동이 트기 직전에 그는 강에 도착했다. 작은 판잣집 창문을 서너
번 두드리고 나서야 사공이 잠에서 깼다.

"뱃삯은 두 배로 쳐주쇼, 선생. 오밤중에 건너려면." 사공이 랜턴을
켜는 데만 몰두하면서 말했다.

"그럽시다."

그의 목소리에 사공이 고개를 들었고, 그제야 잠이 다 달아난 것
같았다. "아이고, 안녕하슈?"

"안녕하세요."

"다른 때는 항상 일요일에, 마나님하고 자제분 둘하고 오시더니만."

"그랬지요."

사공은 물가로 내려가면서 랜턴을 아래로 들고 강가에 묶어둔 평
저선*의 형태를 비추었다. 그러더니 랜턴을 위로 들어 철도원처럼 흔

* 밑바닥이 평평한 배, 얕은 물을 다니는 데 좋다.

들었다. 제이는 시동을 끄지 않은 채 살며시 브레이크를 밟으면서 비탈을 내려가 진창에 굵직한 바퀴 자국을 남기면서 조심스럽게 배에 올랐다. 그리고 시동을 끄자, 순식간에 황홀한 정적이 사위를 감쌌다. 그는 차에서 내려서 사공이 바퀴가 움직이지 않도록 고정하는 걸 도왔다. "준비 다 됐어요." 그는 이렇게 말하고 똑바로 섰지만 사공은 아무 말이 없었고, 벌써 밧줄을 풀고 있었다. 둘 다 랜턴이 비추는 드넓은 황토색 강물을 바라보았고, 똑같이 흡족해하는 기색이 역력했다. 꽤 괜찮은 직업이군. 제이는 거의 매번 이런 생각이 들었다. 물론 겨울은 빼고.

"겨우내 배를 띄웁니까?"

"예에." 사공이 밧줄을 틀어쥐면서 말했다.

"그리 나쁘진 않수다." 사공이 잠시 후 덧붙였다. "진눈깨비 올 때만 빼면. 진눈깨비가 날리는 밤은 진짜 싫거든요."

둘 다 말이 없었다. 제이는 파이프에 담배를 채웠다. 그는 성냥을 그으면서 움직임의 차이, 팽창하는 듯한 느낌을 받았는데, 이제 배가 휘어서 물살이 일어나는 쪽으로 들어가 물살에 실려 떠내려갔고, 사공은 그냥 아무것도 하지 않은 채 한손으로 밧줄만 잡고 있었다. 평평한 배가 손으로 젖무덤을 더듬듯 강물을 탔다. 강이 조금 웅얼거렸다. 강을 건너면서 이 부분을 지날 때는 늘 이 소리밖에 나지 않았다. 어느덧 수면이 빛을 반사하기 시작했는데, 하늘에서 또렷하게 알아볼 정도의 빛은 아니었다. 그럼에도 양쪽 강둑을 따라 물 마시러 강가에 나온 소들처럼 바짝 붙어선 나무들이 하나둘 형체를 드러내기 시작했다. 이렇게 더 깊은 시골로 한참 들어가자 수탉들이 비명을 질러댔다. 드디어 자줏빛 하늘이 어슴푸레 밝아왔고, 그제야 두 남자는 처음으로 건너편 강가에서 포장마차 한 대와 그 옆에 꼼짝 않고 있는 조그만 형체를 발견했다.

"어이쿠." 사공이 말했다. "저 양반들 무지하게 기다렸겠구먼!" 사공이 갑자기 서둘러 줄을 잡아당겼다. 배 옆에 닿는 물살이 최고조로 거세질 경우 밧줄과 배 모두 꼼짝달싹 못할 수도 있어서 그 상황을 넘기고 강을 건너가기 위해서는 힘을 충분히 비축해야 했다. 제이는 재빨리 가서 거들었다. "냅두쇼." 경황이 없던 사공은 예의를 갖추지도 않고 제이를 말렸다. 제이는 손을 놓았다. 잠시 후 밧줄을 끌어당기는 일이 어느 정도 안정을 찾았다. 사공이 제이 쪽으로 돌아서서 눈이 마주쳤다. "뱃사공이라면 이쯤은 혼자 너끈히 해낼 수 있소이다. 제 일 하나 해내지 못하면 사내가 아니죠." 그가 해명하듯 말했다.

제이는 고개를 끄덕이며 넓게 퍼져가는 아침빛을 보았다.

"별 일 없어야 할 텐데요. 이 시간에 예까지 오시다니." 사공이 말했다.

제이는 사공의 궁금증을 눈치채고 처음에 말없이 있어 줘서 내심 감동했던 마음이 조금 사그라지기는 했지만 어쨌든 대답을 해주었다. 친근하게 공감하면서도 개인적으로 얽히지 않은 누군가에게 이런 식으로 마음을 털어놓을 수 있다는 게 한편으로는 기쁘기도 했다. "아버지 일이에요. 심장발작을 일으키셔서. 얼마나 심각한지는 아직 모릅니다."

사공은 노파처럼 혀를 차고 고개를 절레절레 흔들고 강을 바라보았다. "참으로 고약한 일이구먼." 그리고 갑자기 제이의 눈을 들여다 보았다. 묘하게 무안하게 만드는 눈길이었다. 그리고 다시 황갈색 강으로 얼굴을 돌리고 계속 줄을 잡아당겼다.

"흠, 행운을 빌어요." 사공이 말했다.

"정말 고맙습니다." 제이가 말했다.

마차가 점점 커지더니 이제는 검은 얼굴에 주름이 깊이 팬 사내와 아낙이 또렷이 보였다. 두멧골의 슬퍼 보이고 굵은 주름이 잡힌 얼굴들은 많지 않은 나이임에도 늙어 보였는데, 이런 모습에 제이는 늘 마음이 평온해졌다. 아낙은 노새 등에 높이 앉아 있었다. 나팔 모양의 속이 깊은 보닛은 포장마차 덮개와 비슷했다. 사내는 마차 옆에 서서 진흙투성이 장화 한 짝을 진흙투성이 바퀴 축에 얹고 있었다. 그들은 배에 탄 두 사람의 눈을 침착하게 응시했고, 꿈쩍도 않고 인사를 건넬 기미조차 없이 사공이 배를 붙들어 맬 때까지 우두커니 서 있었다.

"오래 기다렸수?" 사공이 물었다.

아낙이 사공을 보았다. 잠시 후 사내가 눈 하나 깜빡 않고 고개를 끄덕였다.

"부르는 소리 못 들었는데."

잠시 후 사내가 말했다. "고함을 질렀소."

사공이 랜턴을 껐다. 그리고 제이에게 돌아섰다. "뭐 아주 캄캄할 때 건넌 건 아니구먼요, 선생. 별 수 없이 낮 요금을 받아야겠소."

"괜찮습니다." 제이는 15센트를 건넸다. "그리고 정말 감사합니다." 제이는 헤드라이트를 끄고 구부정하게 서서 크랭크로 엔진을 돌렸다.

"이보쇼, 잠깐만." 마차를 끌고 온 사내가 불렀다. 제이는 고개를 들었다. 사내는 두 걸음 성큼성큼 걸어가서 노새 머리를 잡았다. 그리고 고개를 끄덕였다.

엔진이 따뜻해서 시동이 잘 걸렸다. 크랭크를 비틀어 돌릴 때마다 노새도 괴로움으로 몸을 뒤틀었지만 일단 엔진에서 고른 소리가 나자 노새도 잠자코 서서 부르르 떨기만 했다. 제이는 노새와 마차의 공간을 최대한 확보해 주면서 가파른 진흙 강둑을 올라가기 위해 거칠게 저속 기어로 놓고, 소란을 피워 미안한 마음과 호의를 담아 고개를 숙이고는 일행을 지나쳤다. 그들이 고개를 돌려 눈으로 뒤를 쫓았는데 그 눈길이 소음을 용서할 뜻이 없다는 것처럼 보였다. 그는 강둑 위로 올라가 파이프에 담배를 채우고 노새와 마차가 내려가는 걸 바라보았다. 노새는 머리를 붙잡힌 채 무릎 관절을 거북하게 움직이며 발굽으로 위험한 진창을 쿡쿡 찔러대며 발 딛을 곳을 찾으면서 궁둥이를 높이 쳐들었고, 마차가 기울어져 넓은 바퀴살에 제동장치가 닿자 끼익끼익 소리가 났다.

거 참 안 됐네. 제이는 생각했다. 분명 녹스빌 장터로 가는 길일 터였다. 못해도 두어 시간은 배를 기다린 듯했다. 많이 늦을 터이다.

그는 강물이 갈라지는 아름다운 풍경을 기다렸다. 평저선은 특유의 네모난 형체로 굳은 침묵에 빠진 듯했다. 그는 손목시계를 보았다. 아직 시간이 괜찮았다. 파이프에 불을 붙이고 운전대를 잡았다. 강을 건너면 항상 기분이 달라졌다. 여기서부터는 정말로 오래된 시골길이었다. 고향 마을. 오두막집들이 달라 보였다. 조금 더 낡고 더

궁핍하고 더 소박하고 조금 더 내 집처럼 정겨웠다. 나무와 바위도 다른 곳과는 다르게 솟아난 듯 보였다. 냄새가 달랐다. 이제 머지않아 그는 최악의 소식을 들을 터였다. 정말 최악이라면. 그는 의식하지 못하는 사이에 새 아침의 햇살 속에 드러나는 물 흐르듯 이어지는 시골 풍경을 보며 한결 더 느긋해진 기분이 되었고, 의식하지 못하는 사이에 전보다 조금 더 빠르게 차를 몰았다.

04

　그날 밤 메리는 '멍한 상태로' 밤을 지새웠다. 침대에 혼자 누워 있자니 어금니를 막 뽑은 것처럼 묘한 기분이 들었고, 온 집안이 실제보다 더 커 보이고 휑하니 허전해 보였다. 날이 밝았지만 메리가 바라던 대로 일상이 돌아오지 않았고, 침대도 집도 희멀겋고 적막한 가운데 더욱 텅 비어 보였다. 메리는 깜빡 선잠이 들었다가 깨서 메마른 정적에 귀를 기울였다. 그러다 다시 깜빡 졸다가 소스라치게 놀라 깨면서 괴로운 생각에 시달렸다. 그녀는 인생에서 가장 침통한 사건을 향해 달려가는 남편을 떠올렸고, 위중한 병으로 누워서 어쩌면 죽어 가는지도 모르는, 아니 어쩌면 지금쯤 벌써 저세상으로 떠났을지도 모를(그녀는 가슴에 성호를 그었다) 시아버지를 떠올렸다. 하지만 이러한 정황에서도 남편을 위해 마땅히 가져야 할 절실한 감정이 느껴지지 않았다. 상황이 뒤바뀌었다면, 그러니까 임종을 맞는 사람이 그녀의 아버지였다면 제이도 지금의 그녀처럼 생각했을 테고, 그러니 남편을 탓할 일도 스스로를 나무랄 일도 아닌 줄 알면서도 좀처럼 기분이 나아지지 않았다. 문제의 바탕에는 시아버지를 진심으로 좋아한 적이 없다는 사실이 있다는 것을 그녀도 잘 알았다.

시아버지를 무시한 건 절대로 아니었다. 제이의 친척들 여럿이 메리의 면전에 대고 그렇게 말하는 것처럼, 그래서 제이조차 그렇게 생각할까 봐 두려운 그런 감정이 결코 아니었다. 맹세코 아니었다. 다만 모든 사람이 시아버지를 좋아하듯이 그렇게 좋아하는 건 불가능했다. 만일 임종을 맞이한 사람이 제이의 어머니였다면 분명 메리도 애도할 것이고, 그 애도가 남편에 비해 부족함이 없을 것을 알기에, 그녀가 시아버지에게 얼마나 정이 없는지를 새삼 깨달았다. 메리 스스로도 시아버지에 대해 왜 그 정도의 애정 밖에 없는지 의문이었다 (사실 시아버지를 싫어한다고까지 말한다면 억울한 노릇이라고 생각해 온 터였다). 기본적으로는 사람들이 시아버지를 너무 너그럽게 용서해 주고 단점이 많은 분인데도 과분하게 좋아해 주기 때문이고, 더불어 시아버지도 사람들의 용서와 사랑을 당연하게, 애초에 타고난 자기 몫이라는 듯이 받아들이거나, 더 심하게는 마치 그런 사실조차 인지하지 못하는 것 같았기 때문일 것이다. 그 와중에서도, 메리가 아주 긴 시간 동안 분개하고 질색하고 혐오해 온 것은 시아버지가 시어머니에게 끊임없이 짐을 떠안기는데도 시어머니는 그게 짐인 줄도 모르며 시아버지가 자기를 이용하는 줄도 모른다는 듯이 군말 없이 참고 순종하는 모습이었다. 메리가 견딜 수 없었던 건 두 분의 바로 이 무의식적인 면이었고, 만약 시어머니가 한 번이라도 화를 내거나 알아챈 기미라도 보였다면 어쩌면 메리 역시 시아버지를 좋아할 수 있었을지도 몰랐다. 이런 마음 때문에 급기야 시어머니한테까지 분노가 치밀었고 싫어하게까지 되었고, 이 모든 감정이 옳지 않을뿐더러 그녀의 진실한 속내에 부합하지 않다는 걸 알기에 마음이 편치 않았다. 또한 시아버지가 삶의 마지막 순간을 보내고 있을지 모를 이 순간에 뜬눈으로 누운 채 시아버지의 안 좋은 면을 떠올리고 있는 자신을 깨닫고는 더욱 충격에 휩싸였다. 부끄러운 줄 알아야지. 메리는 혼잣말을 내뱉고 진심으로 시아버지의 장점이라고 생각하는 모든 것을 손꼽아 보았다.

시아버지는 한 가지 점에서는 너그러웠다. 잘못에 너그러웠다. 그리고 시아버지가 시도 때도 없이 '빌려주는' 거라는 말로 당신에게 맨 먼저 도움을 청하는 사람에게 돈이든 음식이든, 식구들의 몸과 마음이 쉬어야 할 가정을 꾸리는 데 필요한 것들을 줘버린 일들이 떠올랐다. 엄연한 잘못이었다. 다만 착한 잘못이었다. 사람들이 시아버지를 좋아하면서―혹은 좋아하는 척하면서―있는 대로 다 이용해 먹으려고 하는 것도 놀랄 일은 아니었다. 그리고 시아버지는 참으로 인정 많은 사람이었다. 훌륭한 미덕이었다. 그리고 아량이 있었다. 메리는 시아버지가 누구에게든, 심지어 당신의 넉넉한 성품을 악랄하게 이용한 사람들에게조차 매몰차게 대하거나 싫은 소리 하는 걸 들은 적이 없었다. 곰곰이 생각해 보면 시아버지는 상대가 진심으로 그랬을 거라고 믿는 것을 감당하지 못했던 것 같다. 하긴 그래서인지 모두가 메리를 시기하고 미워하고 경멸하면서 헐뜯으려 할 때도, 메리가 아는 한 시아버지는 한 번도 그런 대화에 끼어든 적이 없었다.

그렇다고 시아버지가 시어머니처럼 남들 앞에서 단호하고 용감하게 분개하면서 며느리를 감싸 준 적은 없었다. 남에게 매정하게 구는 걸 싫어한 만큼 갈등도 싫어한 탓이었다. 하지만 메리는 이런 생각을 곧 접어두었다. 그녀가 아는 한, 시아버지는 병이나 고통이나 가난에 대해 불평 한 마디 한 적이 없었고, 평생 지나칠 정도로 남을 두둔하면서도 자기를 위해서는 단 한 번도 변명을 늘어놓은 적이 없었다. 물론 시아버지에게는 불평하거나 변명할 권리가 눈곱만큼도 없기도 했지만, 메리는 이런 생각 또한 얼른 떨쳐냈다. 메리는 시아버지가 언제나 잘해 주고 친근하게 대해 준 기억만을 떠올리면서 스스로를 질책했다. 물론 그녀를 위해서가 아니라 순전히 '제이의 아내'라서 그러는 것이고, 시아버지 역시 그렇게 말할 테지만, 어찌됐든 어떤 이유로도 그를 원망해서는 안 되었다. 아닌 게 아니라 메리도 시아버지에게 그나마 좋은 감정이 들었다면, 그것은 단지 제이의 아버지였기 때문이다. 어쩌다 보니 어떤 사람을 좋아할 수밖에 없게 된 범위, 그 이상으로 그를 좋아할 수는 없었다. 그냥, 그럴 수가 없었다. 좋아하는 마음이 가능하다고 정해 준 그 이상의 감정을 느낄 수 없었던 것이다. 시아버지에게는 어떤 특별한 종류의 근본적인 약점이 있었다. 메리는 그 약점을 좋게 보거나 존중할 수 없었음은 물론 더 나아가 용서하거나 그냥 모른 체 받아들일 수도 없었다. 의도적이지 않아도 남을 이용하게 되고, 불이익과 부담을 떠안기고, 그런 일로 부끄러워하지도 않고 심지어 자각하지도 못하는 종류의 약점이었기 때문이다. 뿐만 아니라 어쩌면 시아버지는 제이와 메리 사이의 커다란 장벽, 고집스럽게 해결되지 않은 채 회피해 버리고 말아야 하는 존재였다. 시아버지는 메리가 제이의 식구들, 그러니까 제이의 '배경'을 온전히 이해하는 데 근본적으로 방해만 되고 있는지도 몰랐다. 여전히 메리는 시아버지를 진심으로 좋아하거나 마음 깊이 걱정할 수는 없었다. 시아버지를 떠올리면 마음이 무겁고 슬퍼지기는 해도, 그것은 긴 세월을 보낸 후 생의 마지막 순간을 앞둔 늙고 지치고 고통스러워하는 여느 인간에게 느끼는 정도의 무거운 슬픔일 뿐이었다. 게다가 시아버지를 생각하는 와중에도 속으로는 그분의 아들이 얼마나 슬퍼할지, 그 남편의 슬픔에 미치지 못하는 자신의 마음만을 헤아릴 뿐이었다. 심지어 이 순간까지도 제이의 어머니, 시어머니는 안중에도 없었다는 사실을 깨닫고 경악했다. 줄곧 남편 생각밖에 없었던 것이다. 메리는 마음먹었다. 어머님께 편지를 써야겠어. 물론 조만간 뵙게 될 것 같기는 하지만.

그런데 시어머니에게 사별이 어떤 의미인지 알면서도, 그런 걸 떠올리는 것조차 잘못인 줄 알면서도, 그러면 그럴수록 시아버지의 죽음이 엄청난 안도와 해방감을 의미할 거라는 느낌을 떨쳐낼 수 없었다. 그리고 이런 생각이 스쳤다. 더 이상은 시아버지가 나와 제이 사이를 가로막지 않겠지.

그런 상상을 하자 마음이 차갑게 식어갔다. 주여, 용서해 주세요. 메리는 깜짝 놀라 생각했다. 시아버지가 돌아가시길 바란 거나 다름 없구나!

메리는 두 손을 맞잡고 천정의 얼룩 하나를 응시했다.

메리는 기도했다. 오 주여, 이루 말할 수 없이 죄 많은 생각을 용서해 주세요. 주여, 제 영혼에서 이런 가증스런 생각을 깨끗이 씻어 주세요. 주여, 주님의 뜻이 그러하다면 그분을 오래오래 살려 주시어 제가 주님의 자비로운 도움으로 그분을 더 이해하고 돌봐 드릴 방법을 배우게 해주세요. 저를 위해서가 아니라 그분을 위해서 살려 주세요, 주여.

메리는 눈을 감았다.

주여, 제 마음을 열어 주시어 이런 애통한 일이 반드시 일어나야 한다면 그것을 깨달을 자격을 주시고, 슬픔에 잠긴 이들에게 제가 가치 있게 쓰이고 위로할 수 있게 해주소서. 주 하나님, 주 예수님, 저의 무정함과 무관심을 녹이시고, 제 텅 빈 가슴에 내려와 채워 주소서. 주여, 주님의 뜻이 그러하다면 그분을 아직 더 지켜 주시어 제가 제 짐을 한결 가볍게 짊어지는 법을 배우거나 이 짐이 축복이라는 걸 깨닫게 해주소서. 그리고 그분을 꼭 데려가셔야 한다면, 혹여 벌써 주님 곁에 두셨다면(그녀는 가슴에 성호를 그었다) 그분이 주님의 평화 안에서 안식을 얻기를 기도드립니다(다시 가슴에 성호를 그었다).

그리고 주여, 주님의 뜻이 그러하시다면, 이 슬픔이 제 남편에게 가야 한다면, 부디 자비를 베푸셔서 이번 시련을 통해 제 남편의 마음을 열고 그이의 영혼을 일깨워 주시어 그이가 세속에서 얻지 못할 위안을 주님 안에서 구하고 주님을 더 명징하게 보고 주님의 품에 안기게 해주시길 기도합니다. 주께서 아시듯, 그이의 가련한 아버지나 저의 하찮은 마음 때문이 아니라 사실 저희 부부의 골이 깊어지고 있기 때문입니다.

주여, 주님의 은총 안에서, 과연 어느 누가 모든 일을 행하여 이런 골을 메울 수 있을는지요. 저희가 세속의 혼인으로 하나가 되었듯이 주님 안에서 하나가 되게 해주소서. 예수님의 이름으로, 아멘.

메리는 다소 위안을 얻으며 누웠지만 편안하기는커녕 오히려 더 불안해졌다. 전에는 한 번도 부부 사이의 종교적 차이나 그 차이가 그녀한테 얼마나 중요한지에 관해 이렇게 말로 해보거나 명확히 인식한 적이 없었다. 이런 의문이 들었다. 이 문제가 남편에게는 얼마나 중요할까? 내가 우리의 차이를 지나치게 부풀려서 생각하는 걸까? '골'이라고? '깊어진다'고? 과연 그럴까? 물론 남편은 한 번도 그녀의 이런 느낌이 타당하다고 인정해 주는 말을 한 적이 없었다. 메리 또한 이렇게 과장된 감정을 느낀 건 아니었다. 둘 다 그런 말을 거의 하지 않아서 마치 둘 다 그런 말을 하지 않으려고 무척 조심하는 사람들 같았다. 그러나 그것이 문제였다. 메리에게는 아주 중요하고 갈수록 더 중요해지는 문제인데도 둘이 함께 나누지 못하고 드러내 놓고 말할 수 없으니 말이다. 메리가 진실로 가깝고 친밀하게 여기는 사람은 한나 고모밖에 없었고, 메리가 사랑하고 희망을 거는 대상은 아이들이었다. 그뿐이었다. 그렇기 때문에 골은 깊어질 수밖에 없어 보였다(메리는 두 손을 포개고 고개를 절레절레 흔들면서 얼굴을 찡그렸다). 바로 아이들 때문이었다. 남편이 앤드루 오빠 같은 분노와 경멸 혹은 아버지 같은 비아냥거림을 전혀 마음에 두지 않는 건 분명했다. 하지만 이런 얘기만 나오면 부쩍 말수가 줄어드는 걸로 봐서는 이런 문제로부터, 그녀로부터 아주 멀리 있고 이런 얘기를 하고 싶지 않은 것 같았다. 남편은 줄곧 거리를 두었다. 그뿐이었다. 이렇게 거리를 두고 위엄을 지키는 모습은 사실 메리가 남편에게서 존경하는 면모이긴 했지만 이렇게 입을 꾹 닫고 뒤로 물러날 때면 메리는 그만큼 상처를 받았다. 그리고 골은, 아아, 어쩔 수 없이 더 깊어질 터였다. 메리가 이 문제에 관해서 특별히 조용하고 온화한 태도를 유지하려고 노력하면서도, 아이들만큼은 그녀가 그래야만 한다고 확신하는 방식으로, 다시 말해서 반드시 기독교*와 가톨릭의 자녀로 길러 낼 작정이었기 때문이다. 교회에서나 집에서나 똑같아야 했다. 따라서 남편이 달라지지 않는 한 어쩔 수 없는 몇 가지가 있었다. 그 몇 가지에서만큼은 아무리 애를 쓰고 좋게 생각하려고 해도, 두 사람 모두 그럴 거라고 확신하지만, 어쩔 수 없이 아이들을 남편과 멀어지게 하고 메리 역시 남편과 멀어질 수밖에 없었다. 그리고 그건 남편이 어떤 행동을 했거나 뭔가를 바랐기 때문이 아니라 그녀가 심사숙고한 결과였다. 그녀는 비통한 심정으로 기도했다. 주 하나님, 제가 잘못하는 걸까요? 제가 잘못한다면 일깨워 주세요, 주님께 간청합니다. 어찌 해야 할지 길을 보여 주세요.

하지만 하나님은 메리가 이미 아는 길만 보여 주셨다. 어떤 고난이 닥쳐도 기독교의 여인이자 가톨릭 신자로서 믿음 안에서 철저히 독실하게 아이들을 길러 내야 하고, 더불어 남편보다는 그녀가 앞장서서 가족을 하나로 지키고 골을 메워야 했다.

하지만 이렇게 한들 내가 할 수 있는 그 무엇으로도 우리 사이의 골을 메우지는 못하겠지. 메리는 생각했다. 그 무엇도, 그 무엇도 소용없겠지.

그래도 나는 해야 해.

* 우리나라에서는 신교만을 의미하기도 하나 여기서는 가톨릭도 포함하는 의미이다.

그저, 하나님을 믿어야 해. 이 말은 입 밖으로 나올 뻔했다. 나는 그저, 주님의 뜻을 행하고 온전히 주님을 믿어야 해.

전차가 지나갔다. 캐서린이 우는 소리가 들렸다.

05

　"아빠는 폴레트 할아버지를 뵈러 꼭 올라가셔야 했단다." 엄마가 말했다. "아빠가 엄마더러 너희 둘한테 대신 뽀뽀해 주라고 하면서 오늘 밤 너희가 잠들기 전에 돌아올 수도 있다고 하셨어."

　"언제 가셨어요?" 루퍼스가 물었다.

　"음, 새벽에 일찍, 해 뜨기 전에."

　"왜요?"

　"폴레트 할아버지께서 많이 아프시거든. 랠프 삼촌이 어젯밤에 아주 늦게 전화했어. 우리가 다 잘 때. 할아버지가 발작을 일으키셨대."

　"발작이 뭐예요?"

　"시리얼 먹어라, 캐서린. 루퍼스, 너도 어서 먹고. 심장발작이야. 지난 가을에도 그러셨던 것처럼. 랠프 삼촌 말로는 이번엔 더 심각하시대. 할아버지가 아빠를 아주 많이 보고 싶어 하셔서 급히 가신 거야."

　"왜요?"

　"할아버지가 아빠를 사랑하시니까. 그리고 만약에…. 먹으래도, 아

가. 안 먹으면 다 식어서 맛이 없어지고, 그럼 엄청 먹기 싫어지잖니. 아빠가 할아버지를 얼른 만나지 않으면, 두 분이 다시는 만나시지 못할 수도 있거든."

"왜 못 만나요?"

"할아버지가 나이가 많으시니까. 사람이 나이를 많이 먹으면 몸도 아프고 다시 낫지 못할 수도 있거든. 그리고 몸이 낫지 않으면 하나님께서 그 사람을 잠들게 해서 다시는 사람들을 만나지 못하게 하신 단다."

"다시는 깨어나지 못해요?"

"바로 다시 깨어나긴 해. 천국에서. 하지만 땅에 있는 사람들은 더이상 그 사람을 보지 못하고 그 사람도 사람들을 보지 못해."

"아."

"먹으래도." 엄마는 조용히 속삭이면서 입을 크게 벌렸다 오므렸다 하면서 열심히 씹는 시늉을 했다. 아이들이 시리얼을 입에 넣었다.

"엄마." 루퍼스가 말했다. "전에 올리버가 잠들었을 때요, 걔도 천국에서 깨어났을까요?"

"모르겠네. 하나님께서 천국에 고양이들을 위해 따로 마련해 두신 곳에서 깨어났을 것 같구나."

"토끼들도 깨어났을까요?"

"올리버가 깨어났다면 토끼들도 그랬겠지."

"다들 온몸에 피를 흘리면서요?"

"아냐, 루퍼스. 가녀린 작은 몸만 깨어난단다. 하나님께서 그 불쌍한 애들이 아프고 피 흘린 채 깨어나게 내버려 두시진 않을 거야."

"하나님은 왜 개까지 들여보내 주신 거예요?"

"우리는 알 수 없단다, 루퍼스. 하지만 그것도 우리가 언젠가 이해해야 할 그분의 의도일 테지."

"그러면 하나님한테 뭐가 좋은데요?"

"얘들아, 꾸물대지 말아야지. 학교 갈 시간이 다 됐잖니."

"하나님한테 뭐가 좋아요, 엄마? 개를 들여보내 주시면요?"

"엄마도 몰라. 하지만 언젠가 우리도 이해하게 될 거야, 루퍼스. 우리가 인내심을 갖고 기다리면. 이렇게 우리가 이해하지 못하는 문제로 고민할 필요가 없단다. 우리는 그저 하나님께서 제일 잘 아신다고 믿으면 된단다."

"개네는 하나님이 안 보실 때 몰래 들어갔을 거예요." 루퍼스가 간절하게 말했다. "하나님이 계셨다면 개네를 들여보내 주지 않으셨을 거예요. 맞죠, 엄마? 안 그래요?"

엄마는 머뭇거리다가 조심스럽게 말했다. "아니야, 루퍼스. 하나님은 어디에나 계시고, 모든 것을 알고 계셔. 그분 모르게 일어나는 일은 없단다. 그런데 악마도 어디에나 있어서 — 물론 천국을 빼고 어디에나 — 늘 우리를 유혹한단다. 우리가 악마의 유혹에 넘어가서 악마가 시키는 일을 할 때도 하나님께서는 우리가 하도록 내버려 두신단다."

"유혹이 뭐예요?"

"그건 말이야, 음. 우리가 어떤 일이 나쁜 건 아는데 그 일을 하고 싶을 때 악마가 우리를 유혹한다고 하는 거야."

"어째서 하나님은 우리가 나쁜 일을 하도록 내버려 두시는 거죠?"

"왜냐면 하나님은 우리가 스스로 결정하기를 바라시거든."

"나쁜 짓을 해도요? 하나님이 보시는 앞에서?"

"하나님은 우리가 나쁜 짓을 하는 걸 원하지 않고, 우리가 착한 일과 나쁜 짓을 잘 구분해서 자유로이 착한 일을 택하길 바라신단다."

"왜요?"

"하나님께서는 우리를 사랑하고 우리도 그분을 사랑하기를 바라시지만 만일 하나님께서 그냥 우리를 착하게만 만드셨다면 우리가 진실로 하나님을 사랑하지 못하거든. 시켜서 하는 일을 좋아할 수 없듯이 그분이 그렇게 시켰다고 하나님을 사랑할 수는 없는 거야."

"그런데 하나님은 뭐든 하실 수 있다면서 왜 그런 건 못하세요?"

"그분께서 바라시지 않으니까." 엄마는 약간 초조한 투로 말했다.

"왜 바라시지 않으세요?" 루퍼스가 물었다. "그렇게 하는 게 하나님한테도 훨씬 더 쉬울 텐데."

"하나님께선 ─ 쉬운 ─ 길을 ─ 믿지 ─ 않으신단다." 엄마는 어떤 승리감에 젖어서 또박또박 끊어서 아주 힘주어 말했다. "우리한테도 그렇고, 무슨 일에든 누구한테든 마찬가지란다. 심지어 하나님 자신에게도 용납하시지 않아. 하나님께서는 우리가 최선을 다해 그분께 가서 그분을 발견하기를 바라신단다."

"꼭 숨바꼭질 같아." 캐서린이 말했다.

"뭐라고 했니?" 엄마가 조금 걱정스럽게 물었다.

"꼭 숨바…."

"에이, 숨바꼭질하고는 하나도 비슷하지 않잖아. 맞죠, 엄마?" 루퍼스가 말을 잘랐다. "숨바꼭질은 그냥 놀이야, 그냥 놀이라고. 하나님은 장난치면서 놀이나 하시지 않아, 그렇죠, 엄마! 맞죠! 맞죠!"

"그럼 못 써, 루퍼스." 엄마가 다정하게 말했고, 안도하는 기색이 없지 않았다. "에이, 그럼 못 쓰지!" 캐서린이 뾰로통한 얼굴로 입을 꾹 다물고 눈을 부라리면서 오빠에게서 엄마에게, 다시 오빠에게로 눈길을 보냈다.

"그래도 하나님은 그러지 않아요." 루퍼스는 대화가 흘러가는 모양새에 부아가 나고 당황해서 고집을 피웠다.

"그만, 루퍼스." 엄마는 엄하게 꾸짖고는 몸을 앞으로 숙여 캐서린의 손을 쓰다듬었다. 그러자 캐서린이 턱을 바르르 떨면서 눈물을 쏟았다. "둘 다 맞는 말이야, 아가! 둘 다 맞는 말이야! 하나님께서는 놀이를 하시지 않아. 그건 오빠 말이 맞지만 어떻게 보면 숨바꼭질하고 비슷하단다. 네 말도 다-아 맞아!"

그러자 캐서린은 화가 풀렸고, 루퍼스는 멍하니 앉아 있었는데, 동생이 울어서 화가 나고 질투심을 느낀 탓도 있지만 그것 때문에 보다는 느닷없이 혼자라는 기분이 든 탓이었다. 하지만 동생이 어찌나 서럽게 우는지 화가 나고 질투심이 들었던 자신이 부끄러웠고, 그러다 이내 미안해져서 자신의 마음을 보여 줄 방법을 궁리했지만 언뜻 떠오르지 않았다. 엄마가 노려보면서 말했다. "어서 학교 갈 준비해야지. 아빠한테 말씀드려야겠다. 넌 나쁜 아이라고!"

몇 분 뒤 엄마는 문 앞에서 허리를 숙여 아들에게 잘 가라고 입을 맞추다가 아들의 얼굴을 보면서 표정을 잘못 읽고는 좀 더 다정하게 애원하듯이 말했다. "루퍼스, 네가 미안해하는 줄은 알지만 동생한테 못되게 굴면 못 써. 아직 애기고, 네 동생이잖아. 동생한테 심술궂게 하거나 마음 아프게 하면 안 돼. 알아들어? 응, 루퍼스?"

루퍼스는 고개를 끄덕였고, 엄마가 다정하게 말하니까 동생도 그리고 자기 자신도 너무나 안 됐다는 마음이 들었다

"그럼 다시 가서 동생한테 미안하다고 말하렴. 서둘러, 이러다 학교에 늦겠다."

루퍼스는 엄마와 함께 쭈뼛쭈뼛 들어가서 캐서린에게 다가갔다. 캐서린은 뾰로통하고 벌건 얼굴로 뚱하게 오빠를 쳐다보았다.

"오빠가 미안하다고 말하고 싶대, 캐서린. 널 속상하게 해서." 엄마가 말했다.

캐서린은 미심쩍은 눈으로 오빠를 매섭게 노려보았다.

"미안해, 캐서린. 정말 미안해. 넌 작고, 어린애고, 또⋯."

하지만 이 말에 캐서린은 화를 내며 한바탕 울음을 터뜨렸고 두 주먹으로 접시를 내리쳤다. 어안이 벙벙해진 루퍼스는 뚱한 얼굴을 한 채 서둘러 학교에 갔다.

06

　농장에서 무슨 일이 벌어졌는지 알고 제이는 그토록 괴로워하고 놀랐던 자신에게 화가 났다. 얼마 후 제이는 모든 일이 그가 미심쩍어하던 그대로였다는 생각이 들었다. 랠프가 늘 그렇듯 말짱한 정신이 아니었던 것이다. 여전히 무척 방어적이긴 했지만 랠프도 창피해서 어쩔 줄 몰라 했고, 제이를 비롯한 모든 식구들은 랠프에게 괜찮다고 설득하려 애썼다. 자신이 쓸모없는 사람이 아니고 상황을 책임질 수 있는 사람이라는 것이 랠프에게 얼마나 절실한 문제인지 제이는 짐작할 수 있었다. 랠프를 곱게 봐주기는 어려워도 한편으로는 불쌍하다는 생각도 들었다. 왜 이런 상황이 벌어졌는지 알 것 같았다.

　하지만 실상, 제이가 이해한 건 일부에 불과했고, 랠프가 아는 것도 그보다 조금 더 많은 수준이었다.

　전날 늦은 밤 아버지는 그 어느 때보다 훨씬 더 심각하고 고통스럽게 발작을 일으켰다. 몇 분 지나지 않아 어머니는 남편이 위중하다는 사실을 깨닫고 토머스 오크스를 깨웠다. 토머스는 황급히 언덕 너머로 제시와 조지 베일리를 깨우러 갔고, 거기서 지체하지 않고 바로 돌아와 말에 안장을 얹고 채찍질을 해가면서 라폴레트로 향했다. 의사가 왕진을 나간 터라 전갈만 남기고 다시 급히 랠프의 집으로 향했다. 랠프는 소식을 들은 순간 밀려오는 책임감에 사실상 공황상태에 빠졌다. 그는 의사가 아직 오지 않았냐고 물었다. 토머스가 저간의 사정을 설명하자, 랠프는 어머니가 아들인 자신을 옆에 부르기도 전에 토머스를 시켜서 당장 의사부터 불러오라고 시킨 사실을 깨달았다. 옹졸하고 쩨쩨한 생각이라고 떨쳐 내려 했지만 그 생각이 머릿속을 떠나지 않고 밤송이처럼 아프게 찔러 댔다. 하지만 억울해할 틈이 없었다. 자기는 물론이고 샐리도 어서 가서 일손을 거들어야 했다(그러지 않는다면 샐리는 날 절대로 용서하지 않겠지). 아버지가 돌아가신다면 말이다(그 자리에서 그녀는 유일한 며느리, 하나 있는 아들의 아내일 테고, 그의 어머니는 그걸 결코 잊지 않을 것이다). 랠프는 급히 뛰어들어와 아내에게 사정을 설명하면서 황급히 옷을 꿰입고 곧장 두 집 건너 펠츠 씨네로 달려가 현관문을 쾅쾅 두드렸다. 그리고는 문을 두드려 미안하다면서(목소리는 이미 젖어 있었다) 아버지가 위독하시고 어쩌면 이미 돌아가셨을지도 모르고, 오밤중에 깨우고 싶진 않았지만, 그래도 자기 아내도 같이 갈 수 있도록 도와줄 수 있는지 물었다. 그들은 친절을 베풀었고, 펠츠 부인은 샐리가 머리손질을 채 끝내기도 전에 집에 와주었다. 샐리가 채비하는 동안 랠프는 잰걸음으로 길 건너 사무실에 들어가 책상을 열쇠로 따고 어둠 속에서 위스키 두 모금을 숨 막힐 정도로 들이켰다. 그리고 술병을 주머니에 쑤셔 넣고 급히 내려가서 차에 시동을 걸었다. 그들은 신속히 차를 몰아서 말을 타고 아직 마을 어귀를 벗어나지 못한 토머스를 앞질렀다. 랠프는 운전대 너머로 눈을 내리깔고 냉랭하게 혼잣말로 "60 정도" 아니면 이렇게 형편없는 길에서 안전하게 달릴 정도나 그보다 조금 빠른 정도, 라고 중얼거리면서, 형의 차보다 급이 높고 가격도 비싸기도 하지만 남들이 농담거리로 삼지 않을 만한 차라서 선택한 찰머스*를 몰면서 바니 올드필드**를 떠올렸다. 처음엔 저 앞에 가는 말과 말을 탄 사람에게 경적을 울려 자기의 존재를 알리면서 주의도 줄 겸 인사도 건넬까 하다가 이내 상황의 심각성을 깨닫고는 그러지 않았다. 그러다가, 너무 늦게야, 길에서 지나치면서도 말을 걸지 않았으니 토머스가 무시당했다고 느낄지 모르겠다는 생각이 불쑥 들었다. 그리고 이런 상황에서 토머스가 그렇게 사소한 문제로 그런 감정을 품을 수도 있다고 생각하자 토머스에게 화가 났다.

아무 대책 없이 번민하고 두려워하며 두 시간 정도를 보냈을 무렵 의사가 도착했다. 그러는 동안 누구보다 괴로워한 사람은 랠프였을 것이다. 아버지가 틀림없이 겪고 있는 모든 고통, 어머니의 모든 슬픔과 불안, 거기 모인 모든 덜 중요한 사람들의 덜 중요한 감정 때문에 괴로워한 것, 또는 괴롭다고 믿은 것 말고도, 랠프는 깊은 수치심에 괴로웠다. 처음 집 안으로 뛰어들어가 어머니를 끌어안았을 때만 하더라도 그의 말투와 태도는 모두 적절한 것 같았다. 그 자신이 한없이 슬프면서도 무한한 의지를 끌어내 비통한 가족들이 무너지지

* 1920년대까지 생산된 차종으로 당시 고급 차종이었다.
** Barney Oldfield, 20세기 초반 활약한 미국의 자동차 레이서. 최초로 시속 60마일을 주파했다.

않도록 지탱해 주는, 누군가 해야 할 일을 완벽하게 해낼 수 있을 것 같았다. 그런데 어머니를 처음 안았을 때부터 어머니가 그에게서 떨어지고 싶은 속내를 애써 감추는 듯한 느낌을 받았다. 어머니에게 다가가서 안아 주고 어머니에게 기대어 흐느끼고 어머니를 어루만지고, 때로는 용기를 내셔야 한다고 그랬다가 때로는 용기를 내려고 애쓰지 마시라고 그랬다가, 그저 자신에게 기대어 실컷 우시라면서 이런 때는 아들들을 곁에 두시고 싶은 게 당연하다고 말해 주었지만, 그때마다 어머니가 억지로 참으며 뻣뻣하게 굳어지는 걸 느꼈고, 어머니의 목소리가 그를 당혹스럽게 했다. 그 방에 있던 모두가, 랠프 자신도 결국에는, 그가 어머니를 더 힘들게 만들 뿐이라는 사실을 알았다. 오직 어머니만 아들이 위로하기보다는 위로받고 싶어 한다는 걸 알아챘다. 어머니는 아들에게 조금도 화가 나지 않았다. 그저 안쓰러운 마음에 아들을 더 도와주고 싶기도 했지만, 생각도 마음도 아들에게 가 있지 않은 상황인지라 아들이 흐느끼면서 풍겨대는 고약한 입 냄새에 속이 울렁거릴 뿐이었다. 아들이 어머니의 말투에 당혹스러워한 이유는 동떨어진 느낌 때문이었다. 그가 어머니에게 조금도 위로가 되지 못하고 어머니가 그에게 기대지 않으니, 그가 항상 두려워하듯이 어머니가 그를 진심으로 사랑하지 않는다는 의심이 들기 시작했다. 그래서 어머니를 위로하고 어머니를 위해 힘을 내려고 갑절로 안간힘을 썼다. 그러나 그가 애쓰면 애쓸수록 어머니의 말투는 더 거리감이 느껴졌다. 반 시간이 지나도록 어머니의 얼굴은 처음 봤을 때보다 조금도 기운을 차린 모습이 아니었다. 그리고 모두가 그를 아무짝에도 쓸모없는 인간으로 여긴다는 생각에 미치자 어머니가 그를 사랑하지 않는다는 느낌이 더 강렬해졌다. 여자들이 그를 보는 시선과 남자들이 보는 시선은 사뭇 달랐다. 아내는 원망하는 마음만 있고 남편을 안쓰럽게 여기지 않는 눈치였다. 그는 침이나 질질 흘리는 뚱보가 된 심정이었고, 갑자기 그를 몹시 혐오스런 눈길로 쳐다보는 아내의 시선에서, 아내는 배가 나오지 않은 남자랑 자는 걸 더 좋아할 거라는 생각마저 들었다. 어떤 놈일까? 뱃살이 방해하지 않을 작자라면 아무하고나. 여동생 제시로 말할 것 같으면 그가 그녀를 싫어하는 만큼 그녀 역시 늘 그를 싫어했다. 그리고 조지 베일리는 심각한 얼굴로 떡 벌어진 가슴을 내밀고 앉아서 그와 눈이 마주치면 항상 조심스럽게 눈길을 돌렸다. 조지는 자기가 랠프보다 두 배는 강인한 사내이고 이런 상황에서도 두 배는 잘 처신하며, 비록 사위이지만 랠프가 제 혈육을 챙기는 것보다 처가 식구들을 더 잘 챙길 수 있다고 생각했다. 가족들 모두 조지가 랠프보다 두 배는 더 남자답다는 걸 알았지만 그걸 입 밖에 내거나 심지어 생각조차 하지 않으려 했고, 랠프에게 그런 눈치를 주지 않으려고 애썼다. 그리고 토머스 오크스, 그저 투박한 두 손을 무릎에 걸치고 앉아서 맥 풀린 파란 눈으로 마룻바닥의 옹이만 내려다보는 까막눈의 무식한 머슴, 그런 토머스조차 랠프보다 남자답고 더 쓸모가 있었다. 토머스가 일어나서 더 시킬 일이 없으면 다락방에 올라가 있겠다면서 할 일이 생기면 불러 달라고 말했다. 랠프는 깨달았다. 랠프는 토머스가 비록 무지할지는 몰라도 가족들끼리만 남겨 두는 게 최선이라는 걸 모를 만큼 무지하지는 않다는 걸 알았다. "알았네, 톰"이라고 대꾸하는 어머니의 말투는 그날 밤 아들에게 건넨 그 어떤 말보다 더 생기가 있고 따스하고 고마운 마음이 녹아든 목소리였다. 랠프는 톰이 우직하고 조용하게 한 칸 한 칸 사다리를 올라가는 모습을 보면서 생각했다. 저기 나보다 더 사내다운 작자가 올라가는군, 저자는 언제 빠져 줘야 하는지 알아. 내가 여기 남는 것보다 저자가 물러나면서 몇 갑절로 좋은 일을 하는구나. 또 이런 생각도 했다. 이 방에 있는 모두가 정작 빠져 줄 사람은 저자가 아니라 나라고 생각해. 랠프는 톰을 제외한 모두에게 다정하게 들리는 말투로 말하려고 했지만 결국 퉁명스럽게 들리는 말투로 "그래 좋아, 톰, 눈 좀 붙여두게"라고 말했고, 톰은 천정으로 올라간 머리를 다시 숙여서 텅 빈 파란 눈으로 랠프를 내려다보면서 "괜찮습니다, 랠프 씨"라고 말했다. 랠프는 톰이 사실은 잘 생각이 전혀 없고 다락방에 올라가서 잠을 자기보다는 그저 필요한 때를 채비할 생각이었는데 자신을 뭉개버린 랠프의 적의를 알아채자 오히려 랠프의 어머니와 아내, 죽어가는 아버지 앞에서 자신을 뭉개버린 거라고 문득 생각했다. "괜찮습니다, 랠프 씨." 괜찮긴 뭐가 괜찮다는 거야? 대체 뭐가? 랠프는 톰에게 "뭐가 괜찮다는 거야, 이 ─ 빌어먹을 ─ 백인 ─ 쓰레기 ─ 새끼야!"라고 소리를 지르고 싶었지만 겨우 참았다.

모두의 시선이 유독 강렬하게 와서 꽂히는 느낌이 들 때마다 랠프는 다시 어머니에게 다가가 안아 주고 어머니의 머리를 품에 꼭 안고 어머니가 울게 할 만한 말을 건네려 했고, 그러는 사이 어머니의 말투는 차츰차츰 그에게서 멀어지고 어머니의 얼굴은 조금씩 더 늙고 푸석푸석해 보였다. 그때마다 그는 자기한테 꽂히는 눈길과 그 눈길에 담겨진 의미를 더욱 뼈저리게 알아챘고, 그러면 얼른 어머니에게서 떨어지면서 그가 잠시 어머니를 위로하지 않고 어머니 혼자 두는 이유는 생사가 걸린 더 중요한 일이 생겨서라는 듯, 가여운 아버지가 죽음의 문턱에서 누워 있는 마당에 그만이, 오직 그만이, 아들이자 집안의 사내인 그만이 해결할 수 있는 어떤 중차대한 일이 생겨서인 것인 양 굴었다. 하지만 의사를 기다리는 것 말고는 달리 할 일이 없었다. 의사가 처방해 준 약은 벌써 아버지에게 드렸고, 의사가 딱히 해로울 건 없다고 말해 준 인삼차도 이미 많이 마시게 한 터라 어머니가 인삼차는 그만 드시게 하자고 말했다. 아버지의 머리를 낮게 뉘였고, 발에는 뜨거운 돌을 수건에 싸서 감싸 놓았고, 어머니는 다른 식구들에게 불을 켠 한쪽 구석에 있으라고 하면서 아버지의 침상에는 잠깐씩만 들르게 했다. 딱히 할 일도 없고 책임질 일이 없는데도 랠프는 영웅처럼 권위적인 태도로 황급히 어머니에게서 떨어졌다가 다시 딱히 할 일이 없다는 사실을 깨달았고, 그때마다 누군가 자신이 앉아 있던 의자를 잡아 뺀 것 같은 심정으로 모두의 앞에 서 있는 자신을 발견했다. 한 모금 더 마시지 않으면 몸이 타들어가 죽을 것 같은 느낌이 들기 시작했다. 그는 "실례할게요"라고 말이 안 나오는 듯 조심스런 어조로 말하면서 여자들에게 방광을 비워야 한다는 뜻을 전달하고 나와서 한참 벌컥벌컥 들이켰다. 그리고는 다시 들어가 다들 쳐다보든 말든, 사실 그가 어디에 다녀왔는지 짐작하든 말든 개의치 않았다. 단돈 2센트에 술병을 꺼내서 앞에 대놓고 흔들어댈 기세였다. 그 핑계를 다시 사용할 계제가 되기도 전에 아까보다 훨씬 더 목이 탔다. 순간 그는 처음으로 자기가 술에 취한 사실을 깨달았다. 하필이면 이렇게 아버지가 사경을 헤매는 순간에 술에 취했는지 자신이 한없이 부끄러워졌다. 어머니에게는 그 어느 때보다 절실하게 아들이 필요한 때인데, 그는 술에 취하면 아무짝에도 쓸모없는 한심한 인간이 된다는 말을 들어왔다. 그런데 그 와중에도 지독히 목이 탔다. 그는 젖 먹던 힘까지 끌어내서 단호하고 강인하게 마음을 다잡았다. 하늘에 맹세했다. 기필코 정신을 차리겠다고. 기필코 아니… 반드시 정신 차려야 한다고. 꼭 그래야 한다고. 그러더니 벌떡 일어나서 식구들 사이를 곧장 가로질러 어둠 속으로 들어가서 얼굴과 목에 물을 끼얹었다. 그러자 이제는 오히려 한 잔 더 마셔도 될 것 같았다. 딱 한 잔만. 정신을 차리기 위해서. 그는 스스로에게 욕을 하고 다시 얼굴에 물을 끼얹고 손수건으로 얼굴을 꼼꼼히 닦은 후 다시 안으로 들어갔다. 그는 안에 있는 모두가 두 번의 침묵은 두 번 더 술을 마셨다는 뜻으로 여긴다는 사실을 깨달았다. 그는 쓸쓸하게 인상을 찌푸렸다. 맹세컨대, 그는 그 정도로 어리석지는 않았다! 몸에서 힘이 불끈 솟는 느낌이었고, 그렇게 힘이 나자 지독한 갈증도 펀치 한 잔이면 즐기면서 참아낼 수 있는 정도가 됐다. 그러나 잠시 후 갈증은 다시 견디기 힘들 정도의 통증이 되어 더욱 강렬하게 돌아왔다. 안 돼, 절대로. 그는 마음을 다잡고 또 다잡았다. 그러다 의문이 들기 시작했다. 어차피 다들 그가 한잔 — 정확히는 두 잔 — 마셨다고 생각한다면, 그건 자신에게 두 잔을 마시게 해줘야 하는 게 아닐까. 그렇게 따지자면 세 잔이면 어떤가, 세 잔째는 왜냐면 사람들이 자신의 냉소적인 표정을 술에 취해서 나오는 뻔뻔함으로 오해한다는 걸 알고 있었기 때문이다. 어쨌든 그자신이야말로 술에 취하고 싶지 않았다. 모두를 위해 조심하고 있었다. 그런데 어떻게 해도 비난을 받는다면 다 무슨 소용이란 말인가. 더욱이 그는 정말로 조심하기만 하면 누구 못지않게 술을 마시고도 흐트러지지 않을 수 있다고 믿었다. 모두에게 보여 줄 생각이었다. 그런데 빠져나갈 방법을 찾는 것이 쉽지 않았다. 나갔다 온 지 얼마 지나지 않아서 또 소변을 보러 나갈 수는 없었다. 물도 마실 수 없었다. 갑자기 수치심이 치밀었다. 아니, 맹세코, 임종을 맞이한 아버지 앞에서, 어머니가 그를 보면서 그의 속셈을 알고도 잠자코 있는 마당에 술 마시러 나갈 궁리나 하지는 않을 터였다. 맹세코, 절대로 그러지 않으리라! 아버지 말고는 머릿속에서 모든 것을 몰아내기로 했다. 아버지를 두려워해서도, 아버지가 자기를 인정해 주기를 바라서도, 또 아버지가 돌아가시기를 바라서도 아니다. 그저 지금 늙고 쇠약한 아버지가 인생의 막바지에서 내팽개쳐진 채 누워 있어서, 맞다, 잉걸불이 사그라져가고 있었기 때문이다. 그가 흐느껴 울면서 울먹이는 소리로 아버지에 관해 말하던 짧은 동안에, 그리고 잠깐 더 그러다가 그는 빠져나갈 방법을 있다는 걸 깨닫기 시작했다. 그는 이런 유혹과 대면하면서 "저는 쓸모없는 놈이에요"라거나 "저는 아버지가 가장 하찮게 여기시는 아들이지만 저야말로 누구보다 아버지를 생각하는 아들이에요"라는 말을 되풀이했고, 여자들이 그런 그를 달래서 조용히 시키려 하자 그럴수록 더 눈물이 나고 감정이 격해져 말이 많아졌다. 그러다 이내 이런 것도 쓸모가 있겠다는 생각이 들어서 거듭 이용했다. 그러나 막바지에 이를수록 진실한 감정은 모두 사라지고 바닥나 아무에게도 감동을 주지 못했다. 당장이라도 허물어질 것 같은 증거를 보이려면 몸을 할퀴고 간질이고 괴롭혀야 했지만, 결국 그는 적당한 순간에 이르렀음을 느끼고 방에서 냅다 뛰쳐나가 버렸고, 흔들의자에 앉아 있던 아내를 화나게 만들었다. 밖으로 나오자마자 타는 듯한 갈증밖에 느껴지지 않았다. 그는 집 담벼락에 기대서 코르크를 따고 배고픈 아기가 젖꼭지를 찾듯이 게걸스레 주둥이를 찾아 물고 술병을 위로 똑바로 쳐들었다.

안 되애애애. 그는 흐느끼고 신음하면서 관자놀이를 담벼락에 세게 찧어서 몸이 휘청할 정도가 되었고, 있는 힘을 다해 술병을 멀리 던졌다. "오, 주여! 주여! 주여! 주여!" 이렇게 신음하는 사이 눈물이 흘러내려 뺨을 간지럽혔다. 멍청이! 멍청이! 멍청이! 어째서 사무실에서 나오기 전에 확인하지 않았지? 술이 몇 모금밖에 남아 있지 않은 걸.

그는 손수건으로 머리를 누르고 살며시 등불이 비치는 쪽으로 걸었다. 피는 상관없었다. 속이 울렁거렸다. 다시 머리를 살짝 눌렀다. 피가 많이 나지는 않았다. 다시 누르고 또 눌렀다. 어쨌든 도망치진 않았다. 그는 심호흡을 하고 다시 안으로 들어갔다.

"발을 헛디뎠어요. 아무렇지 않아요."

그가 이렇게 말해도 샐리와 어머니가 다가와 평평한 흙 마당에서 넘어지는 일이 아주 당연하다는 듯 유심히 살피더니 약간 혹이 난 것뿐 더는 관심을 둘 필요가 없다고 의견을 모은 듯했다. 그러자 그는 갑자기 슬프고 어린애처럼 작아진 느낌이 들었고, 차라리 어린애였다면 좋겠다고 생각했다.

그는 분노와 절망, 그리고 머리를 찧은 충격으로 부쩍 조용해지고 술이 확 깨서 이제는 자신에 대한 혐오감조차 들지 않았다. 차분하고 명쾌해진 느낌이었다. 슬픔이 커져서 견디기 힘든 지경에 이르렀어도, 그날 밤 평생 몇 번 경험하지 못할 순간이 처음으로 찾아왔다.

어느 정도나마 상황을 있는 그대로 볼 수 있게 된 것이다. 공들여 갓을 씌운 전등 너머 저 침대에서, 이따금 신음을 내뱉으며, 숨소리가 몹시 떨리고 불규칙해서 이렇게 흔들리는 건 죽음이 아니라 슬픔 때문인 것처럼 보이는 아버지, 그의 아버지는 실제로 임종을 향해 다가가고 있었고, 어머니, 그의 어머니는 묵묵히 인내하면서 강인하게 앉아 있었다. 세상 그 누구도 어머니만큼 굳건하게 아버지를 위로해 줄 사람은 없었다. 그렇다면 그는? 물론, 그도 그곳에 있었고, 별 도움은 되지 않더라도, 그곳에 있는 유일한 아들이었다. 하지만 그것이 특별히 칭송받을 일은 아니었다. 단지 지척에 사는 유일한 아들일 뿐이었다. 그가 부모와 가까이 사는 이유는 용기가 없고 머리도 나쁘고 열정도 없고 독립심도 없어서였다. 사실 그랬다. 혼자 살 수 없었다. 항상 부모 곁에 살 수밖에 없었다. 항상 부모의 지원을 받았고, 부모가 옆에 있다는 사실을 늘 인지해야 했다. 그는 거의 하루도 빠짐없이, 그렇게 가까이 살면, 자신을 필요로 할 때를 대비해서 늘 곁에 있으면, 자신이 두 분을 얼마나 사랑하는지 보여 주면, 언젠가는 그들의 인정, 그들의 존중을 얻을 수 있을지도 모른다는 희망을 품고 살았다. 말짱한 정신으로, 당연한 듯이, 누가 어떻게 생각하든 상관없어, 이게 나고 이게 내 방식이야, 라고 여겼던 적은 단 한 번도 없었던 것 같았다. 그런 기억은 나지 않았다. 그가 한 모든 행동과 모든 말투는 남들에게 가장 좋은 인상을 주려면 어떻게 해야 할까 하는 기준에서 결정되었다. 그는 이런 생각의 노예였다. 이를테면 남들이 자기를 어떻게 생각할지에 대한 두려움으로 검둥이가 노예가 된 것보다 훨씬 더 구제불능의 노예가 되었다. 어느 정도 취기가 오르면 무모하고 비열한 모습이 나오지만 그래봤자 좋을 거 하나 없고 아무런 소용이 없다는 것을 알고 있었다. 더욱이 그의 진짜 모습도 아니었다. 그저 그가 소망하는 모습일 뿐이었고, 심지어 소망하는 모습조차 아닌 것이, 그가 바라는 자신은 무모한 사람이 아니라 용감한 사람으로, 무모함과는 전혀 다른 모습이고, 또한 비열한 사람이 아니라 당당한 사람으로, 역시 비열함과는 전혀 다른 모습이기 때문이었다. 그중에 최악은 무엇이었을까? 아, 그중에서도 최악은, 어쩌다 한번 자신의 진정한 모습을 확인하고 이제는 아주 확실히 알았으니까 바꿀 수 있다고, 그러려면 그저 맑은 정신과 인내심과 용기만 있으면 된다고 생각하려는 때에 자신에게는 변화할 수 있는 능력이 없어서 더 나락으로 굴러떨어질 뿐 새롭게 변하지 않을 거라는 사실을 어쩔 수 없이 직시하게 되는 순간이었다. 그리고 자기는 맨 정신으로 지내거나 인내심을 발휘하거나 용기를 낼 위인이 못 되고 어쩌다 한번씩 가만히 앉아 자신을 돌아보면서 그가 진실로 어떤 인간인지 성찰하는 만큼의 소박한 능력조차(이것만 해도 온몸이 전율할 정도였지만) 그의 역량을 넘어선다는 사실을 직시하게 되는 순간이었다. 그는 그저 나약한 인간일 뿐이었다. 그 자신도 명확히 인지하고 있었다. 그는 하등 쓸모없는 인간이었다. 그도 잘 알았다. 그저 불완전한 인간으로, 마치 목이 비틀린 채 알을 깨고 나와서 그 상태로 자라는 닭과 같았다. 그의 불쌍한 아들 짐 윌슨처럼, 벌써부터 약해빠져서 불쌍하고 작은 흐리멍덩한 눈으로 샐리에게 매달려서 아빠가 술에 취하거나 심지어 장난을 칠 때조차 겁을 집어먹고 걸핏하면 울어대는 그 아이처럼. 나는 애를 낳지 말았어야 할 인간이야. 랠프는 생각했다. 나는 애초에 태어나지 말았어야 해.

　이 순간, 그는 스스로를 돌아보면서 자기를 경멸하지도 않고 한심하게 여기지도 않고 남들이 자신을 어떻게 보든 탓하지도 않았다. 그는 이따금 남들이 자기를 한없이 비열하고 한심한 인간으로만 보지 않을 거라고 생각한 적도 있었다. 남들이 어떻게 생각하는지는 결코 알 수 없는 노릇이고, 또 전광석화처럼 그걸 안다고 생각하는 것도 헛된 꿈일 따름일 것이다. 그렇지만 남들이 어떻게 생각하든 그리 좋은 모습일 리는 없다고 확신하는 이유는, 그에게는 좋게 봐줄 여지가 사실 거의 없었기 때문이다. 그렇다하더라도 남들의 생각은 공정한 것 같았다. 그 자신이 거의 공정한 적이 없었으니까. 그는 자기가 어머니를 오해하는 것도 알았다. 어머니가 진심으로 그를 사랑하고 한번도 사랑을 거둬간 적이 없으며 앞으로도 절대 그럴 리가 없다는 것은 지금 이 순간에도 전혀 의심하지 않았다. 나아가 어머니가 유독 그에게 다정하고 다른 누구보다 그를 가장 사랑하는 것도 알았다. 그리고 그는 자꾸만 어머니가 왜 진심으로 그를 사랑하지 않는다고 느끼고 있는지도 알았다. 그것은 어머니가 그에게 지나치게 미안해했기 때문이고, 한번도 그를 존중한 적도 없고 그럴 수도 없었기 때문이었다. 그랬다. 그에게 필요한 것은 존중이었다. 존중이 사랑보다 훨씬 더 많이 필요했다. 그래야만 남들이 그를 존중하는지 않는지 걱정하지 않을 수 있었다. 그래야만 남들이 그에게 미안하거나 그가 무서워서 잘해 주는 거라고 의심하지 않을 수 있었다. 그는 샐리를 보았다. 불쌍한 여편네. 날 무서워해. 샐리는 그렇다. 다 내 탓이야. 사소한 것 하나까지 내 잘못이야. 나는 아내가 다른 남자를 원한다는 이유로 그녀를 미워하지. 아내가 그런 부정한 생각을 떠올려 본 적이 한번도 없다는 걸 알면서도, 내가 라폴레트 최악의 술꾼이고 마을 사람 절반이 그 사실을 알고 있으며, 샐리 역시 그걸 알면서도 마음이 너무 여리고 겁이 많아서 그걸 가지고도 나를 나무란 적이 한번도 없다는 걸 알면서도 말이야. 그리고 나는 이 문제에 관해서라면, 적어도 이런 문제에 관해서라면 뭐든 할 수 있어야 해. 사내라면 마땅히 그래야 해. 다만 난 사내가 아니야. 그런데 어찌 남들이 나를 존중해 주기를, 적어도 깔보지는 말아 주기를 기대할 수 있을까? 사람들은 나를 공정하게, 공정 그 이상으로 대해 주는 거야. 사실 그들이 진짜 내 모습을 안다면 과분한 정도로 공정하지.

오늘 밤 여기서 시험처럼, 심판처럼, 남자의 일생에서 꼭 필요한 역할을 해야 하는 순간이 다가와. 진정한 사내여야 쓸모가 있는 순간이 다가와. 그런데 난 사내가 아니야. 나는 아기야. 랠프는 아기야. 랠프는 아기야.

07

　그날 한나 린치는 루퍼스가 장 보러 가는데 따라가겠다고 하면 데려갈 요량이었다. 한나가 루퍼스의 엄마에게 전화를 걸어 아이한테 다른 계획이 있는지 묻자 메리는 없다고 대답했다. 한나는 다시 루퍼스 혼자 다른 일을 계획하고 있는지 혹시 아느냐고 물었고, 메리는 살짝 당황하며 아니라고, 자기가 아는 한 그런 일은 없다면서 다른 일이 있든 없든 루퍼스는 분명 고모할머니를 따라서 장보러 가고 싶어 할 거라고 말했다. 한나는 잠시 발끈하여 엄마라고 해서 자식이 어떻게 생각할지 함부로 단정해서는 안 된다고 나무라고 싶었지만 입 밖에 꺼내지 않았다. 대신에 흐음, 두고 보자, 라고 대꾸하고는 루퍼스가 학교에서 돌아올 때쯤 집에 들르겠다고 말했다. 메리는 고모가 직접 오시지 않아도 된다면서 — 물론 자기도 고모를 많이 보고 싶긴 하지만 — 대신 루퍼스를 보내겠다고 얼른 대답했다. 한나는 괜히 문제를 일으키고 싶지 않아 아주 좋다면서 기다리겠다고 말했다. 그래도 루퍼스가 내켜하지 않으면 억지로 보내지는 않아도 된다고 덧붙였다.

메리는 상냥하게 당연히 루퍼스는 따라가고 싶어 할 거라고 답했고, 한나는 다시 조금 더 냉랭하게 "두고 보자꾸나. 문제될 거야 없지"라고 대꾸하고는 화제를 바꿔서 "제이한테서 연락은 없었니?"라고 물었다.

그날 아침에 메리가 아버지에게 전화해서 제이가 출근하지 못하는 이유를 알린 터였다. 메리는 "아뇨"라고, 조금 변명하는 투로 대답했는데, 어쩐지 한나 고모의 어투에 질책이 섞여 있는 것만 같아서였다. 일이 있지 않고서야 연락을 할 거라고는 기대하지 않았지, 당연히….

"아무렴." 한나는 얼른 맞장구를 쳤다(애초에 질책할 생각은 전혀 없었다). "걱정할 일은 없을 게야."

"네, 아버님한테 무슨 일이 생겼다면 전화했겠죠. 아무리 위독하시다고 해도요."

"어련히 그랬을라고." 한나가 대답했다. 그리고 혹시 사다 줄 물건은 없니, 메리? 라고 물었다. 메리는 조금 애매하게 글쎄요, 그게, 아아, 라고 말했다. 그러면서 캐서린에게 속블라우스를 새로 사주면 잘 입겠다고 생각하다가, 고모는 물건 값을 주려 해도, 심지어 계산서를 달라 해도 한사코 사양할 때가 있다는 생각이 퍼뜩 스쳤다. 그래서 조금 난처해하면서 저기, 아니에요, 진짜 고맙기는 한데 왜 이렇게 바보 같은지 모르겠는데 하나도 생각나는 게 없네요, 라고 둘러댔다. 한나는 알았다고 하면서 난감해하는 조카딸의 마음을 헤아리고는 괜히 자꾸 곤란하게 묻지 말아야겠다고 마음먹었다(그래도 가끔은 알량한 자존심 세우지 말고 작은 선물 정도는 받을 줄도 알아야지). 오냐, 그럼 세 시까지 기다릴 테니 루퍼스한테 다른 일이 생기면 알려다오. 그럴게요, 한나 고모, 저희 아이한테 마음 써주셔서 얼마나 고마운지 몰라요. 고맙긴. 나 좋아서 데려가는 거야. 아아, 정말 고마워요. 루퍼스도 틀림없이 좋아할 거예요. 그렇겠지. 그래요, 분명 좋아할 거예요, 한나 고모. 알았다. 그럼, 들어가세요. 제이한테 연락이 오면 알려다오. 그럼요. 바로 연락드릴게요. 그런데 지금 봐서는 연락이 올 것 같지 않아요. 저녁때쯤이나 그보다 더 늦게 올 거예요. 그이가 그때까지 꼭 올 수 있을 거라고 했거든요 — 만약에 — 상황이, 음, 비교적 괜찮다면요. 알았다. 그럼, 들어가세요. 들어가거라. 안녕히 계세요, 메리의 목소리가 차츰 잦아들었다.

"제이에요?" 앤드루가 계단 난간 너머에서 큰소리로 물었다.

"아니다, 그냥 메리랑 통화한 거야." 한나가 말했다. "아주 심각한 일은 아닌가 보더구나."

"그래야지요." 앤드루가 다시 그림을 그렸다.

한나는 시내에 나갈 채비를 했다. 루퍼스가 가쁘게 숨을 몰아쉬면서 들어섰을 때 고모할머니는 거실의 딱딱한 작은 소파에 흰 반점이 박힌 검은색 긴 드레스가 구겨지지 않도록 조심스럽게 앉아서 두꺼운 안경 앞으로 손가락 하나가 들어갈 만한 거리에 〈네이션〉*을 들고 진지한 얼굴로 들여다보고 있었다.

"아이고." 한나는 활짝 웃으면서 얼른 잡지를 옆에 내려놓았다. "잘 맞춰 왔구나."(사실은 아니었다. 메리가 루퍼스에게 씻고 옷을 갈아입으라고 시킨 터였다) "어디 보자."(한나는 서둘러 들어오는 루퍼스

* 1865년 창간된 미국에서 가장 오래된 잡지.

를 물끄러미 바라봤다) "아주 멋지구나. 헌데 숨이 턱까지 찼네. 정말로 따라가고 싶니?"

"아, 네." 루퍼스가 이렇게 말했지만, 속마음은 그렇지 않다는 것이 느껴졌다. 따라가고 싶은 티를 내라고 단단히 주의를 들은 터였다. "진짜로 가고 싶어요, 한나 할머니. 저한테 마음을 써주셔서 정말로 고맙습니다."

"허…." 한나는 이 말을 듣고 엄마가 한 말을 그대로 옮긴 거라는 생각이 들었다. 하지만 한편으로는 표현은 잘못되었지만 아이의 진심이 담겨있다고 확신했다. "그래, 잘됐네. 아주 잘됐어. 어서 가자꾸나." 한나는 소파에 놓아둔 빳빳하고 수수한 검정색 밀짚모자를 집어 들었다. 그리고 어두컴컴한 복도 거울 앞으로 가서 정성껏 모자에 핀을 꽂아 고정시켰으며, 루퍼스는 이러한 한나의 모습을 지켜보았다. "꼭 젖소 뱃속처럼 캄캄하구나." 한나가 이렇게 중얼거리면서 어두운 거울에 코를 바짝 댔다. "너희 외할아버지 말마따나." 루퍼스는 젖소 뱃속은 어떨지 상상해 보았다. 당연히 컴컴하기야 하겠지만 사람이든 동물이든 뱃속은 다 컴컴하지 않을까? 왜 하필 젖소일까?

이때, 외할머니가 침침한 눈으로 살금살금 식당에서 나와 복도를 걸어오면서 자기 혼자 있다고 생각했는지 어느 한곳에 눈길을 고정하고는 빙그레 웃었다. 어린 손자와 시누이가 얼른 옆으로 비켜섰는데도 부딪히면서 헉 하는 소리를 냈다.

"할머니, 안녕하세요. 저예요." 루퍼스가 소리를 질렀고, 그 순간 고모할머니 한나는 그녀에게 몸을 숙여서 잘 들리는 귀에 대고 큰소리로 "캐서린, 안녕하세요. 루퍼스랑 저예요"라고 말했다. 둘 다 인사를 건네면서 그녀를 안심시켜 주려는 듯 손을 얹었다. 이 층에서 앤드루가 "아, 제, 젠장"하고 내뱉는 소리가 들렸다. 외할머니는 그렇게 흠칫 놀라는 일에 익숙한 듯 금방 평정을 되찾았다. 그리고 귀부인처럼 웃으면서(엷은 미소가 서서히 번지면서) 장난스럽게 키득거리고는 큰소리로 "아이고 세상에! 아주 깜짝 놀랐네!"라며 말하고 다시 웃었다. "우리 루퍼스가 왔구나!" 외할머니는 빙긋 웃은 채 몸을 숙여, 잘 보이지는 않아도 기쁨이 가득한 눈으로 루퍼스를 바라보면서 기분 좋게 볼을 쓰다듬었다.

"그래, 채비를 다 했군요!" 외할머니가 한나 할머니에게 쾌활하게 말했다.

한나 할머니는 고개를 크게 끄덕이고 다시 외할머니에게 가까이 숙여서 그나마 잘 들리는 쪽 귀에 대고 큰소리로 말했다. "네, 다 됐어요!"

"잘 다녀오너라. 어디 좀 안아 보자." 할머니는 루퍼스를 꼭 안으면서 "아이고, 내 새끼"라고 말하고 힘껏 등을 토닥였다.

"다녀올게요." 한나와 루퍼스가 큰소리로 말했다.

"잘 다녀와요." 외할머니는 해사하게 웃으면서 현관까지 따라 나왔다.

그들은 전차를 타고 게이 가에서 내렸다. 한나는 루퍼스가 아는 다른 여자 어른들과는 다르게 허둥거리거나 꾸물대지 않았다. 외할머니처럼 딱딱하게 수를 놓듯이 장을 보지도 않았고, 남자 어른들처럼 괜히 멋쩍어 꼼꼼히 따져 보지 않은 채 서두르지도 않았다. 한나는 사람들이 북적대는 거리를 헤치고 노점이 빽빽이 늘어선 좁은 골목을 지나면서 한껏 들떠 있었다. 한나는 한번도 장 보는 즐거움에 시들한 적이 없었다. 장 보러 나올 때면 신경 써서 옷을 챙겨 입었고, 그만큼 장을 보기 위한 마음가짐과 태도를 준비했다. 루퍼스는 한나가 남을 위해 까다로운 심부름을 해줄 때도 장 볼 물건을 적은 쪽지를 들여다보는 모습을 본 적이 거의 없었다. 한나의 개인적 취향은 한나가 필요로 하는 것 만큼이나 소박했다. 한나가 고르는 것은 호크 단추, 검정 띠와 흰색 띠 몇 가닥, 너무 작아서 집기도 힘든 스냅 단추, 가느다란 레이스, 가끔 검정색과 흰색 광목천 몇 마, 그리고 어쩌다 한번 검정색 면 스타킹 두 켤레 정도였다. 하지만 다른 사람을 위해서는 보다 사치스러운 물건을 사다 주는 걸 좋아했다. 설령 누구한테 부탁받지 않았을지라도 딱히 살 생각도 없는 아주 다양한 물건을 꼼꼼히, 매번 능숙하게 들여다보면서 점원을 귀찮게 하지도 않고 만져 본 물건을 아무렇게나 놔두지 않고 약한 시력으로도 돋보기 쓴 보석상처럼 찬찬히 들여다보면서 냉소나 칭찬의 감탄사를 가볍게 내뱉곤 했다. 사야 할 물건이 있을 때는 항상 점원을 찾아서 우아하고 효율적으로 모든 과정을 처리하는 한나였기에, 루퍼스는 오래 전부터 장 보러 나온 다른 아줌마들을 속으로 무시하곤 했다. 한편 루퍼스는 한나가 무슨 말을 하고 어떤 물건을 사는지에는 거의 관심이 없었다. 말은 그저 루퍼스의 머리 위를 오가면서 루퍼스가 고모할머니만큼이나 마음을 빼앗긴 세계를 장식해 줄 뿐이었다. 그중에 최고는 그들 머리 위 높이 트롤리*에 매달려 종이에 싸거나 싸지 않은 물

* 작은 쇠바퀴, 레일에 매달아 짐을 운반하는데 쓴다.

건을 담은 채 서둘러 움직이느라 서로 부딪히며 철컹거리는 철제바구니, 그리고 돈이 가득 든 딱딱한 가죽 통이었다. 루퍼스는 다른 사람하고 시장에 오면 지루해서 좀이 쑤셨지만, 진정한 그림 애호가가 미술관을 방문하듯이 시장을 살피는 한나 고모할머니와 오면 경우가 달랐다. 한나의 즐거움에 덩달아 반짝반짝해진 루퍼스의 눈은 기쁨에 뚜렷한 초점을 맞춘 채 시장이라는 세계를 들여다보았다. 엄마나 외할머니랑 시장에 오면 가게 아줌마의 목에 걸린 줄자와 거래를 기록하는 전표가 움찔움찔 움직이는 게 어설퍼 보였지만, 고모할머니랑 오면 줄자와 전표가 매혹적이고 정교한 도구로 보였다. 고모할머니는 평소에 조바심을 부리고 퉁명스럽게 굴며 가게 분위기를 무겁게 만드는, 마치 험난한 바다와 같은 아줌마들을 능숙하게 헤쳐 나갔다. 고모할머니는 루퍼스에게 말을 너무 많이 시키거나 쓸데없이 잔소리를 하지 않았고, 루퍼스도 고모할머니의 약한 시력이 미치는 시야에서 벗어나지 않았다. 고모할머니와 같이 다니면 재미가 있었다. 특히나 고모할머니는 루퍼스가 알고 있는 어른 가운데 루퍼스를 제일 많이 배려하는 사람이었다. 한나는 루퍼스에게 십 분 정도마다 어김없이 힘들지 않은지 다정하게 물었지만, 루퍼스는 고모할머니와 같이 있을 때는 거의 힘든 적이 없었다. 고모할머니와 같이 다닐 때는 화장실에 가고 싶다고 말하는 게 창피하지 않았다. 고모할머니가 한 번도 귀찮아한 적이 없어서였다. 그리고 고모할머니하고 시내에 나올 때는 화장실에 꼭 가고 싶었던 적도 거의 없었다. 오늘은 한나가 자기 몫으로 소박하기 이를 데 없는 물건 두어 가지를 고르고 올케를 위해 조금 더 정교한 물건 서너 가지를 사고 메리의 생일선물로는 하늘하늘 비치는 예쁜 꽃무늬 스카프를 샀다. 루퍼스는 깜짝 놀랐다. 그다음에 미술품 상점에 가서 《장식의 원리》*가 들어왔는지 물었다. 점원이 어마어마하게 크고 화려한 색깔의 책을 꺼내 보여 주자 한나는 큰소리로 웃으면서 "어머나, 그건 원리가 아니군요. 거의 백과사전이구만"이라고 감탄했고, 점원이 정중하게 웃었다. 한나는 책이 너무 커서 들고 가지 못할 것 같으니 집으로 배달받고 싶다고 했다. 그러면서 늦어도 5월 21일 전에는, 그러니까 사흘 안에 직접 받아봐야 한다면서 그날 확실히 받을 수 있을까요? 라고 물었다. 안 되겠지, 혼잣말로 말을 끊고는 여느 때의 한나답지 않게 우유부단하게 이랬다저랬다 하면서, 그건 안 될 거야, 라고 말했다. 그리고 루퍼스에게 부연하듯이 "괜히 잘못 돼서 앤드루 삼촌이 너무 일찍 받아보면 어째!"라고 말하고는 잠시 말을 끊고 "혹시 네가 이거 몇 꾸러미 들어줄 수 있겠니?"라고 물었다. 루퍼스는 당당하게 물론 들어드릴수 있다고 대답했다. "그럼 지금 가져갈게요." 한나는 점원에게 이렇게 말하고 꾸러미 여러 개를 찬찬히 살펴 신중히 나누었고, 루퍼스와함께 다시 거리로 나왔다. 그리고 거기서 한나는 루퍼스가 너무 고마워서 까무러칠 만한 제안을 하나 했다. 한나가 루퍼스를 돌아보고 이렇게 말했다. "그럼 이제 네가 원한다면 챙 있는 모자를 하나 사주고싶구나."

루퍼스는 말문이 막히고 얼굴이 빨개졌다. 한나는 아이의 얼굴이

---

* *The Grammar of Ornament*, 19세기 영국의 건축가이자 디자이너인 오웬 존스의 책.

빨개진 것은 보지 못했지만 아이가 대꾸하지 않자 당황했다. 모자를 사준다고 하면 아주 신나할 줄 알았던 것이다. 한나는 스스로에게 화가 났지만 조금 서운한 마음이 드는 건 어쩌지 못했다.

"아니면 다른 거 갖고 싶은 거 있니?" 한나는 조금은 지나칠 정도로 다정하게 물었다.

루퍼스는 가슴이 벅찼다. "아, 아뇨!" 루퍼스가 힘을 주어 말했다. "아, 아니에요!"

"오냐, 알았다. 그럼 어떻게 할지 생각해 보자꾸나." 한나는 조금 마음을 놓으며 이렇게 말했다. 문득 아이가 저렇게 한참 극구 부정하는 것도 수상쩍고, 아이에게 모자가 정말로 중요한 건지도 의문이 들었다. 그녀는 아이가 이 일에 대해 어떻게 이야기할지 궁금했다. 소심한 탓이든 착한 척하려는 것이든 이 제안을 자기 엄마가 못마땅해한다는 것을 '솔직하게' 털어놓을지(물론 그녀는 아이가 그래야 한다고 ― 그러니까 솔직해야 한다고 생각했지만) 아니면 차라리 아이가 지레짐작으로 그걸 자신에게 사줬다간 엄마가 싫어할 거라고 경고를 해주려 할지 궁금했던 것이다. 그러다가 아이가 엄마의 뜻에 반하게 만들지 말아야한다는 생각이 들었다. 한나는 조금 궁금해하면서 아이가 뭐라고 말할지 기다렸고, 아이가 할 말을 찾지 못하자 "메 ― 아니 엄마는 걱정하지 마. 엄마도 네가 정말로 갖고 싶어 하는 걸 알았다면 진즉에 사줬을 거야"라고 말해 주었다.

루퍼스는 그저 얌전하게 쑥스러운 듯 조그맣게 소리를 냈고, 한나는 이런 때는 어떻게 해야 할지 몰라 안타까웠다. 그렇다고 해서 한번 한 제안을 다시 거둬들일 생각은 없었다. 그래서 입을 꾹 다물고 뭐라 설명하기 어려운 번뜩이는 직감에 이끌려 밀러씨네라고, 루퍼스의 엄마는 늘 최고의 옷으로 생각하지만 루퍼스에게는 매번 기껏해야 두 번째 선택인 옷을 파는, 전형적인 중년부인복 같은 옷가게를 지나쳐서 마켓 가로 돌아들어가 하비슨씨네라고, 남성복과 남자아이들 옷만 취급하는 가게로 들어갔다. 루퍼스는 엄마가 거기 옷을 보고 '거칠고', '운동복 같고', '천박하다'고 말하는 걸 들었던 적이 있었다. 사실 그곳은 여자들과는 전혀 어울리지 않는 세계였다. 그리 상냥하지 않은 남자들이 이 독신 할머니와 뒤에 딸려 온 얼굴이 벌겋고 겁에 질린 꼬마를 빤히 쳐다보았다. 눈이 별로 좋지 않은 한나는 그 남자들이 빤히 쳐다보는지도 모른 채 가까이 있던 점원으로 보이는 남자에게(그는 모자를 쓰지 않았다) 곧장 다가가서 쭈뼛거리지 않고 당당하게 물었다. "우리 조카손자한테 모자 하나 사주려고 하는데 어디로 가야 되죠?" 그러자 남자는 무안해하면서 예의를 갖추고 담당 점원을 찾았고, 그 점원은 두 사람을 데리고 매장 안쪽 어두운 뒤편으로 데려갔다. "음, 어떤 걸로 하고 싶은지 한번 보렴." 한나가 말했다. 루퍼스는 이번에도 깜짝 놀랐다. 처음에는 어찌나 심하게 평범한 걸 고르는지, 한나는 그 뒤에 감춰진 두려움과 거짓을 알아채고 조심스럽게 제안했다. "그것도 참 멋지긴 한데, 우선 조금 더 둘러보자." 한나는 고상하고 어두운 색 서지* 재질에 챙이 거의 보이지 않는 모자를 발견하고는 메리도 꽤 마음에 들어 할 거라고 생각했지만, 루퍼스에게 말하지 말아야 할 것 같았다. 루퍼스는 고모할머니가 정말로 참견

---

* 짜임이 튼튼한 모직물.

할 생각이 없다는 걸 알자 깜짝 놀랄만한 취향을 드러냈다. 루퍼스는 소심해서가 아니라 예의 바르게 굴려고 여전히 조심스러워 하면서 속으로는 청록색과 샛노랑, 검정색과 흰색이 섞여서 정신 사나운 양털 체크무늬 모자에 마음을 빼앗긴 눈치였다. 양쪽 귀 위로 몇 센티미터나 벌어지고 거대한 숟가락 같은 챙에 가려서 얼굴은 거의 보이지 않는 모자였다. 한나는 저런 건 흑인들도 조금 뛴다고 여길 텐데, 라는 생각에 참견하고 싶어서 좀이 쑤셨다. 메리가 발끈할 것 같기도 했다. 제이야 딱히 신경 쓰지 않겠지만 웃음을 터트릴지 몰라 걱정되었다. 동네 아이들도 부러워하기는커녕 함부로 놀릴 것 같았다. 사실 아이들이 정말로 부러워한다면 더 심하게 비웃을지도 몰라 씁쓸했다. 모자 때문에 말썽이 끊이지 않아서 얼마 안 가 아이 스스로도 저 모자를 부끄러워할지 몰랐다. 그래도 한나는 아이한테 이래라저래라 할 생각이 없었다. "그거 아주 멋진데." 한나는 애써 덤덤하게 말하려 했다. "그래도 잘 생각해 보렴, 루퍼스 오래오래 여러 가지 옷에 맞춰서 쓸 모자니까." 하지만 루퍼스에게는 그 모자 말고는 아무것도 보이지 않는 것 같았다. 이 모자를 쓰고 이리저리 돌아다니면 얼마나 강하고 멋있어 보일까? "너 정말로 그게 마음에 드는구나." 한나가 말했다.

"아, 네." 루퍼스가 말했다.

"이거보다 더?" 한나가 적당한 서지 모자를 가리켰다.

"아, 네." 아이의 귀에는 고모할머니의 말이 거의 들리지 않았다.

"아니면 이건?" 한나는 최신 유행의 작은 바둑판무늬 모자를 집어 들었다.

"이게 제일 마음에 들어요." 루퍼스가 말했다.

"그래 좋다, 그럼 그걸로 해야지." 한나는 이렇게 말하고 무심한 점원에게 돌아섰다.

2부

그날 저녁

08

　10시가 되기 몇 분 전에 전화벨이 울렸다. 메리가 급히 수화기를 들어 벨소리를 잠재웠다. "여보세요?"

　남자의 목소리였고, 억센 시골 말투가 어렴풋이 들렸다. 저쪽에서 무어라 물었지만 또렷이 들리지는 않았다.

　"여보세요?" 메리가 다시 말했다. "조금 크게 말씀해 주시겠어요? 안 들려요… 안 들린다고 했어요! 조금 크게 말씀해 주시면 고맙겠어요."

　긴장되고 초조한 심정으로 귀를 기울였지만 저쪽의 목소리는 여전히 멀리서 아득하게 들려오는 것 같았다.

　"제이 폴레트 씨 부인되쇼?"

　"그런데요, 무슨 일이죠?"(저쪽이 조용하자 다시) "예, 제가 맞아요."

　침묵이 더 흐르다가 저쪽에서 말했다. "경미한―바깥양반께서 사고를 당하셨소."

　그이 머리구나! 메리는 혼자 중얼거렸다.

"네." 메리는 푹 꺼진 목소리로 대꾸했다. 동시에 저쪽에서 말했다. "심각한 사고요."

"네." 메리가 더 또렷하게 대꾸했다.

"여쭤볼 게 있소만, 그 댁 남자 분이, 친척도 좋고, 와주실 수 있겠소? 남자 분을 당장 이리로 보내주면 좋겠는데요."

"그래요, 예, 저희 오빠가 있어요. 어디로 가면 되죠?"

"여기가 파월 역, 브래닉 대장간인데요, 볼 캠프 요금 징수소에서 12마일쯤 떨어진 곳이라오."

"브래닉 대—"

"브-래-니-익. 요금 징수소 바로 왼편에 있는데, 이쪽으로, 그니깐 벨스 브리지에서 녹스불* 쪽으로 좀만 나오시면 될 거요." 메리에게는 웅얼거리는 소리로 들렸고, 다시 그 웅얼거리는 소리가 이어졌다. "이리 오시는 분께 못 보고 지나치는 일은 절대 없을 거라고 말해주죠. 여기서 계속 등을 켜놓고 랜턴을 앞에 내놓을 테니까."

"의사는 왔나요?"

"네, 뭐라고요, 부인?"

"의사요, 의사는 오셨어요? 제가 그리로 의사를 보낼까요?"

"괜찮아요, 부인. 그냥 친척 양반이나 보내주쇼."

"최대한 빨리 도착할 거예요." 메리는 월터의 자동차를 떠올리며 말했다. "전화해 주셔서 고마워요."

"별말씀을요, 부인. 나쁜 소식을 전해 드려서 맘이 안 좋소."

---

* '녹스빌'을 '녹스불'로 발음했다.

"들어가세요."

"안녕히 계세요, 부인."

메리는 전화기에 매달리다시피 서서 간신히 버텨냈다. 무릎이 뻣뻣해진 채 벽에 기대서 전화를 걸었다.

"앤드루 오빠?"

"메리?"

메리는 숨을 깊이 들이마셨다.

"응, 나 메리야."

메리는 다시 숨을 깊이 들이마셨다. 폐가 제대로 부풀지 않는 느낌이었다.

"메리?"

정신이 아찔하고 눈앞이 온통 회색으로 가득한 채로 메리는 애써 떨리는 목소리를 가다듬으며 말했다. "오빠, 저기, 방금 어떤 — 남자한테서 전화가 와서, 파월 역이라고, 라폴레트 쪽으로 12마일쯤 떨어진 데라고, 그 남자 말이 — 그 남자가 그러는데 제이가 — 아주 심각한 사고를 당했대. 그래서…."

"아, 맙소사, 메리!"

"그 남자 말이, 집안 남자가 빨리 그쪽으로 와서 그이를 옮기는 걸 도와주면 좋겠대."

"내가 월터한테 전화할게. 그 친구가 데려다 줄 거야."

"그래, 그래 줄래, 오빠?"

"그럼, 그래야지. 잠깐만요."

"왜?"

"한나 고모님이셔."

"우리 얘기 끝나면 고모 좀 바꿔 줄래?"

"그럼. 제이는 어딜 다쳤대, 메리?"

"그 남자가 말해 주지 않았어."

"그럼, 너라도─아니다."

"아니, 나도 안 물어봤어." 메리는 이제야 자기가 물어보지 않은 사실을 깨닫고 흠칫 놀랐다. "확실한 것 같아서. 그이가 머리를 다친 것 같아서."

"거기에 ─ 내가 드칼브 선생님을 모셔 갈까?"

"그 남자가 괜찮댔어. 오빠만 가."

"의사는 벌써 왔나 보구나."

"그런 것 같아."

"그럼 난 월─잠깐, 한나 고모님이 옆에 계셔."

"메리."

"한나 고모, 제이가 심각한 사고를 당해서 앤드루 오빠가 가봐야 해요. 여기 올라오셔서 저랑 같이 기다리면서 혹시 있을지도 모를 일을 준비해 주시면 안 될까요? 그이가 괜찮아져서 병원으로 안 가고 집으로 올지도 모르잖아요."

"그럼, 메리. 가고 말고."

"그리고 엄마랑 아빠한테는 걱정하시지 말라고, 올라오실 것도 없다고 말씀드리고, 제가 사랑한다고 전해 주세요. 될 수 있으면 차분하게 기다리는 게 좋을 것 같아서요. 연락이 올 때까지."

"아무렴, 그래야지. 당장 올라가마."

"고마워요, 한나 고모."

메리는 부엌에 가서 급히 불을 지피고 커다란 물주전자와 차를 끓일 작은 주전자를 얹었다. 전화벨이 울렸다.

"메리! 어디로 가야 돼?"

"어, 파월 역, 요금 징수소에서 나와서…."

"그건 알아, 정확히 어디냐고? 그 남자가 말해 주지 않았어?"

"브래닉 대장간이라고 했어. 브 - 래 - 니 - 익. 들었어?"

"그래, 브래닉."

"불을 켜놓을 거라서 못 보고 지나칠 일은 없을 거래. 요금 징수소 바로 왼쪽에, 벨스 브리지에서 이편으로 있대. 이편으로 조금 더 나오면."

"알았어, 메리. 월터가 오면 가는 길에 한나 고모님 모셔다 드릴게."

"알았어. 고마워, 오빠."

메리는 불쏘시개를 더 집어넣고 급히 아래층 침실로 들어갔다. 그녀는 생각했다. 내가 어떻게 알아? 그 남자가 말해 주지도 않았잖아. 나도 물어보지 않았고. 그런데도 남자가 말하는 투로 봐서 어쩌면 — 메리는 침대보를 확 벗겨서 개키고 침대용 요를 반듯이 폈다. 그냥 더 알게 될 때까지는 아무것도 생각하지 말자. 메리는 급히 장으로 가서 깨끗한 시트와 베갯잇을 꺼냈다. 그 남자는 의사가 와 있는지 말하지 않았어. 메리는 시트를 펼쳐서 매트리스 밑으로 접어 넣고 시트를 반듯이 잡아당겨서 네 귀퉁이 밑으로 접어 넣었다. 그러고는 손바닥으로 침대를 쓸었다. 손바닥에 차갑고 부드러운 감촉이 전해지면서 벅찬 희망이 샘솟았다. 오, 하나님, 그이를 무사히 집으로 데려다주시어 제가 돌볼 수 있도록, 지극정성으로 간호할 수 있도록 해주세요. 휴식을 취할 수 있어서 얼마나 좋아! 괜찮소, 부인. 그냥 친척 양반이나 보내 주쇼. 메리는 겉에 덮는 시트를 펼쳤다. 괜찮소, 부인. 무슨 뜻이든 될 수 있잖아. 의사가 와 있으니 상태가 심각하긴 해도 의사가 알아서 치료할 테니 남자가 심각하다고 말하기는 했어도 아주 끔찍한 상황은 아닐 수도 있고, 아니면…. 요즘 날씨엔 좀 얇은가. 추워질지도 모르니까 두 장이 좋겠다. 메리는 서둘러 담요를 꺼냈는데, 아이들을 깨울 만큼 큰 소리를 내고 있는지, 아니면 이렇게 재빨리 움직이면서도 습관적으로 거의 소리를 내지 않고 움직이는지 전혀 의식하지 못했다. 그냥 친척 양반이나 보내 주쇼. 이건 상태가 나쁘다는 뜻이야, 아니면 날 불렀겠지. 아니지, 난 애들하고 있어야 하니까. 그런데 그 남자는 우리 집에 애들이 있는 줄 모르잖아. 어쨌든 내가 있어야 할 곳은 집이고 내가 여기 남아 준비해야 한다는 건 그 남자도 알테니까. 그 남자가 뭘 준비하라는 투로 말하진 않았어. 내가 알아서 할 거라고 생각했겠지. 그 사람은 남자야, 생각이 여기까지 미칠 리가 없어. 메리는 베개 끝을 이로 물고 베갯잇을 잡아당겨 씌우고는 베개를 불룩하게 부풀려 제자리에 놓았다. 두 번째 베개 끝을 이로 물고, 이뿌리가 아프도록 힘껏 물고 베갯잇을 잡아당겨 끼우고는 다시 베개를 부풀렸다. 그리고 먼저 베갯잇을 끼운 베개를 끝에 세워 놓고 나중에 베갯잇을 끼운 베개를 나란히 붙여 세우고 둘 다 불룩하게 부풀려 반듯하게 매만졌다. 이어 조금 떨어져서는 고개를 갸우뚱하고 바라보면서 아주 잠깐 남편이 지난번에 허리를 삐끗했을 때 침대에 똑바로 앉아 무릎에 쟁반을 올려놓고 아내를 바라보며 웃을 듯 말 듯하다가 웃지는 않던 모습을 떠올렸다. 남편이 장난스럽게 투덜대고 툴툴대는 소리가 들리는 것 같았다. 머리를 다쳤다면. 문득 생각났다. 그렇담 그냥 똑바로 누워 있어야 할 테지.

내가 어떻게 알아? 내가 어떻게 알아?

메리는 베개를 제자리에 놓아두고, 창문 옆 베개가 놓인 쪽으로 담요 귀퉁이를 접고 매만져서 침대를 정리했다. 이어 새로 담요 한 장을 조심스럽게 개켜서 침대 발쪽에 놓으려다가, 아니야, 우리 불쌍한 그이 발에 걸리적거릴 거야, 라고 생각했다. 그리고 침대 발판에 담요를 걸었다. 그녀는 정성껏 정리한 침대를 바라보면서 아주 잠깐 자기가 지금 어디에 있고 왜 이걸 하는지 어리둥절했다. 그러다 문득 깨닫고는 "아" 하고 흠칫 놀라면서 낮고 조용히 탄식했다. 위쪽과 아래쪽 창문을 열자 커튼이 부풀어 올랐다. 커튼을 더 단단히 동여맸다. 복도 벽장으로 가서 요강을 꺼내 와 물로 헹구고 말려 침대 밑에 넣어 두었으며, 약상자에서 체온계를 꺼내 흔들고는 차가운 물에 씻어 말린 후 큰 잔에 담아 침대 옆에 두었다. 침대 옆 탁자에 걸쳐 있던 더러워진 손 닦는 수건을 빨래바구니에 던져 넣고 새 수건으로 걸었다가 다시 팬지와 제비꽃을 가장자리에 수놓은 우아한 손님용 리넨 수건으로 바꿔 걸었다. 앞쪽의 베개가 살짝 꺼진 걸 보고 원래대로 부풀려 놓았다. 그리고 전등갓을 끌어내렸다. 전등을 끄고 침대를 마주 보며 무릎을 꿇고 앉아 눈을 감았다. 이마와 가슴과 왼쪽과 오른쪽 어깨에 차례로 손을 대고 두 손을 모았다.

"오, 하나님, 주님의 뜻이라면." 메리는 나직이 기도했다. 아무 생각도 나지 않았다. 다시 천천히, 깊고 넓게 성호를 그리자 십자가 형상의 무언가가 느껴졌다. 강인함과 고요가.

주님의 뜻이 이루어지리다. 또 다시 아무 생각이 나지 않았다. 메리는 그냥 일어서서 불도 켜지 않은 채 침대도 돌아보지 않고 부엌으로 갔다. 차를 끓이려던 물이 이미 다 졸아 버렸다. 큰 주전자의 물은 미지근했다. 불이 거의 꺼져 갔다. 불쏘시개를 더 집어넣고 있을 때, 현관에서 인기척이 들렸다.

한나가 두 손을 앞으로 내밀면서 들어왔고, 메리도 손을 내밀어 한나의 손을 맞잡고 볼에 입을 맞추었다. 둘이 거의 동시에 "메리"와 "고모"라고 불렀다. 한나는 서둘러 모자걸이에 모자를 걸었다. 앤드루는 열린 문 앞에 서서 말없이 그저 메리의 눈만 쳐다보고 있을 뿐이었다. 새의 눈처럼 단단하고 반짝이는 두 눈은 냉랭하고 씁쓸하게 도저히 믿기지 않는다고, 무언가를 혹은 누군가(어쩌면 그의 여동생까지)를 원망한들 무슨 소용이냐고 묻는 듯했다. 메리는 앤드루 오빠가 "그래, 이래도 너의 그 멍청한 하나님을 믿을 수 있겠냐?"라고 추궁하는 것 같았다. 월터 스타는 캄캄한 바깥에 서 있었다. 메리에게는 그의 큼직한 안경과 어둠 속의 시커먼 콧수염과 떡 벌어진 어깨밖에 보이지 않았다.

"들어오세요, 월터." 넘치게 따스한 메리의 말투가 마치 부끄럼쟁이 어린애를 구슬리는 것처럼 들렸다.

"지체하면 안 돼." 앤드루가 날카롭게 끼어들었다.

월터는 앞으로 걸어 나와 한 손으로 메리의 손을 잡고 다른 손으로 손목을 살짝 건드렸다. "오래는 못 있어요."

"조심해서 다녀오세요." 메리가 이렇게 중얼거리면서 팔이 부들부들 떨리도록 그의 손을 꽉 잡았다.

월터는 메리의 떨리는 손목을 빠르게 네 번 토닥이고는 돌아서서 "얼른 가세, 앤드루"라고 말하고 자동차로 향했다. 메리는 그가 켜둔 엔진 소리를 듣고 상황이 얼마나 심각한지 더 명확히 깨달았다.

"여기는 다 준비해 뒀어, 만약을 대비해서— 저기— 그이가— 멀쩡해서 그냥 집으로 돌아올지도 모르잖아." 메리가 앤드루에게 말했다.

"잘했네. 바로 전화할게. 알게 되는대로, 뭐든."

"그래, 오빠."

앤드루는 눈빛이 바뀌더니 불쑥 손을 내밀어 메리의 어깨를 잡았다. "메리, 정말 유감이야." 거의 울먹이는 목소리였다.

"그래, 오빠." 메리는 이렇게 말하고는 공허한 대답이라고 생각했다. 하지만 이런 생각이 들었을 때 앤드루는 벌써 차에 오르고 있었다. 메리는 그 자리에 서서 차가 보이지 않을 때까지 지켜보다 돌아서서 들어오는데 옆에 있는 한나를 발견했다.

"우리 차 마셔요. 물은 다 끓여 놨어요." 메리는 어깨 너머로 말하면서 황급히 복도를 지나갔다.

저 애가 하게 놔두자. 한나는 뒤따라가면서 생각했다. 아무렴. "어머 이런, 물이 다 끓어서 없어졌네! 앉으세요, 고모, 금방 준비할게요." 메리는 서둘러 개수대로 향했다.

"내가…." 한나는 말머리를 뗐다가 메리가 듣지 않았기를 바랐다.

"네?" 메리가 물을 틀며 말했다.

"그냥, 내가 도울 일이 있으면 알려다오."

"아무것도 없어요, 고마워요." 메리는 스토브에 물을 올렸다. "어

머, 앉으세요." 한나는 식탁 앞 의자에 앉았다. 메리가 말했다. "우선
생각나는 대로 다 준비해 뒀어요. 우리가 아는 한에서요." 메리는 식
탁의 맞은편 의자에 앉았다. "아래층 침실에 준비해 뒀어요."(메리
는 그 방 쪽으로 보일 듯 말 듯 손을 흔들었다) "그이가 안 그래도 좋
지 않은 허리를 삐끗했을 때 지내던 방이요, 아시죠?"(안다마다. 한
나는 속으로 대답하고 메리가 계속 말하도록 놔두었다) "이 층보다
나아요. 부엌이랑 욕실하고도 가깝고, 계단을 오르지 않아도 되고요.
그리고 혹시라도 간호사를 써야 한다면, 그러니까 밤새 간호를 해야
할 때도 간호사가 식당에서 지내고 부엌에서 식사하게 하든가, 아니
면 방에 그이 침대 옆에 간이침대 하나를 갖다 놓고 가운데 가림막을
쳐도 되고, 아니면 간호사가 영 불편해하면 거실 침대 겸용 소파에서
자라고 하고 문을 열어 둬도 되고요. 그래도 되겠죠?"

"그럼." 한나가 말했다.

"실리아, 실리아 건을 부를 수 있는지 알아볼까 해요. 실리아가 시
간이 되는지, 아니면 다른 환자를 맡고 있더라도 나올 수 있는지. 누
구든 오랜 친구, 가족과 다름없는 사람이 생판 모르는 남보다는 훨씬
낫지 않겠어요?"

한나는 고개를 끄덕였다.

"물론 제이가 딱히…. 하긴 실리아는 제이보다는 저하고 오랜 친구
이긴 하지만 그래도 그편이 더, 음, 보기 좋지 않겠어요?"

"암, 그렇고 말고."

"그래도 앤드루 오빠한테 연락이 올 때까지 기다려보는 편이 나을
듯싶긴 ― 괜한 소란을 피우지 않는 게 좋을 것 같긴 해요. 곧장 병원

으로 옮길 가능성도 아주 높잖아요. 어쨌거나 그 남자도 심각하다고 했으니까요."

"기다려보는 편이 낫겠구나." 한나가 말했다.

"물이 어찌 됐나?" 메리는 의자에 앉은 채 몸을 틀어 돌아보았다. "어머, 놀래라. 주전자는 꼭 보고 있으면 안 끓는다더니." 메리는 일어서서 불쏘시개를 더 집어넣고 차 상자를 꺼냈다. "차를 꼭 마시고 싶은지는 모르겠지만 그냥 기다리면서 따뜻한 거라도 마시면 좋겠죠?"

"나도 좀 마시고 싶구나." 한나는 이렇게 대꾸하긴 했지만 실은 아무것도 마시고 싶지 않았다.

"좋아요, 그럼 우리 마셔요. 물 끓는 대로." 메리는 다시 앉았다. "얇은 담요 한 장이면 요새 같은 밤에 충분할 것 같긴 한데, 그래도 혹시 날이 쌀쌀해질지도 몰라서 침대 발치에 담요 한 장 더 내놨어요."

"그거면 부족하지 않을 게다."

"어찌 알겠어요." 메리는 애매하게 말을 이으려다 입을 닫았다. 그리고 헐겁게 깍지를 낀 채 식탁 위에 올려놓은 자신의 손을 바라보았다. 한나는 자기가 메리를 너무 빤히 쳐다보고 있다는 생각에 민망해하면서 애처로운 눈길을 거두었다. 그러다 스스로에게 물었다. 하는 수 없이 부딪혀야 하는 그 순간이 오기 전까지 메리가 그 문제에 맞닥뜨리지 않도록 도와줘야 할까. 어쩔 수 없이 그 순간이 올 거라면. 일단 가만히 있자. 그냥 가만히 있자.

"저기." 메리가 천천히 말문을 열었다. "아주 이상해요." 메리가 천천히 돌아보면서 깍지 낀 손가락을 비벼댔다. 한나는 기다렸다. "그 남자가 전화했을 때요." 메리는 가만히 자신의 손을 바라보면서 손가락을 꼼지락거렸다. "제이가 심각한 사고를—당했다고 말했을 때요." 한나는 문득 메리가 자기를 바라보고 있는 걸 알아채고는 그녀의 반짝이는 잿빛 눈을 마주 보았다. "제가 지금 여기 앉아 있는 것만큼 아주 명확히, '그이 머리야'라는 생각이 스쳤어요. 어떻게 생각하세요?" 메리는 거의 자랑스러운 기색으로 물었다.

한나는 시선을 피했다. 무슨 말을 해준담. 한나는 알 수 없었다. 하지만 메리가 어찌나 자신 있게 말하든지 반쯤은 믿어버렸다. 한나는 잔잔한 물의 이미지, 맑고 아주 깊은, 비록 어둡지만 소녀 시절 이후로 그렇게 또렷하게 본 적이 없는 물의 이미지를 떠올렸다. 물 밑바닥의 모래와 잔가지와 낙엽까지 아른거렸다. 한나는 숨을 깊이 들이마셨다가 길고 느리게 뱉으면서 혀를 한번 찼다. "우리야 절대 모르지"라고 중얼거렸다.

"그럼요, 그냥 기다리는 수밖에요." 메리가 긴 침묵 끝에 말했다.

"하아암." 한나가 급히 숨을 들이마시며 첫 음을 발음하고는 마찰음을 또렷하게 이어가며 나직이 말했다.

한참 동안 무거운 침묵이 흐른 끝에 그들은 치직치직 물 끓는 소리를 알아챘다. 메리가 일어나서 가보니 물이 끓어 반쯤 증발한 터였다.

"그래도 두 잔은 나오겠어요." 메리는 찻잎 거르개를 준비해서 물을 붓고 또 부었다. 큰 주전자의 뚜껑을 열었다. 물이 담긴 부분 옆으로 물방울이 송골송골 맺혀 있었다. 밑바닥에서 느릿하게 소용돌이치면서 올라오는 물방울들이 아주 작아서 꼭 하얀 모래알 같았다. 물 표면이 천천히 빙빙 돌았다. 메리는 이 물을 어디다 쓰나 생각했다.

"혹시 모르잖아." 메리는 혼자 중얼거렸다.

한나는 메리에게 뭐라고 말했는지 물어보지 않기로 했다.

"주주스*가 있어요." 메리가 이렇게 말하고는 찬장에서 차를 꺼냈다. "아니면 버터 바른 빵을 드실래요? 아님 토스트나. 토스트 몇 장 구워도 되고요."

"차만 마실게, 고맙다."

"설탕하고 우유는 적당히 넣으세요. 레몬 드릴까요? 어디 보자, 레몬이 있었…."

"우유로 하마, 고맙다."

"그럼 저도." 메리는 다시 앉았다. "와, 여기 무지 덥네요!" 메리는 일어나서 현관으로 난 문을 열고 다시 앉았다.

"혹시 몇…." 메리는 어깨 너머로 흘끔 부엌 시계를 돌아보았다. "오빠랑 월터가 몇 시에 출발했더라, 아세요?"

"월터가 열 시 십오 분에 우리를 데리러 왔었지. 이십오 분쯤 지나서 출발했을 거야."

"어디 보자, 월터가 운전을 꽤 빨리 하는 편이고, 제이만큼은 아니지만, 그래도 오늘 밤엔 평소보다 속도를 낼 테고 거기가 12마일 조금 못되게 떨어져 있으니까. 그럼 30마일 잡고, 보자, 6 곱하기 4는 24고, 6곱하기 5는 30이고, 12의 두 배는 24니까, 아이고, 난 맨날 산수는 젬병이라…."

"한 삼십 분 걸리겠네. 밤길인데다 월터가 그쪽 도로에 익숙하지 않은 거 감안하면."

* 차 브랜드.

"그럼 좀 있으면 연락이 오겠네요. 십 분. 길어야 십오 분."

"그래, 그렇겠지."

"도로 사정 생각해 본다면 이십 분이긴 하지만 그쪽이 멀긴 해도 길이 좋아서요."

"그럴지도 모르지."

"그 남자는 왜 나한테 얘기를 하지 않은 거죠!" 메리가 버럭 소리를 질렀다.

"왜 그러냐?"

"저는 왜 또 물어보지 않았을까요?" 메리는 당혹스럽고 화가 치민 얼굴로 고모를 보았다. "제가 물어보지도 않았어요! 얼마나 심각한 사고인지! 그이가 어딜 다쳤는지! 살았는지, 죽었는지."

이거구나. 한나는 속으로 생각했다. 다시 가만히 메리의 눈을 들여다보았다.

"우린 그저 기다리는 수밖에 없어." 한나가 말했다.

"그야 그렇죠." 메리는 화가 나서 소리쳤다. "그래서 견딜 수가 없다고요!" 메리는 단숨에 차를 반잔이나 들이켰다. 목이 타는 것처럼 뜨거울 텐데도 거의 지각하지 못하는 것 같았다. 메리는 여전히 부릅 뜬 눈으로 고모를 쳐다볼 뿐이었다.

한나는 뭐라고 대꾸할지 몰랐다.

"죄송해요." 메리가 말했다. "고모 말이 다 옳아요. 저야 그냥 마음을 단단히 붙잡고 있는 수밖에."

"걱정 마." 한나가 말했고, 둘은 또 말이 없어졌다.

한나는 메리에게 지금의 침묵이 도저히 견디기 힘든 일일 테고, 더 감당하기 힘든 가능성과 직면하게 되리라는 걸 알고 있었다. 하지만 그래야만 해, 그녀는 속으로 생각했다. 빠를수록 좋아. 그러나 한나 자신이야말로 옆에 있어 주면서 조금이라도 보호해 주거나 고통을 늦춰 줄 만한 말을 건네지 않을 수가 없었다. 그래서 입을 열려는 순간 메리가 버럭 소리쳤다. "도대체 왜 나는 그 남자한테 물어보지 않았지! 왜 그러지 않았을까요? 무심해서일까요?"

"너무 급작스러웠잖아. 충격이 심했어." 한나가 말했다.

"하지만, 평소 저라면 물어볼 거라고 생각하시잖아요! 안 그래요?"

"너는 너 스스로가 안다고 생각했던 거야. 제이의 ― 머리라는 걸 확신했다고 네가 말했잖니."

"그래도 얼마나 나쁜지? 정말!"

우리 둘 다 아는구나. 한나는 속으로 생각했다. 그래도 네가 그 얘기를 꺼내는 편이 낫지. "어쨌든 네가 무심해서 그런 건 결코 아니잖아."

"네, 그래요. 그런 건 절대 아니지만 제가 왜 그랬는지 알 것 같아요. 전, 전, 그 남자가 무슨 말을 할지 무서웠던 거예요."

한나는 메리의 눈을 들여다보며 속으로 말했다. 어서 고개를 끄덕여 줘. 나도 그런 줄 알았다고 저 아이에게 말해 줘. 아무 말도 하지 않으면 저 아이가 얼마나 괴롭겠어. 한나는 방금 전, 메리가 불쑥 말을 자르기 전에 어렵게 하려던 말을 다시 꺼냈다. "왜 조― 너희 아버지하고 어머니는 집에 계시니?"

"제가 오시지 말라고 했어요."

"왜 그랬어?"

"식구들이 모두 모여 있으면 어쩐지 그걸 ― 소식을 듣기도 전에 최악의 상황을 염두에 두는 것 같아서요."

"그래서 두 내외가 집에 계시는구나. 너희 아버지도 네가 이해할 거라고 하시더구나."

"그럼요, 알죠."

"우린 그저 아무것도 넘겨짚어서는 안 돼. 좋은 쪽으로든 나쁜 쪽으로든 말이다."

"알아요. 물론 그래야죠. 그래도, 이렇게 감감무소식으로 기다리자니, 도저히 견딜 수가 없어요."

"곧 연락이 올 게다."

메리는 시계를 흘끔 보았다. "조만간 오겠죠."

메리는 차를 홀짝였다.

"그래도 궁금해서 미치겠어요. 그 남자가 왜 더 말하지 않았는지. '심각한 사고'라고 했어요. '아주' 심각한 사고라고 하지는 않았고요. 그냥 '심각한' 사고라고 했어요. 그래도 누가 알아요, 엄청나게 큰일이라는 뜻인지. 그런데 왜 말하지 못했을까요?"

"네 아버지 말대로, 십중팔구는 그냥 좀 모자란 사람인가 보지." 한나가 말했다.

"그래도 아주 중요한 일이고 그냥 간단히 말해 주면 되는 건데, 대충 짐작이라도 할 수 있게 해줬어야죠. 적어도 그이가 집으로 올 만한 상태인지, 아니면 병원으로 옮겨야 하는지, 그것도 아니면…. 구급차 얘기는 없었어요. 구급차가 왔다면 병원으로 옮긴다는 뜻일 텐데. 그리고 물론 그 남자가 그러니까—최악의 소식을 전하려던 거였으면 그냥 대놓고 얘기하지 우리를 전부 이렇게 조바심하게 하지는 않았겠죠. 좋은 쪽으로든 나쁜 쪽으로든 짐작하는 것이 아무 짝에도 쓸모없는 일이라는 걸 알지만 솔직히 제가 보기에는 희망을 걸어도 될 것 같아요, 한나 고모. 제 생각엔…."

전화벨이 울렸다. 그 소리에 두 사람은 평생 그 어느 때보다 소스라치게 놀랐다. 그들은 서로를 마주 보았다가 일어서서 복도로 나갔다. "제가…" 메리는 한나에게 오른손을 저었고, 마치 손을 흔들어서 존재에서 빠져나가려는 것 같았다.

한나는 그 자리에 멈춰 서서 고개를 숙이고 눈을 감고 성호를 그었다.

메리는 두 번째 벨이 울리기 전에 수화기를 들었지만 잠시 귀에 대지 않고 아무 말도 하지 않았다. 하나님 도와주세요, 도와주세요, 라고 중얼거렸다. "오빠?"

"폴*이니?"

"아빠!" 안도와 두려움이 동시에 밀려왔다. "무슨 소식 들으셨어요?"

"너는 들었니?"

"아뇨. 제가 방금 '오빠한테 연락이 왔어요?'라고 물은 거예요."

"없었다. 나도 지금쯤 연락이 왔거니 짐작한 거다."

"아뇨, 아직. 아직요."

"괜히 애비 때문에 놀랐겠구나."

"아니에요, 아빠. 괜찮아요."

"아이고 미안하다, 폴. 내가 괜히 전화를 했구나."

* 메리의 애칭.

"괜찮아요."

"연락이 오면 바로 알려다오."

"그럼요, 그럴게요, 아빠. 약속해요. 꼭 그래야죠."

"우리가 올라가런?"

"아뇨, 정말로 고맙지만, 아빠. 안 오시는 게 나아요, 아직은. 무슨 소식이 있는 것도 아닌데 괜히 전부 모여서 북적댈 필요 있나요?"

"역시 내 딸이야!"

"엄마한테 사랑한다고 전해 주세요."

"엄마도 사랑한다고 전해 달란다. 나도 그렇고 물론, 말할 것도 없이. 연락해다오."

"그럼요. 들어가세요."

"폴."

"네?"

"아빠가 어떤 마음인지 알지?"

"알아요, 아빠, 고마워요. 그런 말씀은 안 하셔도 돼요."

"노력해도 안 되네. 영 안 돼. 제이도 그렇고 너도 그렇고 또 네 엄마도. 너는 이해하겠지."

"알아요, 아빠. 들어가세요."

"그냥 아빠였어요." 메리는 무너지듯 주저앉았다.

"앤드루 전화인 줄 알았네."

"그러게요···." 메리는 차를 마셨다. "겁나서 기절할 뻔 했어요."

"오라버니도 참, 지금 전화하시면 안 되지. 전화를 거시다니 참 생각도 없으시네."

"아빠 잘못이 아니에요. 여기 우리보다 거기서 마냥 기다리시는 부모님이 더 힘들 거예요."

"오죽 힘드시겠니."

"아빠는 보기보다 마음을 세심한 분이에요."

"알지. 너도 알아주니 고맙구나."

"아빠가 내심 제이를 얼마나 좋게 생각하시는지 알아요."

"아주 많이―아이고, 너도 당연히 알아야지!"

"음, 그래도 오랫동안 그렇게 확신할 근거를 찾지 못했어요." 메리가 목소리를 높여 대꾸했다. "엄마도 마찬가지고요." 메리는 잠시 뜸을 들였다. "고모하고 엄마도. 고모도 아시잖아요. 티를 내지 않으려고 하셨지만 저도 알아요. 제가 안다는 걸 고모도 아셨잖아요. 이젠 다 괜찮아요. 다 지난 일이니까. 그래도 고모도 아시잖아요."

한나는 메리에게서 눈을 떼지 않았다. "그래, 맞아. 메리. 여러 가지로―아주 많이 염려했었지. 아무런 이유도 없이 그랬던 건 아니다. 나중에 너희 부부도 알았다시피."

"이유야 많았죠." 메리가 말했다. "그렇다고 저희가 편해진 건 아니었어요."

"누구도 편하진 않았어." 한나가 말했다. "너랑 제이가 특히 힘들었겠지만 너희 어머니하고 아버지도 마찬가지였어. 널 사랑하는 사람들 모두가."

"알아요. 잘 알아요, 한나 고모. 왜 이런 얘기가 나왔는지 모르겠네요. 더는 누구도 억울할 일도, 걱정할 일도, 슬퍼할 일도 없고, 다행히 그 문제도 오래가지 않았잖아요. 아이고, 또 옆길로 샜네요! 그 얘기는 이제 그만해요!"

"한마디만 더 하자. 네가 제대로 알고 있는지 잘 모르겠어서 말이다. 너희 아버지가 항상, 처음부터 제이를 얼마나 좋게 보셨는지 알고 있니?"

메리는 예민하고 미심쩍은 눈으로 고모를 보다가 신중히 말을 고르고 나서 입을 열었다. "아빠가 그랬다고 말씀해 주셔서 알아요. 하지만 그 말씀을 꺼내실 때마다 항상 주의를 주는 것도 잊지 않으셨죠. 시간이 흐르면서 아빠가 제이를 무척 좋게 보시게 된 건 알아요."

"아주 훌륭한 사람이라고 여기신단다." 한나가 힘주어 말했다.

"그건, 아니에요. 아빠가 처음부터 그이를 진심으로 좋아하거나 존중하셨다는 말을 믿은 적도 없고, 앞으로도 그럴 거예요. 그냥 듣기 좋으라고 하시는 말씀 같아요."

"제이가 입에 발린 소리에 넘어갈 사람이니?"

"아니죠." 메리는 살짝 미소를 지었다. "물론 그럴 사람이 아니죠, 평소의 그이라면. 하지만 제가 어떻게 그렇게 생각하겠어요? 아빠는 한편으로는 제이를 한없이 띄워 주지만 또 한편으로는 제가 그이랑 결혼하는 게 얼마나 무모한 짓인지 하나하나 근거를 드셨어요. 숨도 돌릴 새 없이. 고모는 어떻게 생각하세요!"

"둘 다 납득이 되는구나. 그러니까 너도―너희 아버지로서는 둘다 진심이었다고 생각해 줄 수 없겠니?"

메리는 잠시 생각에 잠겼다가 말을 이어갔다. "모르겠어요, 한나고모. 아뇨, 어떻게 그럴 수 있는지 모르겠어요."

"너도 그걸 알게 되었잖니, 메리."

"제가요?"

"너희 아버지가, 아니 우리가 품었던— 그 모든 염려에 여러 이유가 있다는 걸 알았잖아. 하지만 그걸 안다고 해서 제이에 대한 너의 본질적인 생각이 바뀌진 않았잖니? 그러니까 양쪽을 한꺼번에 깨달을 수 있다는 걸 알게 된 거지."

"맞는 말씀이에요. 네. 그랬죠"

"우리는 좋은 점을 점점 더 많이 알아야 했지. 너는 썩 좋지 않은 점을 점점 더 많이 알아야 했고"

메리는 인정할 수 없다는 듯 미소를 띤 채로 고모를 보았다. "그래도 처음엔 까맣게 몰랐어요. 그래도 아빠보다는 제가 옳았잖아요? 실수가 아니었어요. 문제가 생길 거라고 한 건 아빠가 옳았지만— 아빠나 식구들이 짐작한 것 이상이었지만— 그래도 실수는 아니었어요. 아닌가요?"

얘야, 나한테 묻지 말고, 그냥 말하렴. 그렇게 생각하면서 한나가 대답했다. "물론 아니지."

메리는 잠시 말이 없었다. 그러다 수줍어하면서도 당당하게 말했다. "요 몇 달 동안이요, 한나 고모, 저희는 어— 어느 정도, 화— 화목하게 지냈어요." 그리고 고개를 절레절레 흔들기 시작했다. "이런 얘기는 하는 게 아니었네요." 메리의 목소리가 흔들렸다. "다른 때도 아니고 지금은요!" 메리는 입을 꾹 다물고, 다시 고개를 저으면서 후루룩거리며 차를 마셨다. "지금 우리 말하는 투가" 입 안 가득 차를 머금고 불쑥 말했다. "꼭 죽은 사람 얘기하는 것 같아요!" 메리는 두 손에 얼굴을 묻고 눈물 없이 흐느끼며 몸을 들썩였다. 한나는 메리의 옆에 가서 앉고 싶은 마음을 애써 눌렀다. 하나님 저 아이를 도와주세요. 한나는 나직이 중얼거렸다. 하나님 저 아이를 지켜 주세요. 잠시 후 메리는 고개를 들어 한나를 보았다. 고요하면서도 당혹감이 어린 눈빛이었다. "그이가 죽으면. 그이가 죽으면요, 한나 고모, 저 어떻게 해요? 어떻게 해야 할지 하나도 모르겠어요"

"하나님께서 도와주신단다." 한나가 이렇게 말하고는 손을 내밀어 메리의 손을 잡아 주었다. "하나님께서 지켜 주신단다." 메리의 얼굴이 실룩였다. "넌 잘 해낼 거야. 무슨 일이 닥치든, 잘 해낼 게야. 그건 걱정 말아라. 겁내지 마." 메리는 애써 울음을 참았다. "최악의 상황에 대비해 마음의 준비를 해두렴." 한나가 말을 이었다. "그래도 절대 잊지는 말자꾸나. 아직 모른다는 거."

그러면서 둘이 동시에 시계를 보았다.

"지금쯤 전화 올 때가 됐는데." 메리가 말했다. "오빠까지 사고를 당한 게 아니라면!" 메리의 웃음소리가 날카로웠다.

"곧 올 거야." 한나가 말했다. 그리고 속으로 생각했다. 와도 진즉에 왔어야지, 최악의 상황이 아니라면. 한나는 메리의 깍지 낀 두 손을 꽉 잡았다가 토닥이고는 손을 떼면서, 누구도 위로가 되지 않겠구나 싶었고 가장 큰 위로가 필요할 때를 위해 위로를 아껴 두자고 마음먹었다.

메리는 아무 말도 하지 않았고, 한나도 무슨 말을 해줘야 할지 떠오르지 않았다. 어처구니없는 노릇이었지만, 이런 모든 상황 속에서 말문이 막혔다는 것이 당혹스러웠다.

한나는 생각했다. 대체 무슨 말을 해줘야 한단 말인가! 나든, 누구든, 대체 무슨 도움을 줄 수 있단 말인가?

한나는 갑자기 몸이 무거워지고 진이 빠지는 느낌이 들어서 식탁 끝에 이마를 대고 싶었다.

"그냥 기다리는 수밖에요." 메리가 말했다.

"그래." 한나가 한숨을 쉬었다.

한나는 차를 마시면 좀 나을 것 같았지만, 미지근하고 조금 씁쓰름해서 왠지 모르게 더 지치는 느낌이 들었다.

그들은 이 분 동안 내내 한 마디도 않은 채 앉아 있었다.

"그나마 고맙게도 시간을 조금 벌었네요." 메리가 천천히 입을 열었다. "기다리는 수밖에 없는 시간이 끔찍하긴 하지만요. 무슨 일이 닥치든 마음의 준비를 해둘 시간을 얻었어요." 메리는 빈 찻잔을 골똘히 들여다보았다.

한나는 차마 입이 떨어지지 않았다.

"무슨 일이든." 메리가 말을 이어갔다. "이미 지나간 거니까요." 메리는 사실상 아무런 감정도 없이 말했다. 메리가 감정을 넘어 이제 곧 밝혀지고 마주해야 할 진실을 받아들이느라 여념이 없는 거라고, 한나는 확신이 들었다. 메리가 고개를 들어 한나를 보았고, 둘은 가만히 서로 마주 보았다.

"세 가지 중 하나에요." 메리가 다시 입을 열었다. "많이 다치긴 했어도 살아 있어요. 잘하면 완전히 부상에서 회복하거나 최악의 경우에는 영영 불구가 되거나 정신이 온전치 않겠죠." 한나는 시선을 피하고 싶었지만 그러면 안 될 것 같았다. "아니면 부상이 심해서 죽을지도, 얼마 안 가 죽거나 아니면 오래 고통스럽게 견디다가 죽거나 아니면 지금 이 순간 마지막 숨을 내쉬면서 자기가 어디에 있는지, 어째서 제가 자기 옆에 없는지 생각할지도 몰라요." 메리는 잠시 이를 악물고 입을 꾹 닫았다가 차분히 또 말을 이어갔다. "아니면 그 남자가 전화했을 때 그이는 이미 저세상으로 갔고, 그래서 그 남자가 차마 소식을 전하지 못한 건지도 몰라요, 불쌍하게도.

이거나 저거나 아니면 또 저거나. 그리고 어느 쪽이든, 이번 생에서건 다음 생에서건 우리가 뭘 한들, 아니면 희망하거나 짐작하거나 소망하거나 기도한들 바꿀 수 있는 것도 없고 눈곱만큼이라도 도움을 줄 수 없어요. 어차피 벌어진 일이니까요. 그뿐이죠. 그리고 지금 할 일은 어떤 상황이든 마음을 굳게 먹는 것뿐이에요. 무슨 일이 닥치든. 그뿐이에요. 중요한 건 그거예요. 가능한 상황은 이 중에 하나일 테니까 이것만 생각하면 되죠. 안 그래요?"

메리가 이렇게 말하는 사이 그녀의 말투와 눈빛과 한마디 한마디가 한나에게 이제는 거의 지워진 시절, 벌써 삼십 년 가까이 지난 과거를 들춰냈다. 그때 인생의 십자가가 처음으로 한나라는 존재를 향해 맨 얼굴을 드러냈고, 한나는 난생 처음으로 인내하고 수용하는 법을 배우기 시작했다. 이제는 네 차례구나, 불쌍한 아가. 마치 거대한 책의 한 페이지가 넘어가는 것 같았고, 책장을 넘기면서 일어난 바람에 경외감으로 가슴이 시리고 아렸다. 저 아이의 영혼이 이제 어른이 되려 하는구나, 그녀는 믿었다. 그리고 그러는 동안 그녀 자신도 한결 더 늙고, 자신의 죽음에 한 걸음 더 다가갔으며, 그것에 만족했다. 한나는 메리에 대한 일종의 자부심으로, 그리고 한나 자신의 슬픔이든 타인의 슬픔이든 그녀가 기억할 수 있는 모든 슬픔에(물밀 듯 밀려 든 기억들에) 대한 자부심으로, 그리고 모든 존재와 인내심에 대한 자부심으로 가슴이 벅찼다. 한나는, 그래! 바로 그거야! 그래. 그래. 알게 될 거야. 이제 네 차례구나, 라고 큰소리로 외치고 싶었다. 두 팔로 조카딸을 부여잡고 이렇게 꽃을 피우는 모습을 감상하고 싶었다. 조카딸을 품에 안고 살아 있다는 것의 의미를 하나님께 간구하고 싶었다. 하지만 무엇보다도 잠자코 앉아서 어린 조카딸의 말을 들어주고 조카딸이 말하는 동안 두 눈과 둥근 이마를 바라봐 주고, 자신의 젊은 시절의 경험, 그러니까 그녀를 고고하게 지켜 주고 음악처럼 꿰뚫었던 경험이 되풀이되는 지금 이 순간을 온전히 받아들이고 싶었다.

"안 그래요?" 메리가 재차 물었다.

"그렇기도 하고 그 이상이기도 하겠지." 한나가 말했다.

"하나님의 자비 말인가요?" 메리가 조용히 물었다.

"그런 게 아니야." 한나가 재빨리 대꾸했다. "내 말은, 나는 말하지 않는 게 좋겠구나."(그래 놓고 말을 시작했구나. 한나는 생각했다. 저 애를 놀라게 하고 마음을 다치게 하며 마치 하나님을 욕되게 하는 말을 하는 것 같아) "그냥 너 스스로 깨닫는 게 낫기 때문이지. 너 스스로."

"무슨 말씀이에요?"

"어떤 소식이 들리든 말이야, 메리, 틀림없이 아주 힘들어질 거야. 비통하고 힘들겠지. 이제는 너도 그걸 깨닫고 직면하기 시작했어. 아주 용감하게. 내 말은, 이게 시작에 불과하다는 거야. 너는 앞으로 더 많은 걸 알게 될 거야. 이제 막 시작된 거야."

"무슨 일이 닥치든 그걸 감당하기에 부족함이 없었으면 좋겠어요."

메리의 눈빛이 빛났다.

"감당하려고 너무 애쓰지 마라. 그런 식으로 생각하지 마. 그저 최선을 다해 견디면서 감당할 수 있는지에 대한 물음이 저절로 풀리게 놔두렴. 그거면 충분해."

"전 전혀 준비가 되지 않은 것 같아요. 준비할 시간이 너무 적어요."

"준비할 수 있는 종류의 일이 아닌 것 같구나. 그냥 겪어 내야 할 일이지."

메리의 말에는 일종의 야망이, 자만이든 시적 감상이든, 대단히 잘못되고 대단히 위험한 태도가 깃들어 있다고, 한나는 느꼈다. 하지만 메리의 태도가 뭘 의미하는지 아직 확신이 서지 않았다. 게다가 다른 때도 아니고 지금 이런 문제에 정신이 팔려서 언쟁을 하거나 경고를 하려 들다니! 저 애는 너무 어리다고, 그녀는 속으로 생각했다. 스스로 알게 되겠지, 불쌍한 것, 알게 될 거야.

한나가 바라보는 사이에도 메리의 얼굴은 산만하고 초라해졌다. 아, 아직은 안 돼. 한나는 속으로 절박하게 외쳤다. 아직은 안 돼. 하지만 메리가 수줍게 말했다. "한나 고모, 잠깐 같이 무릎을 꿇어 주실래요?"

아직은 안 돼, 라고 말하고 싶었다. 한나는 난생 처음 기도가 얼마나 잘못 쓰일 수 있는지 의심이 들었지만 그 이유는 알지 못했다. 뭐라고 해야 하나. 한나는 극도로 불안해졌다. 내가 어찌 판단할 수 있겠는가? 메리는 너무 오래 기다렸다. 메리는 미소를 띠고 쭈뼛거리며 기다리다가 당황하기 시작했다. 한나는 연민과 함께 스스로에 대한 의구심을 지닌 채 식탁을 돌아서 메리 옆으로 갔고, 둘이 나란히 무릎을 꿇었다. 한나는 문득 이런 생각을 했다. 우리가 보이겠지. 혼령들이 위로 올라갔을 테니까. 부디. 한나는 속으로 화를 내며 내뱉었다.

"성부와 성자와 성령의 이름으로, 아멘." 메리가 나지막이 기도했다.

"아멘." 한나가 말끝을 흐렸다.

그들은 침묵에 빠졌고, 시계가 똑딱이는 소리와 불꽃이 흔들리는 소리와 큰 주전자가 털털대는 소리만 들렸다.

하나님은 여기에 계시지 않아. 한나가 속으로 말했다. 그러고는 가슴에 작은 십자가를 그리며 자신의 신성모독을 감추려 했다.

"오 주여." 메리가 나직이 읊조렸다. "제게 힘을 주시어 주님의 뜻을, 그 뜻이 무엇이든 받아들이게 해주소서." 그리고 한참동안 말이 없었다.

하나님께서 저 아이의 기도를 들으시는구나. 한나는 속으로 말했다. 하나님 용서해 주세요. 하나님 용서해 주세요.

저 아이에게 적당한 때를 내가 감히 어찌 알아. 한나는 속으로 말했다. 하나님 용서해 주세요.

하지만 한나는 이런 생각을 떨쳐낼 수 없었다. 저 아이의 신앙심 속에는 잘못 이해한, 견딜 수 없이 측은하고 한없이 해로운 뭔가가 퍼져 있다는 생각을. 한나에게는 그것을 막기는커녕 그것의 본질을 파악할 능력도 없었다.

갑자기 한나의 마음속에 깊이 모를 틈이 벌어졌고 그곳에서 사람을 무력하게 만드는 한없는 어둠의 기운이 흘러나왔다.

나는 믿지 않아. 아무것도 믿지 않아.

"아버지 하나님." 한나에게로 낯선 자신의 목소리가 들렸다. 메리는 한나가 두려워하는 줄도 모른 채 기도에 동참했다. 그리고 그들이 계속 기도하는 동안 한나의 귀에는 자신의 목소리보다 젊고 온화하고 진실하고 비탄에 잠긴 여인의 목소리가 점점 더 또렷이 들렸고, 한나 자신의 지독한 불신의 순간은 추억이 되고 하나님의 은총으로 물리친 유혹이 되었다.

저희를 악에서 구해 주소서. 한나는 기도를 마치고 이 말을 서너 번 나직이 읊었다. 하지만 자비와 더불어 해로운 기운도 여전히 남아 있었다.

그들은 일어섰다.

일분일초가 흐르고 시계가 똑딱거릴 때마다 앤드루가 그곳에 도착해서 전화했을 시간이 한참이나 지났다는 사실이 점점 더 확실해지면서 메리와 한나는 점차 말을 잃어갔다. 기도를 마치고 한동안 메리는 마음을 놓고 사건과 크게 관련이 없는 일들에 관해 상당히 수다스럽게 얘기하고 사소한 농담을 섞고 웃기까지 하면서 가벼운 히스테리 이상의 기미는 보이지 않았다. 한나는 이럴 때는 그냥 하는 대로 따라 주는 편이 최선이라고(지금 상황에서는 유일한 선택이라고) 생각한 터였다. 하지만 그 상황마저도 이내 끝나 버렸고, 다시 돌아올 기미는 전혀 없었다. 이제 그들은 그저 말없이 부엌 식탁 앞 각자의 자리로 가서 마주 앉아 서로의 시선을 피하면서 딱히 마시고 싶지도 않은 차를 홀짝일 뿐이었다. 메리가 새로 주전자 가득 차를 끓였고, 둘이 잠시 차에 관해 대화를 나누고 뜨거운 물로 차를 우리면서 간단히 이야기를 나누었다. 하지만 사소한 대화도 이내 침묵으로 빠져들었다. 메리는 나직이 "잠깐만요"라고 말하고 화장실로 들어가면서, 이 와중에도 이 따위 욕구에 굴복해야 한다는 사실에 기분도 상하고 굴욕감도 들었다. 잠시 동안 요강에 앉은 아기처럼 어리석고 무력한 느낌에 휩싸이고 훨씬 더 보잘 것 없고 천박한 존재가 되어 버린 느낌이었다. 그러다 세면대에 찬물을 받아 손을 담근 채 거울에 비친 망연한 얼굴, 거의 현실로 보이지 않는 자신의 얼굴을 믿기지 않는다는 듯 노려보다가, 다른 때도 아닌 지금 거울이나 들여다보고 있는 자신에게 수치심이 들었다. 혼자 남은 한나는 그래도 우리가 동물이라는 데 감사했다. 이처럼 어리석고 끈질기고 선량하고 소박하게 뭉쳐 있는 동물적 욕구야말로 기도만큼이나 우리를 제정신으로 온전하게 붙잡아 주는 것이었다. 이렇게 혼자 있는 시간이 끝나갈 무렵 한나는 세심하게 속마음을 숨기려던 노력을 잊고 무심코 입 밖으로 "그 애는 죽었어. 더는 의심의 여지가 없어"라고 중얼거리고 성호를 그으며 망자를 위한 기도를 올리려 했다. 그러다가 불현듯 우리는 모른다는 생각이 들고 방금 전에 자기가 제이에게 해로운 기운을 발휘해서, 그 아이가 지금 어떤 상태이든, 그 아이에게 자비를 베풀려는 하나님의 뜻에 훼방을 놓은 게 아닌가 싶었다. 메리는 돌아와서 스토브에 땔감을 더 집어넣고 큰 주전자 안을 들여다보며 물이 삼분의 일이나 끓어 없어진 걸 보고 주전자를 다시 채웠다. 둘 다 이것에 관해 아무 말도 하지 않았지만 서로가 무슨 생각을 하는지 알았고 십 분 넘게 말없이 앉아 있다가, 메리가 한나를 보았고, 한나는 자기에게 오는 시선을 느끼고 메리를 마주 보았다. 그러다 메리가 나직이 입을 열었다. "이제는 그냥 소식이라도 들으면 좋겠어요. 이젠 준비가 됐거든요."

한나는 고개를 끄덕이면서 생각했다. 과연 그렇구나. 내 손을 잡으려 하지도 않으니 얼마나 다행이니. 그리고 한나는 장엄하게 빛나는 무언가가 마치 그녀의 어둠 속에서 일어나서 하나님 앞에 이렇게 말하려는 것 같다고 느꼈다. 여기 이 아이는 최악의 상황을 맞이할 준비가 되었고, 혼자 힘으로 해냈습니다. 제 도움이나 심지어 주님의 도움도 받지 않고 혼자 힘으로 해냈습니다. 이 아이를 가상히 여겨주시옵소서.

메리가 말을 이었다. "우리가 예상한 것보다 상황이 훨씬 덜 심각하다는 소식이 올 것 같지는 않아요. 그러니까 오빠가 가슴을 쓸어내리며 좋아하다가 전화하는 것도 잊고 대신에 우릴 깜짝 놀라게 해주려고 그이를 곧장 집으로 데리고 오고 있을 것 같진 않아요. 오빠다운 행동이긴 하지만요. 정말 그런 상황이었다면요. 그리고 제이다운 행동이기도 해요. 그들이, 그이가 의식이 있어서 우리를 놀라게 하고 우리가 놀라는 모습을 보고 신나서 웃으려고 그러는 거라면." 웃을 듯 말 듯한 표정으로 눈빛을 반짝이며 이 말을 하는 동안 메리는 정말로 그렇게 믿는 것 같았다. 앞으로 몇 분 안에 꼭 그런 일이 일어날 거라고 믿는 것처럼 보였다. 그러나 메리가 다시 말을 이어갔다. "그럴 리가 거의 없어요, 백만분의 일 정도로. 그래도 일말의 가능성이라도 있다면, 현실은 그 반대라고 밝혀지지 않는 한, 그런 가능성을 제 마음속에서 깨끗이 지우지는 않을래요. 그이의 죽음을 입에 올리지 않을 거예요, 한나 고모. 정말 잘못됐다는 소식을 듣기 전까지는요." 메리는 도전적으로 말했다.

"절대로!"

"그래도 그이가 잘못된 게 확실한 것 같기는 해요." 메리가 말했다. 말하는 중에 한나와 눈이 마주치자 잠깐 무슨 말을 하려고 했는지 생각나지 않는 듯했다. 그러다 다시 생각이 났지만 하도 하찮은 말이라서 꺼내지 못하고 마음속 상념이 다시 명료해지고 온전히 무게를 갖추도록 기다렸다가 다시 입을 열었다. "제 생각엔, 그 남자가 전화했을 때 그이는 이미 죽었고, 그 남자는 차마 저한테 그런 말을 하지 못했을 가능성이 훨씬 커요. 그 남자를 탓하지는 않아요. 말하지 않아서 고맙죠. 집안의 남자가 전할 말이 맞아요—제이랑도 가깝고 저하고도 가까운 사람이요. 제 생각엔 앤드루 오빠도 출발할 때—무슨 일인지—알았고 우리를 이렇게 하염없이 기다리게 만들 생각은 없었을 거예요. 당장 전화하려고 했을 거예요. 그래도 우리 모두처럼 끝까지 희망을 버리지 않다가 그 순간에는—제이를 본 순간에는—차마 전화할 수가 없었을 거예요. 제가 오빠에게서 직접 전화로 듣는다 해도 감당할 수 있는 얘기가 아니라서 전화하지 않은 거예요. 그렇게 해줘서 얼마나 고마운지 몰라요. 오빠도 분명 알았을 거예요. 시간이 흘러서, 이렇게 끔찍한 시간을 보내는 사이 우리가 나름의 결론을 내리고 시간을 가질 거라고—그럴 시간을—가질 거라고요. 그게 최선이라고요. 오빠는 제가 소식을 들을 때 옆에 있어 주고 싶었을 거예요. 그러는 게 맞아요. 그게 맞아요. 오빠 입으로 직접. 제 생각에 오빠가 한 일은—아니 지금 오빠가 하는 일은…."

한나가 보기에는 메리가 이제 정말로 주저앉을 것 같아서 손을 잡아 주고 싶은 마음을 누르기가 쉽지 않았지만, 가까스로, 힘들게, 자제했다. 잠시 후 메리가 다시 차분한 어조로 나직나직 말을 이어갔다. "지금 오빠는 불쌍한 제이의 시신을 데리고 장의사에게 갔다가 곧장 집으로 돌아와서 우리에게 말하려고 할 거예요."

한나는 메리의 평온하면서도 그 어느 때보다 의구심으로 반짝이는 눈에서 시선을 떼지 않았다. 뭐라고 대꾸해야 할지 한 마디도 떠오르지 않아서 중풍이라도 걸린 사람처럼 무뚝뚝하게 연신 고개만 주억거렸다. 그만 끄덕이려고 애를 썼다.

"제 생각엔 그래요." 메리가 말했다. "그리고 그것에 대해 마음의 준비도 마쳤고요. 하지만 그런 말을 하거나 그걸 받아들이거나 내 남편을 욕보이거나 위험하게 만드는 일은 하지 않을 거예요— 정말로 돌이킬 수 없는 현실이라는 걸 알기 전까지는."

그들은 계속 서로 눈을 마주 보았다. 한나는 눈을 깜빡이면 안 된다는 생각에 눈을 부릅떴다. 잠시 후 두 여인 중에서 젊은 여인이 울음 섞인 신음을 길게 토해 내고 떨리는 목소리로 조용히 "아아, 주님께 간곡히 청합니다. 이런 일이 벌어지지 않게 해주세요"라고 탄식했고, 한나는 "저도 간곡히 청하옵니다"라고 나직이 중얼거렸으며, 둘은 다시 여전히 아무것도 모르는 채 고통에 시달리는 서로의 눈만 하염없이 바라보았다. 그러던 중 현관에서 발소리가 들렸다. 한나는 옆으로, 아래로 눈길을 돌렸다. 메리는 갈라지는 듯한 긴 한숨을 토해 냈다. 그들은 의자를 뒤로 밀치고 급히 문으로 향했다.

09

거실로 돌아오는 조엘을 캐서린이 불안한 눈길로 쳐다봤다. 조엘은 허리를 숙여 아내의 귀에 바짝 대고 말했다. "없소."

"아직 아무것도요?"

"응." 그는 자리에 앉으면서 아내에게 몸을 기울이고 말했다. "아직은 무슨 소식을 기대하기에는 이른 것 같아."

"그럴지도." 아내는 더 이상 바느질감을 들지 않았다.

조엘은 〈뉴 리퍼블릭〉*을 다시 읽으려 했다.

"애는 괜찮아 보여요?"

맙소사. 조엘은 속으로 중얼거렸다. 그리고 아내에게 몸을 기울이고 말했다. "괜찮아 보였소."

아내는 고개를 끄덕였다.

그는 다시 〈뉴 리퍼블릭〉으로 돌아갔다.

* 1914년에 창간된 미국의 정통 시사 잡지.

"올라가 봐야 하지 않을까요?"

그래야 했다면 우릴 불렀겠지, 라고 조엘은 생각했다. 그는 아내에게 몸을 기울이고 아내의 어깨에 손을 얹었다. "그러지 않는 게 좋겠어. 어찌된 일인지 연락이 올 때까지는. 괜한 소란이야."

"괜한 뭐요?"

"소란. 호들갑이라고. 괜히 복작댈 거 없잖아."

"뭐, 어쩌면. 그래도 우리가 있어야 할 자리 같은데요, 조엘."

당치 않은 소리! 조엘이 속으로 말했다. "우리는" 그가 조금 목소리를 높였다. "어디든 우리 딸이 원하는 곳에 있으면 돼." 이렇게 말해 놓고 조엘은 우리가 있어야 할 자리라는 아내의 말이 단순히 예의 차원이 아니라는 걸 깨달았다. 빌어먹을, 왜 아내가 올라가면 안 되는 거야! 조엘은 아내의 어깨에 손을 얹었다. "마음 쓰지 마요, 캐서린. 폴한테 물어보니까 오시지 않는 게 좋아요, 라고 하더라고. 연락이 오기도 전에 괜히 다 모여서 마음 졸일 것 없다고."

"사리분별을 잘하네요." 캐서린이 미심쩍은 투로 말했다.

"잘하고 말고." 조엘이 자신 있게 말했다. "우리 딸이 마음을 굳게 먹으려고 애쓰는 게야." 조엘이 설명하듯 말했다.

캐서린은 정중하게 물어보듯 고개를 돌렸다.

"마음을― 굳게 ― 먹으려고 ― 애쓴다고!"

캐서린이 움찔했다. "소리 지르진 ― 마세요, 조엘. 그냥 또박또박 말하면 알아들어요."

"미안하오." 사과하긴 했지만 아내는 알아듣지 못한 것 같았다. 조엘은 다시 아내의 귀에 가까이 몸을 기울였다. "미안하오." 이번에는 소리를 지르지 않으려고 주의했다. "단지 걱정돼서 그랬을 뿐이야."

"괜찮아요." 아내는 다 늙어버린 말투로 이렇게 말했다.

조엘은 잠시 아내를 바라보다 안쓰러운 마음에 한숨을 쉬고는 "조금 있으면 알게 되겠지"라고 말했다.

"그래요, 그렇겠지요." 캐서린은 바느질감 위에 손을 내려놓고 어둑한 방 안을 골똘히 바라보았다.

아내를 보고 있자니 괜히 속이 상해서 조엘은 다시 〈뉴 리퍼블릭〉으로 눈을 돌렸다.

"어찌 그런 일이 생겼을꼬." 캐서린이 한참 있다가 말했다.

조엘은 아내에게 몸을 기울였다. "그러게 말이오."

"다른 사람들도 다쳤을 텐데요."

조엘은 다시 아내 쪽으로 몸을 기울였다. "아마도, 우린 알 수 없지."

"죽었을지도 모르겠네요."

"우린 ― 몰라, 캐서린."

"그래요."

제이는 운전을 엉망진창으로 한다니까. 조엘은 이렇게 생각했지만 입 밖으로는 꺼내지 않기로 했다. 무슨 일이 벌어졌든 제이에 대해 이런 식으로 말하는 건 아무 짝에도 쓸모가 없다고, 그는 생각했다. 아니, 생각하는 것 자체가 불필요했다.

조엘은 자신이 단지 예의를 차리는 것뿐만 아니라 미신에 사로잡힌 거라는 생각이 들기 시작하면서 자조적인 웃음을 내뱉었다. 어째서 연락이 오기 전에 올라가 보지 않는 건가? 그만 하자. 신들의 소관인 것을. 배를 흔들지 말자.

그 배가 난파선이라면 더더욱.

"물론 내가 보기에 제이가 운전을 좀 조심성 없이 하더라고요." 캐서린이 조심스럽게 말했다.

"누군들 안 그러나." 조엘이 대꾸했다. 그런 면이 있기는 하지!

"그 애들이 그 물건을 산다고 했을 때 엄청 불안했던 생각이 나네요."

그래, 당신 불안이 적중했군.

"진보지." 조엘이 말했다.

"뭐라고 했어요?"

"진보라고. 우리가— 진보하는— 길을 가로막아야— 쓰나."

"아뇨." 캐서린이 꺼림칙하게 말했다. "그럼 안 되죠."

맙소사— 여자란!

"농담이오, 여보. 별로— 재밌지는— 않소만."

아.

"지금은 경거망동할 때가 아니잖아요, 조엘."

"아무렴."

캐서린은 예의를 되찾고 고개를 조금 기울였다. 조엘은 언성을 높이지 않으려고 주의하면서 "당신 말이 옳다고 했소. 나도— 그럴 때가— 아니라고 생각해."

캐서린은 고개를 끄덕였다.

조엘은 가시철조망을 헤치고 지나가는 기분으로 사설을 하나 더 읽으면서 생각했다. 나는 딸애한테 전화할 권리가 없어. 연락이 오는 대로 바로 알려준다잖아, 왜 못 믿어. 어쨌든 한나도 거기 가있잖아.

그리고 꿋꿋이 사설을 읽어 나갔다.

사고 소식을 들은 순간부터 마음이 무겁게 짓눌렀다. 혼잣말로 어허, 하고 탄식하며 자기도 모르게 갑자기 고개를 끄덕이기도 했다. 이런 일이나 비슷한 일이 이제든 저제든 일어날 줄 알았던 것처럼, 놀란 것 말고는 아무런 감정의 파고가 없었다. 손 놓고 앉아서 기다리는 사이 마음을 누르는 중압감이 점점 커져 공기마저, 시큼하고 차갑고 무거운 쇠 맛이 나는 것 같았다. 흠, 달리 뭘 기대할 수 있겠나. 사는 게 다 그렇지. 그는 속으로 말했다. 그는 삶에 도전하면서 묵묵히 수용하고 감내하며 고군분투해 온 자신뿐만 아니라 강철 같이 무뚝뚝하고 완강한 삶의 냉혹함을 좋아했다. 냉혹함이야말로 그의 용기를 입증하고 가늠해 주는 잣대라 믿었기 때문이었다. 별로 동요하지 않다니 재미있는 노릇이군. 그는 사위를 떠올려 보았다. 그러자 존중과 애정, 보편적인 깊은 슬픔이 몰려왔다. 개인적인 애도의 감정은 없었다. 제이가 그토록 몸부림치면서 용기와 야망을 다 끌어내고도 결국 아무것도 이루지 못했다는 생각이 들었다. 문득 《무명의 주드》*가 떠올랐다. 그러다가 삼십 년에 걸쳐 꾸준히 허물어진 자신의 모든 희망을 생각했다. 불구로 살든 병자로 살든 죽든, 이중에 하나를 골라야 하는 선택에서 제이가 벗어났기를 바랐다. 심지어 이러한 불행과 앞으로 삼사십 년을 더 사는 것 중의 선택도 그만 됐다 싶었다. 나라면 말이지, 젠장. 정작 제이는 어떨지 몰라도, 조엘은 딸을 떠올렸다. 그토록 감탄스러울 정도로 부모의 뜻을 거역하고 그 녀석과 결혼해 놓고 고작 그 망할 신앙심 때문에 깨지고 무너진 딸아이의 정

* *Jude the Obscure*, 영국 소설가 토머스 하디의 장편소설.

신, 아직 꽃피지도 못한 채 결혼해서 먹고살기 급급하고 무엇보다도 그 망할 신앙심 때문에 무용지물이 되어 버린 딸아이의 지성, 세상 무엇에도 굴하지 않는다는 듯 늘 턱을 들고 더 많이 갈구하는 딸아이의 모든 순수한 열망을 떠올렸다. 그래도 여전히 개인적인 감정은 거의 스며들지 않았다. 그는 생각했다. 딸아이가 저지른 일이고 스스로 잘 감당해 왔어. 한 번도 징징거린 적이 없어. 그리고 제이가— 결혼이— 이렇게 끝난다면 딸아이가 치러야 할 대가가 있는 것이고, 내가 해줄 수 있는 건 거의 없어. 이제 조엘은 두근거리면서도 슬픈 심정으로 아주 오래 전에 딸아이와 진실로 좋은 친구관계였던 시절을 또렷하게 기억했고, 아주 잠깐 그들이 다시 그런 관계로 어쩌면 돌아갈 수 있을지 모른다고 생각하다가 스스로 경멸스러운 듯 코웃음을 쳤다. 딸 아이 남편의 죽음을 예상하면서도, 예전에 퇴짜 맞은 구혼자라도 되는 양 몸단장을 하고, 다시 한 번 도전하려고, 다시 한 번 틈새를 노려보려고 하는구나, 라고 그는 생각했다. 실제로 조엘과 메리는 단 한번도 관계가 틀어진 적이 없었다. 둘 사이를 갈라놓은 건 교회와 관련된 악취 나는 늪뿐이었다. 하지만 이제는 둘 사이가 좋아지기는커녕 더욱 안 좋아질 것이 뻔했다. 뻔하다고? 보나마나였다.

아내는 바느질을 하면서 깊은 상념에 젖었다. 이런 비극이. 우리 딸한테 이런 큰 짐이. 불쌍한 우리 딸 메리. 그 아이가 어찌 감당할꼬. 하기야 아직 제이가— 저세상으로 가지 않았을 가능성도 있지만. 허나 만일 그렇더라도 그 아이들 모두에게 더 끔찍한— 비극이 될 수도 있겠지. 그토록 활기찼던 사내가 제 식구 하나 건사하지 못하는 신세가 된다면. 이렇든 저렇든 정말 끔찍한 일이야. 우리가 도와줄 수야 있겠지만, 그래도 가장 무거운 짐을 덜어 주진 못해. 가여운 내 딸. 불쌍한 우리 손주들. 그녀는 침침한 눈으로 푹 수그린 채 아무 말 없이 바느질을 했다. 너그럽고 앞뒤를 따질 줄 모르는 그녀의 마음은 스스로 생각하는 것보다 훨씬 깊은 슬픔에 잠겼고, 그녀의 결연함은 결연히 의지를 다질 수 있는 수준을 훨씬 뛰어넘었다. 한치 앞을 모르는 인생이구나! 메리가 내 어린 딸이던 게, 제이가 처음 우리를 만나러 왔던 게 바로 엊그제 같은데. 캐서린은 바느질감에서 고개를 들어 고요한 빛과 그림자를 바라보았다. 그녀의 가슴에서 길고 깊은 한숨이 흘러나왔는데, 그건 음악을 제외하고 그녀가 슬픔을 토해 내는 유일한 수단이었다.

"우리가 그 애들한테 아주 잘해 줘야 해요, 조엘." 캐서린이 말했다.

느닷없는 아내의 말에 조엘은 깜짝 놀라다 못해 거의 까무러칠 뻔했다. 반사적으로 화가 치민 나머지 무슨 말을 한 거냐고 되받아치고 싶어졌다. 하지만 아내의 말을 똑똑히 들은 터라 아내에게 몸을 바짝 기울여 대답해 줄 수 밖에 없었다. "암, 그래야지."

"무슨 일이 일어났다 해도요."

"아무렴."

조엘은 아내의 뻔한 말 이면에 숨은 감정을, 외로움을 알아챘다. 무슨 그런 하나마나한 소리를 하냐는 듯 뻔하게 대꾸한 자신이 부끄러웠다. 미안한 마음에 무슨 말이라도 해주고 싶었지만 막상 할 말이 떠오르지 않았다. 그는 아내를 잘 알기에 다정하고 흐뭇한 마음으로 아내는 그의 야박한 반응을 거의 알아채지 못했을 거라고 생각하고, 그가 뜬금없이 해명하고 사과하려고 하면 아내가 어리둥절해할 거라고 판단했다. 그냥 내버려 두자고 생각했다.

저이는 말보다 속이 깊은 사람이야. 캐서린은 스스로를 다독였다. 그래도 언젠가는 남편이 속내를 꺼내서 보여 주면 좋겠다고 생각했다. 남편의 손길이 그녀의 손목에 닿고 남편의 머리가 그녀의 머리에 가까이 다가오는 느낌이 들었다. 캐서린은 남편 쪽으로 몸을 기울였다.

"이해해, 캐서린." 그가 말했다.

이해하라니 대체 무슨 뜻이지? 캐서린은 의아해했다. 내가 듣지 못한 말이 있구나, 틀림없이. 하지만 둘이 나눈 대화가 얼마 되지 않아서 대체 무슨 말을 놓쳤을지 짐작이 가지 않았다. 그래도 괜한 질문으로 남편의 심기를 거슬리게 하고 싶지 않았다. 남편이 좋은 뜻으로 한 말이라는 건 믿어 의심치 않고 깊이 감동했다.

"고마워요, 조엘." 캐서린은 다른 손을 남편의 손에 얹고 몇 번 빠르게 토닥였다. 둘만의 익숙한 장소가 아닌 곳에서 이런 애정표현을 하자니 민망했다. 그녀는 이런 애정표현에 남편이 더 민망해하지는 않을까 늘 겁이 났다. 지금 이 순간에도 남편을 달래 주고 싶은 마음을 억누를 수 없었고 자신의 손목을 지그시 누르는 남편의 손길에서 크나큰 위안을 받고 있으면서도 이내 조심스럽게 손을 뺐고 남편도 이내 손을 거두었다. 캐서린은 잠시 그 긴 세월을 이렇게 좋은 남자와 이리도 화목하게 잘 살아온 데 묵직하면서도 쓰라리게 감사한 마음을 느꼈지만 표현할 말은 찾을 수 없었다. 그러다 다시 딸을 떠올리고 딸이 직면하고 있는 현실을 생각했다.

한편 조엘은(아내의 손목을 지그시 누르며) 아내에겐 이런 게 필요하지, 라고 그리고 그녀가 수줍게 손을 뺐을 때는, 조금 더 이러고 있으면 좋을 텐데, 라고 생각했다. 문득 아내를 위해서가 아니라 자신의 충동으로 아내를 품에 안고 싶었다. 말도 안 돼. 그는 아내가 잘 보이지도 않는 눈을 견뎌가며 다시 한번 방 안 저편을 물끄러미 바라보는 모습을 바라보았다. 아내의 엄청난 불굴의 용기에서 이루 말할 수 없는 자부심을 느꼈고, 물론 이런저런 회한이 없는 건 아니지만 그렇게 긴 세월을 이 여인과 함께 보낸 데 대해 흐뭇한 만족감으로 가슴이 벅차왔다. 하지만 말로는 표현할 수가 없었다. 그러다 다시 딸이 겪고 있는 현실과 앞으로 또 직면해야 할 현실을 생각했다.

"가끔 삶은 우리가 감당할 수 있는 것보다 더 — 냉혹한 — 것 같아요." 캐서린이 말했다. "그 애들의 삶 말이에요. 불쌍한 제이, 그리고 가여운 우리 메리의 삶이요."

캐서린은 남편의 손길을 느끼면서 대답을 기다렸지만 조엘은 아무 말도 하지 않았다. 캐서린은 남편을 돌아보면서 습관처럼 걱정스러운 듯 정중하게 되묻는 듯한 미소를 지었다. 그리고 수염을 기른 남편의 얼굴이 빛 속에서 생각 외로 아주 가까이 큼직하게 천천히 다섯 번을 무겁게 끄덕이는 걸 보았다.

10

앤드루는 노크 없이 문을 열고 들어와 가만히 문을 닫고는 부엌 문 지방 앞에 어른거리는 그림자를 보고 곧장 복도를 걸어왔다. 그들은 컴컴한 복도에 서있는 그의 얼굴을 보지는 못했지만 뻣뻣하고 부자 연스러운 걸음걸이로 보아 앤드루라는 걸 알아차렸다. 그들이 앤드 루의 길을 가로막은 모양새가 되었다. 그들은 복도로 나가서 맞이하 는 대신 옆으로 비켜서서 앤드루를 부엌으로 들였다. 우물쭈물하는 그들과 달리 앤드루는 조금도 머뭇거리지 않고 안으로 들어왔다. 그 리고 입을 일자로 굳게 다물고는 유리조각 같은 눈빛으로 한 마디 말 도 없이 고모를 힘껏 끌어안았다. 고모가 숨도 못 쉬고 바닥에서 발 이 들릴 정도였다. "메리." 한나가 앤드루의 귀에 대고 속삭였다. 앤 드루는 큰 충격을 받은 눈빛과 얼굴로 서있는 메리를 보았다. 오, 때 리지 마세요, 라고 애원하는 아이 같았다. 앤드루가 입을 열기도 전 에 메리가 들릴 듯 말 듯 조용히 "그이 죽었구나, 오빠, 맞지?"라고 말했다. 그는 아무 말도 못하고 고개만 끄덕이다가 문득 고모의 발이 바닥에서 떨어진 것을 느끼고는 자기가 뼈가 으스러질 정도로 한나 고모를 꽉 끌어안은 걸 깨달았다. 메리는 여전히 딴 세상에서 들려오는 듯한 작은 목소리로 "오빠가 도착했을 때 그이는 죽어 있었어"라고 말했다. 그는 다시 고개를 끄덕였다. 그리고 고모를 조심스럽게 놓아주고 메리에게 돌아서서 그녀의 어깨를 잡고는 생각지도 못하게 큰소리로 "즉사였어"라고 말하며 메리에게 입을 맞추고 꼭 안아 주었다. 눈물은 나지 않았지만 그는 격하게 두 번 흐느끼듯 숨을 들이마시고는 메리와 뺨을 맞대었다. 늘어뜨린 머리카락 사이로 가녀린 그녀의 등과 가물가물 번쩍이는 리놀륨 바닥이 보였다. 자신에게 기댄 메리의 무게가 묵직하게 느껴지자 그는 "자, 메리"라고 말하고는 어깨를 감싸고 그녀가 의자에 앉도록 부축해 주었다. 그 순간 무릎에 힘이 풀린 메리가 "앉아야겠어"라는 말을 간신히 내뱉으며 겁먹은 얼굴로 고모를 쳐다봤다. 그와 거의 동시에 고모가 갈라진 목소리로 말했다. "앉으렴, 메리." 그리고는 다른 쪽에서 그녀의 허리를 감싸 안았는데, 메리의 얼굴은 충격으로 하얗게 질려서 사색이 되어 있었다. 양쪽에서 부축하는 그들에게 팔을 내맡긴 메리는 그들의 몸에서 든든함과 따스함을 느끼며 고맙고 다행이라고 생각했다. 셋이 나란히 걸어서(마음의 친구, 꼭 삼총사 같다고 메리는 생각했다) 가장 가까운 의자로 향했다. 메리는 앤드루가 왼손을 앞으로 뻗어 의자를 비틀어 그녀를 향하게 놓고 그들 사이에서 천천히 자신을 앉히는 모습을 보았다. 고모는 얼굴만 보였는데, 메리 위쪽으로 바짝 얼굴을 기울여서 몹시 크고 몹시 가까웠으며, 두툼한 안경알 너머의 눈은 강렬한 동시에 눈물이 그렁그렁 맺혀 있었다. 굳게 다물었던 입술은 힘이 풀려 느슨하고 부드러웠으며, 얼굴 전체가 사랑과 슬픔으로 괴로워 보였다. 고모의 얼굴은 메리가 이제껏 한 번도 본 적 없는, 흐트러진 민낯이었다.

"아빠한테 연락드려요. 엄마한테도." 메리가 속삭였다. "제가 약속했어요."

"내가 할게." 한나가 대꾸하고 복도로 나가려 했다.

"월터가 금방 모시고 올 거예요." 앤드루가 말했다. "지금쯤 아실 거예요." 그리고 의자 하나를 당겨왔다. "앉아요, 고모." 의자에 앉은 한나는 메리의 두 손을 잡고 그녀의 무릎 위에 올렸고, 어느 순간 메리가 있는 힘을 다 끌어내 자신의 손을 꽉 잡고 있는 걸 깨달았다. 한나는 이렇게 끊임없이 흔들고 비틀어 대는 듯한 손아귀의 힘을 친절하게 받아 주었다.

"와서 앉아, 오빠." 메리가 조금 큰 소리로 말했다. 앤드루는 벌써 세 개째 의자를 끌어와 이번에는 자기가 앉으면서 두 사람의 손에 자기 손을 포갰다. 그는 메리의 손이 부들부들 떨리는 것을 느끼면서 맙소사, 마치 산통을 치르는 것 같구나, 라고 생각했다. 사실이 그랬다. 잠시 말없이 앉아 있는 동안 앤드루는 고민했다. 이제 어떻게 된 일인지 전해 줘야 돼. 젠장, 어떻게 말을 꺼내지!

"위스키 마시고 싶어." 메리가 건조한 말투로 작게 말하면서 일어서려 했다.

"내가 가져올게." 앤드루가 일어서면서 말했다.

"오빠는 어디 있는지 모르잖아." 메리는 이렇게 말하면서 그들이 이미 손을 놓은 뒤였는데도 계속 손을 뿌리쳤다. 메리가 일어서자 그들도 일어나 예의를 갖추듯이 옆으로 비켜섰고, 메리는 그들 사이를 지나 복도로 나갔다. 그들은 메리가 찬장을 뒤적거리는 소리를 듣고 서로를 바라보았다. "쟤한테는 저게 필요해." 한나가 말했다.

앤드루는 고개를 끄덕였다. 제이 때문일 테지만 집 안에 위스키가 있다는 사실에 놀란 터였다. 그러다 그런 생각을 하는 스스로가 역겨웠다. "우리도요." 그가 말했다.

메리는 그들을 쳐다보지도 않고 부엌 찬장으로 가서 두툼한 술잔을 가져와 식탁에 놓았다. 술병은 거의 가득 차 있었다. 메리가 잔을 채우는 사이 두 사람은 메리를 보면서 말리면 안 되겠다고 생각했고, 메리는 한 모금 벌컥 들이켜다가 사레가 들었지만 거의 다 삼켰다.

"뭘 타서 마셔야지." 한나가 메리의 어깨 사이를 세게 치고는 행주로 입술과 턱을 닦아 주었다. "너무 독해, 그렇게 마시면."

"그럴게요." 메리가 컥컥거리다 목청을 가다듬었다. "그럴게요." 이번에는 좀 더 또렷하게 말했다.

"그냥 있어, 메리." 앤드루와 한나가 동시에 입을 열었다. 앤드루가 메리에게 물 한 잔을 떠다 주고 한나는 메리를 부축해 의자에 앉혔다.

"나도 좀 마셔야겠어." 앤드루가 말했다.

"어머, 마셔!" 메리가 말했다.

"내가 토디*를 진하게 만들어 주마." 한나가 말했다. "잠을 청할 수 있을 거야."

"자고 싶지 않아요." 메리가 말했다. 메리는 위스키를 홀짝이고 물

* 독한 술에 설탕과 뜨거운 물을 넣고 때로는 향신료도 넣어 만든 술.

을 많이 마셨다. "어떻게 된 일인지 들어야죠."

"한나 고모." 앤드루가 술병 쪽을 가리키며 조용히 물었다.

"그래 나도 다오."

앤드루가 얼음을 깨고 술잔과 물병을 가져오는 사이 침묵이 흘렀다. 기이한 무력감에 빠진 채 메리는 유순하면서도 몹시 침울한 표정으로 기다렸다. 이로부터 몇 달 뒤 길에 쓰러진 말을 보게 된 앤드루는 이날의 메리를 떠올렸다. 그런데 그 기억은 술에 취한 모습이 아니었다. 다만 죽음이라는 손에 납작 짓눌린, 그런 모습이었다.

"내 잔은 내가 따를게." 메리가 말했다. "왜냐면," 메리는 술을 따르면서 조심스럽게 말을 이었다. "내가 감당할 수 있는 한에서 아주 독하게 마시고 싶어서." 메리는 진한 색의 술을 맛보고 위스키를 조금 더 따라서 다시 맛보고는 술병을 옆으로 치웠다. 한나는 걱정스럽고 애달픈 눈으로 메리를 바라보면서 오늘 밤 메리 엄마가 술에 취한 딸을 본다면, 딸이 창피스러워 죽고 싶을 거라고 생각하다가, 다시 말도 안 되는 걱정이라고 생각했다. 메리로서는 저러고도 남을 일이었다.

"천천히 마셔, 메리." 앤드루가 다정하게 말했다. "술도 못 하면서."

"내가 알아서 할게." 메리가 말했다.

"충격이 심해서 그래." 한나가 말했다.

앤드루는 작은 잔에 스트레이트로 두 잔 더 따르고 한 잔을 고모에게 내밀었다. 그들은 급히 들이켜고 물을 마셨고, 앤드루가 연하게 하이볼* 두 잔을 준비했다.

* 위스키에 소다수를 타고 얼음을 띄워 만든 음료.

"저기, 오빠, 전부 듣고 싶어." 메리가 말했다.

앤드루가 한나를 보았다.

"메리." 앤드루가 입을 열었다. "어머니, 아버지가 금방 오실 거야. 그럼 전부 다시 들어야 할 텐데. 당장 듣고 싶다면 물론 말해 줄게. 하지만— 기다려 줄 수 있니?"

앤드루의 말이 채 끝나기도 전에 메리는 벌써 고개를 끄덕였고, 한나는 "그래, 아가"라고 말했다. 셋 다 아무리 애써도 결코 피할 수 없는 혼란과 반복을 떠올렸다. 잠시 후 메리가 말했다. "어쨌든, 그이가 고통에 시달리지 않아도 됐다는 거지? 즉사, 라고 했으니까."

앤드루는 고개를 끄덕였다. "메리, 제이를— 로버츠 씨네서 봤어. 몸에 상처는 딱 하나였어."

메리는 앤드루를 보았다. "머리구나."

"턱 끝 정중앙에 작은 타박상이야. 상처가 아주 작아서— 한 바늘만 꿰매면 될 정도였어. 그리고 아랫입술에 푸르스름한 작은 멍 하나하고. 붓지도 않았더라."

"그게 다구나." 메리가 말했다.

"그게 다야." 한나가 말했다.

"그게 다예요." 앤드루가 말했다. "의사 말이, 뇌진탕이래요. 그 자리에서 사망했고요."

메리는 말이 없었다. 앤드루가 보기에는 미심쩍어하는 것 같았다. 젠장. 앤드루는 감정이 격해졌다. 적어도 그것만은 의심하지 않아도 돼!

"제이가 고통에 시달렸을 리 없어, 메리, 아주 잠시도. 메리, 내가

제이 얼굴을 봤어. 고통이 지나간 희미한 흔적조차 없었어. 그저 ─
놀란 정도. 깜짝 놀란 표정이었어."

메리는 여전히 말이 없었다. 메리가 믿게 해줘야 돼. 도대체 어떻
게 해야지 더 분명히 전할 수 있을까? 필요하다면 의사에게 연락해
서 메리한테 직접 말해 주라고….

"그이는 자기가 죽어가는 줄 전혀 몰랐어." 메리가 말했다. "단 일
분도, 단 한순간도, '내 삶이 끝나가는구나'고 생각할 짬이 없었어."

한나는 얼른 메리의 어깨에 손을 얹었다. 앤드루는 메리 앞에 무릎
을 꿇었다. 메리의 손을 잡고 그 어느 때보다 진지하게 "메리, 제이가
몰랐다면 천만다행이야! 한창 나이에 알아야 하는 것치고는 너무 끔
찍하잖아. 제이는 기독교인도 아니었고." 그리고 거칠게 불쑥 내뱉었
다. "제이는 군이 하나님하고 화해할 필요도 없었어. 아내와 두 아이
를 둔 가장인데, 그런 친구에게 그렇게 끔찍한 사실을 모르게 한 건
그나마 하나님께 감사할 일이야!" 그리고 절망적으로 덧붙였다. "내
가 이따위 소리나 하다니 정말 미안하다, 메리!"

지금까지 차분하게 "네 오라비 말이 맞아, 메리, 오라비가 옳아, 그
건 감사할 일이야"라고 말하던 한나가 이제는 조용히 "그만 됐다, 앤
드루"라고 말했다. 그의 눈을 뚫어져라 쳐다보면서 천천히 충격과 공
포에 휩싸이던 메리는 사뭇 부드러운 말투로 "괜찮아, 오빠. 미안해
하지 마. 다 이해해. 오빠 말이 맞아"라고 말했다.

"내가 이렇게 원한에 차서 기독교인을 거론하다니." 앤드루가 잠시
후 말을 이었다. "나도 날 용서하지 못하겠다, 메리."

"자책하지 마, 오빠. 그러지 마. 제발. 날 봐, 제발." 앤드루는 메리

를 보았다. "사실 난 기독교인으로서 생각해야 하는 대로만 생각했지, 우리가 인간이라는 건 잊고 있었어. 오빠가 이런 날 바로 잡아 줘서 고마워. 오빠 말이 옳아. 제이는— 그런 면에서 신앙이 있는 사람이 아니었어. 그리고 그이가 죽음의 순간을 알았다면 — 오빠가 말한 대로였겠지. 설령 그이가 신앙이 있는 사람이어도 마찬가지였을 테고." 메리는 앤드루를 지그시 바라보았다. "그러니까 제발 나 상처 받지도 않았고 화가 나지도 않았다는 거 알아줬으면 해. 오빠가 해준 말을 이해할 필요가 있었고, 그 점 하나님께 감사해."

현관에서 인기척이 들렸다. 앤드루가 일어나서 메리의 이마에 입을 맞추었다. "미안해하지 마." 메리가 말했다. 앤드루는 메리를 보고 입을 굳게 다물었고 급히 현관으로 나갔다.

"아버지." 앤드루는 아버지가 들어오도록 옆으로 비켜섰다. 어머니가 더듬거리며 아들의 팔을 찾아 꽉 잡았다. 앤드루는 어머니의 어깨를 가만히 감싸 안으며 귀에 대고 말했다. "다들 부엌에 있어요." 캐서린은 남편 뒤를 따라 들어왔다. "들어와, 월터."

"어, 아니야. 고맙네." 월터 스타가 말했다. "가족 일이니까. 그래도 혹시…."

앤드루가 월터의 팔을 잡았다. "어쨌든 잠깐 들어와. 메리도 자네한테 고맙단 말을 하고 싶을 거야."

"그럼…." 앤드루가 월터를 데리고 들어왔다.

"아빠." 메리가 일어나서 아버지에게 입을 맞추었다. 그는 딸과 함께 아내에게 돌아섰다. "엄마?" 메리가 힘없이 울먹이는 목소리로 엄마를 부르면서 끌어안았다. "오냐, 오냐, 오냐." 캐서린은 조금 잠긴 목소리로 딸을 달래면서 소리 나게 등을 토닥였다. "메리, 우리 아가. 그래, 그래, 그래!"

메리는 월터 스타를 보았다. 스스로 환영받지 못하는 손님이라고 여기는 듯했다. "어머, 월터!" 메리가 속삭이듯 부르고 얼른 그를 맞이했다. 월터는 당황한 얼굴로 손을 내밀며 말했다. "폴레트 부인, 차마 무슨 말을….."

메리는 월터를 와락 껴안으며 뺨에 입을 맞추었다. "고마워요." 메리는 속삭이면서 나직이 흐느꼈다.

"별말씀을." 월터는 심하게 얼굴을 붉히고 메리를 안아 주면서 몸이 너무 가까이 붙지 않도록 주의했다. "별말씀을." 그가 다시 말했다.

"이만 놔드려야겠네요." 메리는 월터를 놔주고 물러서서 급히 둘러보며 무언가를 찾았다.

"자." 앤드루, 아버지와 월터 스타가 동시에 손수건을 내밀었다. 메리는 오빠가 내민 걸 받아서 코를 풀고 눈물을 닦은 후 자리에 앉았다. "앉으세요, 월터."

"아, 고맙지만 괜찮아요. 그냥 잠깐 얼굴만 비치러 온 거예요. 정말로 이만 가봐야겠어요."

"왜요, 월터, 그런 소리 말아요. 우리 식구나 마찬가진데." 메리가 이렇게 말하자 그 소리를 들은 사람들은 전부 고개를 끄덕이며 "물론이지"라고 중얼거리면서도 지금의 분위기에서는 월터가 불편할 테니 집으로 돌아가는 편이 낫겠다고 생각했다.

"아주 고마운 말씀이긴 하지만," 월터가 말했다. "여기 있을 수는 없어요. 어서 가봐야겠어요. 그리고 혹시라도…."

"월터, 고맙단 말을 하고 싶은데." 메리는 말을 꺼내 놓고는 다시 잠깐 생각에 잠겼다.

"우리 모두 그래, 월터." 앤드루가 말했다.

"말로 다 할 수가 없어요." 메리가 이어서 말을 마쳤다.

월터는 고개를 저었다. "아니, 아니에요. 전 그냥, 혹시라도 제가 할 수 있는 일이, 뭐든 제가 도와드릴 일이 생기면 알려주십사하고요. 주저하지 말고 말해 주세요."

"고마워요, 월터. 그런 일이 생기면 꼭 연락할게요. 정말 고마워요."

"그러면 가보겠습니다."

앤드루가 월터를 배웅하러 현관으로 나갔다. "꼭 연락해, 앤드루. 무슨 일이든." 월터가 말했다.

"알았어. 고맙네." 앤드루가 대답했다. 그들은 서로 눈이 마주쳤고, 둘 다 잠시 기가 막힌 표정으로 바라보았다. 이 친구는 그게 나였기를 바라는군! 앤드루가 생각했다. 저 친구는 그게 자기였으면 하는 거야! 월터 역시 생각했다. 어쩌면 나도 나였기를 바라는지도 몰라. 앤드루는 이렇게 생각하면서 시신을 처음 봤을 때처럼 살아남은 자가 된 데 부조리하고 부끄럽고 사기를 친 것만 같은 죄책감과 심지어 살인을 저지른 기분까지 들었다.

"어째서 제이지? 하고많은 사람들 중에서?" 앤드루가 나직이 물었다.

여전히 유리 조각 같은 그의 눈을 바라보던 월터가 무겁게 고개를 저었다.

"잘 있게, 앤드루."

"잘 가게, 월터."

앤드루는 문을 닫았다.

메리의 아버지는 딸과 눈이 마주쳤다. 그는 턱짓으로 메리를 부엌 한 구석으로 불렀다. "너랑 단둘이 얘기 좀 하고 싶구나." 그가 조용히 말했다.

메리는 생각에 잠긴 눈으로 아버지를 보면서 식탁 위의 술잔을 들고 "잠깐 실례할게요"라고 어깨 너머로 말하고는 아버지를 안내해 남편을 위해 준비해 둔 방으로 들어갔다. 침대 옆 램프를 켜고 양쪽 문을 가만히 닫고 서서 아버지를 바라보면서 기다렸다.

"앉아라, 폴." 아버지가 말했다.

메리는 둘러보았다. 한 사람은 침대에 앉아야 했다. 부풀려 둔 베개 아래 잘 정돈된 침대가 서늘하고 쾌적하게 펼쳐져 있었다.

"제가 다 준비해 놨는데," 메리가 말했다. "그런데 그이는 영영 돌아오지 않네요."

"무슨 소리냐?"

"아무것도 아니에요, 아빠."

"서있지 말거라. 앉자꾸나."

"전 괜찮아요."

아버지는 딸에게 다가가 손을 잡고 살피듯이 들여다보았다. 아, 아빠가 내 키 정도밖에 안 되는구나. 메리는 새삼 가슴이 먹먹했다. 그리고 연민과 고통에 젖은 아빠의 눈이 한나 고모의 지치고 연약한 눈꺼풀 아래의 지치고 다정하고 단호한 눈과 얼마나 닮았는지 깨달았다. 아버지는 선뜻 말을 꺼내지 못했다.

아빠는 좋은 분이에요. 메리는 마음속으로 말하면서 입술을 달싹였다. 아주, 아주 좋은 분이에요, 우리 아빠. 그 순간 메리는 아버지와 가까웠다가 멀어진 지난날을 문득 떠올렸다. 눈에 눈물이 차오르고 입술이 떨리기 시작했다. "아빠." 아버지는 딸을 끌어당겼고, 메리는 소리 죽여 울었다.

"지옥이지, 폴." 메리는 아버지의 말소리를 들었다. "생지옥. 지옥이 따로 없지." 메리가 아주 서럽게 흐느껴서 아버지는 더는 아무 말도 못한 채 그저 딸의 등을 연신 쓸어내릴 뿐이었다. 그리고 속으로 분노와 환멸로 가득 차서 소리를 질렀다. 염병할! 빌어먹을 팔자! 내 딸은 이런 일을 당하기에는 너무 어려. 그러는 사이 그가 꼭 딸의 나이였을 때 그의 삶에서도 목이 메던 순간이 있었다는 기억이 떠올랐다. 죽음 때문이 아니라 이 아이와 이 아이의 오빠가 태어난 순간.

"그래도 버텨야 해." 아버지가 말했다.

아버지의 어깨에 기댄 딸이 힘껏 고개를 끄덕였다. 그럴 게야. 넌 강단이 있는 아이니까.

"달리 방법이 없어." 그가 말했다.

"앉아야겠어요." 메리는 아버지에게서 떨어져 엇나가려는 앙심에 가까운 심정으로 침대 가장자리에 털썩 주저앉았다. 담요 귀퉁이를 접어놓은 부분, 툭툭 털어서 형태를 잡은 베개 바로 옆이었다. 아버지는 의자를 돌려 딸과 무릎을 맞대고 앉았다.

"너한테 해줄 말이 있어."

메리는 아버지를 바라보면서 기다렸다.

"너희 사촌 패티가 어땠는지 기억나니? 조지를 잃었을 때 말이다."

"잘 생각나지 않아요. 그때 전 고작 대여섯 살이었으니까요."

"흠, 애비는 기억난단다. 그 아이가 모가지 잘린 닭 마냥 미쳐 날뛰었지. '아, 왜 나여야 해요? 내가 뭘 죄를 지었다고, 나한테 이런 일이 생겨요?' 가구에 머리를 찧고 가위로 제 몸을 찌르려고 난리를 피우면서 돼지 멱따는 소리로 악을, 악을 써댔지. 옆 동네에서도 그 소리가 들릴 지경이었어."

메리의 눈빛이 식었다. "그런 건 염려마세요."

"걱정 안 해. 넌 어리석은 아이가 아니니까. 넌 훨씬 나을 게다. 미리 말해 두고 싶었다."

메리는 아버지에게서 눈을 떼지 않았다.

"얘야, 폴. 지금도 물론 힘들겠지만 온전히 받아들이려면 시간이 걸릴 게다. 깊이 이해하면 한없이 더 괴로울 거야. 지독하게 괴로워서 더는 감당이 안 되겠다 싶을 때도 있을 테고. 사람이라면 누군들 안 그러겠냐. 게다가 너 혼자서 다 겪어 내야 해. 맹목적인 연민의 감정 이상으로 도와줄 수 있는 사람은 아무도 없어."

메리는 애써 참는 듯한 싸늘한 분위기로 눈을 흘기며 마룻바닥만 내려다봤고, 아버지는 마음이 아파서 어쩔 줄 몰라 했다.

"애비를 봐라, 폴." 아버지가 말했다. 메리는 아버지를 보았다. "이럴 때야말로 네가 가진 양식을 마지막 한 조각까지 다 끌어내야 한단다. 그저 기운을 차리는 정도로는 안 돼. 적극적으로 나가야 해. 세상 누구도 특혜를 받지 않는다는 사실을 잊으면 안 돼. 언제든 누구든 아무 경고도 없이 아무런 정당성 없이 목에 도끼가 날아들 수 있으니까. 자기 팔자가 사납다고 한탄이나 하면서 울고불고 난리치지 않도록 마음을 다잡아야 한단다. 이런 고약한 일이, 아니 이보다 더한 일들이 이전에도 무수히 많은 사람에게 일어났고 다들 견뎌냈으니 너도 이겨내야 한다는 사실을 명심해. 달리 방도가 없으니 —엉망진창으로 망가지는 것 말고는— 견뎌 내는 수밖에. 너한테는 돌봐야 할 아이들이 둘이나 있잖니. 꼭 그래서가 아니라도 너 자신에 대한 의무이자 네 남편에 대한 의무야. 무슨 말인지 알아들었을 게다."

"그럼요."

"내가 무슨 말을 해주려고 한들 다 부질없는 소리인 거 안다. 뻔뻔해지라는 뜻이 아니야. 다만 앞으로는 이제껏 상상도 못했을 정도로 더 힘든 일들이 닥칠 테니 부디 마음을 단단히 먹고 대비하라고 미리 일러두고 싶었다." 아버지는 갑자기 더 격앙된 목소리로 말을 이어갔다. "이건 일종의 시험이야, 메리. 우리가 진정으로 어떻게든 해볼 수 있는 단 하나의 시험이야. 이렇게 끔찍한 일이 일어날 때야말로, 그제야 우리에게 선택이 주어지는 거란다. 그때부터는 진실로 살아남든가 아니면 죽어가든가. 그뿐이란다." 아버지는 딸의 눈을 들여다보면서 걱정스럽게 말했다. "넌 종교를 생각하나 보구나."

"그래요." 메리가 차분하고 신념에 차서 말했다.

"음, 네가 더 힘을 얻겠지. 애비는 끝내 얻지 못할 도움을 받겠지. 다만 하나만. 가장 위대한 보살핌을 받고도 그냥—어디 구멍 같은 곳으로 기어들어가서 숨지는 말거라."

"제가 알아서 할게요."

그 문제에 관해서는 내가 해줄 말이 없다는 뜻이구나. 아버지는 속

155

으로 생각했다. 그리고 딸이 옳다고 믿었다.

"그런 얘기는 한나하고 하는 게 낫겠구나." 아버지가 말했다.

"그럴게요, 아빠."

"그리고 하나 더."

"네?"

"경제적으로 힘들어질 거야. 정확히 무슨 일이 생기고 어떻게 해결할지는 시간이 지나면 알게 되겠지. 그런 걱정일랑 애비가 덜어 주고 싶구나. 걱정마라. 우리가 해결해 줄 테니까."

"정말로 고마워요, 아빠."

"제기랄. 마시던 거 마셔라."

메리는 술을 한참 들이켜고 몸서리쳤다.

"취하지 않을 만큼만 마셔. 인사불성으로 취한대도 뭐라 하진 않겠지만. 하긴 네가 달리 뭘 할 수 있겠냐. 그래도 네 앞에 놓인 내일을 생각해야 해." 그리고 내일 또 내일을.

"전혀 아무렇지 않아요." 메리가 아직 멀쩡한 목소리로 말했다. "전에는 술을 마시면 정신이 몽롱해져서 딱 한 잔만 마셔도 금방 취했거든요. 그런데 지금은 아무리 마셔도 전혀 취하질 않네요." 메리는 조금 더 마셨다.

"그래. 그럴 때가 있지. 충격이 심하거나 긴장할 때. 전에 네 엄마가 많이 아플 때 나도…." 부녀는 둘 다 어머니의 병을 떠올렸다. "아니다. 마음대로 마셔라. 더 마시고 싶으면 더 가져다 주겠지만 몸 상태를 잘 살펴라. 잘못하면 탈이 날 수도 있으니까."

"조심할게요."

"이제 식구들한테로 가자." 아버지는 딸을 부축해서 일으켜 세우고 딸의 어깨에 손을 얹었다.

"애비 말 명심해라. 이건 시험일 뿐이야. 선량한 인간이라면 감당할 수 있는 시험."

"그럴게요, 아빠. 고마워요."

"애비는 전적으로 널 믿어." 아버지는 이 말이 전적으로 진실이기를, 딸이 온전히 감당할 수 있기를 바랐다.

"고마워요, 아빠. 그렇게 말씀해 주시니까 큰 힘이 돼요."

메리는 방문 손잡이를 잡고 램프를 끄고 앞장서서 부엌으로 갔다.

11

"어, 다들 어디…." 부엌에는 아무도 없었다.

"거실에 있겠지." 아버지는 이렇게 말하고 딸의 팔을 잡아끌었다.

"여기가 더 넓어서요." 앤드루가 들어서는 그들을 향해 말했다. 포근한 밤인데도 앤드루는 작은 난롯불을 지켜보고 있었다. 메리는 블라인드가 창턱까지 내려와 있는 걸 보았다.

"메리." 소파에 앉아 있던 어머니가 큰소리로 부르며 자기 옆자리를 툭툭 쳤다. 메리는 어머니 옆에 앉아 어머니의 손을 잡았다. 어머니는 두 손으로 잡은 메리의 왼손을 끌어당겨 앙상한 허벅지 위에 놓고는 꼭 눌렀다.

한나 고모는 난로의 한쪽 옆에 앉아 있었고, 아버지는 반대쪽 의자에 가 앉았다. 모리스 의자*에는 아무도 앉지 않았고, 옆에는 독서용

* 초기 형태의 안락의자로 당대에 인기를 끌었다. 이런 식의 디자인을 처음 고안한 윌리엄 모리스에서 유래한 이름.

램프가 놓여 있었다. 난롯불이 잘 타고 있는데도 앤드루는 그 앞에 쭈그리고 앉아 괜히 불을 건드리곤 했다. 아무도 입을 열지 않았고 누구 하나 모리스 의자나 다른 식구를 바라보지 않았다. 누군가 천천히 걸어오는 발소리가 점점 커지더니 집 앞을 지나치고 나서 다시 잦아들다가 정적 속으로 사라졌다. 모두들 우주의 침묵 속에서 작은 난롯불에 귀를 기울일 뿐이었다.

마침내 앤드루가 난로 앞에서 벌떡 일어섰다. 다들 그의 절망에 빠진 얼굴을 쳐다봤는데, 그에게 너무 많은 것을 요구하는 눈길을 보내지 않으려고 애썼다. 앤드루는 식구들을 하나하나 둘러보고는 어머니 앞으로 가서 허리를 깊이 숙였다.

"어머니, 제가 어머니한테 말할게요. 그럼 다 같이 들을 수 있으니까요. 미안해, 메리."

"저런." 어머니의 말에는 고마움이 묻어 있었고, 더듬더듬 아들의 손을 찾아 어루만졌다. "그래야지." 메리는 이렇게 말하고 앤드루가 어머니의 '성한' 귀에다 대고 말할 수 있는 옆자리를 내주었다. 그들은 움직여서 자리를 만들었고, 메리는 어머니의 안 들리는 쪽에 앉았다. 이번에도 어머니는 딸의 손을 잡아 무릎에 올려놓고 다른 손으로는 나팔 모양의 보청기를 기울였다. 조엘은 그들 쪽으로 몸을 기울이고 귓등에 손을 댔다. 한나는 흔들리는 난롯불을 물끄러미 쳐다보았다.

"제이 혼자였어요." 앤드루는 아주 큰소리는 아니지만 세심하게 또박또박 말했다. "제이 말고는 아무도 다치지 않았어요. 사고도 당하지 않았고요."

"다행이구나." 어머니가 말했다. 다행이라고, 다들 그렇게 생각했지만 그러면서도 한편으로는 모두 충격을 받았다. 앤드루는 급히 고개를 끄덕이며 어머니의 말을 잘랐다. "그러니까 어쩌다가 그런 일이 일어났는지 구체적으로 알 수 없어요." 그리고 말을 이었다. "그래도 알만큼은 알아요." 그가 '알만큼'이라고 말할 때 지독한 쓸쓸함이 묻어났다.

"흐음." 아버지가 앓는 소리를 내면서 급히 고개를 끄덕였다. 한나는 숨을 들이쉬었다가 길게 내쉬었다.

"제이를 발견한 사람을 만나봤어요. 메리 너한테 전화한 그 남자 말이야. 그 사람이 내내 거기서 기다려 줬거든. 도움이 될 것 같았다면서 — 처음 목격자가 본 대로 말해 주면 도움이 되겠다 싶었대요. 물론 그 남자가 아는 대로 다 말해 줬고요." 앤드루는 상황에 압도되어 차분하면서도 친절하고 순박한 얼굴과 느릿느릿 신중한 반무지렁이 말투를 가진 그 남자를 떠올렸다. 죽을 때까지 그 모습을 잊을 수 없을 것 같았다. "더없이 선량한 사람이었어요." 앤드루는 그런 사람이 그 자리에, 누구보다 먼저 그 자리에 있었다는 사실에 울화가 치미면서도 고마웠다. 어쩌면 제이에게는 더 바랄 나위가 없는 사람이었다. 누구라도 그 이상을 바랄 수 없었다.

"그 사람 말이, 아홉 시쯤 집으로 가던 길에 시내 쪽으로 들어서는데, 뒤에서 차 한 대가 무서운 속도로 달려오면서 점점 더 가까워지는 소리가 들려서 누가 아주 급히 어딜 가야 하는구나("그이는 서둘러 집으로 오고 있었어요." 메리가 말했다) 아니면 미친놈이구나, 하고 생각했대요."(사실 그 남자는 "미친 술꾼이구나"라고 말했다)

"그이는 미치지 않았어." 메리가 말했다. "그저 집에 오려고(가여운 사람) 그런 거야. 그이가 말한 시간을 한참 넘겼으니까."

앤드루는 물기 없이 반짝이는 눈으로 메리를 보면서 고개를 끄덕였다.

"나한테는 저녁 시간에 맞추지 못할지 모르니까 기다리지 말라고 했지만 애들 잠들기 전에 돌아오고 싶었던 거야."

"무슨 얘기 중이니?" 어머니가 조바심을 내면서도 품위를 잃지 않은 말투로 물었다.

"별 얘기 아니에요, 어머니." 앤드루가 다정하게 대답했다. "이따가 따로 말씀드릴게요." 그는 급히 숨을 깊게 들이마셨고, 그러자 슬픔에 울컥하던 마음이 가라앉았다.

"그 남자가 말하기를, 갑자기 한 일 초 동안 아주 엄청난 소음이 들렸는데, 그러고는 아무 소리도 없이 조용하더래요. 저 자동차에 사람이 있을 게 틀림없고, 그렇다면 상태가 심각하겠다는 생각에 차를 돌려서 돌아갔는데, 그 남자 짐작으로는 벨스 브리지 반대편으로 사분의 일 마일쯤 간 것 같대요. 못 보고 지나칠 뻔 했다고 말하더군요. 도로에는 아무것도 없고 차를 아주 천천히 몰면서 도로 양쪽을 유심히 살펴봤는데도 못 보고 지나칠 뻔 했대요. 그쪽은 다리 옆이고 길 가장자리가 꽤 가파른 둔덕이라 그랬다더군요."

"알아." 메리가 중얼거렸다.

"그런데 다리를 다 건너 ― 약간 기울어져 내려가다가 거기서…"

"알아." 메리가 중얼거렸다.

"전조등에 뭔가가 비춰서 보니까 자동차 바퀴 하나가 보였대요."

앤드루는 어머니 너머로 메리에게 말했다. "메리, 바퀴가 아직 돌아가고 있었대."

"뭐라고 했니?" 어머니가 물었다.

"아직 돌고 있었다고요. 그 남자가 본 바퀴가요."

"저런." 어머니가 속삭였다.

"하아!" 아버지가 거의 들리지 않게 탄식했다.

"그 사람이 당장 뛰어나가서 그쪽으로 내려갔대요. 그랬더니 차가 뒤집혀 있고 제이가…."

앤드루는 울컥하지는 않았지만 잠시 말문이 막혔다. 그리고 간신히 이렇게 말했다. "제이가 차 옆으로 한 걸음 정도 떨어진 땅바닥에 바로 누워 있었다는군요. 옷가지 하나 흐트러지지 않은 채로."

그러나 곧 다시 말문이 막혔고, 잠시 후 겨우 입을 열었다.

"그 남자 말이, 어쩐지 제이를 본 순간—죽었구나—싶었대요. 왜 그랬는지는 모른대요. 그냥 꼼짝 않고 쓰러진 모습에서 왠지 그런 느낌이 들더래요. 그래도 성냥을 켜서 확인해 보려고 했대요. 심장박동도 들어보고 맥도 짚어 봤대요. 자기 차를 가까이 끌고 와서 전조등으로 비춰 봤대요. 한데 작은 상처 하나, 정확히는 턱 끝에 난 상처 말고는 눈에 띄는 상처가 없었대요. 제이의 차 앞 유리가 깨져서 유리 조각 하나를 집어 거울 대신 대어 혹시 숨을 쉬는지 확인했대요. 그러고는 잠시 기다렸더니 차 한 대가 다가오는 소리가 들리기에 그 차를 세우고 빨리 도움을 요청해 달라고 했다는군요."

"의사는 불렀대?" 메리가 물었다.

"메리가 '의사는 불렀대?'라고 물었어요." 앤드루가 어머니에게 전달했다. "네, 그 남자가 사람들한테 의사를 불러 달라고 했고, 사람들이 의사를 데리고 왔대요. 그리고 다른 사람들도요. 그— 브래닉도요, 아버지. 아버지도 아시는 그 대장장이요. 그 양반이 그쪽에 사시더라고요."

"허!" 조엘이 탄식했다.

"의사도 그 남자 생각이 맞다고 했대요." 앤드루가 말했다. "사고가 난 즉시 사망했을 거라고 했대요. 그리고 제이의 주머니에 든 서류로 신원을 확인하고 곧바로 메리 너한테 전화한 거야. 그 남자가 너한테 그런 식으로 말해서, 내내 노심초사하게 만들어서 마음이 영 안 좋다고 전해 달라더라. 도저히 입이 안 떨어지더래— 그런 충격적인 소식을 전화로 전할 수가 없었다더구나. 가족 중에 누군가가 직접 전해야 할 소식인 것 같았다면서."

"나도 그런 거라고 생각했어." 메리가 말했다.

"그 양반이 잘했네." 한나가 말했다. 조엘과 메리도 고개를 끄덕이며 "그럼"이라고 동의했다.

"월터하고 제가 도착했을 때는 사람들이 제이를 옮긴 뒤였어요." 앤드루가 말을 이어갔다. "제이는 대장간에 있었어요. 차도 그곳으로 끌어다 놨더군요. 차는 멀쩡히 잘 굴러간대요. 상판이랑 앞 유리 말고는 거의 파손되지 않았대요."

조엘이 물었다. "그 사람들은 사고가 어떻게 일어났는지 알고 있더냐?"

앤드루가 이 말을 어머니에게 전했다. "아버지가 '그 사람들은 사고가 어떻게 일어났는지 알고 있더냐?'라고 물으셨어요." 어머니는 고개를 끄덕이며 고맙다는 듯 빙긋 웃고는 보청기를 아들의 입 쪽으로 더 가까이 기울였다.

"네, 대충은요." 앤드루가 말했다. "저한테 보여 줬어요. 코터 핀*이 헐거워진─아니, 완전히 빠져나간─걸. 빠져나간 코터 핀이란 게 차의 조종 장치를 잡아 주는 역할을 하거든요."

"하?"

"이렇게요, 어머니─보세요." 앤드루는 손을 어머니의 코앞으로 내밀면서 큰 소리로 말했다.

"어, 뭐라고 했니?" 어머니가 물었다.

"여기 보세요." 앤드루는 이렇게 말하고는 손가락 하나를 구부려서 다른 손의 손가락 두 개를 구부린 사이에 끼웠다. "이쪽 손가락 두 개가 저쪽 손가락을 잡아 주는 것처럼─아시겠어요?"

"그래."

"손마디 사이에 구멍이 하나 있는데, 코터 핀이란 게 여기로 들어가는 거예요. 아주 무거운 머리핀 같은 거예요. 이걸 완전히 넣은 다음에 양쪽 끝을 평평하게─벌리는 거예요─이렇게요…." 앤드루는 어머니에게 엄지와 검지를 같이 보여 주고는 최대한 넓고 평평하게 벌렸다. "아시겠어요?"

"난, 난 됐어."

"그만해라, 얘야." 아버지가 끼어들었다.

"괜찮아요, 어머니." 앤드루가 계속 말했다. "그냥 부품 두 개를 잡

* 기계 안의 부품이 빠지지 않도록 박는 금속 핀.

아 주는 건데―여기서는 조종 기어에―그러니까 제이가 차를 운전
하는 장치에 있어요. 그…."

"알아들었어." 어머니가 조급히 말했다.

"그래요, 어머니. 그래서 이 코터 핀이요, 자동차 밑에 우리가 들여
다 볼 일이 없는 곳에 붙어서 조종 장치를 잡아 주는 역할을 하는데,
이 핀이 달아난 거예요. 어디에도 보이지 않았대요. 사고가 난 자리부
터 이백 야드*정도까지 참빗으로 훑듯이 샅샅이 뒤졌는데도 나오지
않더래요. 그래서 아마 한참 전부터 헐거워져서 빠진 것 같대요―몇
마일 전부터일 수는 있지만 아주 멀리서부터 빠지지는 않았을 거라
더군요. 그 사람들이 저한테 보여 줬거든요." 앤드루는 다시 어머니
가 볼 수 있는 곳으로 손마디를 들었다. "코터 핀이 없어도 부품이 연
결되긴 한대요." 그리고 손마디를 비틀었다. "이런 상태로도 계속 달
릴 수는 있어요. 길이 평탄하거나 핸들을 갑자기 많이 틀지만 않으면
문제가 생긴 걸 알 수 없대요. 그러다가 별안간 둔덕이나 홈이 나타
나거나 도로에 떨어진 돌덩이에 부딪히거나, 이래서 갑자기 핸들을
크게 꺾어야 하면 핀이 분리된 상태라 전혀 제어가 안 된대요."

메리가 손으로 얼굴을 감쌌다.

"그 사람들 짐작엔, 제이의 차 한쪽 앞바퀴가 도로에 떨어진 돌덩
이에 부딪혀서 갑자기 덜컹했고 그와 동시에 차체가 심하게 흔들리
면서 동시에 크게 비틀렸을 거예요. 그 사람들이 그 돌덩이를, 아, 제
머리통 반만이나 하는 걸 도로변 배수로에서 찾았는데 심하게 긁히

---

* 1야드는 약 90센티미터.

고 타이어 자국이 나있더래요. 저한테도 보여 줬어요. 그래서 핸들이 심하게 돌아가서 손에서 놓치게 됐고 그 바람에 제이의 몸이 앞으로 쏠려 턱을 핸들에 아주 세게 부딪혔을 거라고 하더군요. 그걸로 그 자리에서 바로 사망한 것 같고요. 차가 도로를 벗어날 때는 제이가 이미 차에서 완전히 튕겨 나온 상태였거든요 — 그 사람들이 보여 줬어요. 저도 그런 일은 본 적이 없어요. 어떻게 된 건지 아시겠어요? 그 차가 제이를 땅바닥에 내팽개치고 그대로 달려서 도로에서 5피트*쯤 떨어진 넓고 평평한 배수로 같은 곳으로 곤두박질치다가 곧장 8피트 정도 높이의 경사면에 처박힌 거예요. 그 사람들이 남아 있는 바퀴 자국을 보여 줬어요. 차가 경사면 거의 꼭대기까지 올라갔다가 다시 뒤로 굴러 내려와서 뒤집힌 채 제이가 쓰러진 바로 옆에 처박혔고, 그래서 제이의 몸에는 찰과상 하나 남지 않은 거예요!"

"세상에." 메리가 중얼거렸다. "쯧쯧." 한나가 혀를 찼다.

"그 사람들은 어떻게 그렇게 — 즉사라고 확신하는 거냐, 앤드루?" 한나가 물었다.

"왜냐면 우선 한 가지 예로 만약 제이가 의식이 있었다면 차에서 튕겨 나오지 않았을 거래요. 핸들을 잡고 있거나 비상 브레이크를 밟아서 계속 차를 제어하려고 했을 테니까요. 그런데 그럴 시간이 없었대요. 전혀 시간이 없었대요. 길어야 몇 분의 일 초 정도 덜컹 하는 느낌이 들고 핸들이 돌아가서 손을 놓치고 몸이 앞으로 튕겨 나갔을 거래요. 의사 말로는 제이는 자기가 뭐에 부딪혔는지도 몰랐을 거래

* 1피트는 약 30센티미터.

요—차가 부딪친 충격을 느끼지 못할 정도로 순식간에 아주 강렬하게 지나갔을 거래요."

"어쩌면 그냥 의식을 잃은 건지도 모르잖아." 메리가 얼굴을 손에 묻은 채 신음했다. "아니면 의식이 있는 채로—몸이 마비된 건지도 모르고. 말도 못하고 숨도 제대로 못 쉬는 채로. 의사만 옆에 있었어도 어쩌면…."

앤드루가 손을 뻗어서 어머니를 지나쳐 메리의 무릎을 잡았다. "아니야, 메리. 그건 내가 의사한테 들었어. 사망 원인은 뇌진탕밖에 없대. 의사 말로는 그걸로—사망한다면—그 자리에서 죽거나, 아니면 며칠이나 몇 주씩 걸린대. 내가 의사한테 확실히 물어봤어. 왜냐면—어떻게 된 일인지 네가 정확히 알고 싶어 할 것 같아서. 물론 나도 너처럼 의문이 들었어. 의사 말로는, 설령 의식을 잃었다고 해도 몇 초도 안 돼서 사망했을 거래. 한 번 부딪힌 다음에는 더 이상 충격을 줄 만한 일이 일어나지 않았을 거래. 감전사보다도 더 순식간이었을 거라더라. 그냥 뇌에 엄청난 충격이 가해졌을 거래. 순식간에 사망한 거야." 앤드루는 다시 어머니를 돌아봤다. "죄송해요, 어머니. 메리가 어쩌면 제이가 그냥 의식을 잃었던 걸지도 모르지 않느냐고 해서요. 거기 의사만 있었어도 살았을지 모른다고 해서요. 그래서 제가 아니라고 말해 줬어요. 그 점에 관해서는 제가 모든 가능성을 염두에 두고 의사한테 죄다 물어봤거든요. 의사가 아니랬어요. 의사 말이, 뇌진탕이—치명적이면—죽는 건 순식간이랬어요."

앤드루는 가족들을 죽 둘러보았다. 그리고 억울하다는 듯 나직이 말했다. "백만분의 일밖에 안 되는 확률이라는군요."

"맙소사, 앤드루." 아버지가 탄식했다.

"그 작은 면적, 딱 그만큼의 각도, 정확히 그만큼의 충격이었어요. 한쪽으로 한 치만 비껴갔어도 제이는 지금 살아 있을 거예요."

"그만해라, 앤드루." 아버지가 말을 막았다. 하지만 앤드루의 마지막 말이 점점 부풀어서 메리를 사로잡았다. 그 바람에 메리는 얼핏 더 커 보이는 모습으로 자리에서 일어서려다 말고 이내 허물어지며 주체 못 할 눈물을 뿌렸다.

"아, 메리." 앤드루가 신음하면서 급히 메리에게 다가갔고, 그사이 어머니는 메리의 얼굴을 가슴에 끌어안았다. "정말 미안해. 맙소사, 내가 뭐에 씌었나 봐! 내가 정신이 나갔나 봐!" 한나와 조엘도 자리에서 일어나 메리 옆으로 다가왔지만 아무 말도 하지 못했다.

"그냥─아주 조금만 자비를 베풀어 주셨더라면." 메리가 흐느꼈다. "아주 조금만."

앤드루는 그저 "정말 미안해. 내가 정말 미안하다, 메리"라고만 말할 따름이었다.

"올게 돼라." 조엘이 한나에게 나직이 말했고, 한나는 고개를 끄덕였다. 세상 그 무엇도 저 아이를 위로하지 못할 게야. 조엘이 속으로 생각했다.

"오, 하나님, 절 용서해 주세요." 메리가 신음했다. "용서해 주세요! 용서해 주세요! 더는 도저히 감당이 안 돼요! 도저히 감당이 안 돼요! 절 용서해 주세요!" 조엘은 입을 딱 벌리고는 한나를 홱 돌아보면서 눈을 부라렸다. 한나는 그런 조엘의 눈길을 피하면서 속으로 안돼요, 안 돼요, 저 아이를 지켜 주세요. 오, 주여, 주님의 불쌍한 어린 양을 지켜 주시고 힘을 주세요, 라고 기도했고, 앤드루는 살인자라도 된 양 일그러진 얼굴로 마음속에서 터져 나오는 거칠고 과격한 말들을 속으로 으르렁거리며 내뱉었다. 하나님, 댁이 진짜로 존재한다면 어디 한번 내려와 보쇼. 그 잘난 얼굴에 침 좀 뱉게. 저 애를 용서하라니까, 진짜로!

한나는 앤드루를 밀어내고 메리 앞에 구부정하게 서서 눈물범벅이 된 그녀의 손목을 잡고는 진지하게 말했다. "메리, 고모 말 들어. 메리. 네가 용서를 구할 일이 아니야. 네가 용서를 구할 건 아무것도 없어, 메리. 내 말 듣니? 내 말 들어, 메리?" 메리는 얼굴을 손에 묻은 채 고개를 끄덕였다. "하나님께서는 결코 너한테 슬퍼하지 말라거나 울지 말라고 요구하시지 않아. 알겠니? 지금 네 행동은 아주 자연스럽고 잘못한 거 하나 없어. 내 말 들어! 이러지도 않으면 그게 어디 사람이겠니. 내 말 듣니, 메리? 사람이라 그러는 거니까 주님께 용서를 구하지 않아도 돼. 네가 잘못 생각하고 있어. 단단히 오해하고 있어. 내 말 듣니, 아가? 내 말 들어?"

한나가 말하는 동안 메리는 얼굴을 손에 묻은 채 고개를 끄덕이기도 하고 가로젓기도 하면서 고모의 말에 일일이 반응하더니 마침내 이렇게 말했다. "고모가 생각하시는 그런 거 아니에요. 제가 꼭 자비를 베풀지 않으시는 것처럼 원망했잖아요!"

"앤드루한테 말이냐? 앤드루는 그저…."

"아뇨, 하나님께요. 그분께서 자꾸 상처를 들쑤시려 하시기라도 하는 양. 절 괴롭히려고 하시는 양 제가 말했어요. 그래서 용서를 구한 거예요."

"있잖아, 메리." 어머니였다. 어머니는 사실 무슨 말이 오가는지 전혀 듣지 못했지만 눈물의 광풍이 휩쓸아친 정도는 직감할 수 있었다.

"얘야, 메리." 한나가 메리를 부르고는 속삭여도 들릴 정도로 머리를 가까이 숙였다. "십자가에 매달리신 우리 예수님 말이야." 한나가 목소리를 낮춰서 메리와 앤드루만이 들을 수 있었다. "기억나니?"

"주여, 주여, 어찌하여 절 버리셨나이까?"

"그래. 그러고 나서 예수님께서 용서를 구하셨니?"

"그분은 신이셨잖아요. 그럴 필요가 없었겠죠."

"그분도 인간이셨어. 그리고 그분은 용서를 구하지 않으셨어. 용서를 구하라는 요구를 받지도 않으셨고, 너도 그 이상은 아니야. 그 이상이어서도 안 되고. 그분께서 대신 뭐라고 하셨지? 바로 그다음에 하신 말씀이 뭐였지?"

"아버지여, 당신 손에 제 영혼을 맡기나이다." 메리는 얼굴에서 손을 떼고서 힘없이 고모를 보았다.

"당신 손에 제 영혼을 맡기나이다." 고모가 읊었다.

"얘야, 아가." 어머니가 불렀고, 메리는 똑바로 앉아서 정면을 보았다.

"미안해하지 말아 줘, 오빠." 메리가 말했다. "오빠가 아는 대로 숨기지 않고 다 말해 주는 게 맞아. 알고 싶어—전부. 그냥—그냥 내가 잠시 감정이 격해졌어."

"너한테 그런 얘기까지 다 하는 게 아니었어."

"아니야. 그러는 게 나아. 끔찍한 소식을—최악의 내용을 이미 들은 줄 알고 차차 익숙해지기 시작한 참에 조금씩 흘려듣는 것보다는."

"맞는 말이다, 폴." 아버지가 말했다.

"이제 솔직하게 다 말해 줘. 전부 말해 줘. 그리고 내가 감당하지 못하고 무너져도 제발 자책하지 말아 줘. 내가 말해 달라고 한 거니까. 나도 무너지지 않으려고 노력해 볼게. 난 괜찮을 거야."

"알았어, 메리."

"그래, 폴." 아버지가 말했다. 모두 다시 자리에 앉았다.

"그리고 오빠, 부탁인데 위스키 더 마시고 싶어."

"알았어, 가져다줄게." 앤드루가 위스키를 가져왔다. 그리고 탁자에 메리의 술잔을 놓았다.

"아까처럼 독하지 않게 해줘. 조금 진해도 되지만 아까만큼 독하지는 않게."

"이 정도면 괜찮아?"

"위스키를 조금 더."

"그래."

"그 정도면 될 것 같아."

"괜찮겠니, 폴?" 아버지가 물었다. "너무 많이 취하지 않겠니?"

"전혀 취기가 돌지 않는 것 같아요."

"그럼 됐고."

"난 말이다, 오늘 밤엔 더 이상 그런 논의를 연장하지 — 않으면 좋겠구나." 캐서린이 고상한 귀부인처럼 말하면서 메리의 무릎을 어루만졌다.

다들 화들짝 놀라서 캐서린을 바라보다가 메리가 먼저 벌컥 웃음을 터트리고, 다음으로 앤드루가, 그 다음에 한나가 웃었고, 조엘은

"무슨 일이야? 뭣 때문에 다들 바보처럼 웃는 거야?"라고 물었다.

"어머니 때문이에요." 앤드루가 유쾌하게 큰소리로 말했다. 그와 한나는, 자신들은 단지 메리가 위스키를 얼마나 마실 수 있을지 얘기를 했을 뿐인데, 캐서린이 아주 귀부인다운 말투로 오늘 저녁에는 그런 논의를 그만하자고 제안했기 때문에, 그 말이 마치 메리가 너무 목이 말라서 그런 논의를 더 이상 참고 기다려줄 수 없다고 하는 것 같아서 웃은 것이라고 설명했다. 조엘은 재미있어 하는 식구들 모습에 코웃음을 치다가 무엇인가 히스테릭한 웃음에 전염되어 결국 모두 폭소를 터뜨리며 한바탕 웃었고, 그사이 캐서린은 그들을 바라보면서 지금 같은 때 저런 경박한 태도를 보이는 것이 못마땅하고 왠지 모르게 꼭 자기 보고 웃는 것 같다는 기분 나쁜 의심에 사로잡혔다. 그러다 다시 예의를 차리고 다들 스스로를 책망하는 모습을 보고는, 무슨 농담을 하는지 들을 수 있을까 싶어 웃으면서 보청기를 매만졌다. 하지만 그들은 캐서린에게 관심을 두지 않았고, 캐서린이 그 자리에 있다는 사실도 거의 잊은 듯했다. 그들은 간간이 잠잠해졌다가 신음하고 긴 한숨을 내쉬며 눈물을 닦았다. 메리가 퍼뜩 생각난 듯 어머니가 반지 낀 손으로 그녀의 무릎을 어루만지던 모습을 흉내 내거나, 앤드루가 어머니와 똑같은 억양으로 '연장하지'라고 한 말을 흉내 내거나, 넷 중 누군가 마음속 혓바닥 위에 부조리와 공포, 잔혹함과 안도가 아슬아슬하게 뒤섞인 어떤 말을 가만히 굴려 보거나, 아니면 그저 살짝 미소를 머금은 캐서린과 그녀의 보청기를 힐긋 쳐다보기만 해도, 갑자기 움찔움찔하다가 벌컥 웃음을 토해 냈고, 또 누군가가 이런 일련의 사슬에 걸려들면 처음부터 그 과정이 반복됐다.

그 와중에 어떤 때는 일부러 웃음을 더 쥐어짜려고 하거나 웃음을 질질 끌려고 했고, 또 이미 잦아든 웃음을 되살리려 했다. 또 어떤 때는 웃음을 멈추려고 안간힘을 썼고 웃음이 그친 다음에는 더 이상 웃지 않으려고 애를 썼다. 대체로 참으면 참을수록 웃음이 더 크게 터져 나온다는 사실을 알고 있었기 때문에 그 방법을 써보려 했던 것이다. 그들은 기운이 빠지고 뱃가죽이 당기도록 웃어댔다. 그러다 배가 아파라 웃어 댄 이유가 얼마나 썰렁했는지 또렷하게 깨달았고 이렇게 별 것 아닌 것에 그렇게 웃어 댔다는데 다시 와와 웃음을 터트렸다. 결국 더 이상 웃을 힘도 없어 다시 잠잠해졌고 어쩐지 좌초된 것 마냥 신경이 곤두선 침묵이 흐르는 가운데 캐서린이 "그래, 내 평생 오늘만큼 심하게 충격을 받고 크게 놀란 적은 없구나"라고 말했다. 그러자 이제까지의 과정이 다시 시작되었다.

하지만 얼마 지나지 않아 그들은 웃다가 지쳐 녹초가 되어 버렸다. 뿐만 아니라 전복된 자동차 옆에 쓰러진 시신의 모습이 마음속으로 파고들어 차갑고 거대하며 꿈쩍 않은 채 자리 잡기 시작했다. 그즈음 그들은 듣지도 못하는 사람을 앞에 두고 얼마나 부끄러운 짓을 했는지 서서히 깨달았다.

"아, 어머니." 앤드루와 메리가 동시에 소리쳤고, 메리는 어머니를 끌어안았고 앤드루는 어머니의 이마와 입에 입을 맞추었다. "저희가 정말 잘못했어요. 부디 용서해 주세요. 저희가 좀 히스테릭하고 초조해서 그랬어요."

"캐서린한테도 말해 주는 게 좋겠다, 앤드루." 아버지가 말했다.

"그래, 얘야." 한나도 거들었다. 앤드루는 최대한 다정한 말투로 어머니에게 설명하려 했다. 사실은 어머니 때문에 웃은 게 아니고 무슨 농담 때문에 웃은 것은 더더욱 아니며, 솔직히 별로 웃기지도 않은 얘기였고, 그나마 웃을 거리가 생겨서 다행으로 여겼을 뿐이라고 말했다.

"알아들었다." 캐서린은 대꾸하면서("어디 보자고, 장님이 말했다는 것 같네요." 앤드루가 말했다) 방울을 울리는 듯이, 정중하게 소리를 낮춰 살짝 웃었다. "그런데 나도 물론 술 가지고─뭐라 한 건 아니었어. 난 그저 우리 불쌍한 메리를 위해서 우리가 좀더…."

"그럼요." 앤드루가 큰소리로 말했다. "알아요, 엄마. 그래도 메리가 차라리 지금 들어 두는 게 나아요. 메리도 이미 그렇게 말했고요."

"그래요, 엄마." 메리가 어머니의 '성한' 귀에 대고 큰소리로 말했다.

"흠, 그렇다면야." 캐서린이 새침하게 대꾸했다. "나한테도 말해 줬으면 좋았을 걸."

"정말 죄송해요, 어머니." 앤드루가 말했다. "진작 말씀드렸어야 하는데. 정말 그랬어야 하는데. 바로 했어야 하는데."

"음." 캐서린이 말했다. "난 괜찮아."

"정말 그랬어야 했어요, 엄마." 메리가 말했다.

"괜찮대도." 캐서린이 말했다. "그저 불행한 일이야. 그뿐이지. 내가 괜히─어렵게 만드는구나. 안 그러려고 노력하는데."

"아, 엄마, 아니에요."

"아니다. 마음 상한 거 아니야. 앞으로는 괜히 번거롭지 않게 내 생각은 말아라. 나중에 아버지가 따로 말씀해 주시면 되니까."

"너희 엄마가 진심으로 하는 말일 게야." 조엘이 말했다. "이젠 상처 받지 않아."

"분명 상처 받으셨어요." 앤드루가 말했다. "그러니까 제가 어머니를 빠트리면 안 되는 거예요. 정말로, 어머니." 그리고 캐서린을 향해 말했다. "제가 어머니한테 말씀드릴게요. 그러면 다들 들을 수 있으니까요. 아시겠어요?"

"음, 정 그런다면야. 나야 고맙지. 고맙구나." 캐서린은 고개를 끄덕이고 미소를 지으면서 보청기를 기울였다.

당장 무슨 말이든 해야 했다. 앤드루는 보청기가 꼭 펠리컨 주둥이처럼 보였다. 생선을 던져 줘야 하는 것 같은. "죄송해요, 어머니. 생각을 좀 정리해야 돼요."

"미안해할 것 없어. 괜찮아." 캐서린이 말했다.

내가 어디까지 — 아. 의사. 그래.

"의사가 해준 얘기를 말씀드릴게요."

메리가 술을 마셨다.

"그래." 캐서린이 또박또박 대꾸했다. "아까 네가 가능성이 아주 희박하다고, 충돌한 지점에서는, 백만분의 일의 확률로…."

"그래요, 엄마. 거의 믿기지 않은 사고였어요. 결과적으로는 그렇게 됐죠."

"휴우, 그래." 한나가 한숨을 내쉬었다.

메리가 술을 마셨다.

"이보다 — 끔찍한 — 일은 — 없어." 조엘이 말하면서 토머스 하디를 떠올렸다. 그리고 세상의 이치를 아는 사람은 분명 존재한다고 속으로 생각했다(그런데 우리 딸은 신에게 자기를 용서해 달라고 비는

구나!) 그는 코웃음을 쳤다.

"왜 그러세요, 아빠?" 메리가 조용히 물었다.

"아무것도 아니다. 그저 왜 이런가 싶어서. 장난꾸러기 아이들에게 파리처럼.* 그뿐이다."

"무슨 말씀이세요?"

"장난꾸러기 아이들에게 파리처럼, 우리가 신에게 그런 존재란 뜻이야. 신이 장난삼아 우리를 죽인다고."

"아니에요." 메리가 말했다. 그러면서 고개를 저었다. "아니에요, 아빠. 그런 게 아니에요."

조엘은 속에서 산酸이 끓는 것 같았지만 꾹 참았다. 그리고 속으로 생각했다. 저 애가 나한테 하나님의 불가해한 자비에 관해 설교하려고 한다면 나는 이 방에서 나가야 할 게야. "마음 쓰지 마라, 폴. 우리가 대체 뭘 알겠냐. 애비는 더더욱 그렇고. 그러니 나는 입 다물고 있으마."

"하지만 그런 식으로 생각하시는 것조차 못 참겠어요, 아빠."

앤드루가 입을 꾹 다물고 시선을 돌렸다.

"메리." 한나가 말했다.

"이건 누구도 강요하거나 — 바꾸게 해서는 안 될 문제 같구나." 조엘이 말했다.

"그래, 메리." 한나가 말했다.

"그래도 이것만은 확실히 해주마, 폴. 애비는 사실 생각이 많지 않

* 셰익스피어의 〈리어왕〉에 나오는 대사.

176

고 네가 신경 쓸 일은 없단다."

"혹시 내가 들어야 할 얘기가 있나?" 캐서린이 물었다.

모두 잠시 말이 없었다. "아뇨, 엄마." 앤드루가 말했다. "그냥 여담이에요. 중요한 얘기가 나오면 말씀드릴게요."

"네가 무슨 말인가 하려고 했는데. 의사가 너한테 해줬다는 얘기 말이다."

"네, 그랬죠. 말씀드릴게요. 의사가 그 외에도 여러 가지 얘기를 해줬어요. 그런데 제 생각에는― 분명― 조금도 위로가 되지 않는 얘기인 것 같아요."

메리가 앤드루와 눈을 마주쳤다.

"의사 말이, 어차피 일어날 사고였다면 오히려 이렇게 된 게 최선이었대요. 이런 식으로 뇌진탕을 일으켰으면 회복할 수 없이 천치가 됐을지 모른다더군요."

"아, 오빠." 메리가 소리쳤다.

"남은 평생을, 못해도 한 사십 년 더 그런 상태로 살아야 했을 거예요. 아니면 환자나 매한가지로 살면서 가끔 끔찍한 두통에 시달리거나 기억상실증에 걸리거나 정신박약으로 고생했을지도 몰라요. 그런데 그런 일이 일어나지 않은 거지." 앤드루는 메리에게 침통하게 말했다. "그냥 지금 다 말해 버리는 게 나을 것 같아."

"응." 메리는 얼굴을 손에 묻고 말했다. "그럼. 그렇지. 계속해, 오빠. 어서 다 얘기해 줘."

"만약 제이한테 의식이 남아 있었다면, 그래서 차에서 튕겨나가지 않았다면 어떻게 됐을지 의사가 말해 줬어요. 빠른 속도로 돌진해서 꼼짝없이 차를 제어하지 못한 채 8피트 경사면으로 올라갔다가 굴러 떨어졌다면요. 아마 으스러졌을 거란다, 메리. 끔찍하게 몸이 망가졌을 거래. 그랬다면 서서히 고통스럽게 죽어갔을 테고, 살아남았다하더라도 불구가 됐을 테고."

"무서워라." 캐서린이 큰소리로 탄식했다.

"천치거나 불구이거나 반신불수였을 거래요." 앤드루가 말했다. "뇌진탕일 때 또 나타날 수 있는 증상이 마비래, 메리. 치료가 불가능하대. 누가 그런 상황에 처하더라도 그렇게 사느니 차라리 죽는 게 더 낫다고 생각하지 않을까. 제이처럼 활기차고 심신이 건강하고 독립적이고, 단 하루도 가만히 누워 지내지 못하는 사람이라면 더더욱. 너도 기억할 거야. 그 친구가 허리를 다쳤을 때 가만히 누워 있지 못했던 거."

"그래. 그래, 알아." 메리는 여전히 얼굴을 손에 묻은 채 손가락으로 눈을 꾹 눌렀다.

"그렇게 되는 대신에⋯." 다시 말을 이어가던 앤드루는 죽은 제이의 얼굴이 떠올랐다. 탁자 위 환한 조명 아래 누워 있던 제이가 생각났다. "그렇게 되지 않고, 메리, 제이는 최대한 빨리, 일말의 고통도 없이 죽었어. 그리고 한 순간은 온전히 살아 있었을 거야. 아마 그 어느 때보다 생생히 살아 있었을 걸. 갑자기 뭔가 잘못된 걸 느끼고 내면의 모든 것을 깨워 불같이 화를 내면서 싸워 이길 준비를 했을 테니까 말이야. 제이가 그런 사람이란 건 — 메리, 네가 누구보다도 잘 알잖아. 제이는 두려움이 뭔지 몰랐어. 위험은 그저 그 친구를 격분하게 — 완벽히 경계 태세를 갖추게 만들 뿐이야. 제이라는 인간의 구석구석까지 깨어나게 만든 거지. 그리고 다음 순간 모든 게 끝났어. 가망 없다는 사실을 깨달을 틈조차 없었어, 메리. 그러니까 제이는 한순간도 고통스럽지 않았던 거야. 그렇게 충돌하면 고통을 느낄 겨를이 없으니까. 즉각적 고통. 놀라는 순간 모든 기능이 극단으로 치닫고 걷잡을 수 없는 강렬한 충격을 받고는 완전히 사라지거든. 알아, 메리?"

메리는 고개를 끄덕였다.

"제이의 얼굴을 봤어, 메리. 그저 깜짝 놀라고 의연하고 무척 화가 난 표정이더구나. 두려움이나 고통의 흔적 따위는 없었어."

"어쨌든 두려움은 전혀 느끼지 않았을 거야." 메리가 말했다.

"장의사에서 ─ 옷을 벗겨 놓은 ─ 제이를 봤어." 앤드루가 말했다. "메리, 그 친구 몸에 상처 하나 없더라. 그냥 턱에 난 작은 상처 뿐이었어. 아랫입술에 작은 멍 하나랑. 몸에 다른 상처는 없었어. 내가 본 사람들 중에서 가장 건장한 몸이었어."

아무도 한동안 입을 열지 않았다. 그러다 앤드루가 다시 침묵을 깼다. "제가 할 수 있는 말은, 저도 죽을 때 제이의 반만 같아도 좋겠다는 거예요."

아버지가 고개를 끄덕였다. 한나는 눈을 감고 머리를 숙였다. 캐서린은 잠자코 기다렸다.

"그의 강인함으로." 메리가 말했다. 그리고 얼굴에서 손을 뗐다. 눈은 계속 감은 채였다. "그이는 그렇게 떠난 거예요." 메리가 차분하게 말했다. "그의 강인함으로. 노래하면서요, 아마도" ─ 메리의 목소리가 갈라졌다 ─ "행복하게, 혼자, 집으로 달려오면서, 그이가 속도를 내는 걸 좋아하니까요. 혼자 운전할 때가 아니면 그렇게 못하니까, 또 애들을 실망시키고 싶지 않았을 테니까요. 그다음엔 오빠가 말한 대로겠지. 한순간의 사고. 위험할지 모를 — 결국 위험한 결과. 죽음이었지 — 그이의 내면의 모든 것이 최대로 튀어나와서 싸우고 통제하려 했을 거야. 두려움은 없었겠지. 그저 최대한의 용기와 고결함, 분노와 완벽한 자신감만 끌어냈을 거야. 제이는 그렇게 죽음과 겨뤘을 거야. 이랬던 거야! 그의 강인함으로. 이 말을 그이의 묘비에 새겨야겠어, 오빠."

묘비명이란 저러라고 존재하는 거로군. 조엘이 문득 생각했다. 그래야 자기가 어느 정도 죽음을 통제하고 죽음을 소유하고 죽음의 이름을 선택했다고 믿을 수 있는 거지. 바로 이런 이유에서 어떻게 된 건지 최대한 알아내려고 하는 거로군. 메리처럼 저렇게 상상해 보려고. 앤드루도 그렇고. 하찮은 속임수라도 통하겠지. 저 아이들은 기꺼이 받아들이겠지.

"그러면 어떨까?" 메리가 소심하게 물었다. 앤드루는 아직 대답하지 않은 터였다.

"그래, 좋아." 앤드루가 마침내 대답했고, 한나도 "그래, 메리"라고 답했고, 조엘은 고개를 끄덕였다.

한나는 생각했다. 나도 내가 죽을 때를 알고 싶구나. 꼭 종교적인 이유에서만이 아니라.

"엄마." 메리가 엄마의 팔을 끌어당겼다. 캐서린은 고맙다는 듯 진지하게 돌아보면서 보청기를 기울였다. "제가 오빠한테 말했어요. 묘비명이요. 제이의 — 묘비에 어떤 말을 새겨 넣어야 할지 알 것 같다고요." 캐서린이 공손하게 고개를 갸우뚱거리자, "그의 강인함으로"
라고 메리가 말했다. 캐서린이 더 공손한 표정을 짓자, "그의―강인
함―으로"라고 메리가 더 크게 말했다. 앤드루는 속으로 맙소사, 이
건 못 참겠어, 라고 중얼거렸다. "사실이 그랬으니까요. 엄마. 그냥 그
렇게 난데없이, 아무 예고도 없고, 고통도 없고, 나약한 순간도 없고,
병에 걸리지도 않고. 그냥― 한순간에. 생의 절정에서. 아시겠어요?"

어머니는 메리의 무릎을 쓰다듬으며 손을 잡았다. "참 맞는 말이구
나, 아가."

"그렇죠." 메리가 말했다. 그러다 그 말은 하지 말 걸 그랬다는 생
각이 들었다.

"맞아, 메리." 앤드루가 확인해 주었다.

"아까 물었을 때는 왜 대답하지 않았어?"

"그냥, 제이를 생각하던 중이었어."

침묵이 흘렀다. 캐서린은 혹시나 하는 생각에 여전히 보청기를 들
고 돌아앉아 있었다.

"그이는 서른여섯이 됐어요." 메리가 말했다. "꼭 한 달하고 하루
전에."

모두 침묵을 지켰다.

"그리고 간밤에― 맙소사 겨우 어젯밤 일이라니! 한번 생각해 보
세요. 스물네 시간도 안 됐어요. 그 끔찍한 전화벨이 울리고 그이랑
같이 부엌에 앉아― 그이 아버지에 관해 생각한 지가! 우리 둘 다 죽
음의 문턱에 선 사람은 그이 아버지인 줄 알았어요. 그래서 그이가
그리로 올라간 거고. 그래서 그런 일이 일어난 거예요! 한심한 랠프

가 엉망으로 취해서 그이는 꼭 올라가 봐야 할 상황인지 아닌지도 몰랐어요. 혹시 모르니 가봐야 했던 거예요. 아, 무슨 말을 할 수 있겠어요!"

메리는 잔을 비우고 술을 더 마시려고 일어섰다.

"내가 가져올게." 앤드루가 급히 일어나서 메리의 술잔을 가져갔다.

"너무 독하지 않게 만들어 줘." 메리가 말했다. "고마워."

"꼭 체스판 같구나." 아버지가 말했다.

"무슨 말씀이에요?"

"방금 네가 한 말 말이다. 너는 한 사람의 죽음에 모든 게 영향을 미친다고 생각하는구나, 맹세코 그건 다른 이의 소관이라고. 어떤 때는 검은 칸이 붉은 칸에 닿은 걸로 보이다가도 또 어떤 때는 붉은 칸이 검은 칸에 닿은 걸로 보이는 것과 같은 이치지."

"그래요." 메리는 자기 어머니처럼 자신 없이 말했다.

"어느 누구도 어느 한 순간에 자기가 무엇을 하는지 알 수 없어."

어떻게 오라버니는 신앙도 없이 사시는지 도무지 모르겠구려, 라고 한나는 말하고 싶었다. 하지만 입을 다물었다.

"백치가 지껄이는 이야기…. 아무 의미도 없는.*"

"뭐든 의미는 있어요." 앤드루가 말했다. "다만 우리가 모를 뿐이죠."

"그럴 테지. 방울뱀과 스컹크 중에서 선택하는 게지."

"제이는 알아요, 이제." 메리가 말했다.

"물론 그 애가 모른다고는 하지 않겠다." 아버지가 말했다.

---

* 셰익스피어의 〈맥베스〉에 나오는 구절.

"그 애는 알아, 메리." 고모가 말했다.

"물론 그이는 알아요." 메리가 말했다.

얘야, 그렇게 믿는 게 낫겠구나. 한나는 이렇게 생각하면서도 '물론'이라는 표현이 거슬렸다.

"궁금한 게 있어." 캐서린이 말하자 모두 일제히 돌아보았다. "메리가 말한―그―묘비명이란 게―참 훌륭하고 마땅하긴 한데, 혹시 남들이 제대로―이해할지 모르겠네."

"어휴." 조엘이 낮게 신음처럼 내뱉었다.

"남들이 모르면 어때요?" 앤드루가 말했다.

메리가 어머니에게 몸을 기울였다. "그래요, 엄마! 남들이 모르면 어때요. 우리가 알잖아요. 제이가 알고, 남이야 알든 모르든 상관없잖아요!"

깜짝 놀란 어머니는 이렇게 거칠게 다그치는 태도에 조금 상심했다. "나야 그냥 생각해 보자는 게야." 어머니가 체면을 지키려는 투로 말했다. "어쨌든 남들이 보는 장소에 있을 테니까. 우리 말고도 많은 사람이 보잖니. 내 생각엔, 말이란 본디 뜻을―명확히―전달해야 하는 거니까."

"아, 엄마, 화내지 말아요." 메리가 큰소리로 말했다. "알아요. 엄마 제안을 존중해요. 다만 지금 같은 때는 그―그게 그렇게 심각하게 고민할 일인가 싶어요. 우리가 생각해야 할 사람은 제이에요. 남들이 아니라."

"알았다. 네 말이 맞겠지. 그냥 난 아무 말도 않는⋯."

"엄마가 그런 말씀해 주셔서 정말 기뻐요. 엄마가 그런 얘기해 줘서 우리 다 고맙게 생각해요. 저는 미처 생각지도 못했는데 생각해 볼 문제인 것 같아요. 엄마가 말해 주니까 이제야 알겠어요. 그래도 전 이대로도 괜찮은 것 같아요. 그뿐이에요."

"그쯤 해둬, 캐서린 제발 그만하자고!" 조엘이 조용히 말했는데도 캐서린은 고개를 끄덕이고 금새 입을 닫았다.

"엄마 마음을 아프게 해드리고 싶지 않은데." 메리가 말했다. "이렇게 돼버렸어!"

"괜찮아, 메리." 앤드루가 말했다.

"마음 쓰지 마라, 폴." 아버지가 말했다.

"그래요." 메리는 술을 마셨다.

"그분들께도 알려야 해요." 메리가 말했다. "그이 어머니께. 랠프한테 전화해야 돼요. 오빠가 해줄래?"

"물론, 내가 할게." 앤드루가 일어섰다.

"죄송하다고 전해 줘. 내가 전화기 있는 데까지 갈 상태가 아니라고. 그래 줄래, 오빠? 그분들도 이해하실 거야."

"이해하고 말고."

"그냥 말씀드려─어떻게 된 일인지만. 랠프한테 내가 어머님께 사랑하는 마음을 보낸다고 전해 달라고 말해 줘." 앤드루가 고개를 끄덕였다. "그리고 오빠. 아버님은 좀 어떠신지 꼭 물어보고." 앤드루가 고개를 끄덕였다. "그리고 그분들께 언제─아니다, 그건 우리도 모르지, 그치? 언제─며칠에 그이─장례식을─치를지 말이야, 오빠!"

"정확히는 모르지. 장의사한테 그 문제는 아침에 만나서 얘기하자고 했거든."

"그럼 그냥 우리가 알게 되는 대로 연락드리겠다고만 말해. 시간은 많아. 그분들이 이리로 오실 시간."

"번호가 어떻게 되니, 메리?"

"번호?"

"랠프 씨네 전화번호가 뭐냐고?"

"그건—기억이 안 나. 정확히 모르겠어. 전화국에 물어봐야 될 거야. 매번 제이가 전화해서."

"알았어."

"라폴레트야." 복도로 나가는 앤드루에게 메리가 큰소리로 말했다.

"알았어, 메리." 앤드루가 나갔다.

"그리고 오빠."

"응?" 앤드루가 머리를 다시 들이밀었다.

"최대한 작게 말해 줘. 애들을 깨우고 싶지 않으니까."

"알았어."

"제가 번호를 모르다니 이상해요." 메리가 남은 식구들에게 말했다. "하긴 늘 제이가 전화했으니까요."

"네 엄마한테 무슨 일인지 말해 줘라." 궁금해하는 캐서린을 보고 조엘이 귀띔했다. 메리는 어머니에게 몸을 기울였다.

"화장실에 갔니?" 캐서린이 조심스럽게 속삭였다.

"아뇨, 엄마. 그이 동생 집에 전화하러 갔어요."

캐서린은 고개를 끄덕이면서 여전히 보청기를 내밀었지만 메리는 더 이상 해줄 말이 없었다.

"우리 모두 정말—진심으로—마음 쓰고 있다고 전해 주면 좋겠구나." 캐서린이 말했다.

　메리는 고개를 크게 끄덕이면서 거짓말을 했다. "꼭 그렇게 전해 달라고 했어요."

　잠시 후 캐서린은 그만 단념하고 보청기를 쥔 여읜 두 손을 무릎에 내려놓았다.

12

앤드루가 문을 닫고 조용히 얘기하려고 주의했는데도 그의 목소리가 새어 나왔다. 실제 그가 전화기를 입에 바짝 댄 채 손으로 감싸고 말을 했지만, 메리와 한나는 그의 말 대부분을 알아들을 수 있었다. 굳이 듣고 싶지 않았지만 어쩔 수 없었다.

앤드루가 "장거리 전화를 걸고 싶습니다"라고 말했다. 오히려 더 귀를 기울이게 하는 작은 목소리는 위험이 잔뜩 도사리는 듯 불길했다.

"여보세요? 여보세요, 이거 장거리 전화인가요? 랠프 폴레트 씨하고 통화하고 싶습니다. 랠프, 폴레트, 폴, 레, 트, 아니요 교환, 폴, 폴란드할 때 그 폴. 알아들으셨어요? 레, 트, 폴레트, 테네시 주 라폴레트예요. 아니요, 없습니다. 고마워요, 고맙다고요."

"그이 어머니가 어찌 감당하실지 모르겠어요." 메리가 나직이 말했다. "그이 어머니가 어떻게 감당하실지 모르겠다고 했어요." 어머니에게 다시 말해 주었다.

"당장 당신 남편도 죽음의 문턱에 다다른 마당에." 메리가 한나에게 말했다. "지금 여기 일까지. 어머님한테 그이는 눈에 넣어도 안 아픈 자식이었어요."

"여보세요?"

"강단 있는 분이시지." 한나가 말했다.

"랠프? 랠프 폴레트 씨인가요?"

"그만한 강단이 없었다면 지금 살아 계시지도 않았을 거예요." 메리가 말했다.

"랠프, 전 앤드루 린치입니다." 모두 미동도 없이 앉아 있었고, 이제는 듣지 않는 척 꾸미지도 않았다.

"네, 앤드루예요. 랠프, 형님 일로 드릴 말씀이 있습니다." 한나와 메리는 서로 돌아보았다. 그리고 앤드루가 하는 말을 통해 미처 깨닫지 못한 사실, 그러니까 이 모든 것이 실제로 일어난 일이고 이제 정말 끝이라는 사실을 두 사람은 새삼 깨달았다.

"형님이 오늘 밤에 돌아가셨어요, 랠프

운명하셨어요.

차 사고예요. 집으로 오는 길에, 파월 역 근처에서. 사고가 난 즉시 숨을 거뒀어요."

메리는 고개 숙여 위스키를 보면서 덜덜 떨었다.

"즉사예요. 의사한테 들은 말입니다. 형님은 아마도 뭐에 부딪혔는지조차 몰랐을 겁니다."

뇌진탕이었어요, 랠프. 뇌진탕 — 뇌에 큰 충격을 받아서 그 자리에서 바로 사망한 겁니다.

"아버님한테는 말씀드리면 안 되는데." 메리가 불쑥 말했다. "이 소식을 알면 돌아가실 거예요."

"어떻게 말씀을 안 드릴 수 있을지 모르겠다." 한나가 말했다. "메리가 시댁 식구들이 그 애, 아니 제이네 아버지한테는 알리면 안 된다고 하네요." 한나가 조엘에게 말했다. "그분 병환 때문에 이 소식을 들으면 버티실 수 있을지 모른다면서요. 그래서 제가 그 댁에서 어떻게 소식을 전하지 않을 수 있을는지 모르겠다고 했어요. 어쨌든 장례식에는 오셔야 할 텐데."

"그냥 다쳤다고만 해라." 조엘이 말했다.

메리는 황급히 복도로 나갔다. "오빠." 소리 죽여 불렀다. 앤드루는 무섭게 일그러진 얼굴로 메리가 모기라도 되는 양 허공에 손을 휘저었다. "거기 한 군데만, 턱 끝이요." 앤드루가 이렇게 말했다. 그는 메리를 돌아보았지만 수화기 저쪽 목소리가 잡아끄는 통에 다시 시선을 돌렸다. "그 상태로 몇 마일을 더 달린 것 같아요. 그 사람들도 몰라요. 주변을 샅샅이 살피고 도로 위쪽까지 한참—네, 물론 손전등을 들고—가봤지만 그건 찾지 못했다는군요." 그 목소리, 전화선이 꿈틀대는 것 같은 그 목소리가 다시 한 번 메리의 귀에 들렸다. "아뇨, 아직 몰라요. 그쪽 도로에 험한 구간이 몇 군데 있고 형님이 아주 빠른 속도로 차를 몰았다는 정도만 알아요. 잠시만요, 랠프." 앤드루는 전화기를 손으로 가렸다. "무슨 일이야, 메리?" 메리에게도 괴로움에 꿈틀대는 그 목소리가 들렸다. 낚싯바늘에 꿰인 벌레 같다고 생각했다. 한심하고 너절한 뚱땡이 자식! "랠프한테 아버님께는 말씀드리지 말라고 해줘." 메리가 나직이 속삭였다. "아버님 상태로 이 소식을 들으면 돌아가실지 몰라. 뭐라도 핑계를 대야 한다면, 어쨌든—

내려오셔야 할 테니까 — 그냥 제이가 다쳤다고만 말씀드리라고 해."

앤드루가 고개를 끄덕였다.

"랠프." 앤드루가 말했다. "가있어." 메리가 서성이자 앤드루가 속삭이듯 말했다. "한 가지 당부드릴 말씀이 있어요. 사돈 어르신께는 아주 위험한 얘기가 될지 모르잖아요."(그즈음 메리는 문 안에서 앤드루의 통화를 들으며 자리에 앉았다) "그분 상태로 지금 이런 소식을 들으시면요. 물론 랠프 씨하고 사부인께서 어련히 알아서 잘 하시겠지만요. 그래도 혹시 장례식에 오시면서 그분께 둘러대야 한다면 그냥 형님께서 다쳤다고만 말씀드리는 게 좋을 듯싶군요. 위독한 건 아니라고 하시고요. 그러는 게 좋겠죠?

뭐라고 하셨습니까?

그게, 아뇨, 저희는….

로버츠 씨네 있습니다. 간밤에 제가 데려 왔습니다.

그게, 제 생각엔…."

"아 맞다!" 메리가 큰소리로 외쳐서 조엘이 화들짝 놀랐다. "랠프가 장의사예요!"

"그럼요, 무슨 말씀인지 압니다, 랠프.

아뇨, 아직 아니에요.

그게, 돈을 절약하는 건 지금 따질 문제가….

저기요, 랠프, 잠깐만요….

잠깐만 전화 끊지 말고 기다려 주시겠어요? 이건 메리가 결정해야 할 것 같은데요. 그렇죠?

물론 메리도 그래요. 랠프 씨도 마찬가지고, 전…."

그건 전혀 의심하지 않습니다.

아뇨, 진심으로 고맙게 생각합니다, 랠프. 메리도 분명 그럴 테고요, 그래도 그 애 생각이 어떤지 물어봐야 할 것 같습니다. 잠시만 기다려 주세요."

앤드루가 다급히 걸어오는 소리가 들리더니 부아가 치민 얼굴로 방에 들어섰다.

"랠프가 장의사잖아. 저 친구가 뭘 원하는지 너도 알겠지. 일단 네가 결정할 일이라고 해뒀어."

"아이고— 맙소사." 조엘이 탄식했다.

"오빠, 랠프한테 꼭 얘기해 줘— 난— 그냥 못하겠다고."

"저 친구는 자기 때문에 제이가… 보상을 하고 싶대."

"아니, 대체 왜 자기를 탓해!"

"애초에 제이한테 전화한 것부터."

"말도 안 되는 소리." 한나가 말했다.

"하지만 제이는 벌써 로…."

"랠프 말로는, 그건 간단히 해결할 수 있대. 내일 일찍 올 수 있대."

"그건 안 돼. 그렇게는 못 해, 무슨 일이 있어도. 랠프한테 내가 아주 진심으로 고마워는 하지만 그렇게는 못 하겠다고 전해 줘. 내가 지금 제정신이 아니라고, 뭐라고 말하든 상관없어. 알아서 해줘, 오빠."

"내가 알아서 할게." 앤드루는 다시 돌아갔다.

"자기네끼리 해먹겠단 소리구만." 조엘이 말했다.

한나가 냉소적으로 웃었다.

"별 일 아니에요, 엄마." 메리가 말했다. "그냥— 장례식 일로."

별 일 아니라니! 조엘이 생각했다. 이런 상황에서 제정신으로 버티려면 반 장님은 되어야겠지. 하지만 메리는 캐서린을 위해 간단히 대답하는 것뿐이었다.

"장례식은 언제니?"

한나는 억지로 웃음을 참았고 조엘은 참지 않았다. 메리는 다들 왜 그러냐는 듯이 미소를 띠면서 어머니에게 말했다. "저희도 아직 몰라요. 지금은 어디서 하느냐가 문제고요. 여기서 할지, 라폴레트에서 할지."

"제이의 집이 녹스빌 아니었나?"

"우리도 그렇게 생각해요. 그래서 그렇게 정했어요."

"그래야 할 것 같구나."

앤드루가 들어왔다. "흠. 랠프하고 너 사이에서 난 널 택했다."

"아, 오빠. 랠프가 마음 상했겠네."

"뾰족한 방법이 없었어. 그 친구가 안 된다는데도 막무가내더구나."

"어머님한테 엄청 안 좋게 말할 거야."

"허, 그럼 그러라지."

"너희 시어머니는 양식이 있는 분이다, 메리." 한나가 말했다.

"한 잔 해야겠어요." 앤드루가 말했다. "젠장!" 앤드루가 툴툴댔다. "저런 멍청한 작자랑 얘기하자니 문어 다리에 양말 신기는 것 같았다니까!"

"어머, 오빠." 메리가 웃었다. 난생 처음 들어보는 표현이었다. "오빠한테는 진심으로 고맙게 생각해. 진이 다 빠졌겠다."

"우리 다 그렇지." 한나가 말했다. "누구보다 메리 너야말로. 다들 잠을 좀 자두는 게 좋을 것 같은데."

"그래야 하지만 잠이 오지 않을 것 같아요. 다들 눈 좀 붙이세요."

"우린 괜찮아." 앤드루가 말했다. "어쩌면 어머니는 그러시는 게 좋겠네. 그리고 아버지, 가셔서….."

"새벽 두 시 전에 잔 적 없다. 너도 알잖아." 조엘이 말했다.

"뜨거운 토디를 독하게 만들어 줄게. 잠을 좀 청할 수 있을 거야." 한나가 말했다.

"그래 봤자 말똥말똥할 거예요."

"뜨겁게 해서."

"그럼 그냥 우유나 뜨겁게 데워 주세요. 아뇨, 그것도 됐어요." 메리는 큰소리로 말하면서 왈칵 눈물을 쏟았다. 가족들은 메리를 바라보다가 눈길을 돌렸다. 메리는 이내 감정을 추슬렀다.

"제이가 절 위해서 마지막으로 해준 거예요." 메리가 설명했다. "꼭 두새벽에 그이가― 떠나기 전에요. 저더러 잠을 청하라면서 우유를 뜨겁게 데워 줬어요." 메리는 다시 울음을 터트렸다. "불쌍한 사람. 불쌍한 우리 그이."

"그이가 마지막에 저한테 뭐라고 했는지 알아요?

생일선물로 뭘 갖고 싶은지 생각해 두랬어요.

'온당한 범위 내에서'라면서. 그냥 농담이었지만 말이에요.

그러고는 저녁식사에 기다리지 말라면서 그래도― 애들이 잠들기 전에 꼭 돌아오겠다고 했어요."

저런 얘기 몇 가지는 혼자 간직하는 편이 나중을 위해 좋을 텐데, 라고 조엘은 생각했다.

글쎄 폴이 그럴까? 나라면 그럴 테지만.

"루퍼스는 그냥─끝까지 버텼어요. 자려고 하질 않았어요. 그 모자를 얼마나 자랑스러워했다고요, 한나 고모. 그걸 아빠한테 보여 주고 싶어서 어쩔 줄 몰라 했어요."

한나는 메리에게 다가가 몸을 숙이고 그녀의 어깨를 안아 주었다.

"말하고 싶으면 말해라, 메리. 다 말해서 맘이 좀 편해질 것 같으면. 그래도 이런 걸 자꾸 되새기지 않으려고 해보렴."

"몇 시간 전만 해도 그이한테 몹시 화가 났었어요. 온종일 전화 한 통 없다고. 그리고 루퍼스 때문에요. 저녁상을 거하게 차려 놓고 기다렸는데, 그런데…."

"그게 제이 잘못이 아니었잖니." 한나가 말했다.

"그럼요, 그이 잘못도 아니고 저도 기다릴 이유가 없었지만 그래도 기다렸어요. 그리고 그이한테 너무 화가 나서─아니, 전 심지어─심지어…."

하지만 이런 말까지는 하지 말아야겠다는 생각이 들었다. 전 심지어 그이가 술이 취했나보다고까지 생각했어요, 라고 메리는 속으로 말했다. 술 취했다고 한들 그게 뭐 어쨌다는 건가. 그이가 취했다면 정말로 기분이 좋았기만 바라자. 하나님, 언제나 그이에게 은총을 내려 주세요. 언제나.

그러다 끔찍한 생각이 퍼뜩 스쳐서 앤드루를 돌아보았다. 아니지, 정말 그랬다면 오빠가 나한테 거짓말을 했을 리가 없잖아. 아니야, 그런 건 묻지 않을래. 상상도 하지 않을래. 정말 그런 거였다면 어떻게 감당하고 살아갈지 모르겠어.

하지만 그이는 온종일 랠프하고 같이 있었어. 틀림없이 그랬겠지. 아마 그랬을 가능성이 높아. 그럼 약속하고 다르잖아. 그래도 정말로 취하지는 않았어. 그렇게 — 길도 못 찾을 만큼 마셨을 리가 없어. 운전은 잘하니까.

아니야.

아아, 아니야.

아니, 괜한 걸 물어서 그이에 대한 소중한 추억을 더럽히지는 않을래. 오빠만 따로 불러서 물어보지도 않을 거야. 아니, 안 해.

그리고 메리는 사랑하는 마음으로 남편의 얼굴, 남편의 목소리, 남편의 손, 그리고 슬픈 눈빛을 떨쳐낸 적이 거의 없기는 해도 한없이 따뜻하기만 했던 남편의 미소를 아주 또렷하게 떠올렸고, 덕분에 마음속에 도사리던 다른 생각을 떨쳐낼 수 있었다.

"들어 봐!" 한나가 갑자기 낮게 속삭였다.

"무슨 일이에요?"

"쉿! 들어 보래도."

"왜 그래?" 조엘이 물었다.

"조용히 해봐요, 오라버니, 제발. 뭔가 있어요."

그들은 아주 집중해서 귀를 기울였다.

"아무것도 들리지 않는데요." 앤드루가 속삭였다.

"아니 난 들려." 한나가 소리 죽여 말했다. "들리는 건지, 느껴지는 건지는 몰라도, 뭔가 있어."

그리고 그들은 다시 말없이 귀를 기울였다.

메리에게도 한나의 말처럼 집 안에 그들 말고 누군가 있다는 느낌이 들었다. 처음에는 애들인가 싶었다. 애들이 자다가 깼는지도 몰랐다. 그런데 가만히 들어보니 실제로 소리가 나는지조차 알 수 없었다. 사람이든 다른 무엇이든 절대로 어린아이 소리는 아니라는 생각이 들었다. 그것에서 전해지는 엄청난 힘에서, 그리고 염려에서, 어린아이와는 어울리지 않는 고집스러움이 느껴졌기 때문이다..

"뭔가 있네." 앤드루가 속삭였다.

그것이 무엇이든 잠시도 한 자리에 머물지 않았다. 옆방에 있는가 싶다가도 부엌에 있었고, 그러다 또 식당에 있었다.

"내가 나가서 확인해 볼게." 앤드루가 일어섰다.

"잠깐만, 오빠. 그러지마, 아직은. 아직 안 돼." 메리가 소곤거렸다. 그리고 메리는 생각했다. 지금은 이 층으로 올라가고 있어. 가다가— 애들 방에 들어갔어. 우리 방에 있어.

"누가 왔니?" 캐서린이 또랑또랑하게 물었다.

앤드루는 등골이 서늘했다. 그는 어머니에게 몸을 숙여 조용히 물었다. "왜 그런 생각을 했어요, 어머니?"

"지금 이 방에 우리랑 같이 있어요." 메리가 서늘하게 말했다.

"아이고, 나도 참 바보야. 난 들은 줄 알았구나. 발소리 말이야." 캐서린이 짧게 웃었다 "나이 먹더니 이상해졌나 봐." 또 웃었다.

"쉬잇!"

"제이에요." 메리가 속삭였다. "이제 알겠어요. 도대체 저게 뭘까 정신이 팔렸었는데…. 제이. 여보. 내 사랑, 내 말 들려?

들리면 들린다고 말해 줄래, 여보?

그래 줄래?

안 돼?

아, 어떻게든 해봐, 여보. 있는 힘을 다해서 나한테 알려 줘.

안 되는 거야, 그래? 아무리 애써도 안 되는구나.

그래도 아, 내 말 좀 들어 줘, 제이. 내가 주님께 온 마음으로 기도할게, 당신이 내 말을 듣게 해달라고 기도할게. 당신이 마음 놓게 해주고 싶어서 그래.

속상해하지는 마, 여보. 아무 걱정 마. 할 수 있다면 우리 곁에 머물러 줘. 있는 힘을 다해서. 하지만 괴로워하지는 마. 애들은 괜찮아, 여보, 내 사랑. 나도 괜찮을 거야. 걱정하지 마. 우린 잘 해나갈 거야. 편히 쉬어요. 편히 쉬어요. 내 사랑. 다시는 괴로워하지 말아 줘. 다시는, 여보, 다시는, 다시는."

"주님의 은총으로 신실한 모든 영혼이여, 평안히 잠드소서." 한나가 나직이 읊조렸다. "죽은 이에게 은총을 내리소서."

"메리!" 앤드루가 조용히 불렀다. 그는 울고 있었다.

"그이는 이제 여기 없어." 메리가 말했다. "이제 크게 말해도 돼."

"메리, 대체 그거 뭐였어?"

"제이였어, 오빠."

"뭔가 있었어. 그것만은 의심의 여지가 없어, 그런데─ 맙소사, 메리."

"제이였어, 정말이야. 난 알아! 아니면 대체 누가 오늘 밤 여길 오겠어. 그렇게 지독히 걱정스럽고, 그렇게 한없이 우리를 염려하고 불안해하는 모습으로! 그뿐이 아니야, 오빠. 그건 ─ 그냥 제이라는 느낌이 들었어."

"그게 무슨…"

"그이가 와 있는 것 같은 느낌이 들었다고."

"나도 그랬다." 한나가 말했다.

"방해하고 싶지는 않지만." 조엘이 끼어들었다. "지금 무슨 소리들 하는 겐지 말해줄 수 있겠나?"

"아빠도 느끼셨죠, 네?" 메리가 절박하게 물었다.

"느끼다니 뭘?"

"한나 고모가 아까 뭔가 있다고, 사람이든 뭐든 집 안에 있다고 말했던 거 기억나요?"

"그래, 쟤가 나더러 입 다물라 해서 다물었지."

"그냥 조용히 해달라고 부탁드린 거잖아요, 오라버니. 무슨 소린지 들어 보려고."

"흠, 뭐가 들리디?"

"뭐가 들린 건지 몰라요, 오라버니. 잘은 몰라요. 들은 것 같지 않아요. 다만 뭔가가 느껴졌어요, 아주 또렷하게. 앤드루도 느꼈대요."

"네 맞아요, 아버지."

"그리고 메리도."

"오, 아주 또렷이요."

"뭔가 느꼈다니 그게 무슨 뜻이냐?"

"그럼 아빠는 못 느꼈어요?"

"방 안에 어떤 긴장에 흐르는 거야 나도 느꼈지. 니들 사이에 뭔가 일어나서 말이다. 메리는 무슨 귀신이라도 본 사람 같았고, 너희 모두…."

"메리가 봤어요." 앤드루가 말했다. "실제로 뭘 본 건 아니지만 뭔가를 느꼈대요. 저기 뭔가 있는 걸 알았대요. 그게 제이였대요."

"하아?"

"제이요. 한나 고모도 그렇게 생각하신대요."

"한나?"

"그래요, 오라버니. 메리만큼 확실하지는 않지만 제이 같았어요."

"'그게' 뭔데?"

"그거요, 아빠, 뭐든. 우리 모두 느낀 그거요."

"어떤 느낌이었는데?"

"그냥⋯."

"넌 그게 제이란 말이지?"

"아뇨, 그게 뭔지는 저도 몰라요. 다만 뭔가 있었던 건 알아요. 어머니도 느끼셨고."

"캐서린이?"

"네. 저희 때문에 아신 건 아닐 거예요. 어머니는 저희가 뭐 하는지도 몰랐으니까요. 갑자기 어머니가 '누가 집에 왔니?'라고 물었고, 제가 왜 그렇게 생각하시냐고 물었더니 발소리를 들은 것 같다고 하셨어요."

"생각이 전이된 걸 수도 있지."

"우리 중에 아무도 발소리를 들은 것 같다고 느낀 사람은 없었어요."

"그래도 매한가지야. 네가 생각하는 그런 것일 리가 없잖아."

"그게 뭔지는 저도 모르지만요, 아빠, 여기 우리 넷 다 뭔가 있었다고 확신해요."

"오라버니, 하나님을 수레에 태워서 모셔 와도 오라버니는 믿지 못할 분이에요." 한나가 말했다. "오라버니가 믿도록 만들려고 애쓸 필요는 없어요. 다만 오라버니가 그렇게 합리적인 분이시라면 적어도 우리의 경험도 경험으로 인정해 주셔야죠."

"내가 할 수 있는 건 기껏해야 세 사람이 환각을 경험했다는 사실을 인정하고 너희의 믿음을 존중할 뿐이지. 그건 할 수 있을 것 같구나. 네 말을 믿는다, 널 위해서, 한나. 모두를 믿는다. 나도 내 눈으로 똑같이 환영을 봐야 확신이 들지. 설령 본다 해도 의심하겠지만."

"대체 무슨 말씀이에요, 의심한다니요, 아빠, 직접 보셨다고 해도요?"

"그저 환영이려니 하겠지."

"아, 하나님 맙소사! 아빠도 그게 왔다 간 걸 아셨잖아요, 아닌가요?"

"내 앞에 보이는 이것이 단도 아닌가?* 사실은 아니었다, 분명히. 그래도 맥베스에게 단도가 아니라고 믿게 할 수는 없었다."

"오빠." 메리가 끼어들었다. "엄마한테 말씀드려. 우리가 뭐하는 중인지 궁금해서 죽겠는…." 메리가 말끝을 흐렸다. 내가 제정신이 아니구나. 죽다니! 메리는 식구들이 대화를 나누는 모습―다른 누구보다도 스스로의 모습이 경악스럽고 역겹게 느껴졌다. 어떻게 이리도 아무렇지도 않게 떠들 수가 있지! 어떻게 이렇게 평상시처럼 말할 수 있지! 아니, 어떻게 말이란 걸 할 수 있지! 그리고 이제는 가여운 남편의 고통스런 영혼이 갈기갈기 찢기는 모습, 암탉 여러 마리가 그걸 두고 티격태격하는 것 같은 모습이 떠오르면서―메리는 벌레가 생각나고 구역질이 날 것 같아 손으로 얼굴을 감쌌다. 엄마가 "아

* 셰익스피어 〈맥베스〉에서 맥베스의 대사.

니, 앤드루, 정말 기이한 일이구나!"라고 말하는 소리가 들리고, 오빠가 엄마에게 어떤 종류의 사람이거나 존재인지 특별한 느낌을 받았느냐고, 이를테면 차분한지 활동적인지, 젊었는지 늙었는지, 괴로워하는지 평온한지, 아니 뭐가 있기는 했는지 물어보는 소리가 들렸다. 엄마는 별다른 인상을 받지는 못했고 그저 집 안에 그들 옆에 누군가 있었으며 어린 아이는 아니고 다 큰 어른이, 어떤 불청객이 있는 소리가 들렸지만, 아무도 굳이 알아보려고 하지 않았기에 틀림없이 자기가 헛것을 봤나 보다고 생각했는데 — 그도 그럴 것이 실제 사람 소리를 들은 것 같았지만 잘 들리지도 않는 귀로는(어머니가 품위 있게 웃었다) 말도 안 되는 소리이기 때문이라고 대꾸했다. 아, 다들 그이를 가만 내버려 뒀으면 좋겠어. 메리는 속으로 말했다. 아주 경이로운 일이야. 증거가 나타나다니! 어째서 다들 경건하게 침묵을 지키지 못하지! 하지만 앤드루는 어머니에게 시간이 흘러서도 계속 누군가 있다는 느낌을 받았는지를 물어보았다. 어머니는 실제로 그런 인상을 받았다고 대답했다. 어디서요? 글쎄, 어디라고 말할 수는 없어도 아까보다 그런 인상을 받았다는 확신이 강해졌지만, 물론 그때는 그것이 헛것이라고 생각했다고 했다. 그런데 다른 식구들도 느꼈다니! 이 얼마나 기묘한 일인가!

"메리는 그게 제이였다고 생각해요." 앤드루가 어머니에게 말했다.

"그게, 난…."

"한나 고모도 그렇고요."

"아이고, 어쩌나 — 어쩌나 기이하던지, 얘야!"

"메리 말로는 제이가 걱정에 사로잡혀서…."

"아, 오빠!" 메리가 소리쳤다. "오빠, 제발 그 얘기는 이제 그만 해! 그래 줄래?"

앤드루는 따귀라도 맞은 얼굴로 메리를 보았다. "어, 메리, 그럼!" 앤드루는 어머니에게 설명했다. "메리가 그 얘기는 이제 그만하고 싶대요."

"아, 그런 게 아니라, 오빠. 그건—우리가 말로 하거나 심지어 생각할 수 있는 것보다 훨씬 더 큰 문제야. 그냥 가만히 앉아서 잠시 생각할 시간을 가지면 좋겠어! 알겠어? 그이가 우리 옆에서 우리하고 같이 있고 싶어 하는데, 우리가 쫓아내서 그럴 수 없게 되는 것만 같아서."

"정말 미안하다, 메리. 정말 미안해. 그래, 물론 나도 알지. 신성모독 같은 거지."

그래서 그들은 잠자코 앉아서 침묵 속에서 다시 귀를 기울였다. 처음에는 아무것도 없었지만 잠시 후 한나가 "그 애가 왔어"라고 하자 앤드루가 "어디요?"라고 속삭였고 메리가 "애들이랑 같이 있어"라고 속삭이고는 소리 없이 다급하게 방을 나섰다.

메리가 아이들 방에 들어서자 방 전체에 그의 존재가 강렬히 느껴졌다. 꼭 용광로 문을 연 것 같이, 그의 강인함, 사내다움, 무력하고 완벽하게 평온한 존재가 느껴졌다. 메리는 방 한가운데 무릎을 꿇고 속삭였다. "제이. 내 사랑. 내 사랑. 이제 다 괜찮아, 여보. 이젠 고통스럽지 않지, 여보? 이제는. 다시는, 내 사랑. 당신이랑 같이 있는 느낌이 들어. 난 알아, 내 사랑. 막상 떠나려니 괴롭지. 발이 떨어지지 않을 거야. 그야 당연해. 그래도 가야 돼. 당신도 애들이 다 괜찮을 거란 거 알잖아. 다 괜찮을 거야, 내 사랑. 주께서 당신을 데려가 주실 거야. 주께서 당신을 지켜 주실 거야, 내 사랑. 주께서 당신을 비춰 주실 거야." 메리가 이렇게 속삭이는 사이에 그의 존재가 옅어졌다. 메리는 순간적으로 지독한 두려움에 휩싸여 "제이!"라고 외치며 딸이 잠든 침대로 뛰어갔다. "잠깐만 나랑 같이 있어 줘. 아주 잠깐만, 내 사랑."이라고 속삭이자 어떤 힘에 이끌려 정말로 그가 돌아왔고, 메리는 그가 옆에서 그의 자식을 보고 있다는 느낌을 받았다. 캐서린이 완전히 잠든 채 입 안에 깊이 엄지를 물고 있었다. 아이는 얼굴을 있는 대로 찡그리고 있었다. "아이고, 우리 아가." 메리가 이렇게 속삭이며 빙긋이 웃으면서 아이의 뜨거운 이마에 손을 대고 쓰다듬자 아이가 칭얼거렸다. "하나님의 은총이 내리길, 주께서 널 지켜 주시길." 메리는 이렇게 속삭이고는 가만히 아들 침대로 갔다. 박엽지로 싼 모자가 침대 옆 바닥에 놓여 있었다. 턱을 살짝 들고 이마를 뒤로 젖힌 채로 자는 모양이 제 여동생만큼 깊이 잠든 것 같지는 않았다. 진지하고 평화롭고 들떠 보였다.

"잠시라도 더 같이 있을 수 있으면 가지 마. 이제 끝이잖아." 잠시 후 메리는 무릎을 꿇으며 마음속으로 속삭였다. 잘 가요. 하지만 아무것도 느껴지지 않았다. "주여, 제가 알아채도록 도와주세요." 메리는 나직이 기도하면서 두 손을 맞잡아 얼굴 앞으로 들었다. 하지만 남편이 서서히 사라져 가고 이것이 정말로 마지막 인사이고 그 순간 그녀 스스로 그 사실을 섬세하게 감지하지 못한다는 정도만 알아챌 수 있을 뿐이었다.

그리고 그는 방에서, 그들 집에서, 이승에서 완전히 떠났다.

"곧 만나, 제이. 곧 만나, 내 사랑." 메리는 이렇게 속삭였다. 하지만 곧이 아니라는 걸 스스로 깨닫고 있었다. 앞으로 기나긴 세월 동안 아이들을 키워야 할 뿐 아니라 남편과 다시 만나기 전에 또 어떤 변화와 기회가 모두에게 다가올지 하나님만 아신다는 사실을 알기 때문이었다. 메리는 순간, 모든 것이 사라져 버린 평온한 허무함과 서늘하고 압도적인 충만함을 동시에 느꼈다.

"주여, 저희를 도우소서. 주님의 은총으로 저희 모두를 지켜 주소서." 메리가 나직이 읊조렸다.

메리는 성호를 긋고 방을 나섰다.

저 애가 막 소식을 들었을 때처럼 보이네. 한나는 메리가 다시 들어와서 소파의 원래 자리에 앉는 모습을 보면서 생각했다. 메리가 황망한 심정을 감추려 했기 때문인데, 그녀의 노력은 성과가 있었고 말없이 모여 있던 가족들 사이에 다시 앉았을 때는 그런 심정이 다소나마 가벼워졌다. 메리는 혼자 생각에 잠겼다. 어쨌든 그이가 저기 있었어. 나하고 여기 이 방에 같이 있었을 때보다 훨씬 더 강렬하게. 어쨌든. 그녀는 식구들이 말없이 있어 줘서 고마웠다.

마침내 앤드루가 입을 열었다. "한나 고모가 아까 그 일에 관해서 하실 말씀이 있대, 메리."

"지금은 그런 얘기를 하고 싶지 않을 게다." 한나가 말했다.

"아뇨. 괜찮아요. 지금 하는 게 나아요." 메리는 이 말이 진심이라는 데 적잖이 놀랐다.

"그게, 별 건 아니고, 옛날 설화나 신앙에 보면 갑자기 죽은 사람들 영혼이 어떻게 되는지, 그런 거에 대한 이야기가 생각나서. 아니면 오라버니 말대로 영혼이 아니라. 그냥 그 사람들의 생명력. 그들의 의식. 그들의 생명 그 자체."

"그런 건 떠돌지 못해." 조엘이 말했다. "한나 말은 그때는 중요한 건 모두 육신을 떠난다는 건데, 그 말에는 확실히 동의할 수밖에 없구나."

"그렇다면 사후세계를 믿든 안 믿든 간에, 영혼을 살아 숨 쉬는 불멸의 존재로 생각하든 안 하든 간에, 죽은 후에 잠시 동안은 이 힘이나 이 생명력이 계속 머문다는 건 아주 신빙성이 있지 않나요? 우리 주위를 서성이는 거죠." 메리가 말했다.

"딱히 그럴듯하게 들리지는 않지만 일리는 있는 것 같구나."

"빛을 바라보다가 눈을 감을 때처럼 말이에요. 아니, 꼭 그런 게 아니라― 하지만 계속 머물기는 하죠. 특히 아주 강하고 기운이 넘쳤던 사람이라면요. 늙거나 지병을 앓거나 그런 걸로 시들어 버린 사람이 아니라면."

"맞는 말이에요." 앤드루가 거들었다. "온전한 모습으로 나타나는 거예요. 너무 순식간에 가버린 거니까요."

"산山만큼이나 오래 된 이야기에요. 아주 오랜 믿음이죠."

"삶과 죽음만큼 오래된 믿음일 거예요." 앤드루가 말했다.

"그러니까 제 말은요, 그들이 곧장 하나님 앞으로 불려가지는 않는다는 거예요." 한나가 말했다. "비명횡사로 엄청난 충격을 받은 상태라서 정신을 수습하려면 시간이 걸리겠죠."

"그래서 그이가 오는 데 한참 걸린 거예요." 메리가 말했다. "그이의 영혼이 정신을 잃은 것처럼."

"그럴지도 모르지."

"더구나 제이처럼 젊고 처자식도 딸리고 그런 사고를 당할 줄은 꿈에도 생각하지 못한 사람은 정신과 감정을 추스를 시간도 없었고 그런 일에 대비할 겨를이 없었을 테니까요."

"그래 맞아." 앤드루가 말했다. 한나가 고개를 끄덕였다.

"제이는 아마 '걱정스러워. 순식간에 아무런 예고도 없이 사고가 닥쳤어. 내가 보살필 일이 한두 가지가 아닌데. 이렇게 그냥 남겨 두고 떠날 수는 없어'라고 생각했을 거예요. 왜 아니겠어요! 제이는 그런 사람이었잖아요, 우리가 아는 제이는요. 몹시 불안하겠죠. 얼마나 걱정스럽고 괴로웠겠어요. 맞아요, 정말 그래요!

죽은 이들은 자신들이 걱정하고 있다는 사실을 우리에게 알리고 남은 이들이 모두 최선의 보살핌을 받을 거라는 확신이 들어야 비로소 걱정을 떨쳐 내고 편히 쉴 수 있겠지요."

모두 고개를 끄덕이고 잠시 말이 없었다.

메리가 조심스럽게 말을 이었다. "남은 이들을 절절히 걱정하면서도 아무것도 해줄 수 없는 심정, 심지어 그렇다고 얘기할 수조차 없는 심정이 얼마나 괴롭고 안타까울까. 도와줄 수도 없고. 불쌍한 사람들.

아, 그러한 이들을 안심시켜 줘야 해요. 편히 쉬게 해줘야 해요. 제가 그이를 안심시켜 줄 수 있어서 얼마나 감사한지 몰라요. 그이가 마침내 편히 쉴 수 있어서 얼마나 기쁜지 몰라요. 정말 기뻐요." 황폐해졌던 메리의 마음은 다시 온기와 사랑이 채워지고 거의 온전히 회복되었다.

또 다시 모두 입을 굳게 다물었고, 그 침묵 끝에 조엘이 나직이 입을 열었다. "난 ― 모르겠구나. 난 ― 정말로 ― 모르겠어. 내가 가진 상식을 티끌 하나까지 다 끌어내도 그런 건 불가능하다는 생각뿐이지만 이런 일이 정말로 일어난다면 그건 상식의 문제가 아니지 싶구나. 난 ― 정말로 ― 모르겠다.

너희가 옳고 내가 틀렸다면 이 모든 일, 하나님, 그리고 그들 모두에 관해 너희가 옳을 가능성이 있겠지. 그렇다면 난 그저 빌어먹을 천치일 테고.

하지만 내가 내 상식을 믿지 못한다면 ― 하기야 상식이란 게 그리 대단하지는 않은 건 안다만, 폴, 어쨌든 그건 내가 가진 전부니까. 내가 그걸 믿지 않으면 대체 뭘 믿을 수 있겠니!

빌어먹을, 너랑 한나가 하는 말들. 내가 아는 상식으론 불가능한 소리일 뿐이야."

"왜요, 오라버니?"

"그런 일이 너나 폴의 상식을 전혀 당혹스럽게 하지 않나 본데, 그렇담 나도 할 말은 없다. 너희야 요령도 넘치지. 그런데 어떻게 그 두 가지를 조화롭게 만들 수 있는지, 나는 모르겠다."

"신앙이 필요해요, 아빠." 메리가 상냥하게 말했다.

"내 말이 그 말이다. 신앙이야말로 만사를 엉망으로 흐트려 놓고는, 내가 아는 한은 그렇다. 상자 속 인형처럼 튕겨 나와서 전부 해결해 주지.

그런데 날 위해서는 아무것도 해결해 주지 않는구나. 내겐 없으니까.

신앙을 갖는다고 해도 해가 될 건 없겠지. 그래도 나는 믿지 않는다. 나랑은 안 맞아.

너희들처럼 그런 걸 감당할 수 있는 사람들이야 괜찮겠지. 더 많은 힘을 줄 테니까. 나도 그럴 수 있으면 좋으련만. 안 되는구나.

그렇다고 내가 무신론자란 뜻은 아니야. 적어도 난 스스로 무신론자라고 생각하지 않는다. 신이 없다는 말은 신이 있다는 말만큼 근거 없는 소리 같거든. 어느 쪽도 증명할 길이 없어. 하지만 바로 그거야. 증거가 있어야 한다는 것. 그리고 아무것도 입증할 수 없는데 어느 쪽으로든 무작정 뛰어든다면 이치에 맞지 않지. 내가 할 수 있는 말은, 너희가 틀렸기를 바라지만 나는 모른다는 것뿐이다."

"저도 모르긴 마찬가지예요." 앤드루가 나섰다. "그래도 그런 게 있으면 좋겠어요."

앤드루는 자신에게 쏠리는 메리와 한나의 희망 섞인 눈길을 마주 보았다.

"그런 걸 다 믿는다는 건 아니고요. 그쪽으로는 아는 게 없어요. 그냥 오늘 밤에 일어난 일을 말하는 거예요."

무리한 욕심을 부려서는 안 되지. 조엘은 생각했다.

꼭 어린아이의 뺨을 때린 기분이네. 앤드루가 생각했다. 생각보다 말이 강하게 나온 터였다.

"하지만, 오빠." 메리가 무슨 말인가 꺼내려다가 멈칫했다. 지금 무슨 일로 논쟁하는 거지. 지금이 이런 걸로 입씨름할 때인가!

그들은 서로가 비슷한 생각을 한다는 걸 알아채고, 잠시 아무도 아무 말도 하지 않았다. 그러다 앤드루가 입을 열었다. "미안하다."

"마음 쓰지 마. 괜찮아, 오빠."

"우리는 그저 각자가 믿을 수 있는 걸 믿는 게지." 잠시 후 한나가 말했다.

"오라버니도요. 오라버니의 정신을 믿잖아요. 오라버니의 이성을요."

"꼭 그런 건 아니야. 내가 가진 모든 것을 믿어. 그뿐이야. 내가 확신할 수 있는 모든 것을."

"내 말이 그 말이잖아요."

"이런 얘기, 이제 그만해요." 메리가 말했다. 뒤 이어 "오늘 밤엔"이라고 덧붙여 명령조로 들리지 않게 하려 애썼다.

책망하듯 들리기도 하고 메리가 의도했던 것보다 훨씬 더 진지하게 들리기도 하여 그들은 메리를 괜히 난처하게 만들지 않으려고, 급히 다정하고 조금은 태연한 척하면서 "그래요, 이제 그만합시다"라고 말했다.

그들은 모든 걸 한꺼번에 꺼내 놓고는 당황하여 무력감과 슬픔에 빠진 채 앉아 있었다. 그리고 침묵이 그들 모두와 메리에게 아무리 괴로운 것일지라도, 애써 얘기를 꺼내는 것보다 침묵을 지키는 것이 오해의 여지를 없애는 것이라고 확신할 뿐이었다. 메리는 가족들의 마음을 편하게 해주고 싶었다. 자기가 입을 닫고 있으면 분명 가족들의 자책만 커질 터였다. 하지만 그들과 마찬가지로 메리도 말을 하려고 하면 할수록 가만히 있는 것보다 오히려 상황이 더 꼬이는 것 같은 생각이 들었다.

이렇게 정적이 흐르는 가운데 어머니는 불안한 듯 우아한 미소를 지으면서 모두가 있는 쪽으로 보청기를 기울였다. 그러나 아무도 말을 하지 않는 걸 알아채고는, 보통 때라면 이럴 때야말로 남의 말을 자르지 않고 말할 수 있는 기회라고 여겼을 테지만, 입을 꾹 다물고 있는 수밖에 없었다. 그녀도 어렴풋하게 감지하고 있는, 방 안의 생각과 느낌이 서로 엉켜 묘하게 움직이는 흐름, 그 분위기를 더 심각하게 흐트러트리고 뒤죽박죽으로 만들어 버릴 것 같았기 때문이다.

잠시 후 그녀는 계속 보청기를 들고 있으면 식구들에게 뭔가를 자꾸 요구하는 것처럼 보일지 모르겠다는 생각이 들어 보청기를 가만히 무릎에 내려놓았다. 그러면서 혹시라도 이 같은 행동이 누구를 책망하는 걸로 오해받거나 그들이 미안해할지도 몰라 잔잔한 미소를 머금었고 그런 자신이 얼마나 어리석고 바보 같은지에 생각이 미치자 자괴감이 밀려왔다.

비통에 젖은 미소야. 조엘이 생각했다. 그는 누이와 아들과 딸이 혹시라도 아내를 본다면, 자신이 그렇다고 확신하는 것처럼 저 미소의 의미를 이해해 줄지 의문이 들었다. 조엘은 아내의 손을 어루만져 줄 수 있으면 좋겠다고 생각했다. 분명 저 애들도 이해해 주겠지.

한편 앤드루는 그날 밤 제이를 처음 봤을 때의 모습을 머릿속에서 좀처럼 지우지 못했다. 앤드루가 월터와 함께 현장으로 다가갔을 때 사람들이 그들과 제이 사이에서 쭈뼛거리며 서있는 걸 보고는, 굳이 누군가가 "돌아가셨습니다"라고 말해 주기 전에도 알 수 있었다. 누군가 몹시 당황한 채 신원을 확인하려는 듯 웅얼거렸고, 앤드루는 그쪽에서 우리 가족한테 전화한 것 아니냐? 라고 날카롭게 대꾸했다. 그들은 다시 당황한 듯 웅얼거리며 그의 날카로운 반응에 어쩔 줄 몰라 했고, 전구 하나를 달랑 밝힌 불빛 속에서 한 사람이 조심스럽게 시트를 걷었다(나중에 들은 바에 의하면, 제이가 냄새 나는 말 담요에 덮여 있는 걸 대장장이의 아내가 보고 얼른 가서 이 시트를 가져와 덮었다고 했다). 그곳에 그가 있었다. 앤드루는 고개를 끄덕이고 "맞습니다"라고 말했다. 그는 월터가 그의 어깨 뒤에서 긴 한숨을 내쉬며 "맞습니다"라고 말하는 소리를 듣고는 기척을 느끼고 조금 옆으로 비키며 월터가 편히 서있게 해주었다. 그리고 둘은 묵묵히 시트를 걷어 낸 시신의 얼굴을 들여다보았다. 이마를 잔뜩 찡그린 채였지만 그들이 들여다보는 동안 아주 서서히 인상이 펴지는 것 같았다. 뉘여 있는 머리의 두개골을 따라 피부가 웬만큼 자리를 잡았고, 관자놀이와 이마, 안구는 살아 있을 때보다 더 섬세했으며 코는 더 근사한 아치형을 이루고 있었다. 턱은 자신만만하면서도 초조한 듯 위로 들려 있었으며 턱 끝에 난 작은 상처는 깨끗하면서도 피 한 방울 나지 않아 마치 끌로 연한 목재에 새긴 것처럼 보였다. 그들은 제이를 보면서 위대하고 낯선 어떤 존재에게서 느껴지는 경이로움에 사로잡히고, 아주 잠깐, 어디든 최근에 폭력이 발생한 장소에서 느껴지는 경이로움에 사로잡혔다. 그들은 미동도 않는 얼굴을 물끄러미 바라보며 대기 중에 어떤 굉장한 기운이 흐르는 느낌을 받았다. 앤드루는 돌아보지 않고도 월터의 뺨에 눈물이 흐르는 걸 알 수 있었다. 하지만 자신은 서늘함과 경외심 그리고 씁쓸함에 눈물조차 흐르지 않았다. 한 삼십 초쯤 지나서 그는 냉랭하게 "그래, 제이야"라고 말하며 얼굴에 시트를 덮어 주고 얼른 시선을 돌렸다. 월터는 얼굴과 안경을 닦고 있었다. 그 때, 앤드루는 뭔가 걸리적거리는 걸 느끼고 급히 눈길을 떨어뜨려 뿔 모양의 흠집 난 모루를 발견했다. 그 찌그러진 차가운 쇳덩이에 손을 대자 모루의 앞부분을 내리칠 때마다 가해졌을 충격의 흔적이 그의 손을 엄습해 왔다.

이런 모습들이 엄청난 속도로 겹치는 와중에도 상처가 난 그의 당당한 턱의 환영이 어김없이 아른거렸다. 마음의 눈에서 그 모습을 지우려면 대신 다른 두 가지를 떠올리는 수밖에 없었다. 그곳 사람들에게 전해들은 대로 차 옆에서 상처 하나 없이 똑바로 누워 죽은 눈을 별빛에 반짝이며 여전히 드잡이라도 할 듯 손을 움켜잡은 제이를, 마치 사고 직후에 보기라도 한 것처럼 떠올리거나, 아니면 그가 실제로 본 마지막 모습, 그러니까 아무것도 씌우지 않은 탁자에 아무것도 걸치지 않은 채 목 뒤에 나무토막을 괴고 누워 있던 제이의 모습을 떠올리거나 하는 것이었다.

누군가 깊은 한숨을 토해 냈다. 앤드루는 고개를 들었다. 한나였다. 모두 눈을 떨구고 곁눈질을 했다. 메리의 얼굴은 침묵이 흐르는 사이 묘하게 달라져 있었다. 여위고 수줍은 모습이 영락없는 새색시였다. 앤드루는 파나마에서 치른 메리의 결혼식을 떠올렸다. 그래, 그때와 같은 얼굴이었다. 그는 시선을 돌렸다.

"한나 고모, 오늘 밤엔 저랑 같이 있어 주실래요?" 메리가 물었다.

어머니, 앤드루는 문득 어머니가 마음에 걸려 쳐다보았다. 그곳에는 귀머거리 어머니가 미소가 굳어진 채로 앉아 있었다.

"아유, 그럼, 메리."

조엘은 손목시계를 보지 않기로 했다. 앤드루는 벽난로 선반 위의 시계를 흘끔거렸다. 시간이….

"엄마가 속상해하시지 않으면 좋겠는데. 이해해 주시면 좋겠어요. 불쌍한 우리 엄마." 메리는 갑자기 어머니를 부르고는 어머니의 손과 보청기에 손을 얹었다. 어머니는 열심히 보청기를 기울였다. "다들 잠을 좀 자두셔야 돼요." 어머니는 고개를 끄덕이고 무슨 말을 하려는 것처럼 보였다. 메리가 말을 막으려고 어머니의 손을 지그시 누르면서 말을 이었다. "엄마, 한나 고모한테 오늘 밤에 저랑 같이 있어 달라고 부탁드렸어요." 어머니는 고개를 끄덕이고 다시 뭐라 말하려는 것 같았다. 이번에도 메리가 손을 눌렀다. "엄마도 같이 계셔 주시면 좋겠지만 열한 시 십오 분이라 주무시는 데 방해가 될 것 같고." ─ "하아." 아빠가 탄식했다 ─ "또 저도 그냥…."

"엄마한테 그냥 말하거라, 폴!"

"또, 엄마. 또 그냥 ─ 엄마가 이해해 주고 속상해하지 않으시면 좋겠어요, 사랑하는 엄마 ─ 우리가 대화를 나누는 게, 조용히 말하는 게 꽤 어려우니까요. 애들도 있고 해서, 그래서 제가 그냥 생각한 건데…."

"아이고, 아무렴, 메리." 어머니가 말을 자르고 다소 낭랑한 목소리로 말했다. "아무렴, 네 말이 맞지. 고모가 같이 있어 준다니 얼마나 고맙니!" 어머니는 마치 메리와 한나가 어린아이인 것처럼 덧붙였다.

"엄마가 알아주셨으면 좋겠어요, 정말이지 진심으로! ─ 속상해하지 않으시면 좋겠어요. 제가 얼마나 고마워하는지, 제가…."

어머니는 딸의 손을 급히 토닥였다. "나는 정말 괜찮아, 메리. 아무렴, 그래야 하고 말고." 그리고 빙긋이 웃어 보였다.

메리는 어머니에게 팔을 둘러 품에 안았다. 어머니는 늙어 가는 얼굴을 돌려서 아주 환하게 웃어 주었고, 메리는 어머니의 눈에 어린 눈물을 보았다. 메리는 말문이 막힌 채 고개를 세차게 저으면서 자기가 어머니를 얼마나 사랑하고 속마음은 어떤지 다 꺼내 보여 주려 했다. 잠시 후 어머니가 말했다. "뭐든 엄마가 힘닿는 대로 다 해줄게, 아가. 뭐든!"

"고마워요, 엄마!"

"뭐라고 했니?"

"고맙다고 했어요!"

캐서린은 딸의 손등을 토닥이면서 아까보다 더 어색하게 웃었다.

엄마를 아주 많이 사랑해요! 메리가 속으로 외쳤다.

"어쩌면 애들은." 어머니가 말했다. "내가 봐줄 수도, 혹시라도—그러는 편이 더, 편하면…."

"아, 애들은 깨우면 안 될 것 같아요!" 메리가 말했다.

"어머니 말씀은 그게 아니라…." 앤드루가 끼어들었다.

"내일 말이다." 어머니가 다시 말했다. "그냥, 혹시, 중간에…."

"그럼요, 아주 좋아요, 엄마. 그런 일이 생기면, 그렇게 되면 꼭 그렇게 할게요. 정말 고마워요. 그런데 지금은 경황이 없어서, 그냥 모든 일이 너무 갑작스러워서 아직 어떻게 할지 모르겠네요. 뭘 하든. 내일이요."

"내일, 그럼."

"고마워요, 엄마."

"고맙긴."

"그래도 고마워요."

어머니는 웃으면서 고개를 절레절레 흔들었다.

조엘과 한나가 일어섰다.

"메리, 가기 전에 말이야." 앤드루가 말했다.

"?"

"너무 늦었다, 메리. 너도 많이 피곤할 텐데."

"중요한 얘기라면 난 괜찮아, 오빠."

"이 얘기는 낼 아침에 하자."

"뭔데, 오빠?"

"그게—당장 여러 가지로 의논할 일이 생길 것 같아서." 앤드루는 숨을 깊이 들이마시고 큰소리로 말했다. "계획도 세워야 하고, 장례식에 관해 이런저런 조율할 일도 생길 테고, 묘비도 준비해야 하잖아. 아침에 하는 게 좋겠다."

묘지, 묘비, 관. 장의사 따위의 보기 싫은 물건들이 성큼 현실로 다가와 또렷이 존재했지만 마치 그것들을 언 손으로 만지는 기분이었다. 메리는 흐린 눈으로 오빠를 보았다.

"시간은 많아, 메리." 고모의 목소리가 들렸다.

"그럼, 그렇지." 앤드루가 말했다. "벌써 이런 얘기를 꺼내다니 내가 어리석었어."

"어, 시간이 나면." 메리가 들릴 듯 말 듯한 목소리로 말했다. "응, 시간이 나면, 오빠." 조금 더 똑똑히 말했다. "그래, 오빠만 괜찮으면 그러는 게 좋겠어. 내일 아침에." 메리는 시계를 흘끔 쳐다보고는 깜짝 놀라면서 큰소리 말했다. "어머, 오늘 아침이네."

"나야 괜찮지." 앤드루가 말했다. 그는 고모를 돌아보고 환자를 앞에 두고 말하듯이 목소리를 낮추어 말했다. "얘 좀 재울 수 있으면 재워 주세요. 전화 주시고요."

한나가 고개를 끄덕였다.

"틀림없이…." 조엘이 복도로 나가면서 말했다.

"뭐가…." 한나가 물어보려 했다.

"모자를 찾으시는 것 같아요. 제 것도요." 앤드루가 방을 나서면서 말했다. 복도로 나가 보니 조엘이 자기 모자와 아내와 아들의 모자까지 들고 서 있었다.

"부엌에 뒀더구나." 조엘이 말했다.

"고마워요, 아버지." 앤드루가 모자를 받아 들었다.

캐서린이 방 한가운데 어정쩡하게 서서 보청기와 손가방을 들고 복도로 난 문을 바라보고 있었다. "고마워요, 여보." 캐서린은 모자를 머리에 얹고 손으로 더듬어서 약간 비스듬하게 핀으로 고정시키고는 괜찮은지 물어보듯이 한나를 바라보았다.

"잘 됐소, 여보." 조엘이 말했다.

앤드루는 메리를 쳐다보았다. 식구들이 떠날 채비를 하는 모습을 말없이 바라보던 메리는 두려움에 사로잡힌 것 같았다. 우리가 같이 남아 있어 줘야 하는 것 아닐까? 밤새. 난 괜찮은데. 메리는 모자를 쓰느라 쩔쩔매는 어머니를 바라보고 있었다. 아니다, 우리가 꾸물거려서 저러는 거야. 앤드루는 생각을 바꿨다. 빨리 가주는 게 낫겠어.

"그래, 메리." 앤드루는 메리에게 다가가 안아 주었다. 메리의 눈동자에는 작은 반점이 가득했고, 홍채가 부서져서 무수한 작은 조각들이 흩어져 있는 것 같았다. 그는 메리의 눈과 그녀의 존재에서 죽은 제이의 시신에서 느꼈던 것과 같은 강렬히 발산된 어떤 충격과 기운을 감지했다. 메리는 새로웠다. 달라졌다. 내가 해줄 수 있는 게 없어, 라고 앤드루는 생각했다.

"전부 다 고마워." 메리가 말했다. "오빠한테 그런 일을 부탁해서 정말 미안하고."

앤드루는 뭐라고 대꾸할 수도, 계속 메리의 눈을 들여다볼 수도 없었다. 메리를 더 꼭 안아 주었다. "메리." 마침내 입을 열었다.

"난 다 괜찮아, 오빠." 메리가 나직이 말을 건넸다. "꼭 괜찮아야 하고."

그는 급히 고개를 끄덕였다.

"아침에 올라와. 우리— 계획을 세워야지."

"되도록 자려고 노력해 봐."

"눈 뜨는 대로 올라와 줘. 할 일은 많은데 시간이 모자랄 것 같아."

"알았어."

"잘 가, 오빠."

"잘 자, 메리."

"몸조심해라." 어머니가 불쑥 말해서 꼭 욕하는 것처럼 들렸다. 어머니는 귀도 들리지 않고 앞도 제대로 보이지 않은 채로 딸을 있는 힘껏 끌어안고 두 손으로 등을 쓸어내리며 생각했다. 이렇게 어리고 이렇게 좋은 냄새가 나는 아이가!

엄마는 도움을 주고 싶어 하셔. 메리는 문득 깨달았다. 여기 남아서! 어머니의 등을 어루만지는 사이 메리의 손바닥에는 단단하고 둥그스름한 어깨, 나이가 들어 벌써부터 구부정해진 울퉁불퉁한 척추가 만져졌다. 메리는 어머니를 안은 채 상체를 뒤로 젖히고 어머니의 모자를 똑바로 잡아 주고 어머니의 떨리는 얼굴을 들여다보고 입술에 입을 맞추었다. 어머니도 두 번 입을 맞추고는 옆으로 비켜서서 긴 치맛자락을 잡고 현관 계단을 내려가려고 준비했다.

"폴." 아빠가 말했다. 아빠의 까칠한 수염이 뺨에 닿고 아빠의 속삭임이 들렸다. "우리 착한 아가. 힘내라."

메리는 고개를 끄덕였다.

"조심히들 가요." 한나가 말했다.

"주무세요, 한나 고모." 앤드루가 대답했다.

"잘 있어, 한나." 조엘이 말했다. 그는 캐서린의 한쪽 팔꿈치를 잡고 안내했고, 앤드루는 그녀의 다른 팔을 잡았다. 그들은 현관으로 나갔다.

"전등이요!" 메리가 소리쳤다.

"뭐라고?" 앤드루와 한나가 깜짝 놀라서 물었다.

메리가 현관 전등을 켰다. "괜찮아." 아빠가 짜증 섞인 투로 말했다. "고맙구나." 어머니가 우아하게 끼어들었다. 메리와 한나는 문 앞에 서서 그들이 조심조심 현관 계단을 내려가고 모퉁이에 이르러서 무사히 길을 건널 때까지 바라보고 있었다. 모퉁이 가로등 아래서 앤드루가 돌아보고 손을 들었다 내리고 손을 흔들지는 않았다. 다른 두 사람은 돌아보지 않았다. 이제 앤드루도 돌아서서 셋이 함께 그 길로 서서히 멀어져 갔다. 메리는 현관 전등을 끄고도 하염없이 그들이 사라진 자리를 바라보았다. 한나는 더 이상 식구들이 보이지 않자 계속 바라보는 걸 그만 두었다. 그리고 식구들이 떠난 길을 눈으로 열심히 쫓고 있는 메리를 돌아보면서 이 아이에게는 마지막까지 식구들을 바라보는 게 무엇보다 중요한 일일 것 같아, 라고 생각했다. 메리의 눈에는 아직 식구들이 보였다. 어둠을 배경으로 좀 더 어두워 보이는 높낮이가 다른 형체가 점점 줄어들더니 결국에는 어둠 속으로 빨려 들어가지 않고 비들스 씨네 집 모퉁이로 사라졌다.

그들이 사라지고 나서도 메리는 계속 시야가 미치는 곳까지 길에서 눈을 떼지 못했다. 모퉁이에 강렬한 불빛의 탄소등이 켜 있고, 서쪽으로 더 멀리 보이는 모퉁이에 등은 보이지 않지만 불빛이 은은히 비치고 있고, 거기서 동쪽으로 더 멀리 다른 불빛이 보였다. 아무 소리도 들리지 않고 어느 한 집도 불을 밝히지 않았다. 밤공기가 메리의 이마에 부드럽게 스쳤다. 메리는 돌아서다가 자기를 바라보고 있던 고모를 발견하고 고모의 눈을 들여다보았다.

"이제 주무셔야죠." 메리가 말했다.

메리가 문을 닫았고, 그들은 계속 서로를 보았다.

"어젯밤에도 꼭 이맘때였어요." 메리가 말했다.

한나는 나직이 한숨을 쉬었다. 잠시 후 한나는 가만히 메리의 손을 잡았다. 그들은 계속 그대로 서서 마주 보았다.

"네, 꼭 이맘때요." 메리는 낯설게 속삭였다.

침묵을 뚫고 부엌의 시계 소리가 들렸다.

"지금은 말을 하려고 애쓰지 말기로 해요." 메리가 말했다. "우리 둘 다 많이 지쳤어요."

"뜨거운 토디를 한 잔 만들어 줄게." 한나가 거실 쪽으로 돌아섰다. "잠을 청할 수 있을 게야."

"정말 마시지 않아도 돼요, 고모."

만들어 둘 테니 마시고 싶으면 마시고 싫으면 안 마셔도 돼, 라고 한나는 말하고 싶었다. 그러다 문득 나는 그저 쓸모 있는 사람이 되고 싶은 거구나, 라는 생각이 들었다. 한나는 아무 말도 하지 않았다.

그들 사이에 어색하고 조심스러워하는 묘한 분위기가 흘렀고, 둘 다 왜 그런지 이해할 수 없었다. 그들은 다시 거실에 들어와 가만히 서있었고, 두 사람 모두 상대방을 배려하는 마음 때문에 그 침묵이 더더욱 고통스러웠다. 이 애는 정말로 내가 남아 주기를 바라는 걸까? 도대체 내가 무슨 쓸모가 있나! 한나는 생각했다. 메리는 메리 대로 생각했다. 고모는 내가 진심으로 남아 주기를 바란 게 아니라고 그렇게 생각하시는 건 아닐까? 내가 아무 말도 못하고 있어서? 아니야, 고모도 말씀이 많으신 분은 아니잖아.

"지금은 그냥 아무 말도 안 나와요." 메리가 말했다.

"아무렴, 그렇겠지, 아가."

한나는 자기가 척척 알아서 모든 일을 처리해야 할 것 같으면서도 또 한편으로는 메리가 원하는 대로 해주거나 아무것도 원하지 않으면 그냥 가만히 있어 줘야 할 것 같았다.

고모에게 자꾸 주무시라고만 할 수는 없어. 메리는 생각했다.

"준비는 다 됐어요." 메리는 불쑥 이렇게 말하고 다소 무례하게 들리지는 않았는지 걱정하면서 급히 거실을 가로질러 아래층 침실 방문을 열었다. "보이시죠?" 메리는 방 안에 들어가서 불을 켜고 고모를 바라보았다. "혹시 제이가 올지 몰라 준비해 놨거든요." 그리고 무심코 베개를 매만졌다. "이렇게 해놔서 잘 됐네요."

"너도 어서 가서 자야지, 메리." 한나가 말했다. "내가 도와줄⋯."

메리는 부엌으로 들어갔다. 다시 부엌에서 복도로 나오는 소리가 들렸다. 잠시 후 메리가 방으로 돌아왔다. "여기 깨끗한 잠옷이에요. 가운하고." 메리는 어쩔 줄 몰라 하는 고모의 손에 옷가지를 얹었다. "클까 봐 걱정이네. 가운 말이에요. 그게 ― 사실은 ― 제이 거라서. 혹시 너무 크면 소매를 걷으면 괜찮을 거예요." 메리는 한나를 지나쳐서 거실로 나갔다.

"내가 할게, 메리." 한나는 급히 메리를 따라갔다. 메리는 벌써 쟁반에 술잔을 담고 있었다.

"어머, 세상에!" 메리가 소리쳤다. 그리고 술병을 들었다. "제가 정말 이걸 다 마셨어요?" 병이 사분의 삼쯤 비어 있었다.

"아냐. 앤드루도 조금 마시고, 나도 마시고, 너희 아빠도 마셨어."

"그래도 ― 한 잔씩들 정도였겠죠, 고모. 정말 제가, 거의 다 마셨네요."

"그래도 취하지는 않았잖아."

"세상에, 어떻게!" 메리는 얼마 남지 않은 위스키를 눈앞에 들어 바늘에 실을 꿰듯 들여다보았다. "저기, 뜨거운 토디는 정말 필요 없겠는데요."

"이건 진짜 말도 안 돼!" 메리가 나직이 소리쳤다.

"혹시 아스피린은."

"아스피린이요?"

"자고 일어나면 머리가 아플 거야."

"그런데 아빠가, 아빠 말씀으로는, 어떤 때는 괜찮대요. 충격을 받거나 한 상태에서는…. 한나 고모?" 메리는 좀 더 크게 불렀다. "한나 고모?" 그러다 애들을 깨우면 안 된다는 생각이 들었다. 그녀는 기다렸다. 고모가 물 한 잔과 아스피린 두 알을 들고 들어왔다.

"자. 어서 먹어라."

"그런데 전…."

"그냥 삼켜. 아침에 일어나서 머리 아프지 않으려면. 잠도 잘 올 테고."

메리는 고분고분 아스피린을 삼켰다. 한나는 물잔을 놓고 쟁반을 집어 들었다.

13

  로럴 가를 따라 이어진 길은 훨씬 어두웠다. 무성한 나뭇잎이 가까운 가로등 하나를 다 가린 터였다. 앤드루의 귀에는 오직 그들의 발소리만 들릴 뿐이었다. 아버지와 어머니는 그마저도 듣지 못하시겠지만. 네가 고요히 누워 있네.* 그래, 나무 꼭대기 사이에. 늘어선 집들, 창백한 소용돌이 문양, 그리고 현관 베란다와 불 꺼진 창문들, 느리게 걷는 그들 옆으로 흘러가고, 하염없이 걸어도 어느 집 하나 불을 밝히지 않고 집과 가게가 늘어선 거리마다 불빛 하나 없구나. 깊이 잠들어 꿈도 꾸지 않는 네 위로 별들이 소리 없이 지나가네.

  앤드루는 갓돌에서 내려서는 어머니를 부축했다. 어머니와 아버지, 저 작은 발의 딛음이 빚어내는 한없이 느리고 고르지 않은 발자국 소리.

  별들도 이제 지쳤구나. 밤이 거의 다 끝났구나.

* 이 장에서 앤드루는 간간이 〈오 베들레헴 작은 고을이여〉를 읊조린다.

앤드루는 어머니를 부축해서 반대편 갓돌에 올라섰다.

얼굴에 닿는 밤공기가 경이로울 정도로 맑고 초연하고 부드러웠다. 늦은 밤 도시의 침묵과 별들은 가장 외진 시골의 비경보다도 은밀하고 장엄했다. 올망졸망한 집들, 조금 큰 집들, 소용돌이 문양이 새겨진 널찍한 현관 베란다, 시커먼 창문, 이미 무성해진 오월의 나뭇잎, 꿀 같은 단잠을 품은 방들이 있는 집들이 느리게 걸음을 옮기는 그들 옆으로 흘러 지나갔고, 어느 한 집도 불을 밝히지 않았다. 로럴 가를 걷는 사이 사위가 더욱 어두워졌다. 그들 뒤로 물러난 가로등은 더 이상 그들에게 그림자를 만들어 주지 않았다. 저 앞의 가로등 불빛 아래 쓸쓸한 도로 한 조각은 허탈함에 탈색된 것처럼 보였고, 나뭇잎들은 불빛을 받아 차갑게 타올랐으며, 어느 집 현관의 가늘고 긴 문기둥들은 순백색을 띠고 있었다. 앤드루는 어머니를 부축해서 어둠을 뚫고 평소보다 한참 느리게 걸었고, 그사이 주위의 모든 풍경이 빠짐없이 평온하게 그에게 스며들었다. 가슴이 벅차오른 그는 죽음 못지않게 봄밤의 사랑스러움과 무심함에도 깊게 빠져 들었다는 걸 깨달았다. 내가 마음 쓰지 않는 것 같구나, 하는 생각이 들었지만 그는 개의치 않았다. 그 자신이 얼마나 마음 쓰는지 알고 있었다. 그는 그 밤에, 평소에 거의 관심이 없던 도시에 고마운 마음이 들었다. 네가 고요히 누워 있네. 마음속에서 노래가 들렸다. 노랫말을 속으로 찬찬히 다시 읊조리자 노랫가락이 들렸다. 어린애의 목소리, 그 자신의 목소리가 그의 마음속에서 노래를 불렀다.

흠.

이런 시간에 텅 빈 밤거리를 마지막으로 걸었던 때가 언제였는지 기억해 보려 했다. 확실하지는 않지만… 맙소사, 오래 전이구나. 열일 — 열여섯쯤, 아직 그가 셸리*라도 되는 양 강물을 바라보던 시절. 다리 난간에 기대어 그야말로 살아 있다는 것에 감사의 기도를 올리던 시절.

본능적으로 그는 부모님이 자신의 얼굴을 볼 수 없도록 고개를 돌렸다.

나 역시도 그걸 보고 싶지 않다고, 그는 생각했다.

그즈음 제이는 혼자서 법을 공부해 보려고 했다.

깊이 잠들어 꿈도 꾸지 않는 네 위로 별들이 소리 없이 지나가네.

이 구절은 매번 그의 마음을 울렸다. 해마다 이 구절만 들으면 어떤 이유에선지 다른 무엇보다 크리스마스의 기억이 선명하게 떠올랐다. 그가 아는 그 어떤 시보다 아름답게 들렸다.

그는 마음으로 나직이 가만가만 노랫말을 읊조렸다. 그저 담담한 읊조림.

정말 그렇구나, 그는 하늘을 올려다보며 생각했다. 정말로 그래. 그런데 세상에, 참 지쳐 보이네!

밤이 깊었으니까.

별들이 소리 없이 지나가네. 그가 속삭이지 않고 소리 내어 읊조렸지만 아주 나직이 불러서 부모님에게는 들릴 리 없었다.

그의 눈에 눈물이 그렁그렁 맺혔다. 목이 메고 가슴이 미어져 서럽게 흐느끼려는 걸 애써 눌러 보았지만 눈물이 두 뺨을 간질이며 흘러

* 영국 낭만주의 시인.

225

내렸다.

어두운 거리에, 그는 분노에 휩싸인 듯 속으로 악을 쓰며 노래했다. 영원한 빛이 비치네! 이 소절에 이르자 흐느낌이 터져 나와 더 이상은 참지 못하고 그저 감출 수 있기만을 바랄 뿐이었다.

부모님은 알아채지 못했다.

이건 말도 안 돼, 그는 도저히 믿기지 않는다는 듯 속으로 외쳤다. 전부 다 말도 안 돼!

영원한 빛이 비치네!

모든 세월의, 그의 마음속에서 차분하고 단호하게 노래가 이어졌다. 그는 계속 나직이 읊조렸다. 희망과 두려움이,

오늘 밤 네 안에서 마주하네. 광활한 평야의 한가운데에서, 그림자 하나 없는 불빛 아래 낮게 깔린 어둡고 적막한 도시 한복판에서, 그는 죽은 이를 보고 두 주먹으로 있는 힘껏 제 허벅지를 때렸다.

온 세상에 들리는 소리라고는 그들의 발소리뿐이었다. 아버지와 어머니는 그마저도 듣지 못하겠지만.

길 가장자리 갓돌에서 내려서는 어머니를 부축했다. 저 작은 발로 딛는 두 분의 한없이 느리고 고르지 않은 발자국 소리, 쓰라린 빛의 공간을 가로지르는.

그는 다시 어머니를 부축해서 건너편 갓돌에 올라섰다. 우스꽝스러운 형상의 그림자들이 두 사람을 앞서 가더니 모든 게 다시 하나의 그림자로 합쳐졌다.

셋 중 누구 하나도 걷는 내내 입을 열지 않았다. 하지만 집 근처 모퉁이에 이르자 세 사람 모두 그 모퉁이를 돌아야한다는 사실을 인정

한다고 입을 맞춘 듯이 움직였다. 남자 둘이 가운데 선 여인의 팔꿈치를 잡은 손에 가볍게 힘을 주었고, 여인은 고개를 숙이고 두 남자의 손을 자기 옆구리에 붙였다. 그들은 가파른 비탈로 내려가면서 아까보다 걸음을 늦추고 무릎에 힘을 주었고, 집에 켜두고 나온 불빛 하나를 바라보면서 밤손님처럼 몰래 뒷문을 통해 집으로 들어갔다.

———

그들은 계단 아래 서있었다.

"메리, 내가 도울 일이 없을까?" 한나가 물었다.

저랑 같이 올라가고 싶으시군요. 메리가 눈치챘다. "그냥 혼자 있는 게 나을 것 같아요. 그래도 고마워요. 고마워요, 한나 고모."

"필요하면 불러. 내가 얼마나 잠이 얕은지 알잖아."

"전 괜찮을 거예요. 정말이에요."

"아침에는 그냥 쉬어. 애들은 내가 알아서 할게."

메리는 반짝이는 눈으로 고모를 보며 말했다. "한나 고모, 애들한테 말해야 되잖아요."

한나는 고개를 끄덕이고 한숨을 내쉬었다. "그러엄. 어서 자거라." 한나는 조카딸에게 입을 맞추었다. "하나님의 은총이 내리기를." 한나는 목이 메었다.

메리는 고모를 주의 깊게 쳐다보면서 "하나님은 저희를 도와주셔요"라고 말했다.

메리는 돌아서서 계단을 올라갔고, 이 층으로 사라지기 직전에 미소 띤 얼굴로 기대어서 "안녕히 주무세요"라고 속삭였다.

"잘 자, 메리." 한나 역시 속삭였다.

한나는 복도 등과 거실 등을 끄고 불을 켜둔 방으로 들어가서 블라인드를 내리고 부엌과 거실로 난 문을 닫았다. 옷을 벗어서 의자 등받이에 걸어놓고 침대 끝에 걸터앉아 신발 끈을 풀고는 망설이면서 부엌과 욕실 등을 확실히 껐는지 기억을 더듬었다. 가운 소매에 팔을 끼우지 않고 그냥 어깨에 걸치고 그 속에서 나머지 옷을 마저 벗었다. 가운이 조금 커서 추어올렸다. 그리고 침대 옆에 무릎을 꿇고 앉아서 주기도문과 성모송을 외우자 가슴과 머리가 텅 비고 더 이상 기도는커녕 아무런 감정도 느껴지지 않았다. 주님을 믿는 영혼들이여, 한나는 기도를 시작해 보려 했다. 그리곤 이를 꽉 물고 화가 난 목소리로 기도를 이어 나갔다. 이 땅에 왔다가 죽어 간 모든 영혼들이여, 주님의 믿음 안에서든 아니든, 편히 쉬소서. 그리고 특히 그의 영혼이여!

저를 내리치소서, 당신의 번갯불로 저를 내리치소서. 저는 괜찮습니다. 저는 조금도 개의치 않습니다. 한나는 생각했다.

제가 틀렸으면 용서해 주세요. 주께서 그러실 수 있다면. 주께서 그리하신다면. 하지만 이것이 제 마음이고, 이 마음뿐입니다.

저 아이의 마음과 정신이 텅 비어 버렸습니다. 지금도 저 아이는 심연의 숨결을 느끼면서 달리 아무것도 느끼지도 못하고 두려움조차 느끼지 못합니다.

주여, 믿습니다. 믿지 못하는 저를 도와주세요.

그런데 제가 진실로 믿는지 모르겠나이다.

기도할 수가 없습니다, 주여. 지금은 안 됩니다. 부디 절 용서해 주세요. 너무 지치고 경악스러울 뿐입니다.

서른여섯이에요.

서른여섯.

뭐, 안될 게 뭐겠습니까. 어느 때가 다른 때보다 더 나쁠 이유가 뭐겠습니까. 주님께서는 이것이 소풍도 아니고, 그렇게 의도되지도 않았다는 걸 아십니다.

제 영혼을 주님의 손에 맡기나이다.

한나는 성호를 긋고 블라인드를 올리고 창문을 연 채로 침대에 들어갔다. 맨발로 차갑고 깨끗한 리넨 속으로 스르르 들어가면서 바닥과 위에 닿는 서늘하고 청결하며 단조로운 감촉을 느꼈다. 그리고 잠시 오들거리며 외로움에 사무쳐서, 돌아가신 어머니의 뺨을 만지던 기억을 떠올렸다.

아, 어찌하여 나는 살아 있나!

한나는 안경을 벗어 램프 아래 손닿는 곳에 조심스럽게 놓아두고 불을 껐다. 그리고 등을 곧게 펴고 바로 누워서 두 손을 가슴에 포개고 눈을 감았다.

오늘 밤엔 더 이상 아무것도 걱정할 수 없어. 주께서 알아서 해주시겠지.

아침까지.

메리는 굳이 전등을 켜지 않았다. 그래도 창가 쪽은 어느 정도 식별이 가능했다. 그녀는 가운을 걸치고 그 속에서 옷을 벗고는 애들을 위해 문을 살짝 열어 두었는지 확인했다. 침대에 들어가고 나니 문득 시트를 갈아 끼우지 않았고 그전에 기도도 올리지 않았다는 게 생각났다. 그것도 잠시, 이제는 그저 혼자 있을 수만 있으면, 오직 그럴 수만 있으면 좋겠어! 라는 마음 뿐이었다.

다 괜찮아. 메리는 속으로 속삭였다. 다 괜찮아. 이번에는 소리 내어 중얼거려 보았다. 애초 하나님께서 기도하지 못하는 그녀의 상태를 이해하고 용서해 주실지 알아보려고 해본 말이었지만, 어쩌면 정말로 다 괜찮고, 모든 것이, 그 모든 일이, 정말 다 괜찮다는 뜻으로 한 말인 것 같기도 했다. 주님의 뜻이 이루어지이다. 다 괜찮습니다. 정말로 다 괜찮습니다. 그녀는 똑바로 누워서 손바닥을 위로 펼친 채 양 옆에 놓았는데, 서서히 그 농도가 열어지는 어둠 속에서 낯익은 얼룩 하나를 간신히 알아보았다. 그 얼룩은 시시각각 형상을 바꾸곤 했다. 험준한 바위로 보이다가 범선으로도 보였으며 물고기로 보이다가 생각에 잠긴 머리로 보이기도 했다. 그런데 오늘 밤 의미를 상실한 그녀의 눈에는 그저 얼룩으로 보일 뿐이었다. 메리는 뒤로 곤두박질치는 것 같은, 그렇게 뒤집힌 채 영원을 가르며 추락하는 느낌이었다. 그러나 아무것도 걱정되지 않았다. 근심 하나 없이 마음속에서 들려오는 소리를 들었다. 절망의 늪에서 주님을 부릅니다, 오 주여. 주여, 제 말을 들어주세요, 메리는 마음의 소리에 동참했다. 오, 제 간절한 기도에 주님의 귀를 기울여 주소서. 하지만 곧 마음속에서 들려오던 소리는 더 이상 아무 말도 하지 않았고, 메리 혼자서 묵묵히 지켜 주는 존재를 느끼며 계속 소리 내어 중얼거릴 뿐이었다. 주여, 주께서 그릇된 행동을 일일이 지켜보시면, 오, 주여, 누가 감히 주님 앞에 설 수 있겠나이까? 이 마지막 말과 함께 메리는 거침없이 소리 죽여 흐느끼기 시작했고, 손을 뒤집고 팔을 허우적이며 침대 시트를 쓸어댔다.

아, 제이! 제이!

커다란 주전자 뚜껑 아래 조금 남은 물이 미지근했다. 하나씩 차례차례, 뚜껑의 둥근 표면을 따라, 마지막 물방울이 터지며 사라졌다.

한나는 두 손을 포갠 채 똑바로 누워 있었다. 깊은 안구 속에 막처럼 얇디얇은 눈꺼풀 안에 든 두 눈동자는 완전한 구체였다. 그녀의 얼굴에는 주름 하나 잡혀 있지 않았다. 그녀는 어쩌면 젊은 처자였을지도 몰랐다. 입술이 벌어지고 숨을 쉴 때마다 가벼운 한숨이 나왔다.

메리는 누워서 천정을 보았다. 누가 감히 주님 앞에 설 수 있겠나이까? 그녀는 속삭였다.

소리 없이.

한 잎 두 잎, 수백만 개의 잎사귀가 새벽을 예감하고 세상의 그 자리에서 일제히 흔들렸다.

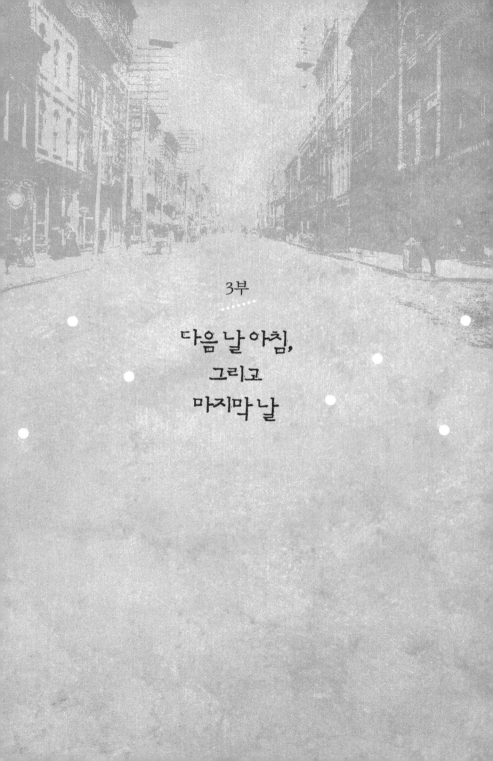

3부

다음 날 아침,
그리고
마지막 날

14

루퍼스가 눈을 떴을 때는 벌써 날이 훤히 밝고 참새들이 야단스레 지저귀고 있었다. 처음엔 너무 늦게 일어나서 속상한 마음이 들었지만 무슨 일 때문에 그런 것인지는 알 수 없었다. 다만 특별한 뭔가가 떠오르는 것이 크리스마스 아침처럼 설레고 행복했다. 잠이 깨고 얼마 후 그게 뭐였는지 비로소 기억이 났다. 루퍼스는 기대감과 자부심이 섞여 가슴이 벅차오르는 느낌으로 일어나 앉아 파삭파삭한 박엽지로 손을 뻗어 바스락거리는 소리를 내며 모자를 꺼냈다. 방 안에 볕이 잘 든 탓인지 색깔도 잘 보였다. 루퍼스는 서둘러 모자를 돌려 보고 뒤집어 보며 새 천과 새 가죽 끈 냄새에 도취됐다. 그리고 모자를 쓰고 챙 끝을 홱 잡아당겨서 단단히 눌러 쓰고는 냅다 복도로 뛰어가면서 "아빠! 아빠!"하고 소리 지르며 열려 있는 부모님 방으로 뛰어들어갔다. 하지만 깜짝 놀라 우뚝 멈춰 서고 말았다. 방안에 아빠가 없어서였다. 엄마는 베개 두 개를 받치고 누워 있었다. 아픈 것 같기도 하고 몹시 피곤한 것 같기도 했다. 루퍼스를 두려워하는 것 같은 눈빛이었다. 엄마의 얼굴에는 전에 본 적 없는 자잘한 주름이 잔뜩 잡혀 있었다. 엄마가 제일 아끼는 땜질한 찻잔 속의 선만큼이나 가느다란 것이었다. 엄마는 루퍼스 쪽으로 팔을 내밀면서 이상하리만치 다정하게 굴었다. "아빠는 어디 계세요?" 루퍼스는 엄마가 내민 손을 못 본 척하고 다급히 물었다. "아빠는 — 아직 안 오셨어." 엄마가 뜨거운 재 같은 목소리로 말하고 두 팔을 이불 위에 맥없이 떨어뜨렸다.

"어디 계세요, 그럼!" 루퍼스가 단단히 실망해서 따져 물었지만 엄마는 루퍼스의 물음에는 아랑곳하지 않고 이렇게 말했다. "가서 — 네 동생 캐서린이나 깨워서 이리 데려오렴." 엄마의 말투에 루퍼스는 어리둥절했다. "너희에게 꼭 해줄 말이 있어."

루퍼스는 재빨리 두리번거리며 아빠의 자취를 찾아보았다. 옷? 시계? 담배? 잠옷? "어서." 엄마가 절망적인 목소리로 말했다.

영문도 모르고 야단을 맞아 놀란 루퍼스는 엄마가 평소와 다르게 "네 동생 캐서린"이라고 말해 불안한 마음으로 급히 방을 나서다가 — 한나 할머니하고 부딪힐 뻔했다. 한나 할머니는 반짝거리는 돋보기 아래로 입을 꾹 다물고 구부정하게 서서 앞을 빤히 바라보고 있었다.

"안녕하세요, 한나 할머니." 루퍼스는 깜짝 놀라 인사하고 급히 돌아서 지나갔다. 방으로 들어가는 한나 할머니의 가느다란 목덜미에 양 갈래로 땋은 머리가 내려와 있었다. 루퍼스는 서둘러 캐서린이 자는 아기침대로 갔다.

"일어나, 캐서린!" 루퍼스가 큰소리로 깨웠다. "엄마가 일어나래!

얼른!"

"하지 마." 캐서린은 빽 소리를 질렀고 둥그스름한 얼굴이 벌겋게 달아올랐다.

"엄마가 일어나래. 엄마가 일어나라고 했다니까, 일어나!"

잠시 후 루퍼스는 앞장서서 다급히 동생을 데리고 오며 숨넘어갈 듯 "얘 와요!"라고 소리쳤고, 캐서린은 발을 질질 끌고 삼분의 이쯤 잠든 채로 방으로 들어왔다. 여전히 화가 나서 씩씩거리며 아랫입술을 비죽 내밀었다.

"모자 벗어야지!" 한나 할머니가 무서울 정도로 엄하게 야단치면서 모자를 잡아채려는 순간 루퍼스가 두 손으로 모자를 꼭 붙잡았다. 루퍼스는 한나 할머니의 까닭 모를 배신에 어안이 벙벙했고 입을 꾹 다문 채 흠칫 놀라면서 후회하고 괴로워하는 할머니의 모습에 더 불길한 느낌이 들었다.

"아, 고모. 아녜요, 그냥 두세요." 엄마가 평소와 다른 목소리로 말했다. "얘가 얼마나 그이한테 그걸 보여 주고 싶어 했게요." 그 와중에 한나 할머니가 아주 작은 목소리로 알 수 없는 말을 속삭이며 뺨을 살짝 어루만져 루퍼스는 또 다시 놀랐다. 그리고 엄마가 아까처럼 다정히 두 손을 들어서 앞으로 내밀었다. "얘들아, 가까이 오렴."

한나 할머니는 말없이 방에서 나갔다.

"가까이 와." 엄마는 아이들을 쓰다듬었다. "아빠에 관한 얘기를 해 주고 싶어." 그런데 아빠, 라고 말할 때 엄마의 목소리가 흔들렸고, 건조해 보이는 입술은 바람에 흩날리는 타버린 종이의 재처럼 파르르 떨렸다. "엄마 말 듣고 있니, 캐서린?" 엄마는 이렇게 물으면서 목청을 가다듬었다. 캐서린은 뿌연 안개 속을 들여다보듯이 열심히 바라보았다. "이제 잠 깼지, 아가?" 그 말투에서 측은해하고 보호해 주려는 마음이 전해져 두 아이는 엄마에게 더 가까이 다가갔다. 엄마는 팔을 둘러 두 아이를 감싸 안았다. 엄마의 숨결에서 사우어크라우트* 냄새 같은, 아니 그보다는 바짝 말린 생쥐 냄새 같은 냄새가 풍겨 왔다. 깨진 도자기처럼 더 자잘한 주름이 엄마의 얼굴에 더 깊게 퍼져 있었다. "아빠는, 너희 아빠는 말이다, 얘들아." 엄마가 아까보다 더 빨리 입을 닫았고, 눈물 한 방울이 왼쪽 눈에 차올라 울퉁불퉁 퍼져 있는 주름살 위로 삐뚤빼뚤하게 굴러 떨어졌다. "아빠는 집에 오시지 않았어. 앞으로도 다시는 오시지 않을 거야. 아빠는 — 하늘나라에 가셔서 다시는 집으로 돌아오시지 않아. 엄마 말 듣고 있니, 캐서린? 잠은 깼어?" 캐서린은 엄마를 물끄러미 바라보았다. "넌 알아듣니, 루퍼스?"

루퍼스는 엄마를 빤히 보면서 물었다. "왜요?"

엄마는 지극히 다정하면서도 절망적인 눈빛으로 루퍼스를 바라보고 "하나님께서 아빠를 원하셔서 그래"라고 말했다. 두 아이는 계속 엄마를 뚫어져라 쳐다보았고, 엄마는 다시 말을 이었다. "아빠가 어젯밤에 집에 오시는 길에 — 아빠가 — 아빠가 — 다치셔서 — 하나님께서 아빠를 잠들게 하시고 곧장 하늘나라로 데려가셨단다." 엄마는 캐서린의 곱슬곱슬한 머리에 손가락을 묻고 지그시 두 아이를 번갈아 보았다. "알아듣니, 얘들아? 무슨 말인지 알아들어?" 두 아이는 엄

---

* 독일식 양배추 절임.

238

마를 빤히 쳐다보았고, 캐서린은 아직 남아 있던 잠이 퍼뜩 달아났다.

"아빠가 돌아가셨어요?" 루퍼스가 물었다. 엄마는 아들을 흘깃 보고는 아들에게 뺨이라도 맞은 것처럼 눈빛이 잠깐 흔들렸고, 다시 입이, 이어서 얼굴 전체가 제멋대로 실룩거렸다. 엄마는 아무 말도 하지 않은 채 그저 고개를 끄덕이고 또 끄덕이고 서너 번 빠르게 끄덕였고, 그사이 한 번 갈라지는 소리로 짧게 "그래"라는 말을 재채기처럼 내뱉었다. 그러다 엄마는 두 아이를 와락 품에 끌어안고 두 아이의 머리 사이에 턱을 파묻었다. 아이들은 엄마의 몸이 세찬 바람을 맞은 듯 휘청거리는 느낌을 받았지만 우는 것은 아니라고 생각했다. 캐서린은 모든 게 아주 이상하고 몹시 슬퍼 보인다는 느낌에 조용히 훌쩍거리기 시작했다. 루퍼스는 엄마의 가쁜 숨소리를 들으면서 곁눈질로 엄마의 파리한 어깨 너머로 구겨진 시트를 보았다. 장미 무늬 카펫의 눌린 자리가 눈에 들어왔고, 침대 옆 탁자에서 전에는 본 적이 없는 이상한 물건, 그러니까 작은 십자가가 달린 갈색 구슬묶음이 뭉쳐 있는 걸 발견했다. 티격태격하는 참새 소리가 엄마의 숨소리 사이를 뚫고 방안으로 스며들었다. 루퍼스는 속으로 돌아가셨어, 돌아가셨어, 라고 말했지만 그뿐이었다. 할 수 있는 거라고는 그저 보고 듣는 것밖에 없었다. 전차의 음산한 쇳소리가 커졌다가 잦아들었다. 모자가 엄마 몸에 닿으면서 비틀린 걸 깨닫고는 모자를 벗어야겠다고 마음먹었지만, 그 순간은 모자를 벗으려고 꿈쩍거리면 안 될 것 같았다. 그리고 한나 할머니가 왜 그렇게 화를 냈는지도 알 것 같았다. 이제 전차의 소음도 들리지 않고 엄마의 숨소리도 다시 잠잠해졌다. 엄마는 한손으로 캐서린을 더 꼭 끌어안았고, 캐서린은 좀 더 고르게 훌쩍였다. 엄마는 다른 손으로 루퍼스를 가만히 밀쳐 내고는 아들의 눈을 똑바로 들여다보았다. 그리고 가만히 모자를 벗겨서 옆에 내려놓고 이마에 흘러내린 머리카락을 쓸어 넘겨주었다. "너희 둘 다 앞으로 한동안 잘 이해가 가지 않을 거야. 그게―아주 이해하기 힘든 일이니까. 그래도 결국 이해하게 될 거야."(루퍼스는 속으로 말했다. 저 알아요. 아빠가 돌아가셨어요. 그 얘기잖아요) 엄마는 루퍼스의 눈을 들여다보면서도 꿈을 꾸듯이 혼잣말처럼 "이해하게 될 거야"라고만 되풀이했다. 그러다 엄마는 입을 닫았다가 눈빛의 어떤 기운이 강렬해지면서 이렇게 말했다. "더 알고 싶은 게 있으면―이 일에 관해서 말이야."(엄마의 눈빛이 더 강렬해졌다) "그냥, 그냥 엄마한테 물어봐. 엄마가 말해 줄게. 너도 알아야 하니까." 아빠는 어떻게 다치셨어요? 루퍼스는 이렇게 물어보고 싶었지만 엄마의 눈에서 엄마가 한 말은 진심이 아니라는 걸, 어쨌든 지금은, 지금 이 순간만큼은 진심이 아니라는 걸 읽어 내고는 물어보면 안 되겠다고 생각했다. 루퍼스도 점점 더 무서워져 물어보고 싶지 않았다. 그냥 가만히 고개를 끄덕이면서 엄마가 하는 말을 알아들었다고 전할 뿐이었다. "그냥 물어봐." 엄마가 다시 말했고, 루퍼스도 다시 고개를 끄덕였다. 마음속에서 묘하게 차가운 흥분이 일었고, 엄마가 다정하게 여기고 감사히 받아들일 거라는 차가운 직감으로 엄마에게 입을 맞추었다. "아이고, 고마워라." 엄마는 신음하듯 이 말을 토해 내면서 두 아이를 꼭 끌어안았다. "너희 둘 다!" 엄마가 팔을 풀었다. "자, 이제 착한 아이가 돼야지." 엄마는 거의 평소의 목소리로 돌아와서 캐서린의 코를 닦아 주었다. "동생 옷 갈아입혀라, 할 수 있지?" 루퍼스는 의젓하게 고개를 끄덕였다. "너도 씻고 옷 갈아입고 나와. 한나 할머니께서 아침밥을 주실 거야."

"엄마는 안 일어나요?" 루퍼스가 동생에게 옷을 입혀 주는 책임을 맡은 데 감격한 목소리로 물었다.

"엄마는 잠깐만 이대로 있을게." 루퍼스는 엄마의 말투에서 지금은 그들이 어서 나가 주기를 바라는 마음을 읽었다.

"가자, 캐서린." 루퍼스는 이렇게 말하고는 자신이 이미 동생의 손을 잡고 있다는 사실에 내심 놀랐다. 캐서린도 놀란 얼굴로 오빠를 쳐다보면서 고개를 가로저었다.

"오빠하고 가야지, 아가." 엄마가 말했다. "오빠가 너 옷 입히고 아침 먹는 것도 도와줄 거야. 엄마는 좀 있다 보자."

캐서린은 왜 그런지는 몰라도 아빠가 있어야 할 자리에 없고 엄마도 마찬가지로 있어야 할 자리에 없어서 생긴 일이니까 아주 착하게 굴어야 할 것만 같아서 더는 고집을 부리지 않고 오빠를 따라나섰다. 아래층으로 가려고 문을 나서다가 루퍼스는 엄마가 침대 옆 탁자에서 십자가가 달린 구슬묶음(그냥 보통 목걸이 같았다)을 집어 드는 걸 보았다. 구슬묶음이 손가락 사이로 흘러내려 양손과 한쪽 손목을 휘감은 채 늘어졌다. 엄마는 누가 보는 줄도 모르고 십자가를 똑바로 세워 들고는 하염없이 바라보았다. 엄마가 알면 화내실 거야. 루퍼스는 이런 확신이 들었다.

루퍼스는 동생을 돌보기 전에 우선 모자부터 다시 박엽지에 썼다. 그러고는 동생에게 옷을 입혀 주었다. "잠옷 벗어." 루퍼스가 말했다. "흠뻑 젖었구나." 되도록 엄마처럼 말했다.

"오빠도 젖었잖아." 캐서린이 쏘아붙였다.

"아냐, 난 안 젖었어." 루퍼스가 말했다. "어젯밤엔 아니야."

사실 캐서린도 혼자서 어느 정도는 옷을 갈아입을 수 있었다. 팬티를 입고 속블라우스까지 거의 다 입었다. 뒤집어 입기는 했지만. "괜찮아." 루퍼스는 되도록 엄마처럼 말하려 했다. "잘 입었네. 조금 비뚤어지긴 했지만." 그리고 매무새를 잡아 주었다.

루퍼스는 동생의 팬티 단추를 속블라우스 구멍에 채워 주었다. 자기 혼자 옷을 입으면서 단추를 채울 때보다 훨씬 까다로웠다. "가만히 좀 있어봐." 이렇게 말한 건, 그래야 주어진 책임을 제대로 해내는 기분이 들었기 때문이었다.

"가만히 있잖아." 캐서린이 워낙 세게 받아쳐서 루퍼스도 더 이상 아무 말도 하지 않았다.

둘은 서로 한 마디도 하지 않고 아침을 먹으러 아래층으로 내려갔다.

15

캐서린은 오빠가 단추를 채워 주는 것도, 이래라저래라 하는 것도 못마땅했다. 아침식사도 여느 때와는 달랐다. 한나 할머니는 침묵했고, 루퍼스와 캐서린도 한 마디도 안 했으며, 무슨 말을 꺼내고 싶어도 왠지 해서는 안 될 것 같은 분위기였다. 모든 것이 이상하고 차분하고 어두웠다. 한나 할머니가 바나나를 아주 얇게 썰어서 포스트 토스티스*에 올려 주었는데, 차갑고 축축하고 끈적끈적해 보였다. 그리고 아이들의 우유에 커피를 조금씩 따라 주었는데, 루퍼스의 우유를 캐서린 것보다 조금 더 진하게 타주었다. 하지만 엄마처럼 "먹어라," "아침 먹어야지, 캐서린," "꾸물거리면 안 돼"라고 잔소리를 하지는 않았다. 아예 입을 다물고 있었다. 캐서린은 배가 고프지는 않았지만 보통 때와는 맛이 전혀 달라서 약간의 호기심이 일었다. 그래서 천천히 입안에 음식을 가득 넣고 맛을 보았다. 그런데 주위가 너무 조용

* 시리얼 브랜드

해서 불안하고 슬펐다. 포크나 스푼이 접시에 닿는 소리만 났다. 그것 말고는 한나 할머니가 아주 얇고 바삭한 토스트를 천천히 베어 무는 소리와 김이 모락모락 나는 커피를 후루룩거리는 소리, 그리고 입안에 가득 든 마른 토스트 부스러기를 그 커피로 적셔서 삼키는 소리밖에 들리지 않았다. 캐서린이 비슷한 소리를 내면서 우유를 마시려고 하자 한나 할머니가 힐긋 쳐다보았다. 괜히 건방을 부리려고 저러나 생각하는 듯했지만 아무 말도 하지 않았다. 캐서린 또한 그럴 의도가 전혀 아니었지만 다시는 그런 소리를 내지 않는 게 좋겠다고 생각했다. 달걀 프라이에 후추를 거의 치지 않은 데다 너무 부드러워 노른자가 흰자 위로, 하얀 접시 위로 흘러넘쳤다. 지저분해 보여 먹고 싶지 않았지만 어서 먹으라는 잔소리를 들을까 봐, 왠지 평소보다 더 착하게 굴어야 할 것만 같아 그냥 먹었다. 캐서린은 몹시 불안한 마음이었지만 그냥 먹는 것 말고 뾰족이 할 것도 없어 두툼한 잔을 꼭 쥔 채로 음식을 숟가락에 적당히 담아서 한 방울도 흘리지 않으려고 조심했다. 그러다 자기가 음식을 얼마나 적게 흘렸는지 깨닫고는 다 큰 아이가 된 기분이었지만, 뭔가 보통 때와는 다르고 잘못되었다는 사실을 알고 있어서 불안한 느낌을 지울 수 없었다. 캐서린은 먹는 것보다 무슨 일이 벌어졌는지에 관심이 컸다. 접시에서 눈을 거의 떼지 않은 채 어떤 소리도 놓치지 않으려고 귀를 기울였다. 그러나 소리보다 더 강렬한 적막만이 무겁게 내려앉아 있었다. 그것은 상황이 좋지 않다는 뜻이었다. 문제는 아빠가 여기에 없다는 데 있을 것이었다. 엄마도 없는 건 마찬가지지만 엄마는 이 층에 있었다. 아빠는 이 층에도 없었다. 어젯밤에 돌아오기로 했지만 오지 않았고 앞으로도 집에 오지 않을 것이고, 엄마는 아주 많이 괴로워서 울었다. 한나 할머니는 한마디도 하지 않고 그저 시끄럽게 토스트를 씹고 요란하게 커피를 마시면서 쿠르륵 하고 삼키고는 똑같은 소리를 내고 또 낼 따름이었다. 한나 할머니가 그런 소리를 내면서 토스트를 먹을 때마다 어떤 무서운 이야기를 들려주는 것처럼 무서워졌고, 커피를 홀짝일 때는 꼭 우는 것 같기도 하고 외할머니가 다쳤을 때 잇새로 공기를 빨아들이던 소리 같기도 했다. 한나 할머니가 쿠르륵 하고 음식을 삼키는 모습은 모든 게 끝나서 지금은 할 일도 없고 할 얘기도 없고 심지어 물어볼 것도 없다고 말하는 것 같았다. 그러다가 한나 할머니가 다시 이를 악물듯 부르르 떨면서 토스트를 한 입 단단히 베어 물면 이 모든 과정이 다시 시작되었다. 엄마는 아빠가 다시는 집에 오지 않을 거라고 말했다. 엄마가 그렇게 말하긴 했지만 아빠는 어째서 지금 집에서 아침을 먹지 않는 걸까? 아빠가 같이 아침을 먹지 않으니까 재미도 없고 모든 게 아주 이상했다. 이제 조금 있다가 아빠가 성큼성큼 걸어 들어와 씩 웃어줄 수는 없을까? 캐서린이 입술을 삐죽 내밀면 "잘 잤니, 메리 선샤인"이라고 말하며 허리를 숙여 구레나룻으로 뺨을 비벼줄 수는 없을까? 그러고는 아빠 자리에 앉아 아침을 아주 많이 먹을 수는 없을까? 그러면 모든 게 다시 재미있어질 텐데. 창문 밖으로 아빠가 출근하는 모습을 바라보다가 아빠가 멀리 사라지기 직전에 돌아보면 손을 흔들어 줄 수도 있을 텐데. 어째서 아빠는 지금 여기 캐서린이 원하는 곳에 없고, 어째서 집에 오지 않는 걸까? 다시는 오지 않는다. 아빠는 다시는 집으로 돌아오지 않는다. 다시는 집에 오지 않는다. 그래도 올 거야, 집이니까. 그런데 아빠는 왜 여기 없지? 아빠는 폴레트 할아버지를 만나러 갔어. 폴레트 할아버지가 엄청 많이 아프서. 그런데 엄마가 그때는 괴로워하지 않았는데 지금은 괴로워해. 아빠가 온다고 엄마가 그랬었는데 아빠는 왜 오지 않는 거지? 아빠는 하늘나라에 갔으니까. 이제 캐서린은 하늘나라에 생각이 가있었다. 그곳은 하나님이 계시는 곳이고 하늘 저 높은 곳에 있어. 하나님은 왜 그런 걸까? 하나님이 아빠를 데려갔어. 그런데 어째서 아빠는 하늘나라에 갔다가 엄마가 말한 대로 집에 오지 않는 걸까? 어젯밤에 엄마는 아빠가 오늘 안에 올 거라고 했어. 우리한테 자지 않고 조금 기다려도 된다고 허락했고. 하지만 아빠가 오지 않아서 자러 들어가야 했지. 그래도 엄마는 우리가 잠들면 아빠가 올 거라고 하고 아침을 먹을 때는 집에 와있을 거라고 약속했어. 지금은 아침 먹는 시간인데, 엄마는 아빠가 다시는 집에 오지 않을 거래. 이제 한나 할머니는 냅킨을 한 번 접고 다시 한 번 접고 다시 더 작게 접어서 작은 냅킨 끝을 입가에 댔다가 접시 옆에 내려놓았다. 냅킨이 슬그머니 펴졌다. 한나는 루퍼스를 먼저 바라보다 캐서린을 바라봤고, 다시 루퍼스를 바라보면서 나직이 말했다. "너희도 아빠에 관해 알아야 할 것 같구나. 내가 해줄 수 있는 얘기를 해주마. 지금은 엄마가 기분이 좋지 않으니까."

이제 아빠가 언제 돌아올지 알 수 있겠구나. 캐서린이 생각했다.

루퍼스는 아침을 먹는 내내 물어보고 싶었지만 이제는 의기소침하고 불안해서 말이 제대로 나오지 않았다. "누가 아빠를 다치게 했어요?" 루퍼스가 마침내 물었다.

"아니, 아무도 아빠를 다치게 하지 않았어, 루퍼스." 한나는 이렇게 대답해 주면서도 내심 놀란 눈치였다. "어떻게 그런 생각을 다 했어?"

엄마가 그랬어요. 캐서린이 속으로 말했다.

"엄마가 그랬어요. 아빠가 아주 많이 다치셔서 하나님께서 잠들게 하셨다고." 루퍼스가 말했다.

새끼고양이들처럼. 캐서린이 생각했다. 하얀 옷을 입은 흐릿한 형체의 거인 같은 할아버지가 아빠의 아주 작은 목덜미를 잡고 물이 가득 든 커다란 구정물통에 넣고는 뚜껑 위에 앉은 모습이 보였다. 그리고 조그맣게 통을 긁어대는 소리와 숨죽여 야옹야옹 우는 소리가 들렸다.

"아빠가 다친 건 맞지만 누가 아빠를 다치게 한 건 아니야." 한나 할머니가 말하는 소리가 들렸다. 어떻게 그럴 수 있어요? 캐서린이 속으로 물었다. "아빠가 혼자서 차를 몰고 집으로 오고 있었어. 그뿐이란다. 어젯밤에 아빠 혼자 차를 몰고 오다가 사고가 난 거야."

루퍼스는 얼굴이 달아올랐고, 주의를 주려는 것처럼 동생을 쳐다봤다. 루퍼스는 그럴 리가 없다는 걸 알았다. 그럴 순 없어, 아빠한테, 다 큰 어른한테 그런 일이 일어날 수는 없어, 하나님은 그런 걸로 잠들게 하시지 않아, 어쨌든 그런 걸로 다치진 않아. 하지만 캐서린은 그렇게 생각할지도 몰랐다. 아니나 다를까 캐서린은 놀라서 믿기지 않는다는 눈으로 어떻게 아빠에 대해 그런 말을 할 수 있느냐고 묻듯이 할머니를 보았다. 아빠가 바지를 적셨다는 말이 아니잖아, 이 바보야. 루퍼스는 동생에게 이렇게 일러 주고 싶었지만 한나 할머니가 계속 말을 이었다. "치명적인 사고였단다." "치명적인"이라는 낯선 단어를 말하는 순간의 할머니의 목소리 때문에 두 아이는 할머니

247

가 아주 안 좋은 뭔가를 말한다는 걸 알아챘다. "그러니까 너희 엄마가 아까 말해 준 것처럼 아빠가 아주 많이 다쳐서 하나님께서 곧바로 잠들게 하셨다는 뜻이야."

토끼들처럼. 루퍼스는 마구 찢겨서 피투성이가 된 토끼의 하얀 털과 시뻘건 내장을 떠올렸다. 아빠가 그런 모습이었을 거라고는 머릿속에 잘 그려지지 않았다. 가여운 것들. 하나님이 그 토끼들을 잠들게 했다는 사실에 너무나 상심해서 울던 루퍼스를 달래 주던 엄마의 목소리가 떠올랐다.

캐서린은 생각했다. 차에서 일어난 사고라면 아빠가 구정물통에 들어가 있지는 않겠지.

하나님이 잠들게 하지 않으셨다면 토끼들은 더 이상 행복하지 않았을 거라고 엄마는 말했다. 토끼들이 절대로 더 나아지지 않았을 거라면서.

한나는 아이들이 알아듣기나 하는지, 계속 얘기해 줘야 하는지 가늠할 수 없었다. 아이들이 알아듣는 것 같지는 않았다. 아무런 확신도 없이 다시 말을 이어 갔다.

"아빠가 어젯밤에 집으로 돌아오고 있었단다. 아홉 시쯤이었는데 분명히 그전에 조종 장―자동차를 운전하는 핸들이 잘못된 모양이야. 너희 아빠는 그걸 몰랐고, 사고가 나기 전에는 알 길이 없었고 사고가 난 다음에는 이미 늦어 버린 거야. 바퀴 하나가 도로에 나뒹구는 돌덩이에 부딪혀 갑자기 홱 돌아가서는…." 한나는 잠깐 얘기를 끊었다가 더 나직하고 더 천천히 말을 이었다. "그게 말이야, 아빠는 계속 가던 길로 달려서 도로에서 벗어나지 않으려고 했지만 더는 그럴 수가, 차를 마음대로 움직일 수가 없게 됐단다. 조종 기어에 어떤 문제가 생겨서. 그래서 차는 아빠가 운전하는 대로 움직이지 않고 돌덩이 때문에 옆으로 돌아간 채 도로를 벗어나 깊은 배수로에 빠진 거란다." 한나는 잠시 말을 멈추었다. "이해가 가니?"

아이들은 할머니에게서 눈을 떼지 않았다.

"아빠가 차에서 튕겨 나갔어. 차는 아빠 없이 계속 달려서 배수로 건너편으로 올라갔고, 8피트 경사면으로 올라갔다가 다시 뒤로 떨어지면서 뒤집힌 채 쓰러진 아빠 옆에 멈췄다는구나.

사람들 말로는 아빠가 틀림없이 차에서 튕겨 나가기 전에 돌아가셨을 거래. 아빠 몸에 난 상처라고는," 이제 두 아이에게도 한나 할머니의 목소리에 깃든 고통스럽고 억울한 심정이 들리기 시작했다. "바로—여기에 난 거 뿐이었어!" 한나는 검지 끝으로 턱 끝을 누르고 마치 아이들을 책망하듯 바라보았다.

두 아이는 아무 말도 하지 않았다.

이제 그만해야겠네. 한나는 생각했다. 너무 멀리 왔어.

"사람들 말로는 사고가 어떻게 났는지 거의 확실하대. 차가 아주 갑자기 홱 돌아가서 그런 거래." — 이렇게 말하면서 한나가 거칠게 홱 돌아서자 두 아이가 움찔했고 한나도 덩달아 깜짝 놀랐다. 그 다음 이야기는 좀 더 차분하게 설명했다. "그래서 아빠가 앞으로 쏠려서 턱을 아주 세게 핸들에 부딪혔고, 그때부터 일어난 일은 아빠도 전혀 몰랐을 거야."

한나는 루퍼스를 바라보다 캐서린에게로 눈길을 옮겼고 다시 루퍼스를 바라보았다. "무슨 말인지 알아듣니?" 두 아이 역시 한나를 바라보았다.

잠시 후 캐서린이 말했다. "아빠가 턱을 다쳤어요."

"그래, 캐서린. 그랬지." 한나가 대꾸했다. "사람들 말로는, 아빠가 그때 딱 한 번 부딪힌 걸로 즉시 돌아가셨을 거래. 그 자리를 정통으로 부딪쳐서 그런 거래. 사람이 그 자리를 정통으로 아주 세게 부딪히면 머리 전체에, 뇌에 엄청난 충격이 가서 ─ 가끔은 곧바로 죽기도 하거든." 한나는 숨을 깊이 들이마셨다가 떨리는 숨결을 길게 내뱉었다. "그런 걸 뇌진탕이라고 한단다." 한나는 조심스럽게 또박또박 말하고는 잠시 고개를 숙였다. 아이들은 한나 할머니가 엄지로 가슴께에 작은 십자가를 그리는 걸 보았다.

한나가 눈을 들었다. "이제 알아듣니, 얘들아?" 한나가 진지하게 물었다. "이해하기 어렵겠지. 궁금한 거 있으면 나한테 물어보렴. 그러면 내가 아는 대로 설 ─ 아니 알기 쉽게 얘기해 줄 테니까."

루퍼스와 캐서린은 서로를 바라보다가 눈길을 돌렸다. 잠시 후 루퍼스가 말했다. "아빠가 많이 아팠을까요?"

"아빠는 전혀 아프지 않았을 거야. 참 감사한 일이지."(과연 그럴까, 한나는 의문이 들었다) "의사 선생님이 확실히 말해 주셨단다." 캐서린은 한 가지 물어봐도 될지 생각했다. 그리고 묻지 않는 게 좋겠다고 생각했다.

"8피트 경서면이 뭐예요?" 루퍼스가 물었다.

"경─사─면. 둑 같은 거야. 가파른 작은 언덕, 높이가 8피트쯤 되고. 지금 여기 천정 높이 정도야."

루퍼스와 캐서린은 차가 그 위로 올라갔다가 다시 뒤로 굴러 떨어져서 아빠 옆에 서는 장면을 떠올려 보았다. 공사면, 캐서린이 속으로 말했다. 경－사－면, 루퍼스가 입속으로 말해 보았다.

"즉시는 무슨 말이에요?"

"즉시는―아주 빠르다는 뜻이야." 한나가 손가락을 튕겼는데, 생각보다 소리가 크게 났다. 캐서린은 움찔하면서 할머니의 손가락에서 눈을 떼지 않았다. "전구가 탁 하고 나갈 때처럼." 루퍼스는 고개를 끄덕였다. "그러니 안심해도 돼. 아빠는 한순간도 고통을 느끼지 않았단다. 단 한순간도."

"언제…." 캐서린이 입을 열었다.

"그게…." 루퍼스가 동시에 입을 열었다. 둘은 서로를 째려보았다.

"무슨 얘기니, 캐서린?"

"아빠는 집에 언제 와요?"

"어휴, 맙소사, 캐서린." 루퍼스가 말했다. "말조심 해야지!" 한나 할머니가 엄하게 야단치자, 루퍼스는 무섭기도 하고 스스로가 부끄럽기도 해서 잠자코 있었다.

"캐서린, 아빠는 집에 오지 못해." 한나가 아주 상냥하게 말했다. "지금 그 얘기를 하는 중이란다, 아가." 한나는 캐서린의 손에 손을 얹었고, 루퍼스는 한나 할머니의 턱이 떨리는 걸 보았다. "아빠는 돌아가셨어, 캐서린. 너희 엄마가 해준 얘기가 그거야. 하나님께서 아빠를 잠들게 하고 데려가셨어. 아빠의 영혼을 데려가셨단다. 그래서 아빠는 집에 오지 못하는…." 한나는 잠시 멈추었다가 다시 말을 이었다. "아빠를 한 번 더 만날 거야. 내일이나 모레. 그건 이 할미가 약속하마." 한나는 여기에 대한 메리의 생각을 확실히 알았으면 좋겠다고 바랐다. "그런데 그날 만날 때는 아빠가 잠들어 있을 거야. 그다음부터는 이 세상에서 더 이상 아빠를 볼 수 없을 거구. 하나님께서 우리를 데려가시기 전에는 아빠를 만날 수 없단다."

"알아듣니, 아가?" 캐서린이 자못 진지한 얼굴로 바라보았다. "하기야 어찌 알겠니. 불쌍한 것." 한나는 캐서린의 손을 꼭 잡았다. "억지로 이해하려고 하지 않아도 돼, 아가. 그냥 그런가보다 하렴. 아빠도 돌아올 수 있었으면 왔을 텐데 하나님께서 아빠를 데려가고 싶어 하셔서 오지 못하는 거야. 그뿐이란다." 한나는 캐서린의 손을 조금 더 잡고 있었고, 그사이 루퍼스는 아빠가 진짜로 집에 돌아오지 못하고 다시는 오지 않을 거라는 사실을 아까보다 더 명확히 깨달았다. 하나님 때문에.

"아빠가 할 수 있었으면 했을 텐데 하지 못하는 거예요." 캐서린이 마침내 이렇게 말하고는 엄마가 농담처럼 했던 말을 기억해 냈다.

한나도 그 농담을 알고 있어서 깜짝 놀랐지만 이내 아이가 진지하게 하는 말이라는 생각이 들었다. "그래 그거야." 한나가 고맙다는 듯 말했다.

그래도 어차피 한 번은 더 오시잖아. 루퍼스는 이렇게 생각하면서 그날을 손꼽아 기다리기로 했다. 아빠가 잠들어 있더라도.

"루퍼스, 아까 네가 물어보려던 건 뭐니?" 고모할머니의 목소리가 들렸다.

루퍼스는 기억해 내려고 머리를 쥐어짰다. "그게 노, 뇌지, 뇌⋯."

"뇌-진-탕, 루퍼스. 뇌진탕이야. 의사선생님이 그런 상태에 붙인 이름이란다. 그 말은, 뇌가 갑자기 아주 세게 부딪혀서 마구 흔들렸다는 뜻이야. 그게 생긴 순간 아빠는— 아빠는…"

"즉시 돌아가셨어요."

한나는 고개를 끄덕였다.

"그리고 그걸로, 그걸로 아빠가 잠드신 거예요."

"그으렇지."

"하나님 때문이 아니라."

캐서린이 어리둥절한 표정으로 오빠를 보았다.

16

아침식사가 끝나고 루퍼스는 터덜터덜 거실로 들어가 주위를 죽 둘러보았지만 딱히 앉고 싶은 자리가 눈에 띄지 않았다. 심심하고 허전한데도 이상하게 들뜬 기분이 들었다. 꼭 생일날 아침처럼 자기만을 위한 날 같았다. 평소와 전혀 다르지 않았지만 들리지도 않고 보이지도 않는 어떤 기운이 가득 찬 것 같았다. 그 일에 관해 말해 주던 엄마의 얼굴이 자꾸만 떠올랐다. 엄마의 말소리가 자꾸만 들리고 또 소리 없이 들리는 사이, 루퍼스는 거실을 둘러보고 창밖의 길거리를 내다보았는데, 그 말이, 아빠가 돌아가셨어, 라는 엄마의 말이 자꾸만 귀에 맴돌았다. 아빠는 어젯밤에 내가 잠들어 있을 때 돌아가셨고 지금은 벌써 아침이야. 아빠는 이미 어젯밤부터 줄곧 돌아가신 상태였고, 나는 아침에 눈을 뜰 때까지 몰랐어. 아빠는 밤새 내가 잠든 사이 돌아가신 채였고, 아침이 돼서 나는 잠에서 깼지만 아빠는 이미 돌아가신 채이고 오늘 오후에도, 오늘 밤에도, 내일도 계속 돌아가신 채일 거고, 그러는 동안 나는 다시 잠들었다가 눈뜨고 또 잠들 테고,

아빠는 두 번 다시 집에 돌아오지 못하지만 나는 아빠가 떠나기 전에 아빠를 한 번 더 볼 거야. 지금은 돌아가셨어. 아빠는 어젯밤에 내가 잠들었을 때 돌아가셨고 지금은 벌써 아침이야.

어떤 사내아이가 책을 끈으로 묶어 들고 지나갔다.

여자아이 둘이 책가방을 매고 지나갔다.

루퍼스는 모자걸이로 가서 책가방과 모자를 꺼내 들고 다시 복도로 나와 도시락을 챙기러 부엌에 들어가려 했다. 그러다 새로 산 모자가 생각났다. 하지만 그 모자는 이 층에 있었다. 부모님 방에 있을 터였다. 엄마가 모자를 벗겼던 일이 생각났다. 모자를 가지러 엄마가 누워 있는 방에 들어가고 싶지 않았고, 생각해 보니 지금은 그 모자를 쓰고 싶지도 않았다. 엄마한테 인사를 하고 학교에 가야 했지만 방에 들어가서 엄마가 그런 모습으로 누워 있는 걸 보고 싶지는 않았다. 루퍼스는 곧장 부엌으로 향했다. 대신 한나 할머니한테 인사할 요량이었다.

할머니는 개수대 앞에서 설거지를 하고 있었고, 캐서린은 식탁 의자에 앉아서 할머니를 바라보고 있었다. 루퍼스는 부엌을 둘러보았지만 도시락은 어디에도 보이지 않았다. 도시락을 준비해야 한다는 걸 모르시나보다고, 루퍼스는 생각했다. 한나 할머니는 루퍼스가 들어온 것도 모르시는 것 같아서 루퍼스는 잠시 후 "다녀오겠습니다"라고 말했다.

"뭐 – 라 – 고?" 한나 할머니가 고개를 숙인 채 그대로 돌아서서 빤히 쳐다보았다. "아이고, 루퍼스!" 한나 할머니가 탄식하듯 말해서 루퍼스는 자기가 또 무슨 잘못을 했나 어리둥절했다. "오늘은 학교 가

는 거 아니야." 이제야 루퍼스는 한나 할머니가 자기한테 화가 난 게
아닌 걸 알았다.

"학교에 안 가도 돼요?"

"그럼, 안 가도 돼. 가면 안 되지. 오늘하고 내일하고— 한동안은.
한 며칠. 어서 가방 내려놓고 그냥 집에 있어라, 아가야."

루퍼스는 한나 할머니를 보면서 속으로 중얼거렸다. 그럼 친구
들을 못 만나잖아요. 하지만 한나 할머니를 졸라 봐야 소용없을 것
같았다. 한나 할머니는 이미 다시 설거지를 하느라 여념이 없는 터
였다.

루퍼스는 다시 복도를 지나 모자걸이로 갔다. 처음에는 학교에 가
지 않아도 된다는 말에 놀라고 들뜨면서도 왠지 특별해진 기분이 들
었지만 얼마 안 가서 실망감이 밀려왔다. 자기가 교실에 들어서면
다들 어떻게 쳐다볼지, 선생님이 아빠와 자기에 관해 어떤 좋은 말
을 해줄지가 눈에 선하게 그려졌고, 오늘 같은 날에는 누구나 자기에
게 친절하게 대해 주고 우러러보기까지 할 거라는 생각이 들었던 까
닭이다. 오늘 자기한테 일어난 일은 학교에서 다른 어떤 아이에게도,
아니 온 마을의 어떤 아이에게도 일어난 적이 없는 일이었다. 아이들
이 점심도시락을 나눠줄지도 모를 일이었다.

루퍼스는 아까보다도 더 허전하고 심심해졌다.

책가방을 모자걸이 아래 바닥에 놓았지만 모자는 그대로 쓰고 있
었다. 고모할머니가 엉덩이를 때리시겠지. 그보다도 고모할머니가
원래 잘 그러시듯이 엄청 잔소리를 하시며 무섭게 야단치시겠지. 들
키지 말아야겠다. 루퍼스는 이렇게 생각하면서 아무 소리도 내지 않

고 살금살금 현관으로 나갔다.

　바깥은 서늘하고 흐리고, 거리를 따라 여기저기 형체 없이 물기를 머금은 햇살이 흩뿌리다 사라졌다. 이런 바깥 공기 속으로 나오자 한 층 더 무기력해지는 동시에 힘이 솟았다. 루퍼스는 혼자였고, 주위에는 조용하고 보이지 않는 어떤 기운이 퍼져 있었다. 현관 앞에 서있던 루퍼스는 오가는 사람들 모두가 그 유명한 사건을 알고 있을 거라고 믿었다. 어떤 남자가 앞길에서 잰걸음으로 올라오고 있었는데, 루퍼스는 그 남자를 쳐다보며 눈을 마주치기를 기다렸다. 그러는 동안 마음속에서 자부심과 수줍음이 조용히 솟구쳐서 얼굴에 옅은 미소가 번졌다가 급기야 걷잡을 수 없이 활짝 웃어 버리고 말았다. 루퍼스는 다시 정신을 차려야 한다고 다짐했다. 하지만 남자는 루퍼스를 보지도 않고 그냥 지나쳤고, 이어서 반대편에서 걸어오던 남자도 그냥 지나가 버렸다. 남학생 둘이 지나갔는데, 둘 다 루퍼스가 아는 얼굴이고 그들도 분명 루퍼스를 알고 있을 텐데도 아예 거들떠보지도 않는 것 같았다. 아서와 앨빈 트리프가 자기네 집 계단을 내려와서 저 멀리서 인도로 걸어오는 모습이 보였다. 이번에는 틀림없이 그들이 이쪽을 볼 거라는 확신이 들어서 계단을 내려가 인도로 나가다가 중간에 멈추었다. 건너편에서 둘 다 루퍼스와 눈이 마주치고 루퍼스도 그들과 눈이 마주쳤지만 그들은 길을 건너서 다가오지도, 안녕, 하고 인사를 건네지도 않고 계속 가던 길을 갈 뿐이었다. 그러면서도 은밀하게 호기심 어린 눈으로 루퍼스와 눈이 마주치면 머리가 돌아갈 정도로 돌아보았고 루퍼스도 천천히 고개를 돌려 지나가는 그들을 쳐다보았다. 하지만 그들이 끝내 말을 걸어줄 것 같지 않아 루퍼스도 먼저 말하지 않으려고 애를 썼다.

쟤들이 왜 저러지? 루퍼스는 의아해하면서 계속 그들을 바라보았다. 지금도, 저만치 내려간 뒤에도 아서는 여전히 돌아보고 있었고, 앨빈은 몇 발짝 뒷걸음질을 치기도 했다.

쟤들이 어디에 정신이 팔린 걸까?

이제 그들은 더 이상 돌아보지 않았고, 루퍼스는 그들이 언덕 아래로 사라지는 뒷모습을 지켜볼 뿐이었다.

아마 쟤들은 모르는가 봐. 아마 다른 사람들도 모르겠지.

루퍼스는 거리로 나왔다.

어쩌면 다들 아는 걸 수도 있었다. 아니면 어쩌면 루퍼스는 아무도 모르는 엄청나게 중요한 사실을 아는 걸 수도 있었다. 그것 말고는 다른 가능성이 떠오르지 않았다. 머릿속이 뒤죽박죽이 되기는 했어도 아까보다 자부심과 기대감이 줄어든 건 아니었다. 우리 아빠가 돌아가셨어. 루퍼스는 속으로 천천히 말해 보고는 수줍게 소리 내어 말해 보았다. "우리 아빠가 돌아가셨어." 근처에 있던 아무도 못 들은 것 같았다. 딱히 누구에게 한 말은 아니었다. "우리 아빠가 돌아가셨어." 루퍼스는 거의 자기한테만 들리게 다시 말했다. 힘 있고 단호하고 아주 진실되게 들렸고, 필요하다면 남들에게도 말해 줘야겠다고 생각했다. 어느 덩치 큰 아저씨가 느릿느릿 걸어오는 걸 보고 그쪽에서 먼저 알아보고 그 사실을 일깨워 주기를 기다렸지만 아저씨는 그냥 지나쳐 갔다. 루퍼스가 거기 있는지조차 모르는 것 같았다. 그래서 루퍼스는 그 아저씨에게 "우리 아빠가 돌아가셨어요"라고 말했지만 아저씨는 루퍼스의 말을 듣지 못한 양 획 지나가 버렸다. 다음 아저씨에게는 좀 더 빨리 말해 보았다. 아저씨는 주먹을 피하는 것 같은 표정을 지으며 몇 걸음 걸어가다가 뒤늦게 걱정스런 얼굴로 돌아보았고 다시 몇 걸음 더 가다가 등을 돌려 천천히 루퍼스에게 다가왔다.

"애, 너 뭐라고 했니?" 아저씨가 물으면서 얼굴을 살짝 찡그렸다.

"우리 아빠가 돌아가셨어요." 루퍼스가 잔뜩 기대에 부풀어서 말했다.

"그 말이 정말이야?" 아저씨가 물었다.

"어젯밤에 제가 자고 있을 때 돌아가셨어요, 이제 다시는 집에 오지 못해요."

아저씨는 무슨 일로 상심한 사람처럼 루퍼스를 바라보았다.

"너 어디 사니, 꼬마야?"

"여기요." 루퍼스는 눈짓으로 가리켰다.

"어른들이 너 여기서 어슬렁거리는 거 아시니?"

루퍼스는 뱃속이 텅 빈 느낌이 들었다. 진지하게 아저씨의 눈을 똑바로 쳐다보면서 재빨리 고개를 끄덕였다.

아저씨는 루퍼스를 물끄러미 쳐다보았고, 루퍼스는 알아챘다. 이 아저씨는 날 믿지 않아. 다들 맨날 어떻게 아는 거지?

"너 그냥 집에 들어가는 게 좋겠다, 꼬마야. 길거리에 나와서 이러고 있는 거 어른들이 아시면 좋아하지 않으실 거야." 아저씨는 엄한 눈으로 루퍼스를 보았다.

루퍼스는 원망스럽고 불안한 눈길로 아저씨의 눈을 마주 보다 뒤

돌아서 안으로 들어갔다. 아저씨는 계속 거기 서있었다. 루퍼스는 천천히 계단 앞까지 걸어가다 돌아보았다. 아저씨는 다시 가던 길을 가긴 했지만 루퍼스가 돌아 본 순간 아저씨도 돌아보고는 다시 멈춰섰다.

아저씨가 고개를 다정하게 흔들며 친근하게 타이르자 루퍼스는 창피해졌다. "너희 아버지 심정이 어떻겠니? 아들이 밖에 나와서 모르는 사람들한테 아버지가 돌아가셨다고 말하면?"

루퍼스는 아무 소리도 내지 않으려고 조심조심 문을 열고 들어가서 가만히 문을 닫고 급히 거실로 들어갔다. 커튼 사이로 아저씨를 지켜보았다. 아저씨는 아직 그 자리에 서서 담뱃불을 붙이고 다시 걸음을 옮겼다. 그러다 다시 돌아보았고, 루퍼스는 창피하고 무서운 마음에 움찔하면서 저 아저씨가 날 보고 있어, 라고 생각했지만 아저씨는 곧 시선을 거두었고 루퍼스는 아저씨의 모습이 완전히 사라질 때까지 그 자리에 서있었다.

너희 아버지 심정이 어떻겠니?

루퍼스는 아이들이 자기를 놀리고 괴롭히던 일을 떠올리고, 집에 막 들어갔을 때 아빠가 엄청 화를 냈던 일을 떠올렸다. 그리고 학교에 가지 않고 집에 있어야 하는 날이 아니었다면 오늘 하루가 얼마나 달라졌을지 생각했다.

루퍼스는 다시 밖으로 나가서 슬그머니 집들 사이를 지나 골목으로 돌아갔고, 그 골목을 따라 걸음을 내딛을 때마다 바닥에 깔린 숯이 으스러지는 소리를 들으며 인도 가까이까지 걸어갔다. 이번에는 자기네 집 앞도 아니고 하일랜드 대로도 아니었다. 집 아래쪽의 옆길

로 들어선 것이기 때문에 여기서는 아무도 집이 어디냐고 확인할 수
도 들여보낼 수도 없을 것 같았다. 골목 입구에서 보이는 풍경도 조
금은 낯설었다. 몇 걸음을 더 내딛어 인도로 들어서려 할 때 신중하
기도 하고 소심하기도 한 심정이 되었다. 하지 말라는 짓을 하고 있
었기 때문이었다.

　그 길의 위쪽까지 둘러보니 아주 낯익은 모퉁이, 루퍼스가 늘 불행
하게 다른 아이들과 마주치던 곳이 보였다. 더 멀리로는 아빠가 일
터에 나갈 때나 집에 올 때나 제일 먼저 모습을 보이곤 하던 모퉁이
가 보였다. 그나마 아이들을 그 모퉁이에서 마주치지 않아 다행이라
는 생각이 들었다. 루퍼스는 불안한 마음으로 천천히 고개를 돌렸고,
반대 방향으로 아래쪽을 바라보았다. 그런데 거기에 그들이 있었다.
세 명이 같이 오고 있었으며, 건너편에서는 두 명이 왔고, 다른 한 명
은 더 멀리서 혼자 걸어오고 있었으며, 또 다른 한 명이 더 멀리서 혼
자 오고 있었다. 루퍼스와 별 상관이 없는 여자아이 몇 명도 여기저
기 흩어져서 오고 있었다. 사내아이들은 모두 아는 얼굴이었지만 이
름은 하나도 알지 못했다. 루퍼스는 그들 모두를 본 순간 그들도 자
기를 봤다는 확신이 들었고, 또 분명 그들도 그 사실을 알고 있는 것
같았다. 루퍼스는 가만히 서서 기다리면서 그들과 하나하나 눈을 마
주치려 했다. 그들은 서로 간격을 두고 한 걸음 한 걸음 다가오면서
한 순간도 루퍼스에게 눈을 떼지 않았고 마치 다 안다는 듯한 얼굴로
더 가까이 말없이 다가왔다. 루퍼스는 그중에 한 아이가 가깝게 다가
올 때까지 오랫동안 말없이 기다리면서 누군가 자기를 은밀히 뜯어
보고 있고 자기가 그를 마주 보는 시간이 너무 길어지고 있다는 느낌

이 들었다. 그래서 다시 골목으로 들어가 그 아이들이든 누구에게든 아무에게도 들키고 싶지 않다는 마음이 들기도 했지만, 한편으로 그 애들 모두가, 자기에게 무슨 일이 일어났다는 걸, 동네에서는 아무도 겪어 보지 못한 일이 일어났다는 걸 알면서 다가오고 있으며, 드디어 자기를 좋게 봐줄 수 있을 거란 생각이 들기도 했다. 아직 멀찍이 있기는 했어도 그 애들이 다가오면 다가올수록 엄청난 영광과 위험의 기운이 깃든 대기는 더욱 잿빛으로 차분해졌다. 거리의 침묵은 더 깊고 흥분을 더해 갔으며, 루퍼스는 크고 당당한 느낌이 드는 한편으로 수줍고 발가벗겨진 느낌도 들었다. 그래서 그 애들이 계속 더 가까이 다가오는 동안 다시 한 번 빙그레 미소를 짓다가 자기도 모르게 활짝 웃어 버리고 말았다. 그리고는 그렇게 웃으면 아주 큰 죄를 짓는 거라는 생각에 애써 표정을 진정시키면서 수줍고도 자랑스럽게 이렇게 말했다. "우리 아빠가 돌아가셨어."

처음에 다가온 세 아이 중에서 둘은 그저 무심히 바라보았고 나머지 하나는 "허! 말도 안 돼"라고 대답했다. 루퍼스는 그들이 몰랐던 데다가 자기 말을 믿으려 하지 않는 데 놀라서 "아니, 진짜라니까!"라고 말했다.

"너 책가방은 어디 있냐?" 방금 전 그 아이가 말했다. "너 학교 빼먹으려고 거짓말 하는 거지?"

"학교 빼먹는 거 아니야." 루퍼스가 대꾸했다. "난 학교에 가려고 했는데 한나 할머니가 학교에 가지 않아도 된댔어. 오늘하고 내일하고—또 며칠 동안은. 가면 안 된댔어. 그러니까 난 학교 빼먹는 거 아니야. 그냥 쉬는 거지."

그리고 다른 한 아이가 말했다. "쟤 말이 맞아. 쟤네 아빠가 돌아가신 거면 장례식 끝날 때까지 학교에 가지 않아도 돼."

루퍼스가 말하는 동안 다른 소년 둘이 길을 건너 다가왔고, 둘 중 하나가 "쟤 안 가도 돼. 쟤네 아빠가 정말 죽어서 빠져도 돼"라고 말했고, 루퍼스는 고맙다는 듯 그 아이를 바라보았다. 루퍼스를 마주 보는 아이의 눈빛이, 루퍼스가 보기엔 마치 경의를 표하고 있는 것 같았다.

하지만 맨 처음 말을 걸었던 아이가 억울하다는 듯이 "네가 어떻게 알아?"라고 다그쳤다.

나중에 온 아이는 같이 온 아이가 옆에서 고개를 끄덕이는 사이 "울 아빠가 신문에서 보셨거든. 너희 아빠는 신문 못 읽지?"라고 말했다.

신문. 루퍼스는 생각했다. 신문에도 났구나! 그러고는 처음 말을 건 아이를 지혜로운 눈길로 바라보았다. 그러자 그 아이는 자기 아버지를 욕보인 말 따위는 아랑곳하지 않을 정도로 루퍼스네 일에 관심이 생겨서 "아니, 그럼 어떻게 목숨을 잃었는데?"라고 물었다. 루퍼스는 그냥 죽는 것보다 목숨을 잃는 쪽이 훨씬 더 명예로운 일이라는 점을 마음에 새기고는 숨을 깊이 들이마시면서 "글쎄, 아빠는…." 하고 말문을 열려 했다. 그러나 자기네 아빠가 신문에서 읽었다던 아이가 벌써 그 사건을 말하고 있어서 루퍼스는 잠자코 들을 수밖에 없었다. 루퍼스는 다 자기를 위해, 자기를 대신해서, 자기를 찬양하기 위한 이야기라는데 마음을 빼앗겨서, 조용히 듣고 있던 아이들을 하나하나 둘러보다 그 애들의 눈길이 모두 자기에게 내내 꽂혀 있다는 사실을 알아채고는 더욱 우쭐해졌다. 그리고 루퍼스도 그 아이들만큼이나 호기심이 동해서 듣고 있는데, 그 아이가 신바람이 나서 "얘네 고물 틴 리찌*에서 그렇게 된 거래. 얘네 아빠가 고물 틴 리찌를 몰다가 차가 돌덩이에 부딪혀서 아저씨는 배수로로 튕겨 나가고 차는 8피트 둑으로 올라갔다가 다시 뒤로 굴러 떨어진 거래. 그래서 뒤집히고 또 뒤집힌 채로 아저씨 위에 쿵 하고 떨어져서 온몸의 뼈가 다 박살났대. 그리고 어떤 사람이 와서 아저씨를 발견했고, 사람들이 갔을 때 아저씨는 이미 죽어 있었고, 그렇게 된 거래."

"우리 아빠는 즉시 돌아가셨어." 루퍼스는 일단 이렇게 말을 꺼내 놓고, 그 아이의 이야기에서 몇 가지 세세한 부분을 바로잡아 줄 생각이었지만 아무도 듣지 않는 것 같았다. 다른 사내아이 둘이 다가와서 루퍼스가 막 말을 시작하려는 순간 그중 한 아이가 "너희 아빠 신문에 난 거 맞지? 너도 났고"라고 말했고, 루퍼스는 이제 모든 아이가 새삼 존경어린 눈길로 자기를 쳐다보는 걸 깨달았다.

"아빠는 돌아가셨어." 루퍼스가 말했다. "목숨을 잃었지."

"우리 아빠가 그러시더라고." 두 아이 중 하나가 이렇게 말했고, 다른 한 아이는 "취해서 운전하면 그렇게 되는 거래, 우리 아빠가 그러셨어"라고 말했고, 두 아이는 심각하게 고개를 끄덕이며 다른 아이들을 둘러보다 루퍼스를 바라보았다.

"취하는 게 뭔데?" 루퍼스가 물었다.

---

* Tin Lizzie, 포드가 만든 최초의 대량생산 자동차인 포드 모델 T. 일반적으로 값 싼 소형자동차를 지칭한다.

"취하는 게 뭔데?" 어떤 아이가 어이없다는 듯 루퍼스를 흉내 냈다. "취하는 건 위스키를 잔뜩 퍼마시는 거야." 그 아이는 고개를 푹 수그린 채로 무릎이 풀린 것처럼 비틀거리며 빙빙 돌기 시작했다. "이런 게 취한 거야."

"그럼 우리 아빠 아니야." 루퍼스가 말했다.

"네가 어떻게 알아?"

"아빠는 취하지 않았어. 그래서 돌아가신 게 아니니까. 차바퀴가 돌덩이에 부딪히고 차를 운전하면서 잡는 핸들에 아빠 턱이 딱 부딪혔어. 엄청 세게 부딪혀서 돌아가신 거야. 즉시 돌아가셨어."

"즉시 돌아가신 게 뭔데?" 한 아이가 물었다.

"네가 뭔 상관이야?" 다른 아이가 말했다.

"바로 끝장난 거지." 큰 아이 하나가 손가락을 딱 튕기면서 말했다. 다른 아이가 모여 있는 아이들 틈으로 들어왔다. 즉시가 무슨 뜻이었더라, 어떻게 아빠 이름이 신문에 났지, 내 이름은 또 어떻게 난 거지, 어째서 아빠는 그냥 돌아가신 게 아니라 목숨을 잃은 거지. 루퍼스는 한동안 이런 생각에 사로잡혀서 아이들 말이 귀에 들어오지 않다가 문득 자기가 모든 것의 중심에 있고 아이들이 모두 그 사실을 알고 있고 다들 그가 진실을 말해 주기를 기다리고 있다는 생각이 들었다.

"턱 얘기는 나도 몰라." 자기네 아빠가 신문에서 기사를 읽었다던 아이가 말하고 있었다. "어, 내가 들은 건 얘네 아빠가 고물 틴 리찌를 몰고 가다가 돌덩이에 부딪혔고, 고물 틴 리찌가 길에서 벗어나서 아저씨를 내팽개치고 8피트 둑으로 올라갔다가 뒤집히고 또 뒤집힌 채로 아저씨 위에 쿵 하고 떨어졌다는 거야."

"네가 어떻게 아냐?" 큰 아이가 말했다. "넌 거기에 없었잖아. 여기 우리 다. 난, 저 애가 안다고 생각해." 그러면서 루퍼스를 가리켰고, 혼자서 몽상에 잠겨 있던 루퍼스는 퍼뜩 정신이 돌아왔다.

"어째서?" 막 합류한 아이가 물었다.

"쟤네 아빠잖아." 누군가 설명했다.

"우리 아빠야." 루퍼스가 말했다.

"어떻게 된 거니?" 저 뒤에서 다른 아이가 물었다.

"우리 아빠가 목숨을 잃었어." 루퍼스가 말했다.

"쟤네 아빠가 목숨을 잃었어." 아이들 몇이 맞장구쳤다.

"우리 아빠 말로는, 쟤네 아빠가 분명 취했을 거랬어."

"위스키를 퍼마셨다고!"

"닥쳐, 너희 아빠가 뭘 알아."

"너희 아빠, 취하셨대?"

"아니." 루퍼스가 말했다.

"아니래." 다른 두 아이가 말했다.

"쟤가 말하게 놔두라니까."

"그래, 네가 말해."

"여기 니들 다 알아야 돼. 이건 쟤 일이야."

"어서 얘기해 봐."

"위스키를 퍼마셨어."

"닥치라니까."

"자, 어서 얘기해 줘."

아이들은 조용해지고 일제히 루퍼스를 보았다. 루퍼스는 갑자기

덮친 무거운 침묵 속에서 아이들의 눈을 보았다. 지나가던 아저씨가 아이들 무리를 돌아가려고 배수로에 발을 디뎠다.

루퍼스가 조용히 말문을 열었다. "아빠는 어젯밤에 우리 할아버지 집에서, 폴레트 할아버지 집에서 돌아오시고 있었어. 할아버지가 많이 아프셔서 아빠가 한밤중에 할아버지를 만나러 가셔야 했거든. 너무 늦어져서 되도록 빨리 집으로 오시려고 했어. 그런데 코터 핀이 풀렸고."

"코터 핀이 뭔데?"

"닥치라니까."

"코터 핀은 차 밑에 있는 것들, 차를 조종할 때 쓰이는 것들을 잡아 주는 거야. 그게 풀어져서 빠져 버렸고, 그래서 앞바퀴 하나가 도로에 떨어진 돌덩이에 부딪혔을 때 바퀴가 홱 비틀렸고, 아빠는 더 이상 차를 조종하지 못했고, 차는 도로 밖으로 달려서 엄청 세게 부딪힌 거야. 사람들이 가서 보니까 아빠가 차를 운전할 때 잡는 핸들에 턱을 정통으로 찧어서 즉시 돌아가셨더래. 아빠는 차에서 완전히 튕겨 나갔고 차는 8피트 정도 경 ― 경사면으로 올라갔다가 다시 뒤로 굴러 떨어져서 뒤집힌 채 아빠 옆에 서있더래. 아빠 몸에는 상처 하나 없었고, 턱 끝 한가운데 아주 작고 푸르스름한 상처 하나랑 입술에 난 상처밖에 없었대."

침묵이 흐르는 가운데 루퍼스는 차가 뒤집혀 바퀴가 공중에 떠있고 아빠는 턱과 입술에 작고 푸르스름한 상처를 입은 채 그 옆에 쓰러져 있는 모습을 떠올렸다.

"에잇, 어떻게 그런 걸로 사람이 죽을 수 있냐?" 어떤 아이가 물었다.

루퍼스는 아이들이 부루퉁한 얼굴로 술렁이는 걸 감지하고 아이들이 자기 말을 믿지 않거나 그렇게 쉽게 목숨을 잃었다는 이유로 아빠를 썩 좋지 않게 생각한다는 느낌을 받았다.

"정말로 아빠한테 딱 그런 일이 벌어진 게 맞아, 앤드루 삼촌이 그랬어. 백만분의 일밖에 안 되는 가능성이었대. 그래서 아빠가 뇌지타, 뇌, 뇌지타— 이건 뇌에 생기는 건데, 이걸로 아빠가 돌아가신 거야."

"백만분의 일밖에 안 되는 가능성." 큰 아이들 중 하나가 심각하게 말했고, 다른 아이가 진지하게 고개를 끄덕였다.

"백만조." 다른 아이가 말했다.

"쟤네 아빠, 진짜로 끔찍하게 박살이 났다니까." 다른 아이가 큰소리로 말하고는 검지를 흔들면서 아랫입술에 대고 빠르게 버버버 소리를 내면서 놀렸다.

"닥치라고 했지." 큰 아이 하나가 싸늘하게 말했다. "넌 아예 생각이 없는 애구나?"

"에이, 난 그렇게 들었어. 고물 틴 리찌가 뒤로 굴러서 쟤네 아빠 위로 쿵 하고 떨어졌댔어."

저 얘긴 틀렸어. 루퍼스는 이렇게 굳게 믿으면서도 저 얘기가 자기 얘기보다 더 흥미진진하고 아빠나 자기한테 더 명예로운 것처럼 들리고, 또 아무도 깔보면서 어떻게 그런 걸로 죽을 수 있냐, 턱을 부딪친 것만으로 어떻게 사람이 죽느냐고 의아해하지 않을 것 같았다. 그래서 굳이 반박하려고 애쓰지는 않았다. 그러자 거짓말을 하는 것 같고 일면 배신하는 기분까지 들었지만 그냥 "아빠는 즉시 돌아가셨어. 고통을 하나도 느끼지 않았어"라고만 말할 뿐이었다.

"아저씨가 뭐에 부딪친 지도 몰랐을 거래." 한 아이가 조용히 말했다. "우리 아빠가 그랬어."

"맞아." 루퍼스가 말했다. 여태 그런 생각은 들지 않았다. "그랬을 거야." 아빠는 뭐에 부딪쳤는지도 끝내 몰랐었어. 몰랐어.

"그럼 결국은 고물 틴 리찌가 문제였단 거네. 어?"

루퍼스는 고물 틴 리찌라고 부르는 데 어떤 야비한 의도가 담겨 있는지 생각해 보았다. "그런 것 같아."

"오래된 멋진 마차, 하지만 고장 나 버렸네."

아빠가 부르던 노래였다.

"너 이제 고물 틴 리찌를 못 타겠네, 허, 루퍼스?"

"그렇겠지." 루퍼스가 부끄러운 듯 대꾸했다.

그때, 한동안 종이, 학교종이 우중충한 잿빛 공기 중에 넘실거리고 있었다는 걸 깨달았다. 그걸 알아차린 건 바로 그 순간 종소리의 마지막 울림이 잦아들고 있었기 때문이었다.

"마지막 종이야." 한 아이가 퍼뜩 정신을 차리고 말했다.

"가자, 우리 엄청 혼날 거야." 다른 아이가 말했다. 그 말이 떨어지기가 무섭게 아이들이 모두 길 위쪽으로 냅다 뛰어가서 서서히 사라졌고, 모퉁이를 돌아 하일랜드 대로로 접어들었다. 루퍼스는 그 모습을 지켜만 보았다. 주위의 아침 공기가 텅 비고 고요했다. 루퍼스는 그 자리에서 제일 발 빠른 아이들이 사라지고 이어 제일 어린 아이들까지 사라진 모퉁이를 거의 삼십 초 동안이나 바라보았다. 그러고는 천천히 걸어서 다시 골목으로 들어갔다. 내딛는 걸음마다 길에 깔린 숯이 으드득으드득 바스러지는 소리를 들으면서 집들 사이의 좁은 옆 마당을 지나 현관 계단에 올라섰다.

신문에 났구나! 루퍼스는 현관 옆에서 신문을 찾아봤지만 없었다. 그리고 가만히 귀를 기울였는데, 아무 소리도 들리지 않았다. 조용히 현관문 안으로 들어가자 마침 한나 할머니가 거실에서 현관 복도로 나오고 있었다. 한나 할머니는 머리에 두건을 쓰고 손에는 스탠드 재떨이를 들고 있었다. 한나 할머니는 아직 루퍼스를 보지 못했지만 루퍼스에게는 할머니의 얼굴이 몹시 사납고도 쓸쓸하게 보였다. 루퍼스는 옆에 있는 티를 내지 않으려 했지만, 바로 그때 한나 할머니가 돌진하듯 다가오더니 안경알을 반짝거리며 루퍼스를 향해 소리쳤다. "루퍼스 폴레트, 대체 어딜 갔었던 거야!" 루퍼스는 뱃속이 움찔했다. 몹시 화가 나서 타닥타닥 불꽃이 튈 것만 같은 목소리였다.

"밖에요."

"밖에, 어디! 이 할미가 사방천지 다 찾아봤는데."

"그냥 밖에요. 뒤쪽 골목이요."

"할미가 부르는 소리 안 들리디?"

루퍼스는 고개를 저었다.

"목이 쉬어라 불렀는데도?"

루퍼스는 계속 고개를 저었다. "정말이에요."

"이제 할미 말 좀 들어. 오늘은 밖에 나가면 안 된다니까. 집 안에 있어야 돼, 알아듣니?"

루퍼스는 고개를 끄덕였다. 갑자기 큰 잘못을 저지른 기분이 들었다.

"힘든 거 알아." 한나 할머니가 조금 누그러진 말투로 말했다. "그래도 그러면 안 돼. 캐서린이 색칠하는 거나 도와줘라. 책도 읽고, 약속하지?"

"네."

"그리고 절대로 너희 엄마 신경 쓰이게 하지 말고."

"네."

한나 할머니는 복도로 들어갔고, 루퍼스는 그 모습을 지켜보았다. 한나 할머니가 담뱃대와 재떨이로 뭘 하시려는 걸까? 루퍼스는 한나 할머니가 눈이 밝지 않으니까 몰래 따라가 볼까 궁리하다가 귀가 밝아서 여지없이 들킬 거라는 생각이 들었다. 그래도 복도 뒤쪽까지 몰래 따라가서 한나 할머니가 쓰레기통에 재떨이를 비우고 담뱃대를 쓰레기통 가장자리에 대고 탁탁 치는 걸 보았다. 그러더니 한나 할머니는 담뱃대를 손에 들고 서서 망설이며 주위를 둘러보았다. 마침내 담뱃대와 재떨이를 찬장에 얹고 스탠드 재떨이를 부엌 한구석 스토브 뒤에 갖다 놓았다. 루퍼스는 발꿈치를 들고 살금살금 복도를 되짚어 나와서 거실로 들어갔다.

캐서린이 측창 옆 작은 의자에서 그림책을 무릎에 올려놓고 앉아 있었다. 창턱에 크레용이 널려 있고 캐서린은 주황색 크레용을 들고 뭔가를 열심히 그리고 있었다. 오빠가 들어오자 고개를 들었다가 다시 고개를 숙이고 계속 색칠에 몰두했다.

루퍼스는 동생을 도와주고 싶지 않았다. 혼자 있고 싶었고 아빠와 자기의 이름이 실린 신문을 찾아보고 싶었지만 착하게 굴어야 한다고 다짐했다. 그것이 무엇인지는 확실하지 않지만 어찌됐든 자신이 저지른 뭔가에 대해 어느 순간부터 알 수 없는 불편함이 느껴졌기 때문이다. 루퍼스는 캐서린에게 다가갔다. "내가 도와줄게."

"싫어." 캐서린이 고개도 들지 않고 대꾸했다. 엄마거위 책이었는데, 캐서린은 달을 향해 뛰어오르는 소를 주황색 크레용으로 아무렇게나 마구 색칠하면서 테두리 안팎을 삐뚤빼뚤 그렸다.

"한나 할머니가 도와주라고 하셨어." 루퍼스는 캐서린이 소라고 그려 놓은 그림이 못마땅했다.

"싫어." 캐서린은 여전히 고개를 들지도 않고 제멋대로 그리는 걸 그만두지도 않았다.

"그건 소 색깔이 아니잖아." 루퍼스가 말했다. "주황색 소가 어디 있냐?" 캐서린은 아무 말도 하지 않았지만 얼굴이 벌겋게 달아올랐다. "그리고 또, 테두리 안에는 색도 칠하지 않았잖아. 그것 좀 봐. 아무데나 막 칠하고 색깔도 안 맞고." 캐서린은 크레용을 점점 더 꾹꾹 눌러서 선을 점점 더 넓게 뒤엉키게 그렸다. 그러다가 갑자기 크레용이 툭 부러지고 긴 쪽이 마룻바닥으로 굴러갔다. "그것 봐, 네가 못쓰게 만들었잖아." 루퍼스가 말했다.

"내버려 둬!" 캐서린은 뭉툭한 크레용을 잡고 다시 칠해 보려 했지만 너무 짧아서 종이에 걸렸다. 캐서린은 창턱을 죽 둘러보고 갈색 크레용을 골랐다.

"갈색으로는 뭘 하려고?" 루퍼스가 말했다. "벌써 주황색으로 온통 다 칠해 놨는데 갈색을 가지고 어쩌려고?" 캐서린은 갈색 크레용을 잡고 주황색 선들 위에 진하게 선을 마구 뒤엉키게 칠했다. "넌 그냥 그림을 망치고 있잖아." 루퍼스가 말했다. "칠할 줄도 모르면서!"

"그만해!" 캐서린이 빽 소리를 지르고 울음을 터트렸다. 한나 할머니가 부엌에서 나오면서 날카롭게 부르는 소리가 들렸다. "루퍼스?"

루퍼스는 캐서린에게 부아가 치밀었다. "울보." 미움을 담아 싸늘하게 속삭였다. "고자질쟁이!"

한나 할머니가 말벌처럼 화가 나서 문간에 서있었다. "이번엔 또 무슨 일이니? 동생한테 무슨 짓을 한 거야!" 할머니는 곧장 루퍼스에게 다가왔다.

불공평했다. 무슨 짓을 했는지 안했는지 한나 할머니가 어떻게 알아? 루퍼스는 진정 정의감으로 반항했다. "전 아무 짓도 안 했어요. 그림을 다 망쳐 놔서 할머니가 시키신 대로 도와주려고 한 것뿐인데 얘가 갑자기 울어버린 거예요."

"오빠가 어떻게 했니, 캐서린?"

"날 혼자 내버려 두지 않았어요."

"아 진짜, 내가 언제 널 건드렸다고? 내가 건드렸다고 말한다면, 넌 거짓말쟁이야!"

갑자기 어깨가 잡혀서 흔들리는 느낌이 들었다. 루퍼스는 계속 머리가 흔들리는 채로 동생에게서 눈을 돌려 차갑게 노려보는 한나 할머니를 쳐다보았다.

"이제 이 할미 말 좀 들으라고. 듣고 있니?" 한나 할머니가 숨을 가쁘게 내쉬었다. "듣고 있어?" 더 격한 목소리였다.

"네." 루퍼스가 겨우 대답을 쥐어짰지만 목소리가 마구 떨렸다.

"나도 하필이면 이런 날에 매를 들고 싶지는 않아. 그래도 아까처럼 동생한테 고얀 말을 하면 죽는 날까지 기억날 만큼 볼기짝을 때려 줄 테야. 알아들어? 할미 말 알아들어?"

"네."

"그리고 한번만 더 동생을 놀리거나 울려 봐. 그때는, 그때는 앤드루 삼촌한테 일러서 삼촌이 어떻게 하든 그냥 놔둘 거야. 가서 삼촌을 부를까? 지금 이 층에 있는데! 불러?" 할머니는 루퍼스를 흔들다 말고 바라보았다. "꼭 그래야겠어?" 루퍼스를 고개를 저었다. 겁이 더럭 났다. "좋아, 그래도 이번이 마지막 경고야. 알겠어?"

"네, 할머니."

"이제 캐서린하고 사이좋게 놀면서 얌전하게 굴지 않을 거면, 그냥, 너 혼자 있어. 그림이나 보면서. 책을 읽던가. 단, 조용히 해. 그리고 얌전히 있어. 내 말 듣니?"

"네, 할머니."

"그래, 좋아." 한나 할머니가 일어날 때 관절에서 우두둑 하는 소리가 났다. "할미랑 가자, 캐서린. 크레용도 가져가고." 한나 할머니는 캐서린을 도와 크레용을 주워 모으고 창턱과 카펫에 널린 뭉툭한 크레용도 마저 주웠다. 캐서린은 얼굴이 아직 벌겠지만 울지는 않았다. 캐서린은 루퍼스를 지나치면서 만족스러운 듯 힐끗 쳐다보았고, 루퍼스는 힘없이 증오에 찬 눈으로 노려보았다.

루퍼스는 이 층에 귀를 기울였다. 혹시 앤드루 삼촌이 들었다면 진짜 큰일이었다. 하지만 삼촌이 들은 기미는 없었다. 무릎과 뱃속에서 힘이 쭉 빠졌다. 루퍼스는 난롯가 의자로 가서 앉았다.

캐서린을 그런 식으로 귀찮게 한 건 잘못이지만 딱히 무슨 짓을 하려고 했던 건 아니었다. 동생은 왜 꼭 그렇게 소리를 질러서 한나 할머니가 뛰어오시게 만들었을까? 동생의 새빨개진 얼굴이 떠올랐지만, 동생에게 못되게 군 것도 사실이라서 한편으로는 미안한 마음이

들었다. 그래도 대체 왜 그렇게 울보처럼 악을 써댄 걸까? 오늘은 조심하겠지만 조만간 동생한테 갚아 줄 요량이었다. 재수 없는 울보. 고자질쟁이.

그래도 아이들이 어느 정도는, 정말로 관심을 보여 주었다. 여기 니들 다 알아야 돼. 이건 쟤 일이야. 쟤네 아빠가 죽었어. 그래, 네가 말해. 어서 얘기해 봐. 백만분의 일밖에 안 되는 가능성. 백만조. 아빠는 뭐에 부딪혔는지도 끝내 몰랐었어. 몰랐어. 닥치라고 했지. 넌 아예 생각이 없는 애구나?

즉시 돌아가셨어

뇌진탕, 그것 때문이야. 뇌진탕.

쟤네 아빠, 진짜로 끔찍하게 박살이 났다니까. 버버버.

닥치라고 했지.

그래도 루퍼스는 뭔가 찜찜했다.

고물 틴 리찌.

취해서 운전하면 그렇게 되는 거래, 우리 아빠가 그러셨어.

위스키를 잔뜩 퍼마시는 거야.

무슨 짓을 한 거지?

고물 틴 리찌가 뒤로 굴러서 쟤네 아빠 위로 쿵 하고 떨어졌댔어.

어느 쪽도 아니야.

그런 거 아니라고 말하지 않았다. 아주 확실하지가 않았다.

에잇, 어떻게 그런 걸로 사람이 죽을 수 있냐?

그래도 그랬어. 백만분의 일밖에 안 되는 가능성으로. 백만조. 즉시 돌아가셨어.

그보다 더한 심한, 무슨 짓을 한 거야?

뭘.

너희 아버지 심정이 어떻겠니?

아빠는 내가 아이들하고 같이 놀면서 놀림당하지 않기를, 아이들이 날 존중해 주길 바라실 거야.

너희 아버지 심정이 어떻겠니?

어떻겠냐니?

아빠가 돌아가셨는데 그렇게 길거리에 나가는 거.

길거리에 나가서 뭘?

아빠가 돌아가셨다는 이유로 남들한테 자랑한 거.

아빠는 내가 아이들하고 잘 지내기를 바라셔.

그래서 난 아빠가 돌아가셨다고 말한 거고, 그러니까 아이들이 날 존중하고 놀리지 않잖아.

아빠가 돌아가신 걸 자랑하지 않으면 뭘 가지고 자랑할 수 있겠어. 다른 거라면 다 애들이 놀리고 나는 조금도 반항하지 못할 텐데.

너희 아버지 심정이 어떻겠니?

그래도 아빠는 내가 애들하고 잘 지내기를 바라셔. 그래서 내가— 밖에 나가서— 자랑한 거야.

루퍼스는 뱃속 깊이 몹시 불편해서 더 이상 이런 생각을 이어갈 수 없었다. 그런 짓을 하지 않았다면 좋았을 걸. 시간을 되돌려서 그런 짓을 하지 않을 수 있으면 좋으련만. 아빠가 내가 한 짓을 알고 오냐 나쁜 짓은 했지만 나쁜 짓을 하려고 한 건 아니니까 다 괜찮다고 말해 주시면 좋을 텐데. 아빠가 몰라서 다행이야. 아셨다면 날 전보다 더 안 좋게 생각하실 테니까. 하지만 아빠의 영혼이 주위에 머물러서 언제나 우리를 지켜본다면, 그러면 아빠도 아실 텐데. 그럼 정말 최악이야. 영혼에게는 숨길 방법도, 말을 걸 방법도 없으니까. 루퍼스는 문득 깨달았다. 영혼은 자기에게 아무 말도 할 수 없고 자기도 영혼에게 아무 말도 하지 못한다는 사실을. 영혼은 회초리를 들지는 못해도 가만히 앉아 루퍼스를 바라보면서 루퍼스를 부끄럽게 여길 수는 있을 터였다.

"그러려던 게 아니에요." 루퍼스가 소리 내어 말했다. "나쁜 짓을 하려던 게 아니었어요."

아빠한테 모자를 보여 주고 싶었어요. 루퍼스는 속으로 덧붙였다.

루퍼스는 아빠의 모리스 의자를 보았다.

아빠의 몸에는 상처 하나 없었어.

루퍼스는 계속 의자를 보았다. 아주 은밀하고 비밀스러운 느낌으로 결국 의자 쪽으로 가서 그 옆에 섰다. 잠시 후 주의 깊게 귀 기울여 근처에 아무도 없는지 살피고는 의자의 구석구석, 움푹 들어간 자리, 팔걸이, 등받이의 냄새를 가만히 맡아 보았다. 흐릿한 담배 냄새, 그리고 등받이 높은 곳에서 희미한 머리카락 냄새만 날 뿐이었다. 팔걸이에 가죽 띠로 매달아 놓은 재떨이가 불현듯 생각났다. 속이 비어 있었다. 손가락으로 재떨이 안쪽을 쓸어 보았다. 옅은 담뱃재 얼룩만 남아 있었다. 주머니에 챙기거나 종이로 말기에는 담뱃재의 양이 너무 적었다. 루퍼스는 손가락을 잠시 들여다보다 입으로 핥아 보았다. 혀에서 어둠의 맛이 났다.

17

그날 아침, 아이들은 잠옷 위에 가운을 걸치고 아침을 먹어도 된다는 허락을 받았다. 엄마는 아직 오지 않았고 한나 할머니는 어느 식사 때보다 말이 없었다. 두 아이도 아주 조용했다. 오늘은 그저께보다도 훨씬 더 특별한 날인 것 같았다. 그들이 음식을 먹는 소리와 거리에서 들려오는 갖가지 소리가 유난히 또렷하게 들리면서도 또 한편으로는 아득히 멀리서 들려오는 느낌이었다. 그들은 접시만 내려다보면서 아주 조심스럽게 식사에 집중했다.

아침을 먹은 후 한나 할머니가 처음 한 말은 "자 얘들아, 이제 할미랑 같이 가자"라는 것이었다. 두 아이는 한나 할머니를 따라 욕실로 들어갔다. 욕실에서 할머니는 아이들의 얼굴과 손, 팔과 귀 뒤, 목과 콧구멍 속까지 비누칠을 하고 따뜻한 물로 조심스레 씻겨 주었다. 비눗물이 눈에 들어가지도 않았고 수건으로 몸을 닦아도 아프지 않았다. 그리고 방으로 아이들을 데려가 서랍장을 열고 속옷부터 아주 깨끗한 것만을 골라 꺼내 입혔다. 루퍼스에게 도움이 필요하면 얘기하라 하고는 캐서린에게 옷을 입혀 주기 시작했다. 루퍼스는 씻는 것부터 시작하여 이 모든 것이 어젯밤에 목욕한 것과 관련이 있다는 사실을 깨닫기 시작했다. 루퍼스가 속옷을 다 입자 한나 할머니는 새 검정 스타킹과 주일에 입는 서지 정장을 꺼냈다. 이어 캐서린에게 역시 새 것이지만 흰 스타킹을 신겨 주는데 전화벨이 울렸다. 한나 할머니는 "자, 가만히 앉아서 얌전히 굴어라. 금방 돌아올 테니까"라고 말하고는 급히 방을 나섰다. 복도 끝에서 제법 크고 또렷하게 "내가 받을게, 메리"라고 말하는 소리가 들리더니, 급히 계단을 내려가는 한나 할머니의 발소리가 이어 들렸다. 두 아이는 꼼짝 않고 앉아서 열린 문을 바라보며 귀를 기울였다. 한나 할머니가 귀가 어두운 외할아버지와 외할머니에게 말할 때처럼 통화했기 때문에 말소리가 꽤 선명하게 들려왔다. "여보세요… 여보세요… 예… 신부님?"이라고 말하는 소리가 들렸고, 두 아이는 "신부님"이라는 말을 듣고는 호기심과 별로 좋지 않은 예감으로 서로 눈길을 주고받았다. "예… 예… 예… 예… 예… 예, 신부님… 예… 예, 늘 그렇듯이… 예… 예… 고맙습니다. 저희 애한테 전할게요… 예… 예… 아주 좋죠… 예… 하일랜드대로… 예… 예… 아무… 예… 아무 차든 처치와 게이 모퉁이에 오는 걸로 타시면 되고, 하일랜드로 갈아타시면— 예, 맞습니다… 예… 고맙습니다… 기다리고 있겠습니다… 예… 아뇨… 예, 신부님… 예 신— 들어가세… 예, 신부님… 고맙습니다… 들어—… 예… 고맙습니다… 들어가세요… 들어가세요"

한나 할머니가 지친 듯이 한숨을 크고 길게 내쉬더니 관절을 우두둑거리며 계단을 급히 올라오는 소리가 들렸다. 아이들은 한나 할머니가 방에서 나갔을 때처럼 꼼짝 않고 제자리에 앉아 있었다. 루퍼스는 어쩌면 한나 할머니가 착한 아이들이라고 칭찬해 주실지 모른다고 기대했다. 하지만 한나 할머니는 말없이 캐서린에게 스타킹을 마저 신겨 줄 뿐이었다. 이어 할머니는 루퍼스에게 새 흰색 셔츠를 건넸다. 새 셔츠에 흥미를 느낀 루퍼스는 천천히 핀을 뽑아 이로 물고 굴리고는 한나 할머니가 캐서린에게 흰 바탕에 감청색 작은 꽃무늬가 점점이 박힌 새 드레스를 입혀 주는 모습을 바라보았다. 캐서린은 치맛단을 잡고 서서 치맛자락과, 치맛자락 사이로 보이는 흰 스타킹 신은 발을 내려다보았다. "그럼 이제 넥타이를 매렴." 한나 할머니가 말했다. 한나 할머니가 턱 밑에서 감청색 넥타이를 매주는 사이 루퍼스는 한나 할머니의 노련한 손놀림과 손놀림에 집중하는 두 눈, 두툼한 안경알 너머의 두 눈을 번갈아 보았다. 할머니의 두 눈은 심각하고 슬프며 지쳐 보였다.

이어 한나 할머니는 두 아이의 손톱과 머리를 단정하게 매만지고, 루퍼스의 가슴 주머니에 깨끗한 손수건을 꽂고는 구두까지 정성스레 닦아 주었다. "이제 잠깐 기다려라." 한나 할머니가 방을 나선 직후 엄마의 방문을 조용히 두드리는 소리가 들렸다.

"메리?"

"네." 희미한 대답이 들려왔다.

"애들은 준비됐다. 데려올까?"

"네, 그래 주세요, 고모. 고마워요."

"얘들아, 어서 들어와서 엄마를 보렴." 한나 할머니가 문 앞에서 말했다.

두 아이는 한나를 따라 안으로 들어갔다.

"어머나, 애들이 정말 보기 좋네요." 엄마가 감탄했다. 그런데 그 목소리가 아이들에게는 마치 자신들이 좋아 보여 유감이라는 느낌처럼 들렸다. 그래도 엄마의 얼굴을 보면 딱히 유감이라고 여기는 것 같지는 않았다. "고모, 정말 고마워요. 고모 아니었으면 제가 어떻게…."

하지만 한나 할머니는 문을 닫고 방을 나갔다.

아이들은 서서 호기심 어린 눈으로 엄마를 보았다. 엄마의 두 눈은 평소보다 더 크고 더 빛나 보였다. 머리는 파티라도 가는 양 정성껏 올려 묶었다. 가운을 걸친 채 앞섶을 채우지 않아 그 안으로는 칙칙한 검정 속옷이 보였다. 엄마의 얼굴은 마치 구깃구깃한 회색 옷감 같았다.

엄마는 자기를 바라보는 두 아이를 마주 보았다. 아이들은 꼼짝도 하지 않았다. 엄마의 얼굴은, 저 너머에 은은한 불을 계속 켜놓은 것처럼 달라 보였다.

"이리 오렴, 우리 아가들." 엄마는 쭈그리고 앉은 채 미소를 지으며 아이들을 향해 두 팔을 펼쳤다.

루퍼스가 쭈뼛거리며 다가갔다. 캐서린은 뛰어갔다. 엄마는 한 팔에 한 아이씩 보듬었다.

"그래, 우리 아가들." 엄마가 아이들의 머리 위에서 말했다. "그래, 그래, 소중한 내 아가들. 엄마 여기 있어. 엄마 여기 있어. 요 며칠 동안 니들이 얼마나 더 보고 싶었는지 몰라. 아주 많이. 그런데 그냥— 볼 수가 없었단다, 루퍼스, 캐서린. 그냥 그럴 수가 없었어." 엄마는 "그럴 수가 없었어"라고 말하면서 아이들을 더 꼭 끌어안았고, 아이들은 엄마가 자기들을 무척 사랑한다는 걸 알 수 있었다. "우리 아기 캐서린"— 엄마는 캐서린의 머리를 품에 끌어당기며 더 꼭 안았다—"불쌍한 내 아가! 그리고 우리 루퍼스"— 엄마는 루퍼스를 품에서 조금 떼어 놓고는 아들의 눈을 들여다보았다—"너희 둘 다 엄마가 얼마나 사랑하는지, 온 마음과 영혼을 다해, 목숨을 다 바쳐서 너희를 사랑하는지 — 알지, 응? 알지?" 루퍼스는 얼떨떨했지만 그래도 몸을 움직여서 예의 바르게 고개를 끄덕였고, 엄마는 아들을 다시 꼭 끌어안았다. "암, 그래야지." 엄마는 이렇게 말했지만 아이들에게 하는 말 같지는 않았다. "암, 그래야지."

"자." 잠시 후 엄마는 일어서서 아이들 손을 잡고 침대로 데려가 앉히고는 말없이 아이들을 바라보았다.

"자." 엄마가 다시 말을 이었다. "너희한테 아빠 얘기를 해주고 싶어. 왜냐면 오늘 아침에 아빠를 한 번 더 보고 잘 가시라고 인사할 거거든. 조금 있다가 다 같이 외할아버지, 외할머니 댁으로 가서 말이야." 캐서린의 얼굴이 밝아졌다. 엄마는 고개를 저으며 캐서린의 무릎에 손을 얹어 다독이려 했다. "아냐, 캐서린. 네가 생각하는 그런 게 아니야. 그래서 엄마가 지금 아빠 얘기를 해주려는 거야. 그러니까 잘 들어, 너도, 루퍼스."

엄마는 잠시 뜸을 들이며 아이들이 귀를 기울이는지 살폈다.

"너희 둘 다 아빠한테 무슨 일이 생겼는지 알 거야. 차 안에서 무슨 일이 일어났고, 하나님께서 아빠를 아주 빨리 아무 고통도 없이 우리한테서 떼어서 하늘나라로 데려가신 거. 알아듣지, 응?"

두 아이는 고개를 끄덕였다.

"그리고 하나님이 하늘나라로 데려간 사람은 다시는 여기로 돌아오지 못하는 것도 알지?"

"다시는 돌아오지 못해요?" 캐서린이 물었다.

엄마는 캐서린의 얼굴에 흘러내린 머리카락을 쓸어 넘겼다. "응, 캐서린, 다시는, 우리랑 만나서 이렇게 이야기를 나눌 수가 없단다. 하지만 아빠의 영혼은 늘 우리를 생각하실 거야. 우리가 늘 아빠를 생각하는 것처럼. 그래도 오늘이 지나면 다시는 못 만나." 캐서린은 골똘히 엄마를 보았다. 그리고 점점 얼굴이 벌겋게 달아올랐다. "너도 이런 이야기를 믿고 이해할 줄 알아야 해, 캐서린. 원래 그런 거니까."

엄마는 금방이라도 울 것처럼 보였지만 간신히 울음을 삼켰고, 캐서린은 그 말을 사실로 받아들이는 것 같았다.

"우리는 언제까지나 아빠를 기억할 거야." 엄마가 두 아이에게 말했다. "언제까지나. 그리고 아빠도 우리를 생각하실 거야. 매일같이. 아빠는 하늘나라에서 우리를 기다리실 거야. 그리고 언젠가 하나님께서 우리를 데리러 오실 때 우리가 착하게 살았다면 그곳으로 가게 되겠지. 거기서 아빠를 만날 수 있을 테고 그럼 우리는 모두 한자리에 다시 모이는 거야. 영원히 언제까지나."

아멘, 하고 루퍼스는 입 밖에 내뱉을 뻔 했다. 그러다가 지금은 기도하는 중이 아니라는 생각이 들었다.

"그런데 얘들아, 오늘 아빠를 만날 때 말이야, 아빠의 영혼이 거기에 있는 건 아니야. 아빠의 몸만 있을 거야. 너희가 평소 아빠를 봤을 때하고 아주 비슷한 모습으로. 하지만 영혼은 떠나고 몸만 있는 거라서 그냥 가만히 누워 있을 거야. 아빠가 잠들었을 때하고 똑같이. 너희 둘 다 아빠가 주무실 때 깨우기 싫지? 그때처럼 그냥 조용히 있어야 돼. 더 조용히."

"그래도 깨우고 싶어요." 캐서린이 말했다.

"캐서린, 그러면 안 돼, 아가, 절대로 그러면 안 돼. 아빠는 지금 돌아가신 거니까. 그리고 사람이 죽는다는 건 잠들어서 다시는 깨어나지 않는다는 뜻이란다― 하나님께서 깨워 주실 때까지는."

"하나님께서 언제 깨우시는데요?"

"우린 몰라, 루퍼스. 아마 지금부터 오래, 아주 긴 시간이 흐른 뒤겠지. 우리도 다 죽고 긴 시간이 흐른 뒤에."

루퍼스는 그러면 뭐가 좋은가 싶었지만, 물어보면 안 될 것 같았다.

"그러니 그런 건 묻지 않으면 좋겠구나, 얘들아. 아빠는 꼼짝 않고 누워 계실 거라서 너희에게 아주 이상해 보일지 모르지만 그건― 그냥 그렇게 보이는 것뿐이야."

엄마가 갑자기 입을 꾹 다물었고, 입술이 부들부들 떨렸다. 엄마는 머리를 기울여 광대뼈를 왼쪽 어깨에 대고 떨리는 손으로 두 아이의 손을 꽉 쥐었다. 꼭 감은 두 눈에서는 눈물이 새어 나왔다. 루퍼스는 놀라서 엄마를 보았고, 캐서린은 풀 죽은 채 걱정스러운 표정을 지었다. 엄마는 여전히 눈을 감은 채 갑자기 "잠―깐―만"이라고 나직이 말했다. 캐서린은 그런 엄마의 모습에 겁이 나고 놀라 금방이라도 울음을 터뜨릴 것만 같았다. 하지만 그 전에 엄마가 힘을 풀고 아이들의 손을 나긋하게 잡아 주면서 고개를 들어 맑은 눈으로 말했다. "이제 엄마도 옷을 입어야겠다. 캐서린 데리고 아래층에 내려가 있을래,

루퍼스? 둘 다 엄마가 내려갈 때까지 아주 조용히, 얌전히 있어야 해. 한나 할머니 귀찮게 하지 말고. 우리한테 아주 잘 해주시느라 많이 힘드실 거야."

"얌전히 굴어." 엄마가 빙긋이 웃으며 두 아이를 번갈아 보았다. "엄마는 조금 있다가 내려갈게."

"가자, 캐서린." 루퍼스가 말했다.

"지금 가잖아." 캐서린은 이렇게 대꾸하면서 오빠가 자기에게 부당한 말이라도 한 것처럼 쏘아보았다.

"엄마." 루퍼스가 문 앞에 멈춰 섰다. 캐서린은 어리둥절해서 주춤거렸다.

"응, 루퍼스?"

"우리 고아에요, 이제?"

"고아?"

"벨기에 사람들처럼요." 루퍼스가 엄마에게 설명했다. "프랑스나. 아빠나 엄마가 전쟁에서 돌아가시면 고아가 되고 다른 애들이 선물이나 편지를 보내 주잖아요."

엄마가 아주 깊게 고민하고 나서야 대답한 걸로 보아 분명 엄마가 자주 들어보지 못한 말 같았다. "당연히 너희는 고아가 아니야, 루퍼스. 어디 가서 그런 소리 하고 돌아다니면 안 돼. 엄마 말 듣니? 왜냐면 너흰 결코 아니니까. 고아는 아버지가 안 계시거나 어머니가 안 계시는 아이가 아니라, 돌봐 주거나 사랑해 줄 사람이 아무도 없는 애를 말하는 거야. 알겠니? 그래서 다른 아이들이 선물을 보내 주는 거고. 하지만 너희에겐 엄마가 있잖아. 그러니까 고아가 아니지. 알겠어? 알아들어?" 루퍼스는 고개를 끄덕였다. 캐서린은 오빠를 따라 덩달아 고개를 끄덕였다. "그리고 루퍼스." 엄마가 루퍼스를 아주 엄하게 바라보았다. 루퍼스는 어쩐지 부끄러운 비밀을 들킨 기분이었다. "고아가 아니라고 아쉬워하지 마. 감사할 일이야. 너한테는 고아가 행운아들처럼 보이겠지. 아주 멀리 살고 요즘 다들 그 아이들 얘기만 하니까. 하지만 그 애들은 아주, 아주 불쌍한 아이들이야. 그 애들을 사랑해 줄 사람이 없으니까. 알겠니?"

루퍼스는 부끄러우면서도 내심 실망해서 고개를 끄덕였다.

"이제 어서 내려가 봐." 엄마가 말했다. 두 아이는 방에서 나왔다. 한나 할머니는 계단에서 아이들과 마주쳤다. "잠깐 응접— 아니 거실에 가서 얌전히 있어라. 할미도 금방 내려가마." 그리고 아이들이 계단 아래로 내려갈 즈음 엄마 방의 방문이 열렸다 닫히는 소리가 들렸다. 두 아이는 앉아서 아빠의 의자를 바라보며 생각에 잠겼다.

캐서린은 훨씬 의젓해진 느낌이었고 기분도 한결 좋아졌다. 오빠 혼자서 야단맞았기 때문이다. 멀쩡히 가고 있는데 따라오라고 하질 않나, 그리고 가지 않는다고 해도 오빠에게는 그런 식으로 말할 권리가 없다고 생각했다. 캐서린은 나빴던 기분이 한순간에 싹 씻긴 것 같았다. 그런데 사람이 잠들어서 깨어나지 않는 것처럼 보인다니, 그게 도대체 어떤 건지 잘 이해가 되지 않았고, 그보다 더 마음을 어지럽게 하는 건 엄마가 했던 어떤 말— 캐서린은 그게 뭔지 기억해 내려고 애를 썼다— 때문이었다. 그리고 곤아*는 대체 또 뭐람?

* 캐서린이 '고아'를 '곤아'로 잘못 알아들은 것이다.

루퍼스는 엄마가 자기한테 화가 많이 났다는 생각이 들었다. 엄마한테 그런 걸 물어볼 때가 아니었다. 아무래도 엄마한테 그런 걸 묻지 말았어야 했다. 그래도 알고 싶었다. 자기가 고아인지 아닌지, 아니 제대로 된 고아인지 아닌지 종잡을 수 없었다. 학교에 가서 고아라고 우겼는데 고아가 아닌 걸로 밝혀지면 모두에게 비웃음을 살지 몰랐다. 그래서 진짜 고아인지 알아 두고 싶었다. 그래야 그렇다고 말하고 그 덕을 볼 수 있으니까. 아무도 몰라준다면 고아가 된들 좋을 게 뭐가 있단 말인가? 어쨌든 루퍼스는 고아가 아니었다. 아빠는 돌아가셨다. 하지만 엄마는 아니다. 아빠만이다. 그래도 한 분은 돌아가셨다. 1 더하기 1은 2다. 2의 절반은 1이다. 엄마가 뭐라고 하시든, 절반은 고아인 셈이다. 그리고 역시 절반은 고아인 동생이 있다. 절반과 절반이 합치면 하나가 된다. 둘이 합치면 온전한 고아가 된다. 절반이 고아인 건 떠벌릴 일이 아니지만 아무것도 아닌 것보다는 훨씬 나은 것 같았다. 그래도 자기하고 동생이 합치면 온전한 고아가 된다는 점을 먼저 알리고 싶지는 않았다. 그래도 누가 자기네 둘 중 하나에게 고아가 아니라고 놀려댄다면 그 점에 관해서는 분명히 밝힐 작정이었다. 캐서린에게 미리 주의를 주기로 했다. 그래야 놀림을 받더라도 서로를 지원해 줄 수 있을 테니까.

"우리 둘이 합치면 온전한 고아가 되는 거야." 루퍼스가 말했다.

"어?"

"'어'라고 말하지 마. '무슨 말이야, 오빠?'라고 해."

"싫어!"

"그렇게 해. 엄마가 그러랬어."

"엄마는 안 그랬어."

"엄마가 그러랬어. 내가 '어'라고 말하면 엄마가 '어,라고 하지 말고, 무슨 말이에요, 엄마? 라고 해야지'라고 하셨어. 너도 '어'라고 하면 엄마가 똑같이 얘기하셨잖아. 그러니까 '어'라고 하지 마. '무슨 말이야, 오빠?'라고 해."

"오빠한테는 그렇게 말하지 않을 거야."

"아니, 그래야 돼."

"아니, 안 해."

"아니, 해야 돼. 엄마는 우리가 착하게 굴기를 바라시니까. 네가 그렇게 말하지 않으면 엄마한테 이를 거야."

"오빠가 이르면 나도 이를 거야."

"날 이르다니, 뭣 땜에?"

"문 앞에서 엿들은 거."

"아니, 안 돼."

"이를 거야."

"그러면 안 돼."

"할 거야."

루퍼스는 곰곰이 생각했다.

"알았어, 그 얘기는 하지 마. 나도 이르지 않을게. 네가 날 이르지 않으면."

"오빠가 날 일러바치면 나도 그럴 거야."

"안 그런다고 했잖아, 응? 네가 날 이르지 않으면 나도 안 해."

"오빠가 날 이르지 않으면 나도 안 해."

"알았다니까."

두 아이는 서로에게 눈을 부라리며 티격태격했다.

그때 현관에서 요란한 발소리가 들리고 초인종이 울렸다. 이 층에서 엄마가 "오, 맙소사!"라고 울부짖는 소리가 들렸다. 두 아이는 현관으로 뛰어갔다. 루퍼스는 캐서린이 손잡이를 잡지 못하게 막아서고 문을 열었다.

문 앞에 웬 아저씨가, 거의 아빠만큼 큰 아저씨가 서 있었다. 그는 닥터 휘태커처럼 눈에 띄는 까만색 칼라를 달았고, 거기다 자주색 조끼까지 입고 있었다. 길고 납작한 모자를 썼고, 턱이 꼭 쟁기처럼 길고 뾰족하고 푸르스름했다. 그는 작고 번쩍거리는 검정색 여행 가방을 들고 있었다. 그는 두 아이만큼이나 어리둥절하고 못마땅한 기색이었다. "아, 안녕." 울림이 깊은 목소리로 이렇게 말한 그는 인상을 찌푸리면서 다시 현관 옆에 붙은 숫자를 흘끔 보았다. "그렇담." 그는 아이들이 이해하지 못하는 미소를 지으며 말했다. "너희가 루퍼스하고 캐서린이구나. 들어가도 되겠니?" 그리고 아이들이 승낙할지 거절할지 기다려 주지도 않고(아이들이 문 앞을 가로막고 있던 터라) 묵직한 손으로 아이들 사이를 떼어 놓으며 성큼성큼 들어와 말했다. "여기 미스 린…."

뒤쪽의 계단 위에서 한나 할머니의 목소리가 들렸고 아이들이 돌아보았다. "신부님?" 한나 할머니는 쏟아져 들어오는 햇살 때문에 눈을 가늘게 뜰 수밖에 없었지만 현관문을 유심히 바라보았다. "어서 들어오세요." 한나 할머니가 다가오자 아저씨는 이상하게 생긴 모자를 얼른 벗고 한나 할머니의 손을 맞잡았다. "이분은 잭슨 신부님이

셔, 루퍼스, 캐서린. 채터누가에서 특별히 와주신 거란다. 신부님, 얘가 루퍼스고 얘가 캐서린이에요."

"예, 벌써 인사를 나눴습니다." 잭슨 신부는 재치 있는 말이라고 여기는 것 같았다. 거짓말, 루퍼스는 속으로 웅얼거렸다. 잭슨 신부는 의례적으로 한 손을 캐서린에게 얹었다가, 곧 캐서린의 존재를 말끔하게 잊어버린 양 손을 치워 버렸다. "폴레트 부인은 어디 계신지요?" 신부가 거의 속삭이듯이 물었다. "폴레트 부인."

"잠시만 기다려 주세요, 신부님, 아직 준비가 덜 됐거든요."

"물론이죠." 신부는 한나 할머니 쪽으로 몸을 살짝 기울이고는 뭔가를 비벼대는 것 같은, 거의 들리지 않을 만큼 낮은 목소리로 말했다. "부인은— 치직 – 치직 – 치직하신가요?"

"아, 네." 할머니가 말했다.

"하지만 부인이 사략 – 사략 – 사략하지 않습니까?"

"아닌 것 같아요, 신부님." 한나 할머니가 침통하게 말했다. "사실 제가 어떻게 얘기해야 할지 모르겠어서요. 이렇게 부담을 드려서 죄송스럽기는 해도 신부님께 맡겨 드려야 할 것 같아요."

"옳으신 말씀이에요, 미스 린치. 아무렴요." 신부는 손에 모자를 든 채로 고개를 빙 돌리면서 두리번거렸다. "자, 꼬마야. 모자 둘 곳을 알려 주면 고맙겠구나."

"루퍼스." 한나 할머니가 말했다. "신부님 모자를 모자걸이에 걸어 드리렴."

루퍼스는 어리둥절하여 모자를 걸었다. 모자걸이는 아주 잘 보이는 곳에 있었다.

"저기 신부님, 잠시만 기다려 주실 수 있을까요." 한나 할머니가 신부를 거실로 안내하면서 말했다. "루퍼스, 캐서린, 신부님하고 여기 있어라. 그럼 실례할게요." 한나 할머니는 이렇게 덧붙이고 황급히 이 층으로 올라갔다.

잭슨 신부는 효율적으로 성큼성큼 거실을 가로질러와 아빠 의자에 앉아서 다리를 좁게 꼬고는 그 특유의 찌푸린 인상으로 반질반질하게 닦은 오른쪽 구두코를 바라보았다. 두 아이는 그를 지켜보았고, 루퍼스는 그 의자가 누구 자리인지 말해 줘야 할지 말아야 할지 고민했다. 잭슨 신부는 핏줄이 잔뜩 잡힌 긴 오른손 손바닥을 쭉 내밀고는 인상을 찌푸리며 손톱을 살폈다. 루퍼스는 잭슨 신부가 그 의자의 주인이 누구인지 안다면 절대로 그 자리에 앉지 않았을 거라고 생각했다. 그래서 그 의자가 누구 것인지 말해 주지 않으면 잘못을 저지르는 것 같아 가르쳐 주려 했지만, 지금 말하면 기분 나빠할 것 같기도 했다. 캐서린은 호기심 어린 눈길로 신부의 자주색 조끼 위에 내려온 가느다란 금줄을 바라보았다. 금줄에는 작은 금 십자가가 달려 있었다. 잭슨 신부는 다리를 바꿔 꼬고는 인상을 찌푸리면서 세심히 닦은 왼쪽 구두코를 살폈다. 루퍼스는 아무래도 말하지 않는 게 좋겠다고 생각했다. 오히려 말하는 게 더 잘못된 행동 같았다. 어떻게 얼굴이 저렇게 파랗지. 캐서린은 의아했다. 내 얼굴도 파랬으면 좋겠어. 빨갛지 않고. 잭슨 신부는 여전히 인상을 찌푸리고 거실을 빙 둘러보다가 두 아이의 머리를 지나 뒤편 쪽 어느 한 지점에 이르더니 희미하게 미소를 짓고는 시선을 고정했다. 두 아이는 신부가 뭘 보고 미소를 짓는 건지 보려고 돌아봤지만 예수님 그림 말고는 아무것도 없었다. 예수님이 어린 소년일 때 잠옷 차림으로 밤늦게 사원에서 현자들과 이야기를 나누는 그림이었다. "아." 순간 루퍼스는 깨달았다. "저것 때문이구나."

두 아이가 고개를 돌리자 잭슨 신부는 손톱을 바라볼 때처럼 다시 인상을 찌푸리면서 두 아이를 쳐다보았다. 그러다 예수님을 볼 때만큼 흐뭇한 미소는 아니지만 급히 미소를 지었다. 더 이상 애들이 깨끗한지 않은지 뜯어보는 눈빛은 아니었다. 그래도 여전히 인상을 찌푸리고 있는 것이 뭔가 못마땅한 얼굴이었다. 두 아이는 신부를 빤히 마주 보면서 뭣 때문에 그런 건지 궁금해했다. 캐서린이 팬티에 오줌을 쌌나? 루퍼스는 문득 이런 생각이 들어서 캐서린을 돌아봤지만 멀쩡해 보였다. 오빠가 무슨 잘못을 해서 저 아저씨가 저렇게 기분 나쁜 건가? 캐서린도 이런 생각으로 오빠를 돌아봤지만 오빠는 그냥 아저씨를 바라보고 있을 따름이었다. 두 아이는 신부를 바라보면서 혹시 자기들이 못마땅한 거면 그렇게 쳐다만 보지 말고 왜 그러는지 말해 주면 좋겠다고 생각했다. 그리고 다른 의자에 앉아 주면 좋겠다고도 생각했다. 잭슨 신부는 자신의 눈빛과 침묵으로 아이들이 진지한 자세를 갖추고 자신이 하려는 말을 진지하게 받아들일 준비를 하는 계기를 만들기를 바랐다. 하지만 무례하게 빤히 쳐다보는 아이들의 시선 때문에 모든 게 어그러졌다고 느꼈고, 이 일로 아이들을 야단쳐야 하는 건지 고민했다. 그리고 잠시 후 결단을 내렸다. 아무렴, 아무리 이런 날이라고 해도 애들이 버릇없이 굴면 훈육을 해야지.

"아이들이 웃어른을 응시하면 안 된단다. 본데없는 짓이야."

"에?" 두 아이 모두 궁금했다. '응시'가 뭐지?, '웃어른'은, '본데없는'은 또 뭐지?

"'신부님'이라고 하거나 '죄송합니다만, 신부님'이라고 말해야지."

"신부님?" 루퍼스가 말했다.

"넌." 잭슨 신부가 캐서린에게 말했다.

"신부님?" 캐서린이 말했다.

"사람들을 빤히 응시하면 안 되는 거란다— 지금 너희가 나를 보듯이 그렇게 보는 걸 말하는 거야."

"아." 루퍼스가 말했다. 캐서린은 얼굴이 빨개졌다.

"'죄송합니다만, 신부님'이라고 해봐라."

"죄송합니다만, 신부님."

"넌." 잭슨 신부가 캐서린에게 말했다.

캐서린의 얼굴이 더 빨개졌다.

"죄송합니다만, 신부님." 루퍼스가 속삭였다.

"몰래 알려주지 마." 잭슨 신부가 나무랐다. 꼭 큰 교실에서 설교하는 말투였다. "자 어서, 꼬마 아가씨. 꼬마 숙녀와 꼬마 신사가 되는 법을 배우는 데 너무 어린 나이는 없지, 안 그러냐?"

캐서린이 아무 말도 하지 않았다.

"안 그러냐?" 잭슨 신부가 루퍼스에게 물었다.

"모르겠어요." 루퍼스가 대답했다.

"그건 정중한 질문에 대한 대단히 무례한 대답인 것 같구나." 잭슨 신부가 말했다.

"네." 루퍼스는 가슴이 철렁 내려앉는 느낌이었다. '무례'는 또 뭐지?

"내 말이 맞으면." 잭슨 신부가 말했다. "'네, 신부님'이라고 말해라."

"네, 신부님." 루퍼스가 말했다.

"그럼 너도 네가 무례한 줄 아는구나. 의도적으로 계산하고 하는 말이구나." 잭슨 신부가 말했다.

"아니에요." 루퍼스가 말했다. 무슨 말인지 알아듣지는 못했지만 분명 비난받는 느낌이었다.

잭슨 신부는 아빠 의자에 등을 기대고 앉아서 눈을 감고 두 손을 포갰다. 잠시 후 눈을 뜨고는 "어린 형제, 어린 자매야"(푸르스름한 긴 턱을 캐서린에게 쳐들고) "지금은 야단치기에 좋은 때도 아니고 장소도 마땅치 않지." 그리고 포갰던 두 손을 떼고 몸을 앞으로 내밀면서 오른손 검지로 오른쪽 무릎뼈를 톡톡 치고는 무섭게 인상을 찌푸리면서 아주 다정하게 들리지만 알고 보면 다정하지 않은 투로 "그래도 난 그냥 얘기를 해야겠구나…." 그때 계단에서 한나 할머니 목소리가 들렸다. 신부가 일어서면서 말했다. "얘들아, 이 얘기는 나중에 다시 하자꾸나." 신부는 턱짓으로 한나 할머니를 가리키며 눈썹을 치떴다.

"올라오시겠어요, 신부님?" 한나 할머니가 잠긴 목소리로 말했다.

신부는 아이들을 돌아보지도 않고 한나 할머니를 따라 곧장 이 층으로 올라갔다.

아이들은 벌어진 입을 다물지 못하고 서로 눈을 마주 보았다. 그리고 이 층에 귀를 기울였다. 예상한 대로였다. 이 층 복도를 걸어가는 두 사람의 발자국 소리, 엄마의 방문이 열리는 소리, 뭔가를 덮어 씌운 것 같은 엄마의 이상한 목소리, 이어 방문이 닫히고는 침묵만이 흘렀다.

아이들은 삐걱거리는 소리를 내지 않으려고 아주 조심하면서 살금살금 계단 중간까지 올라갔다. 하지만 방에서 새어 나오는 말을 전혀 알아들을 수 없었다. 그저 소리의 형태와 기울어진 느낌만 어렴풋하게 들릴 뿐이었다. 엄마의 목소리는 묘하게 뭔가를 덮어씌운 것 같았고, 아주 고분고분하며 조심스러웠다. 질문을 던지고 답변을 듣는 것 같은 목소리였다. 착 가라앉은 신부의 목소리는 부드러웠지만 자기만 옳고 남들은 자기만큼 옳을 리가 없다고 확신하며 아주 강렬하게 울렸다. 마치 불편한 얘기를 하면서도 그걸 다정한 얘기라고 느끼게 하는 것 같기도 하고 또는 그게 다정한지 않은지 개의치 않는 것 같기도 했는데, 어느 쪽이든 그 얘기는 옳기 때문에, 논쟁은커녕 논의의 여지도 없다는 투로 질문에 답하면서 선언하거나 정보를 전하는 것 같았다. 자기가 지금 하는 얘기가 과연 위로가 되는지 안 되는지는 상관 않고, 자기식으로 위로하는 목소리였다. 이따금씩 아이들에게는 엄마가 뭔가를 묻는 투가, 어떤 일이 공평한 일인지, 사실일 수 있는지, 어찌 그렇게 잔인할 수 있는지 따지는 것처럼 들렸다. 하지만 엄마의 목소리에 그런 기미가 보일 때마다 신부의 목소리는 훨씬 더 거칠고 고압적이거나 좀 더 위로하려고 애쓰거나 아니면 두 가지가 모두 섞여 있었다. 그러면 엄마의 목소리가 어김없이 아주 온순해졌다. 한나 할머니의 목소리는 거의 평소와 다름없이 또박또박하고 경쾌했지만 아이들이 전에는 들어본 적 없는 상냥함과 슬픔도 담겨 있었다. 한나 할머니는 주로 잭슨 신부 말에 맞장구를 치면서 엄마를 강압적으로 설득하는 분위기를 거드는 것 같았지만, 그래도 한결 다정한 목소리였다. 한나 할머니의 목소리는 방금 신부가 설명한 내용을 보다 완전하고 다정하게 설명하는 것 같았다. 하지만 가끔은 엄마보다 두 배 가까이 질문을 던졌는데, 그 질문은 신랄하면서도 분통을 터뜨리는 것처럼 들렸다. 이럴 때면 잭슨 신부의 목소리가 바뀌어 조금은 활력을 잃었다. 같은 논리를 괜히 빠르게 말하면서 맴돌았고, 두 여인에게 자신은 결코 그들이 생각하는 그런 뜻으로 한 말이 아니라고 강변했다. 다만(이다음부터는 목소리에 다시 자신감이 붙었다) 그들은 깨달아야 한다는 뜻이고(이쯤해서 처음의 의욕을 거의 회복했다) 사실이 그렇다고 — 힘주어 말했다. 그리고 처음으로 되돌아와서는 앞에 했던 말을 똑같이 반복했고 더 권위적이고 절대로 반박을 용납하지 않으려 했다. 그러자 한나 할머니가 묘하게 냉랭하고 무심한 말투로 웅얼거리며 동의했다. 하지만 엄마가 수긍하는 목소리는 거의 들리지 않았다.

억누른 혼란 속에서 한 번씩 세 사람의 목소리가 고비에 이르면, 루퍼스와 캐서린은 차갑게 반짝이는 눈을 서로 마주 보았다. 두 아이의 눈빛은 신부의 목소리가 격해지고 엄마의 목소리가 그 목소리에 누그러지고 물러설 때마다 더 차갑게 반짝였다. 하지만 두 아이는 엄마 방 문손잡이만 뚫어져라 바라보다가 몸에 쥐가 나려 하면 계단에서 조용히 꼼지락거릴 뿐이었다. 아이들은 엄마에게 무슨 일이 벌어지고 있는지 이해하지 못했지만, 어떤 악한 일이 벌어지고 있으며 엄마는 아무런 저항도 하지 못한 채 그 일에 굴복하고 속고 있다는 확신이 들었다. 루퍼스는 방문을 벌컥 열고 성큼성큼 들어가 커다란 돌덩이를 들고 "우리 엄마 좀 그만 괴롭혀"라고 말하는 모습을 자꾸 떠올렸다. 캐서린은 그저 검은 옷에 키 크고 턱이 무섭게 나오고 괴상한 모자를 쓴 낯선 아저씨가, 엄청 싫고 무서운 아저씨가 자기네 집에 쳐들어왔으며, 한나 할머니가 반겨 주고 엄마도 직접 극진히 맞아 주었다는 생각밖에 들지 않았다. 그런데 그 아저씨는 아빠 의자를 자기 거라도 되는 양 차지하고는 알 수 없는 말로 자기한테 얄밉게 말했고, 그것도 모자라 엄마한테 뜻 모를 나쁜 말을 퍼붓는데도 한나 할머니는 옆에서 구경만 한다는 생각뿐이었다. 아빠가 여기 있었으면 저 아저씨를 죽였을 거야. 캐서린은 아빠가 빨리 와서 저 아저씨를 죽였으면 좋겠다고 상상했으며, 그러는 걸 보고 싶었다. 그러나 루퍼스는 한나 할머니뿐 아니라 엄마까지도 자기와는 반대로 잭슨 신부 편이며, 그들이 자기를 방에서 내쫓고 무서운 벌을 내리고는 곧장 방으로 되돌아가 뭔지는 몰라도 아까부터 해오던 그 무서운 일을 다시 시작할 거라는 걸 깨달았다. 캐서린은 깜짝 놀라면서 아빠는 외할아버지와 외할머니 집에 있어서 오지 못할 테지만, 곧 다시 만날 거고 그러면 자기가 하늘나라에 갈 때까지는 두 번 다시 만나지 못한다는 사실을 기억해 냈다.

그런데 갑자기 삐걱거리는 소리가 들렸다. 그리고 부드럽게 쿵 하는 소리가 나더니 그들의 달라진 목소리가 들렸다. 잭슨 신부의 목소리는 아까보다 더 책임감이 강해졌지만, 선언하거나 정보를 전하거나 위로하려 들지 않았다. 두 여인 중 어느 한 사람에게 말하는 것처럼 들리지도 않았다. 그 목소리에서 과장된 울림은 거의 사라졌어도 압도하는 힘은 남아 있었다. 신부는 마치 자신이 엄마보다 훨씬 확신에 차 있고 강인하듯이, 자신보다 훨씬 더 확신에 차 있고 강인한 누군가에게 말하는 것처럼 들렸는데, 지금 신부의 목소리에는 엄마의 겸손함이 배어 있었다. 그럼에도 자신감이 넘치는 목소리여서, 자신이 말을 거는 상대는 자신이 하는 말과 질문을 인정해 줄 거라 믿는 듯했다. 적어도 자신이 엄마를 묵살하는 것처럼 상대가 자신을 묵살하지는 않을 거라고 믿는 듯했다. 어떻게 보면 신부의 목소리는 아까보다 훨씬 더 권위적이었다. 자신의 생각을 말하는 게 아니라, 상대에게 말하는 동시에 상대의 생각을 말하는 것 같았다. 그리고 상대의 힘을 지닌 동시에 그 상대 앞에서 인간적인 겸손함까지 지니며 말하는 것 같았다. 그 목소리에는 자신의 소리를 좋아한다는 느낌이 담겨 있었다. 훌륭한 가수가 자신의 목소리와 자신이 부르는 멜로디를 구분하지 않고 도취되듯 말이다. 신부의 목소리에서 소리와 의미는 분리되어 있지 않았다. 아이들에게는 한 마디도 제대로 들리지 않았지만, 아이들은 신부가 자신의 목소리와 사랑에 빠진 걸 단박에 알수 있었다. 아이들이 있는 곳에서는 또렷하게 들리지 않았지만, 그 형태와 리듬과 억양만큼은 전에 들어본 적 없는 황홀하고 멋진 노래 같은 것이었다. 전체적인 리듬에서 루퍼스는 그 목소리가 닥터 휘태커의 기도와 다르지 않다는 걸, 그리고 잭슨 신부도 기도 중이라는 걸 깨달았다. 그런데 닥터 휘태커와는 분명 달랐다. 닥터 휘태커는 어떤 걸 전달할 때 단어와 글 짜임새를 특별히 중요하게 여겼고, 자신만의 색채를 더해 그것을 논쟁하고 설득할 필요가 있는 문제로 부각시켰다. 반면 신부의 말에는 강조하는 것이 거의 없었고 색채도 아주 은은한 수준이었다. 자신의 감정을 마치 멀리 떨어져 있는 메아리처럼 옅은 색채로 칠하는 것 같았다. 자신이 하는 모든 말, 생각과 음

절 하나하나까지도 마치 그가 태어나기 한참 전에 연구가 모두 끝나고 완성된 진리라는 투였다. 그리고 진실과 영원이 자신의 언어의 리듬과 자신의 목소리의 윤곽 안에 아주 맑은 물처럼 고여 있다는 투였고, 또 자신의 목소리는 개울 밑바닥처럼 모든 언어를 수용하고 품어 줄 수 있다는 투였다. 두 아이는 한 번 더 서로를 쳐다보았다. 캐서린은 아무것도 모르는 눈치였다. "신부님이 기도하시는 거야." 루퍼스가 속삭였다.

캐서린은 루퍼스의 말을 이해하지도 못하고 믿지도 않았다. 하지만 그 와중에도 이제는 아저씨가 엄마를 못살게 굴지는 않는다는 걸 알아챘다. 하지만 캐서린은 아저씨가 엄마한테 잘해 주는 것도 싫고 아저씨가 누구한테도 아무것도 아니고 어디에도 없으면 좋겠다고 생각했다. 그래도 분명한 것은 두 아이가 듣기에도 상황이 아까보다는 조금 나아졌다는 것이었다. 신부의 목소리에서 그게 느껴졌는데, 그 느낌은 아이들을 매료시키는 동시에 막연한 불안감도 안겨 주었다. 신부가 이따금 숨을 고르느라 잠깐씩 쉬는 동안 한두 마디씩 거들거나 몇 번 정도 완전한 문장으로 말하던 두 여인의 목소리에도 같은 느낌이 우러나왔다. 두 여인의 목소리는 그 어느 때보다 부드럽고 생기가 넘쳤으나, 사람의 목소리 같지 않았다. 그리고 이처럼 동떨어진 느낌 때문에 아이들은 무척 불안해했다. 두 아이는 엄마와 고모할머니가 헌신하는 어떤 존재, 그들의 목소리에 특별한 생기와 매력을 불어넣어 주는 어떤 존재, 두 아이가 받아 본 모든 사랑을 초월하는 그 너머의 어떤 존재가 있다는 걸 깨달았다. 그것이 엄마와 고모할머니에게는 자신들보다, 또는 이 세상의 그 누구보다 더 큰 의미가 있을 거라고 느껴졌다. 그리고 그 헌신의 대상은 영 믿음이 가지 않는 그 아저씨는 아닌 게 틀림없지만 그 아저씨가 아주 깊이 관여하고 있는 것 같았다. 엄마는 조금 전보다는 모든 면에서 확연히 좋아지기는 했지만 어찌 보면 훨씬 안 좋아진 것 같기도 했다. 어찌 됐든 조금 전까지 엄마는 조심스럽게나마 질문을 던지곤 했다. 그런데 지금은 완전히 굴복하여 넋이 나간 느낌이었다. 방금 기도하던 때가 바로 그 순간이자 징표였다. 두 아이는 침울하게 문손잡이를 뚫어져라 바라보면서 마음 깊은 곳에서 치고 올라오는 알 수 없는 불행의 직감을 되새김질했다. 아지랑이처럼 희미하게 어룽대는 깊은 적막을 제외하고 이 우주에서 그들의 눈에 들어오는 것이라고는 그 둥글고 흰 문손잡이 뿐이었다. 그래서 초인종이 울리자 두 아이는 심장이 쪼그라들 것처럼 더욱 화들짝 놀랐다.

둘 다 거의 똑같이 겁을 집어먹었다. 계단에 있는 걸 들킬지도 몰라서였다. 두 아이는 최대한 소리를 죽이려고 진땀을 빼면서 다급히 계단을 내려가기 시작했다. 그때 이 층 방문이 벌컥 열렸다. 두 아이는 한나 할머니는 눈이 어두우셔, 라고 생각했지만(문을 열고 나온 사람이 한나 할머니여서) 그와 동시에 한나 할머니는 누구보다 귀가 밝다는 사실을 깨달았다. 계단 한 칸이 요란하게 삐걱거려 두려움이 몰려왔지만 아랑곳하지 않고 계속 내려갔다. "네." 한나 할머니가 새된 소리로 외쳤다. 한나 할머니는 어느새 계단에 서있었다. 초인종이 다시 울렸다. 계단 맨 아래 칸을 내려갈 때 두 아이는 소름끼칠만한 소음을 냈다. 숨고 싶은 마음밖에 없었다. 급히 거실로 들어가 그 앞을 지나가는 한나 할머니를 지켜보았다. 두 아이는 엄청나게 흥분해서 제정신이 아니면서도 들키지 않았기를 바랐다. 그러면서도 어쩌면 호되게 꾸중을 듣고 매를 맞을지도 모른다는 생각에 몸이 무겁게 굳었다.

한나는 아이들 쪽을 거들떠보지도 않고 곧장 현관으로 나갔다.

월터였다. 보통 때는 그의 콧수염만큼 후줄근한 갈색 양복을 입고 나타났지만 오늘 아침에는 감청색 양복에 검정 넥타이를 맸다. 검정색 중산모를 손에 쥐고 있었다.

"월터." 한나 할머니가 말했다. "이렇게 신경 써줘서 어쩌나 고마운지 모르겠네."

"아유, 아니에요." 월터가 대답했다.

"들어오게. 메리는 좀 있다 내려올 거야. 얘들아, 월터 아저씨 알지…."

"그럼요, 알죠." 월터가 안경 너머 푸근한 갈색 눈으로 싱긋 웃었다. 중산모를 쥔 손으로 루퍼스의 어깨를 어루만지고 다른 손으로 캐서린의 뺨을 쓰다듬었다. "아저씨하고 들어가서 같이 있어 줄래? 엄마가 내려오실 때까지."

월터는 곧장 아빠 의자 쪽으로 갔다. 그러나 우울한 표정으로 방향을 바꿔 벽에 붙어 있는 의자로 가앉았다.

"그래, 너희가 아저씨 집에 놀러 온다지?" 월터가 말했다.

"에?"

"아랫마을로. 어, 엄—너희 엄마한테 너희가 언제 우리 집에 놀러 온단 말씀 못 들었니?"

"에에."

"아, 하긴 시간은 많아. 너희 그라모폰*이라고 들어본 적 있니?"

"들어도 거의 못 들으세요."

"으응?" 월터는 진심으로 어리둥절한 표정을 지었다.

"앤드루 삼촌 말로는 진짜 아주 열심히 들으려고 하신대요."

"누가?"

"어, 할머니요." 월터 아저씨는 한번도 멍청해 보인 적이 없었지만 지금은 모퉁이의 아이들만큼 기억력이 나빠 보였다. 아저씨도 날 놀리는 건가? 월터 아저씨가 장난치는 거라면 정말 실망이야. 루퍼스는 일단 월터 아저씨를 믿어 보기로 했다. "아저씨가 말한 것처럼, 할머니가 전화할 때요."

잠시 무슨 얘긴가 골똘이 생각하던 월터는 그 뜻을 알아들었고, 그 순간 웃음을 터트렸다. 루퍼스는 월터 아저씨도 분명 자신을 놀리는 거라고 믿었다. 몹시 기분이 상했다. 그러자 월터 아저씨는 흠칫 놀라며 얼른 웃음을 거두었다.

"음, 애야. 이제야 왜 우리가 어리둥절했는지 알 것 같아. 내가 '그라모폰'을 말한 것을 넌 '할머니가 전화했다grandma phone'라고 알아들은 거야. 아무렴. 그랬겠지. 그런데 아저씨는 지금 음악이 흘러나오는 아주 근사한 상자 얘기를 한 거야. 상자에서 음악이 나오는 거 들어 본 적 있니?"

"어어."

"아랫마을 우리 집에, 믿거나 말거나, 음악이 나오는 상자가 있거

* gramophone, 축음기.

든. 언제 한번 들어 보고 싶니?"

"어어."

"좋아. 약속을 잡아 보자. 조만간. 그럼 이 상자를 뭐라고 부르는지 알려 주련?"

"어어."

"그라 - 모 - 폰. 알았니? 그랜마 폰이랑 아주 비슷하게 들리지만 조금 달라. 그라 - 모 - 폰. 말해 볼래?"

"그라 - 머 - 폰."

"그래, 맞아. 우리 꼬마 아가씨도 말해 볼 수 있겠어?"

"캐서린? 아저씨가 너한테 말하는 거야."

"그란 - 머 - 폰."

"그람 - 어 - 폰."

"그람 - 머 - 폰."

"잘했어. 이렇게 긴 낱말도 말할 줄 알다니 무지 똑똑한 꼬마 아가씨로구나."

"저 그렇게 긴 단어를 몇 개 말할 수 있어요." 루퍼스가 말했다. "들어 보실래요? 우월한 원수* 생물."

"와, 엄청 똑똑한데. 그래도 물론 동생보다 더 똑똑하다는 뜻은 아니야. 넌 오빠고 훨씬 크니까."

"네, 그런데 전 네 살이었을 때도 이 말을 할 수 있었어요. 얘는 네 살이 다 됐지만 절대 못 할 걸. 할 수 있어, 캐서린? 할 수 있어?"

---

* primordrial, '원시primordial'를 잘못 말한 것이다.

"그래, 음, 어떤 사람은 다른 사람들보다 조금 빨리 배운단다. 빨리 배우는 건 좋지만 시간이 더 걸려도 상관없어." 월터는 캐서린을 들어 무릎에 앉혔다. 아빠처럼 좋은 냄새가 났고 배가 폭신했다. 캐서린은 기분이 좋았다. "그래, '원수'라는 말이 무슨 뜻이지?"

"몰라요, 좋고 무서운 거예요."

"무서운 거야? 응? 그래, 어째 무서운 소리처럼 들리는구나. 그럼, 이제 그 말을 할 수 있으니, 언젠가는 그 말이 무슨 뜻인지 알아야겠지."

"무슨 뜻인데요?"

"아저씨도 잘 몰라. 그래서 그 말은 안 해. 말할 일이 없단다." 월터는 한 팔을 벌렸고, 루퍼스는 아저씨가 뭘 하려는지도 모른 채 다가갔다. 월터는 단단한 팔로 루퍼스를 다정하게 감싸 안았다. "넌 착한 아이야. 그래도 동생한테 으스대는 건 좋지 않아."

"'으스대는 게' 뭐예요?"

"너는 할 수 있지만 동생은 아직 못 하는 걸 자랑하는 거란다. 그런 건 좋지 않아."

"네, 아저씨."

"그러니까 조심하고, 앞으로 그러지 말거라."

"네, 아저씨."

"캐서린도 착한 꼬마니까."

"네, 아저씨."

"안 그러니, 캐서린?" 월터는 캐서린을 보고 웃었고, 캐서린은 기분이 좋아 얼굴이 빨개졌다. 루퍼스는 갑자기 동생이 아주 많이 좋아져 캐서린을 향해 웃어 주었다. 캐서린도 마주 웃어 주었고 둘은 기분이 훨씬 나아졌다. 루퍼스는 문득 이제껏 동생을 함부로 대한 것이 아주 많이 부끄러웠다.

"너희 둘에게 말해 주고 싶은 게 있단다." 월터 아저씨의 차분한 목소리가 들렸다. 두 아이는 아저씨를 올려다보았다. "너희가 지금 알아들을 거라고 생각해서 하는 말이 아니라 아저씨가 꼭 해줘야 할 말인 것 같아서 하는 거란다. 너희에게 꼭 말하고 싶어. 혹시 나중에라도 생각날 수 있으니까. 너희 아빠 얘기야. 왜냐면 너희는 아빠를 제대로 알 기회가 없었으니까. 아저씨가 말해 줘도 될까?"

두 아이는 고개를 끄덕였다.

"어떤 사람들은 힘들게 고생하면서 산단다. 돈도 없고, 학교도 제대로 못 다니고. 먹을 것도 마음껏 먹지 못하고. 그 사람들은 지금 너희가 가진 건 아무것도 없지만 그들을 사랑해 주는 좋은 사람들에게 둘러싸여 살지. 너희 아빠도 그렇게 시작한 분이야. 아빠에게는 아무것도 없었단다. 그래도 아주 작은 거 하나까지도 정말로 죽도록 노력해서 얻어 내셨지.

음, 위대한 인물들 중에 이렇게 맨손으로 시작한 사람들이 있어. 에이브러햄 링컨처럼. 그분이 누군지 아니?"

"그분은 통나무 오두막에서 태어났어요." 루퍼스가 말했다.

"그래 맞아. 우리가 아는 사람들 중에서 가장 위대한 인물이 되셨지."

월터는 잠시 말이 없었고, 두 아이는 아저씨가 아빠에 관해 무슨 말을 해줄지 궁금했다.

"어쩌다 보니 이 아저씨는 제이—너희 아빠—랑 잘 알고 지내고 싶었는데 그러질 못했어. 너희 아빠는 아마 내가 얼마나 자기를 좋게 생각하는지 몰랐을 거야. 음, 아저씨는 너희 아빠를 아주 많이 존경했단다, 루퍼스, 캐서린. 내 아내, 내 아들도 이보다 더 소중하지는 않을 거야." 월터는 다시 뜸을 들였다. "아저씨는 그냥 평범한 사람이야. 나쁜 사람은 아니지만 그냥 평범한 사람. 아저씨는 늘 너희 아빠를 링컨과 많이 닮은 분이라고 여겼단다. 출세한 걸 말하는 게 아니야. 사람 됨됨이를 말하는 거야. 어떤 사람들은 자기들이 꿈꾸는 곳에 도달한단다. 그런데 대부분 사람들은 거기까지 가지 못해. 하지만 너희 아빠만큼 그곳으로 가기 위해 힘든 일과 맞서 싸운 분도 없단다. 너희 아빠만큼 노력하고 그보다 더 큰 꿈을 꾼 분도 없단다. 출세하는 걸 말하는 게 아니야. 옳은 일을 말하는 거야. 너희 아빠는 선하게 사시길 원하고 당신 자신을, 모든 사람을 온전히 이해하기를 바라셨단다. 너희 아빠보다 더 용감한 분도 없고 더 친절하고 너그러운 분도 없어. 견줄 사람이 없지. 아저씨가 너희한테 해주고 싶은 말은, 너희 아빠는 이 세상을 살다 가신 훌륭한 분들 중 한 명이었다는 거야."

월터는 갑자기 안경 너머의 두 눈을 꼭 감고 침을 삼켰다. 한숨 섞인 긴 흐느낌이 새어 나왔다. 진심으로 깊은 감동을 받은 두 아이는 아저씨에게 가까이 다가갔다. 아저씨를 위로하려는 건지 자기네가 위로를 받으려는 건지 알 수 없었다. "그래, 그래." 월터는 여전히 눈을 감은 채 말했다. "그래, 그래, 그래."

이 층에서 문이 열리는 소리가 들렸다.

18

비탄과 충격이 참을 수 없는 수준에 이르면 탈진할 대로 탈진하여 오히려 무감각해지는 단계에 이른다. 남아 있는 것이 거의 없음에도 아주 많이 깨닫고 아주 많이 이해한다는 착각에 사로잡힌다. 메리는 요 며칠 내내 잠시 숨을 돌리는 중에 계속하여 떠오르는 그 생각에 어떤 위안을 얻곤 했다. 나는 그나마 잘 견디고 있어. 나는 어떤 상황인지도 잘 알고, 내가 처한 상황에 당당히 맞서며 잘 견디고 있어. 여기에 더해 일종의 자부심이랄까, 황폐한 쾌락마저 느껴지기도 했다. 나는 한 인간이 감당할 수 있으리라고는 꿈도 꾸지 못했을 법한 그 무거운 짐을 짊어지고도 잘 버티고 있어. 물론 이런 일을 겪는 사람은 많고 아주 흔한 일이라는 자각에 겸손해지고 위로도 받았다. 사는 게 다 이렇지. 전에는 산다는 게 뭔지 몰랐어. 또 이런 생각이 들기도 했다. 이제야 인류의 성숙한 일원이 되는 길에 더 가까이 다가간 셈이야. 아기를 낳은 게 대단한 건 줄 알았는데, 그건 그저 연습에 지나지 않았던 거야. 이제까지는 인간이 가진 인내력이 어디까지인지 진심으로 깨달을 기회가 없었다는 생각이 들었고, 고통을 감내해 온 모든 인간을, 또 끝까지 견뎌 내지 못한 사람까지도 마음 깊이 사랑하고 존경하게 됐다. 마치 지금껏 단 한 번도 하나님의 권능과 엄격함과 다정함을 깨닫지 못한 것 같았다. 이제야 처음으로 자신을 알게 된 것 같았고, 이렇게 조금씩 알아가면서 그만큼 희망도 놀랍게 부풀어 올랐다. 메리는 하룻밤 새 어른이 된 기분이었다. 이번 일을 겪으며 깨달아야 할 모든 의미를 진실로 깨달은 것 같았다. 이제 베일을 쓰고, 남편과 함께 살던 이 방에서 아니 이 집에서 나가 남편이 죽은 뒤 처음으로 남편을 만나러 가야 할 시간이 다가오고 있었다. 이승에서는 두 번 다시 만나지 못하게 될 남편을 묻어야 할 시간이 천천히 다가오고 있었다. 메리는 마음을 단단히 다잡았다. 지금까지는 베일을 '써보려' 하지 않았다. 괜찮은지 않은지 거울 앞에서 자신을 비춰 보는 행동조차 음탕한 짓 같았다. 그러나 이제 거울 앞으로 다가가 베일을 내려 얼굴을 덮고는 남편이 죽은 뒤 처음으로 자신의 모습을 바라보았다. 얼굴을 보고 싶지도 않았고 꼴이 어떻게 됐는지 관심이 없는데도 부쩍 변해 버린 얼굴이 한눈에 들어왔다. 속이 비치는 짙은 색 베일 속의 잿빛 눈동자를, 속이 비치는 짙은 색 베일을 통해 자신의 잿빛 눈동자로 바라보았다. 열이 있나 봐, 라고 생각하다 그 형형한 눈빛에 지레 놀라 시선을 돌렸다. 그리고 문 앞에 이르러 방을 나서면서 이러한 존재로부터 영영 벗어나려는 순간, 문득 어떤 깨달음이 샘솟았고, 그 깨달음에 압도되었다. 훗날에 지금을 돌아보면, 그전에 일어났던 모든 것, 자신이 경험하고 안다고 생각했던 모든 것이 — 어느 정도는 진실이겠지만, 이것에 비하면 — 아무것도 아니라는 걸 알게 되리라는 깨달음이었다. 방에서 나가는 순전히 물리적인 행동에 집중하는 와중에 그런 깨달음은 정의할 수 없는 어떤 형태로 일어났다. 그렇지만 그 위력은 무시무시한 무게로 그녀의 가슴과 영혼, 몸과 마음을 관통했다. 그리고 무엇보다도 자궁 속으로 들어와서 점점 커지는 차갑고 이상한 돌처럼 자리 잡았다. 그녀는 거의 들리지 않게, 그저 나직한 숨소리로 어흐흐흐흐 하고 신음하면서 몸을 푹 수그리면서 손을 배에 댔으며, 그 순간 무릎관절이 녹아 버렸다.

메리보다 키가 작은 한나가 메리를 부축하면서 "문 닫아요!"라고 고함쳤다. 두 사람은 한참 지나서야 자신들이 신부를 혐오하고 신부를 경멸하며 둘 다 그저 방에 남아 있고 싶은 생각뿐이라는 걸 깨달았다. 이제 그들은 신부가 옆에 있다는 사실조차 잊어버렸다. 한나는 메리를 부축해서 침대 끝에 걸터앉히고 자기도 옆에 앉아 가슴이 찢어지는 소리로 "메리, 메리, 메리, 메리, 아, 메리, 메리, 메리"라고만 탄식했다. 어느새 실핏줄이 비치게 된 손을 베일을 쓴 메리의 뒤통수에 가만히 댔고 다른 손으로는 메리의 손목을 팔찌 모양의 멍이 생길 정도로 꽉 잡았다.

그사이 메리는 조용히 앞뒤로 그리고 옆으로 몸을 흔들면서 몸속 저 밑바닥에서 올라오는, 인간의 것이 아니라 치명적으로 상처 입은 짐승의 것 같은 신음을 토해 냈다. 나직하고 노래하는 것 같고 귀에 거슬리지는 않게 들렸지만, 형태도 없고 질서도 없는 소리라서 조용하다는 점만 빼면 아기를 낳을 때 뭔가 초월적이면서도 바보처럼 악을 쓰는 것 같은 비명과 비슷했다. 그리고 그녀가 몸을 흔들고 신음하는 사이 그 깨달음은 완전하고 날카로운 집중력을 잃어갔다. 하지만 순전한 어둠으로부터, 마치 첫 여명에 서서히 드러나는 시골의 풍경처럼, 심상과 감정, 생각, 말과 책임으로 형태를 바꿀 수 있는 또 다른 각각의 깨달음들이 형체를 드러냈다. 그리하여 얼마 지나지 않아 한나가 하염없이 "메리, 메리"라며 부르고 잭슨 신부가 눈을 감고 기도하는 사이 그대로 앉아 있던 메리는 조용히 무릎을 꿇고 잠깐 침묵하고 있다가 성호를 긋고 일어서면서 입을 열었다. "이제 준비됐어요"

하지만 메리는 휘청거렸다. 한나는 "가만있어, 메리. 서두를 거 없다"라고 말했고, 잭슨 신부도 "잠깐 누워 계셔야 할 것 같군요"라고 말했지만 메리는 "아뇨, 고맙습니다. 지금 갈래요"라고 대답하고는 비틀비틀 힘겹게 걸어 문을 열고 나갔다.

잭슨 신부가 위층 복도에서 메리의 팔을 붙들었다. 메리는 그러지 않으려고 애썼지만 하는 수 없이 신부에게 무겁게 기대고 말았다.

"가자, 이제." 엄마가 속삭이면서 한 손에 한 아이씩을 감싸고 그린 룸을 지나서 거실로 들어갔다.

그것은 벽난로에 붙어 있었다. 거실에는 마룻바닥에 쏟아진 햇살 말고는 거의 아무것도 없는 것처럼 보였다.

그것은 아주 길고 색이 진했고, 배처럼 매끄러웠으며, 밝은 색 손잡이가 달려 있었다. 뚜껑이 반쯤 열려 있었다. 낯설고 향긋한 냄새가 났지만 너무 희미해서 거의 알아차릴 수 없었다.

루퍼스는 그런 정적을 경험한 적이 없었다. 그들이 아빠에게 다가가면서 낸 작은 소리는 마치 눈송이가 조용히, 아주 조용히 소곤거리며 바다 위로 떨어지듯 소멸해 갔다.

그것 안에는 아빠의 머리, 아빠의 팔, 양복이 있었다. 아빠가 있었다.

루퍼스는 그렇게 무심한 아빠를 본 적이 없었다. 그 순간, 다른 모습의 아빠는 다시는 만나지 못할 거라는 생각이 들었다. 아빠의 표정은 어딘가 초조한 듯했는데, 턱을 살짝 내민 모습이 마치 칼라가 너무 꽉 조이고 너무 뻣뻣해서 싫은 마음을 애써 감추는 듯 보였다. 그럼에도 이렇게 약간 초조하게 턱을 내민 모습에는, 살갗에 잡힌 약간 찡그리는 표정에는, 아치형 콧날과 가만히 굳게 다문 입술에는, 예의 그 자신만만한 표정이 배어 있었다. 하지만 무엇보다 무심해 보였다. 아빠의 모든 세포 속에 담긴 이 무심함―아이들을 거부하고 밀쳐내는 무심함, 아니 너무나 무심해서 아이들이 가든 말든 상관조차 하지 않는 무심함―에는 그 무엇도 범접할 수 없는 완결성이 있었고, 다른 무언가, 아빠가 드러내는 어떤 감정이 있었다. 그러나 그 감정을 알아차릴 도리가 없었는데, 루퍼스로서는 이런 느낌을 한 번도 경험해 본 적이 없었기 때문이었다. 그 안에는 완벽하게 만들어진 아름다움이 존재했다. 머리와 손이 온전한 형태로, 변형할 수 없게 파괴할 수 없게 꼼짝도 않고 놓여 있었다. 그것들은 바닥없는 물속으로 끝없이 침잠하는 돌멩이처럼 조용히 존재 위로 움직였다.

팔은 굽혀져 있었다. 짙은 색 양복의 뻣뻣한 소매 아래로는 털이 북슬북슬한 손목이 나와 있었다.

손목은 비스듬히 놓여 있었다. 손을 둥글게 말아 쥐었는데도 손가락끼리는 서로 조금도 닿지 않았다.

그런데 아주 차분하게 놓여 있어서 일상적이면서도 엄숙해 보였다. 그 손은 몸의 한가운데 얹혀 있었다.

손가락이 유난히 깨끗하고 건조한 걸로 보아 아주 정성스레 닦고 씻겨준 것 같았다.

그래서인지 아주 강인해 보였고, 혈관도 튼튼해 보였다.

콧구멍은 몹시 시커맸는데, 한쪽 콧구멍에 솜 같은 뭔가가 들어 있는 것 같았다.

아랫입술 중앙에서 왼쪽으로 조금 치우친 자리에는 작은 푸른 줄이 입술 아래까지 살짝 내려왔다.

턱의 정중앙에도 역시 작고 푸른 상처가 있었는데, 연필로 그린 것처럼 직선으로 깔끔하게 나 있고 넓지는 않았다.

콧볼과 입가에 잡혀 있던 주름은 거의 펴져 있었다.

머리카락은 세심하게 빗질이 되어 있었다.

두 눈은 평소처럼 조용히 감겨 있고 눈꺼풀이 비단처럼 안구를 덮고 있었다. 루퍼스가 눈에서 입까지 휙 훑어보았을 때는 아빠가 웃으려는 것처럼 보였다. 그러나 입가에는 웃음이든 엄숙함이든 아무런 흔적도 보이지 않고, 오로지 강인함과 침묵, 남자다움과 무심한 만족감만이 드러났다.

루퍼스는 아빠가 살아있을 때보다도 아빠를 훨씬 더 똑똑히 바라보았다. 그런데 아빠의 얼굴은 방금 이발소에서 면도한 것처럼 비현실적으로 보였다. 머리 전체가 밀랍으로 만들어지고 손도 밀랍으로만 만들어진 것처럼 보였다.

아빠의 머리는 하얀색 작은 새틴 베개에 얹혀 있었다.

희미하고 묘한 냄새, 갓 벤 건초 냄새 같기도 하고 병원 냄새 같기도 한 냄새가 났지만 딱히 어느 쪽도 아니고 아주 희미해서 정말로 그런 냄새가 나는지조차 거의 확인할 길이 없었다.

루퍼스는 잠시 이렇게 바라보다가, 엄마가 캐서린을 안아 올려 잘 보이게 해주려는 걸 알고 옆으로 조금 비켜섰다. 곁눈질로 동생의 발그레한 얼굴을 보고 동생의 고른 숨소리를 들으면서 루퍼스는 계속 아빠를, 아빠의 고요를, 아빠의 힘을, 아빠의 아름다움을 바라보았다.

수염을 깎은 자리의 작고 까만 점들 하나하나까지 볼 수 있었다.

코 밑부터 입술의 하얀 가장자리까지 조각칼로 살을 깎아낸 것 같은 넓은 홈을 보았다.

아랫입술 아래로 더 섬세하게 움푹 들어간 자리도 보았다.

사람이 저렇게 오래 가만히 누워 있을 수 있다는 게 이상했고 불안하기도 했다. 그러면서도 아빠가 다시는 움직이지 않으리라는 걸 알고 있었다. 그 사실을 안다고 해서 미동도 하지 않는 아빠가 이상하지 않아 보이는 건 아니었다.

루퍼스의 안에서 그리고 밖에서, 아빠를 제외한 모든 것들은 건조하고 가볍고 비현실적이었지만 어떤 온기와 자극, 심장박동처럼 느껴지는 다정함으로 다가오기도 했다. 하지만 이렇게 이상하고 비현실적인 다정함을 지니면서도 그 핵심은 본질적으로 나머지 모든 것에 이질적이었고, 조각처럼 누워 있는 아빠 외의 아무 것도 현실적이지 않았기 때문에, 루퍼스는, 부끄럽지만, 고귀한 그 손을 만지고 싶었다.

"자, 루퍼스." 엄마가 속삭였다. 그들은 무릎을 꿇었다. 모서리 너머로 관이 겨우 들여다보였다. 루퍼스는 완벽한 그 손을 뚫어져라 바라보았다.

엄마가 루퍼스에게 팔을 둘렀고, 그 손이 루퍼스의 어깨에 얹히는 느낌이 들었다. 루퍼스도 팔을 엄마에게 둘렀고, 그러자 엄마의 손이 자신의 어깨 위를 움직이더니 루퍼스의 손에 동생의 팔이 닿는 느낌이 들었다. 루퍼스가 맨살이 드러난 동생의 팔을 가만히 잡아 주려 하자 동생이 손을 허우적거리며 오빠의 팔을 맞잡으려고 하는 느낌이 전해졌다. 루퍼스는 동생의 팔을 잡고는 참 작다고 느꼈다. 동생의 겨드랑이 바로 아래쪽에서 뼈에 닿는 맥박이 전해졌다.

"하늘에 계신." 엄마가 기도를 시작했다.

아이들은 엄마를 따라 했다. 캐서린은 아는 구절이 나올 때까지 기다렸고, 루퍼스는 우물거리는 동생에게 아주 조용하면서도 또박또박 이어지는 구절을 일러 주었다. 엄마가 차분히 암송했다.

"하늘에 계신 우리 아버지, 이름이 거룩히 여김을 받으시며, 나라가 임하오시며, 뜻이—"

"뜻이 하늘에서 이….." 루퍼스가 혼자 앞서 나갔다가 당황해서 기다렸다.

"뜻이 하늘에서 이루어진 것 같이" 엄마가 이어서 암송했다. "땅에서도" 이 구절에 담긴 어떤 낯설고 미묘한 명암으로 인해 루퍼스는 경외감과 슬픔에 사로잡혔다. "이루어지이다."

"오늘 저희에게….."

이번에는 좀 더 신중히 기다렸다.

"일용할 양식을" 캐서린이 자신 있게 따라했다.

"오늘 저희에게 일용할 양식을 주시고." 이 대목에서는 엄마가 조금 다른 의미로 암송하는 것 같았다. "저희가 저희에게 죄 지은 자를

사하여 준 것 같이 저희 죄를 사하여 주시고

저희를 시험에 들게 하지 마시옵고 다만 악에서 구하시옵소서." 여기서 엄마는 아이들에게 얹었던 손을 떼고 고개를 숙였다.

"나라와 권세와 영광이 아버지께" 엄마가 집념에 가까우리만치 확신에 찬 목소리로 읊었다. "영원히 있사옵나이다, 아멘."

엄마는 잠시 아무 말도 하지 않았고, 루퍼스는 아직 그 손을 뚫어 져라 쳐다보았다.

"주여, 저희에게 은총을 내리고 저희를 도와주세요." 엄마가 말했다. "주여, 저희가 주님을 이해하도록 이끌어 주세요. 주여, 저희가 주님의 뜻을 알도록 이끌어 주세요. 주여, 저희가 그 뜻을 이해하든 못하든 성심으로 주님을 믿도록 도와주세요.

주여, 이 어린 아이들이 선하고 강인하고 자애롭고 사랑이 넘치던 아빠를 기억하고 아빠가 이 아이들을 얼마나 사랑했는지 전부 잊지 않게 해주세요. 주여, 이 아이들도 저희 아빠처럼 선하고 착하고 용감한 사람으로 자라게 해주시고, 만약 지혜로우신 주님께서 그이의 목숨을 살려 주는 게 좋겠다고 생각하셨더라면 그이가 이들에게 바랐을 모습으로 성장하도록 도와주세요. 주여, 아이들이 커가고 저희 모두가 살아 있는 동안 그이가 늘 지켜보게 해주시고 그이가 여전히 저희와 함께 있다는 걸 저희가 느끼고 알 수 있게 해주세요. 나아가 아빠가 아이들을 빼앗긴 게 아니고 그이가 아이들에게 바라던 모든 소망과 사랑한 마음을 빼앗긴 것이 아님을 알게 해주세요. 또한 아이들도 아빠를 빼앗긴 게 아님을 알게 해주세요. 아이들도 아빠를 빼앗긴 게 아님을.

주여, 그이가 아직 저희와 함께 있고 여전히 저희를 사랑하는 것을 알게 해주시고, 또 그이가 앞으로 저희에게 무슨 일이 닥치고 저희가 무슨 일을 하며 저희가 어떤 모습이 될지를 염려하는 것을 알게 해주세요, 제발 알게 해주세요, 오, 주여….."

엄마는 이렇게 새된 목소리로 기도하고는 더 이상 말이 없었다. 루퍼스는 엄마가 아빠를 보고 있다고 느꼈지만 눈을 돌리지 않았다. 그리고 자기가 확신하고 있는 것을 자기가 알아서는 안 되는 거라고 느꼈다. 잠시 후 엄마의 입술이 가만히 달싹이는 소리, 온 세상에 눈이 내리는 듯한 아주 조용한 그 소리가 들리는 사이, 루퍼스는 그 손에서 눈길을 거두어 아빠의 얼굴로 시선을 옮겼다. 움푹 들어간 푸르스름한 턱이 위로 들려 있고 광대뼈 안으로 살이 푹 꺼진 모습을 보면서 처음으로 죽음이라는 그 말의 무게를 구체적으로 인식할 수 있었다. 루퍼스는 급히 눈길을 돌렸고, 거대한 종이 울리듯 무거운 의문이 마음속으로 울려 퍼졌다. 흰 눈처럼 창백한 엄마의 입술에서 새어 나오는 의심과 다시는 슬픔에 빠지지 않겠다는 소망을 들으면서 루퍼스는 다시 아빠의 손을, 일상적인 엄숙함이 태연하게 드러난 그 손을 응시했다. 더 절박하게 그 손을 만지고 싶었지만, 혼자 남아 아무한테도 들키지 않을 방법을 찾을 수만 있다면 만져도 될 것 같던 아까의 기분과 달리 지금은 왠지 만지면 안 될 것 같은 기분이었다. 그래서 더 열중하여 그 손을 들여다보며 모든 촉각을 보이는 것에 집중시키려 했다. 하지만 마음처럼 되지 않았다. 어깨에 닿은 엄마의 손도 아무런 느낌도 없고 의미도 없는 것 같았다. 루퍼스는 자신의 손과 동생의 팔에 땀이 흥건히 고인 걸 알고는 살며시 손을 바꿔 잡았다. 연민의 마음이 든 건 아니었다. 다만 동생의 손에 힘이 들어가는 느낌이 전해지자 너무 어려서 아무것도 모를 이 아이에게 다정히 대해 주고 싶은 기분이 들었다. 그리고 그 손은 잠시 단순한 사물이 되었고, 엄마의 숨소리에 섞여서 이렇게 중얼거리는 소리만 들려왔다. "잘 가, 제이, 잘 가. 잘 가. 잘 가. 잘 가, 나의 제이, 내 남편. 오, 잘 가. 잘 가."

아무 소리도 들리지 않았다. 사물이 된 그 손 말고는 아무것도 보이지 않았다. 그리고 누군가가 머리통을 움켜쥐고 힘껏 내리누르는 느낌이 드는 것과 동시에 조용하지만 성량이 풍부한 목소리가 들려왔다.

엄마는 아니었다—사실 엄마의 치마는 뒤편 옆쪽에서 보였다. 캐서린 역시 큼직한 손에 머리를 눌린 채 아무 소리도 못하고 깜짝 놀란 표정을 지었다. 두 아이 사이, 그들보다 조금 뒤에, 반질반질한 검정 구두와 주름을 칼 같이 잡고 바짓단을 접지 않은 검정 바지의 주인이 나타났다.

"은총이 가득하신 마리아님, 기뻐하소서." 그 목소리가 읊조렸다. 엄마가 따라서 읊조렸다. "주님께서 함께 계시니 여인 중에 복되시며 태중의 아들 예수님 또한 복되시나이다."

"천주의 성모 마리아님, 이제 저희 같은 죄인들을 위하여 저희가 죽을 때 기도해 주소서, 아멘."

"하늘에 계신 우리 아버지," 그 목소리가 운을 떼자 아이들도 따라 읊었다. "이름이 거룩히 여김을 받으시며" 하지만 엄마가 머뭇거리자 아이들도 멈추었다. 그 목소리가 이어졌다. "나라가 임하오시며 뜻이 하늘에서 이루어진 것 같이" 그 목소리는 유독 온화했다. "땅에서도 이루어지이다. 오늘 저희에게 일용할 양식을 주시고 저희가 저희에게 죄 지은 자를 사하여 준 것 같이 저희 죄를 사하여 주시고." 벽난로 위 선반이 깨끗이 치워져 있었다. "저희를 시험에 들게 하지 마시옵고 다만 악에서 구하시옵소서." 이 말과 함께 그의 손이 루퍼스의 머리를 떠나서 성호를 긋고는 다시 제자리로 돌아왔다. "나라와 권세와 영광이 아버지께 영원히 있사옵나이다, 아멘."

그는 잠시 말이 없었다. 루퍼스는 단단히 내리누른 손 밑에서 몸을 조금 비틀어 위를 쳐다보았다. 입을 굳게 다문 진지한 얼굴의 신부가 눈을 꼭 감고 있었다.

"오 주여, 여기 고아가 된 무구한 아이들을 어여삐 여기셔서 지켜 주소서." 신부는 눈을 꼭 감고 말했다. 그럼 우리 고아 맞잖아! 루퍼스는 이렇게 생각하면서 아주 나쁜 생각이라는 걸 알았다. "삶이 안겨 줄 갖은 유혹으로부터 이 아이들을 지켜 주소서. 주님의 헤아릴 길 없는 지혜로 일으키신 이 일을 이 아이들이 이해하는 날 주님의 뜻을 알고 섬길 것입니다. 주여, 주님께 간청하옵니다. 여기 이 아이들이 이들의 선량한 아비가 바라는 자식으로, 소년과 소녀로, 남자와 여자로 자라게 해주옵소서. 아이들이 아비의 기억을 욕되게 하지 않도록 해주옵소서, 오 주여. 주여, 주님의 은총으로 머지않아 이 아이들이 주님에게서 진실하고 만인을 사랑하는 아버지 하나님을 알게 해주옵소서. 이 아이들이 괴로울 때나 기쁠 때나 주님을 더 찾도록 해주시고, 아이들의 아버지가 살았더라면 아이들이 지상의 선량한 아버지를 구하듯이 주님을 찾게 해주옵소서. 이 아이들이 위대하신 주님의 은총으로 진실한 기독교의 아이들, 가톨릭의 아이들로 자라게 해주옵소서. 아멘."

관이 놓인 곳 아래로 살짝 보이는 벽난로 가장자리의 타일 몇 장은 회색이 도는 파란색이었다. 나머지 타일은 모두 줄무늬가 쳐 있고 성난 듯 불그스름한 노란색이었다.

신부의 목소리는 우아한 말투로 바뀌었다. "인간의 이해를 뛰어넘는 하나님의 평화가 너희의 마음과 생각을 그리스도 예수 안에서 지켜 줄 것이다." 루퍼스의 머리에서 손을 뗀 신부가 두 아이의 머리 위에 번갈아 커다란 십자가를 그리면서 말했다. "전능하신 하나님의 축복을 내려 주옵소서, 성부와 성자와 성령이 너희 중에 계시고 늘 너희와 함께 계시리니."

"아멘." 엄마가 말했다.

신부가 어깨를 건드리자 루퍼스는 일어섰다. 캐서린도 일어섰다. 아빠는 일어나지 않았다. 루퍼스는 생각했다. 하긴 일어날 리가 없잖아. 아빠가 움직이지는 않았지만 달라진 것 같아. 저렇게 평온하고 아름다우며 고고하게 누워 있는데도 루퍼스의 눈에는 아빠가 내던져진 채 길바닥에 쓰러져 있는 것처럼 보이기도 하고 생판 모르는 사람이 아주 그럴듯하게 위장한 것처럼 보이기도 했다. 루퍼스가 불현듯 극심한 고통과 불신에 사로잡혀 자세히 보려고 몸을 기울인 순간, 손하나가 그의 머리에 살짝 닿는 느낌이 들었다. 엄마의 손이었다. 엄마가 "자, 얘들아"라고 말했고, 두 아이는 엄마 손에 이끌려 복도로 난 문으로 향했다.

피아노는 닫혀 있었다.

"엄마는 잠깐만 더 있고 싶어." 엄마가 아이들에게 말했다. "금방 나갈게. 그러니까 곧장 이스트룸으로 가서 한나 할머니하고 기다려주렴."

엄마는 아이들의 얼굴을 어루만지고 가만히 문을 닫았다.

이스트룸으로 가는 어두운 복도에는 아이들만 있는 게 아니었다. 앤드루 삼촌이 모자걸이 옆에서 난간을 잡고 서있었다. 삼촌은 굳은 얼굴로 눈물을 흘리면서 활활 타오르는 분노의 눈빛을 번득였다. 그 모습이 아이들 영혼의 밑바닥을 얼음처럼 내리쳤고, 아이들은 얼른 한나 할머니가 있는 방으로 들어갔다. 한나 할머니는 흔들의자에 앉아서 손을 무릎에 올려놓은 채 미동도 하지 않았다. 해도 없이 어디선가 밀려온 빛에 안경알이 반짝였고, 머리에는 서리가 내려앉은 것 같았다.

아이들은 앞쪽 계단에서 나는 발소리를 들었다. 외할아버지의 것이었다. 할아버지가 돌아서 복도를 따라 걸어오는 소리가 들렸고 깜짝 놀라 나직히 묻는 소리도 들렸다. "앤드루냐? 폴은 어디 있냐?"

그리고 삼촌이 할아버지의 귀에 대고 싸늘하게 말하는 소리가 들렸다. "저─안에─잭슨─신부하고요."

"어허!" 할아버지가 으르렁거리듯 탄식했다. 그러자 한나 할머니가 얼른 문 쪽으로 갔다.

"기도하는 중이에요."

"어허!" 할아버지가 다시 으르렁거렸다.

한나 할머니는 얼른 문을 닫고 의자로 되돌아갔다.

하지만 할머니가 그렇게 황급히 돌아와 다시 의자에 앉아서 한 일이라고는 무릎에 손을 올려놓고 무거운 안경알을 통해 앞을 물끄러미 응시하는 것뿐이었다. 아이들은 그저 얌전히 앉아서 창문을 가린 깨끗한 레이스 커튼을 바라보고 마당의 목련과 아카시아를 내다보았다. 옆집 담벼락을 보다가 잔디밭에서 모이를 쪼는 무거운 개똥지빠귀를 날아갈 때까지 지켜보고 햇볕이 내리비치는 길가에서 이따금 오가는 행인들을 구경하고 햇살이 비치는 도로에서 이따금 오가는 마차와 자동차를 구경하는 수밖에 없었다. 깨끗한 옷을 입은 아이들은 이러한 티끌 하나 없이 깨끗한 느낌이 오히려 낯설고 조심스러웠다. 집에 그늘이 드리운 것 같고 이렇게 평온하고 화창한 세상에서 뒤꿈치를 들고 걸어 다니는 기분이었다. 아이들은 따분해져 다시 한나 할머니를 보았지만 할머니는 아이들이 자기를 보는지조차 몰랐다. 한나 할머니가 아무런 반응을 보이지 않자 아이들은 저희끼리 마주 보았다. 하지만 원래부터 서로를 마주 보며 조금이라도 기분이 좋아지거나 흥미로워진 적이 없는 사이였던지라 오늘도 아무런 효과가 없었다. 평소보다 지나치게 깨끗한 모습이 서로의 눈에 들어올 뿐이었다. 아이들은 자기네가 지나치게 깨끗한 것은 어떤 일이 잘못되어서이고, 그렇기 때문에 조심스럽게, 특히 예의 바르게 행동해야 한다는 사실을 뼈저리게 깨달았고, 꼼짝 않고 앉아 있는 것 말고는 달리 적절한 행동을 찾을 수 없었다. 그런데 가만히 앉아 있는 거야 그렇다 쳐도 서로를 보지 않고는 달리 볼 데가 없어서 하는 수 없이 더 자세히 서로를 쳐다보았다. 보는 것은 보이는 것 이상으로 어색하고 부끄러웠다. 루퍼스는 자기보다 훨씬 작고 얼떨떨하며 심통이 난 듯 벌겋게 달아오른 둥근 얼굴의 아이를 바라보았다. 길 잃은 아이처럼 어리둥절하고 외로워 보여 조금 짠한 마음이 들기도 했지만, 그 이상으로, 속으로 화를 누르는 것 같은 표정과 이해하지 못하는 것 같은 동생의 표정에 괜스레 짜증이 났다. 그래서 돌아가셨어. 아빠는 돌아가셨어. 아빠는 그렇게 됐어. 아빠는 돌아가셨어, 라는 말만 되뇌었다. 아빠가 누워 있는 방은 마치 이 집에서 그리고 자신의 존재 속에서 가없이 파인 구덩이처럼 느껴졌다. 자신은 심연의 어둠 속 가장자리에 서 있는데, 그 어둠 속에도 공간이 푹 파인 것처럼 느껴졌다. 동생의 얼굴을 바라보는 사이 아빠의 얼굴이 방금 본 듯 또렷이 떠올랐다. 그래서 속으로 연신 돌아가셨어, 돌아가셨어, 라고 되뇌이면서 어색하고 불쾌한 표정으로 동생의 얼굴을 보았는데, 동생은 평소와 다르게 몹시 상기되고 혼란스러우며 무척 화가 나고 도통 아무것도 모르겠다는 표정을 짓고 있었다. 한편 캐서린은 아빠가 긴 상자 속에서 거대한 벙어리 인형처럼 가만히 누운 채 웃지도 않고 뒤척이지도 않고 향긋하고도 무서운 냄새를 풍기는 모습을 보면서, 저렇게 누워 있는 아빠 때문에 자기도 아주 깨끗한 옷을 입고 혼자 꼿꼿이 앉아 있어야 한다고 생각했다. 그래서 아무도 다정하게 대해 주거나 관심을 보여 주지 않고 모든 것에 조심스러워야 하며, 또 엄마 뜻에 따라 무섭고 싫은 아저씨가 무지막지하게 큰 손을 자기 머리에 얹고 이해도 가지 않는 말을 떠드는 거라고 생각했다. 뭔가 아주 안 좋은 일이 벌어지고 있기 때문에 아무도 자기한테 관심을 주지도 않고 아무 말도 해주지 않으며 도와주거나 사랑해 주거나 보호해 주지 않는 것 같았고, 맨날 엄청 똑똑한 척하는 오빠가 아주 깔끔한 꼴로 앉아서 못마땅하고 무시하는 얼굴로 자기를 쳐다보는 것이라고 생각했다.

두 아이는 잠시 서로를 냉랭하게 노려보다가 다시 옆 마당과 저 아래 길거리를 내다보면서 눈에 보이는 풍경에 관심을 가져 보려 애를 썼다. 머릿속으로 스며드는 생각을 애써 떨쳐 내려 했고, 싫은 소리를 듣지 않도록 들썩이는 몸을 달래 보려 했다. 그러다 이도저도 다 지루해져서 다시 고모할머니를 보았지만 할머니는 아빠만큼이나 무심해 보였다. 그래서 속상한 마음에 다시 서로를 마주 보았다. 그러다 다시 마당과 길거리를 내다보니 햇살이 서서히 자리를 옮기고 있었다. 그리고 자동차 한 대가 다가와서 멈추더니 월터 아저씨가 내려 천천히 집으로 걸어왔다.

19

월터 아저씨랑 외할아버지네로 돌아올 때 루퍼스는 지나가던 어떤 남자가 할아버지네 집을 흘끗 보고는 다시 가던 길을 급히 가다가 한 번 더 돌아보고는 총총히 떠나는 걸 보았다.

작은 마차와 자동차 몇 대가 텅 빈 채로 건너편 길가에 한가로이 세워져 있었지만 할아버지 집 앞은 휑했다. 집은 유난히 황량하고 달라진 것처럼 보여 적막했으며, 집 모퉁이는 유독 딱딱하고 윤곽이 또렷했다. 현관문 옆에는 검은 천 매듭을 엮어 만든 큼직한 꽃과 장식 리본이 매달려 있었다. 손이 닿기도 전에 문이 스르르 열리자 앤드루 삼촌과 엄마가 보이고 그 뒤로 어두컴컴한 복도가 보였다. 아찔하리만치 메스꺼운 향기에 숨이 막히고 다채로운 생기가 소용돌이치듯 그들을 휘감았다. 그들은 순식간에 어두운 복도로 빨려 들어가면서 그들을 숨 막히게 한 것은 꽃향기이고 그들을 휘감은 생기는 집 안을 가득 메운 사람들이 내뿜는 기운이라는 걸 알았다. 루퍼스는 오른쪽에서 강렬한 에너지와 어떤 위험이 덮쳐 오는 느낌이 들어 얼른 이스트룸을 보았다. 방 안은 창문 하나만 남기고 블라인드가 모두 내려져 있었고 남은 창문에서 들어오는 서늘한 빛을 등지고 시커먼 형상들이 가득 들어 차 있었다. 의자 끄트머리에 걸터앉아 절망적으로 웅크린 형상들은 마치 구덩이 속에 웅크린 곰처럼 무겁고 원시적이었다. 장중한 저음의 신음소리가 점점 커지고 이어 고음의 신음소리가 합세하더니 여기에 다시 낮은 곡소리와 높은 곡소리가 얹혔다. 그리고 어떤 여자가 벌떡 일어나 곡을 하며 울부짖으면서 관자놀이의 머리카락을 쥐어뜯고 두 팔을 마구 휘젓는 모습이 보였다. 그때 급하게 뛰어나온 앤드루 삼촌이 말없이 문을 재빨리 닫아 버렸다. 루퍼스는 그들의 발소리와 곡소리 때문에 왼편에서 소란이 일어났다는 걸 알고는 아빠가 누워 있는 햇살이 비치는 방을 흘끔 들여다보았다. 그 안에는 엄숙하게 차려입은 사람들이 빽빽하게 모여 허술하고 삐걱거리는 의자에 앉아 있었는데, 루퍼스와 눈이 마주쳤다가도 얼른 시선을 거두며 짐짓 두리번거리지 않은 척했다.

"괜찮아, 앤드루 오빠." 엄마가 속삭였다. "문 열어. 사람들한테 조금 있다가 들어갈 거라고 얘기해 줘." 그리고 엄마는 어느 쪽 방에서도 보이지 않는 복도 깊숙한 곳으로 아이들을 데려가서 월터에게 조용히 말했다. "저희 아버지가 그린룸에 계세요. 어머니도요. 고마워요, 월터."

"고맙긴요." 월터가 엄마를 지나치며 말했다. 그의 손이 엄마의 어깨 언저리에서 머뭇거렸지만 그냥 조용히 식당으로 들어갔다.

"자, 애들아." 엄마가 아이들과 눈높이를 맞추고 말했다. "이제 같이 들어가서 딱 한 번 더 아빠를 만날 거야. 오래 있을 수는 없고 그

냥 잠깐 보고 나올 거야. 그다음에는 폴레트 할머니를 잠깐 만날 거
고. 그리고 월터 아저씨가 너희를 다시 아저씨네 집으로 데려가시면,
엄마는 이따가 오후 늦게나 다시 만날 수 있을 거야."

앤드루 삼촌이 엄마에게 다가와서 고개를 끄덕였다.

"알았어, 오빠. 됐다, 얘들아." 엄마는 얼른 정수리 뒤로 손을 가져
가 베일을 내렸고, 아이들은 베일이 드리운 그늘 속 엄마의 얼굴과
눈을 바라보았다. 엄마가 아이들의 손을 잡고 나직이 말했다. "자, 엄
마랑 같이 가자."

방 안에는 짙은 색 양복을 입은 허버트 삼촌이 있었다. 그는 아주
깔끔하고 맵시가 좋았지만 얼굴에 주름이 잔뜩 잡혀 있었다. 그는 엄
마와 아이들을 흘깃 보다가 얼른 시선을 돌렸다. 늙은 스토스 양도,
에이미 필드와 네티 필드 양도 있었고, 닥터 드칼브와 드칼브 부인,
고든 드칼브 삼촌, 셸리아 건 이모와 건 부인, 댄 건, 새러 엘드리지
아주머니, 앤 타일러 아주머니, 그밖에 본 적이 있는지 없는지도 모
르겠는 사람들도 잔뜩 모여 있었다. 엄마와 아이들을 애써 외면하는
모습이, 털어놓으면 아주 불쾌해질 비밀을 공유한 사람들 같았다. 그
리고 아이들이 지금껏 봐왔던 온갖 꽃들이 어마어마하게 쌓여 있었
는데, 길쭉길쭉하고 더없이 신선하며 붉고 노란 꽃들, 길고 눈부시게
흰 꽃, 짙은 색 장미와 백장미, 양치식물과 카네이션 따위였다. 그 꽃
들과 니스를 칠한 듯 반짝이는 큼직한 종려나무 잎사귀가 한데 묶여
철사로 감겨져 있었으며, 검정색과 은색, 밝은 금색과 짙은 금색 리
본이 길게 늘어져 있었다. 방안은 숨 막힐 것 같은 향기로 진동했다.
관은 꽃들 사이에 거의 보이지 않을 정도로 숨어 있었는데, 마지막으

로 방에 들어온 낯선 사람 둘이 돌아서서 급히 관 옆 의자에 앉았다. 짙은 색 긴 외투를 입은 낯선 남자가 조용하면서도 민첩하게 엄마에게 다가와 짙은 색 젤리 같은 눈을 반짝이며 정중한 태도로 앞으로 안내한 후 당당하면서도 겸손하게 한쪽으로 비켜섰다. 거기 다시 아빠가 있었다.

아빠는 조금도 움직이지 않고 누워 있었다. 그럼에도 아빠는 달라 보였다. 얼굴은 더 냉담했고 훨씬 더 일상적이고 꼭 피곤하거나 지루한 것처럼 보였다. 원래의 아빠만큼 커 보이지도 않았다. 꽃향기가 너무 강렬한데다 조문객들의 다양한 기운이 속속 스며들고 구석구석 퍼진데다 각양각색의 예절과 제약이 뒤섞인 바람에, 그리고 온통 자신들에게 집중된 시선의 힘이 너무 강렬해서 그들은 아빠의 사진이나 아빠 대신 갖다놓은 그림이라도 되는 양 멍하니 아빠를 보았고, 아빠의 존재를 거의 깨닫지 못하고 아무런 관심도 느끼지 못했다. 공허한 호기심으로 어리둥절한 채로 계속 지켜보던 두 아이는 엄마에게 이끌려 뚜껑 덮인 피아노를 지나쳐서 그린룸으로 들어갔다. 그 방에는 외할아버지와 외할머니, 앤드루 삼촌과 어밀리어 이모 그리고 한나 할머니가 있었다. 외할머니가 벌떡 일어나 엄마를 품에 안고 어깨를 몇 번 토닥여 주었고, 외할아버지도 일어섰다. 이어 외할머니가 몸을 숙여 아이들을 한 명씩 번갈아 안으며 입을 맞추고는 조절이 안 되어 조금 커진 목소리로 "내 새끼들, 내 새끼들"이라고 말했다. 그동안 아이들은 엄마를 안아 주는 외할아버지의 기품 있고 냉소적인 얼굴을 보았고, 외할아버지가 엄마만큼 크지 않다는 걸 알았다. 어밀리어 이모가 수줍게 팔꿈치를 옆으로 벌리며 일어섰다. 아이들은 엄마에게 이끌려 나오면서 반대편 문 안쪽을 돌아보았는데, 긴 외투 차림의 남자와 또 한명의 낯선 남자가 관을 닫고는 묵묵하고 신속하게 나사를 돌리고 있었다.

월터는 다시 복도 가운데에서 뒤로 물러나 뭘 해야 할지 모르는 사람처럼 어정쩡하게 서있었다. 엄마가 곧장 월터 아저씨에게 다가갔다. "저기, 저희는 준비 다 됐어요, 월터." 엄마가 이렇게 말했다. 월터 아저씨는 몹시 수줍게 고개를 끄덕이고 한쪽으로 조금 비켜섰고, 그 사이 엄마가 아이들에게 말했다.

"이제 갈 시간이야. 아침에 아저씨가 말씀하신 대로 아저씨네 집에 가있어. 가서 재밌게 놀고 아주 착하고 얌전하게 있어야 해. 아저씨가 이따 오후에 엄마한테 다시 데려다주실 거니까." 엄마는 캐서린의 풀이 죽어 가는 조그만 옷깃을 세워 주었다. "자, 어서 가. 조금 있다가 보자." 엄마는 아이들에게 살짝 입을 맞추었다.

조금 있다가, 이제. 조금 있다가.

그들은 아주 조용히 거실 문을 지나 숨죽인 듯 고요한 현관으로 나와서 계단을 내려왔다. 루퍼스는 자기들이 도둑처럼 발소리를 죽이며 걷고 있다고 생각했다.

차를 타고 월터 아저씨네 집에 거의 도착할 즈음 아저씨가 갑자기 엉뚱한 모퉁이에서 차를 돌리고 다시 다른 모퉁이를 돌면서 아이들에게 말했다. "너희도 보고 싶어 할 것 같아서. 아닐지도 모르겠지만 나중에, 아주 나중에 아저씨가 너희를 이곳으로 데려다 준 걸 고마워할지도 모르겠구나." 그리고 조금 더 속도를 내서 조용하고 텅 빈 뒷길을 달리더니 모퉁이를 하나 더 돌아 천천히 속도를 줄이고는 차를 세웠다.

　골목 바로 맞은편으로 닥터 드칼브의 집이 보이고, 길모퉁이와 너른 잔디밭도 보였다. 외할아버지 집이 보였고, 거기서 무슨 일이 벌어지는지도 알 수 있었지만 저쪽에서는 그들의 차가 보이지 않았다. 여섯 남자가, 앤드루 삼촌, 랠프 삼촌, 허버트 케인 삼촌, 조지 베일리 고모부, 드레이크 씨, 그리고 한 번도 본 적 없는 어떤 남자가 회색의 반짝이는 기다란 상자의 손잡이를 잡고 조심조심 휘어진 벽돌길을 따라 집에서 거리로 나오고 있었다. 아이들은 저건 분명 아빠가 누워 있는 상자이고 아주 무거울 거라고 생각했다. 남자들의 키가 제각각이라서 키 큰 앤드루 삼촌과 더 큰 조지 베일리 고모부가 무릎을 살짝 구부린 반면에 제일 작은 허버트 삼촌은 몸을 바깥쪽으로 내밀고 위로 올렸다. 바로 뒤에서 더 천천히 걸어 나오는 듯 보이는 사람은 외할아버지였고, 검은 베일로 다 가린 키 큰 여자는 소박하고도 우아한 모습으로 보아 틀림없이 엄마였다. 바로 그 뒤에서 한쪽에는 제시 고모가 나오고 다른 한쪽에는 잭슨 신부가 나왔고, 역시 검은 베일로 얼굴을 다 가린 여자도 같이 나왔는데 키가 작고 절뚝거리는 모습이 영락없는 폴레트 할머니였다. 그리고 바로 뒤에 외할머니와 한나 할머니, 샐리 숙모와 어밀리어 이모, 셀리아 건 이모와 건 부인과 베스 건 양, 케인 씨와 에이미 필드 양과 네티 필드 양, 닥터 드칼브와 드칼브 부인과 고든 드칼브 삼촌이 따라 나왔고, 현관 베란다와 계단에도 짙은 색 옷차림의 사람들이 잔뜩 모여 있었다. 그중에는 얼굴과 태도로 보아 대충 누군지 알아도 이름까지는 모르는 사람들도 있었고 전에 본 적이 있는지조차 아리송한 사람들도 많았다. 그리고 아직 더 많은 사람들이 현관문에서 베란다로 꾸역꾸역 나오고 있었다. 집 옆쪽을 따라 뒤에 있는 언덕에 번쩍거리는 검은색 자동차 한 대가 서있었고, 검은 옷의 작고 민첩한 남자 둘이 집과 마차 사이를 끊임없이 오가면서 한 아름의 화려한 꽃다발을 집에서 차 안으로 옮겨 실었다. 그리고 입구의 계단 앞에는 아까 아이들을 관으로 안내한 긴 외투 차림의 남자가 거만한 자세로 서있었다. 번쩍이는 검정말 세 마리와 번쩍이는 적갈색 말 한 마리에 매달린, 시커먼 유리창이 달린 번쩍번쩍한 검정색에 소용돌이 무늬인 길고 높고 좁은 상자가 몇 보 앞으로 끌려왔다가 다시 한 걸음 더 끌려와서 검정색의 번쩍번쩍한 뒷부분이 계단 밑에 딱 맞게 멈춰 섰다. 아빠의 관을 든 남자들이 계단 위에서 머뭇거렸다. 긴 외투 차림의 남자가 깍듯이 목례를 한 후 돌아서서 안이 보이지 않는 높다란 마차의 번쩍이는 뒷문을 열자 남자들이 신중하게 서로 딱 붙어서 조심조심 좁은 계단을 내려왔다. 긴 외투의 남자는 옆으로 비켜서서 남자들에게 뭐라고 말하기도 하고 손짓으로 지시하기도 했다. 엄마와 외할아버지가 계단 맨 위에서 머뭇거리자 그 뒤로 시커먼 기둥처럼 서있던 조문객들도 덩달아 우왕좌왕했다. 그 사이 무거운 아빠를 옮기던 남자들은 조심스럽지만 조금은 불편해하며, 아주 숙연한 얼굴로 신중하게 조금씩 밀고 잡아당기면서 어두운 마차 안으로 아빠가 누워 있는 관을 깊숙이 밀어 넣었다. 그러자 관의 딱딱한 뒷부분만 보였고, 전차 한 대가 다가오는 소리가 들렸다. 그마저도 긴 외투 차림의 남자가 문 한 짝을 닫아 버리자 상자의 한쪽 모서리만 보였고, 남자가 나머지 문마저 닫아

버리자 이제 완전히 보이지 않았다. 남자는 반짝이는 은색 손잡이까지 조여서 문을 완전히 잠갔으며, 말 한 마리가 귀를 씰룩거렸다. 잠시 정차했던 전차가 더 큰 소리를 냈다. 짙은 색 긴 마차가 몇 보 앞으로 끌려갔다가 다시 멈추었고, 문이 닫힌 번쩍이는 검정색 작은 마차가 앞으로 나와 긴 마차 뒤에 섰다. 전차가 지나갈 때 창문 밖으로 얼굴을 내민 사람들이 돌아보았다. 어떤 남자가 모자를 벗어 예를 갖췄다. 이어 엄마와 외할아버지가 계단을 내려왔다. 외할아버지가 엄마를 잡아 주며 작은 마차에 오르도록 도와주었고 이어서 폴레트 할머니와 제시 고모와 잭슨 신부가 계단에서 내려왔다. 외할아버지와 잭슨 신부가 폴레트 할머니를 부축해서 마차에 오르도록 해주고 이어 제시 고모를 잡아 주었다. 전차 소리가 점차 멀어졌다. 랠프 삼촌은 외할아버지가 마차에 오르도록 옆으로 비켜섰고, 이어서 삼촌과 신부 둘 다 외할머니가 마차에 오르도록 비켜섰고, 외할머니가 잠시 머뭇거린 후 부축을 받아 마차에 오른 후 랠프 삼촌이 뒤를 따라 올라탔다. 창문 커튼이 모두 내려와 있었다. 짙은 색 긴 마차와 짙은 색 작은 마차가 앞으로 이동하자 두 번째 작은 마차가 그 자리로 들어왔다. 작은 마차와 자동차의 긴 행렬이 잠시 주춤거리다가 몇 미터 정도 이동했으며, 집 건너편 인적이 없는 인도에 있던 남자가 걸어 내려와 아이들이 있던 곳 앞에서 길을 건너면서 다시 모자를 쓰고 반대편 갓돌에 올라섰다. 전차 소리가 완전히 소멸하고, 참새 두 마리가 요란하게 짹짹거리며 길에 떨어진 음식 부스러기를 주워 먹는 소리가 그것을 대신했다. 월터 아저씨가 "이제 가야겠구나"라고 말했다. 아이들은 아저씨가 이 말을 하자마자 아주 조용하고도 조심스럽게 차를 뒤로 빼는 걸 보고는 그동안 시동을 끄지 않은 걸 알았다. 그들을 태운 차는 모퉁이를 돌아 조금 전 아저씨가 그들을 데리고 온 조용한 뒷길로 내려갔다.

자기 집 앞에 차를 세운 아저씨가 차에서 내리기 전에 말했다. "방금 전 일은 아무한테도 말하지 않는 게 좋겠구나." 아저씨가 계속 내리려 하지 않아서 아이들도 가만히 있었다. 잠시 후 아저씨가 말을 이었다. "아니다, 너희 좋을 대로 하렴." 아저씨는 아이들을 돌아보지 않았다. 실은 아까부터 내내 보지 않았다. 그들은 그림자가 움직이고 나뭇잎이 흔들리는 걸 바라보았다.

월터 아저씨가 차에서 내려서 아이들 자리의 문을 열고 캐서린에게 두 손을 내밀었다.

"올라가자, 아가야."

20

텅 빈 것 같은 집 안에 메아리가 울리고, 강렬한 카네이션 향이 가시지 않은 채 남아 있었다.

엄마는 이스트룸에 있었다.

"우리 아가들." 엄마는 먼 여행을 다녀온 사람처럼 보였다. 모든 게 달라져 있었다. 아이들은 엄마 품에 얼굴을 묻으면서 다시는 아무것도 예전으로 돌아가지 않겠구나, 하고 생각했다. 꼭 끌어안은 엄마에게서 엄마 냄새를 맡을 수 있었고 엄마를 무척 사랑했지만 달라질 건 아무것도 없었다.

엄마는 아무 말도 하지 못했고, 아이들도 마찬가지였다. 아이들은 엄마가 말없이 기도하는 중이라는 걸 알았다. 그러자 이제 엄마에 대한 사랑 대신에 슬픔에 젖어서 기도가 끝나기를 얌전히 기다렸다.

"우리 여기 외할아버지 댁에 있을 거야." 엄마가 드디어 입을 열었다. "어쨌든 오늘 밤에는." 그리고 더는 말이 없었다.

아이들은 서서히 엄마의 손이 무겁게 느껴지기 시작했다. 루퍼스는 엄마에게 더 꼭 달라붙어 사라졌던 다정함을 되찾으려 했다. 그사이 캐서린은 몸을 빼냈다.

큰 애는 아는구나. 엄마는 속으로 이렇게 생각하고는 가만히 있지 못하는 캐서린에게 서운해지지 않으려고 애를 썼다. 캐서린은 이 중요한 순간에 오빠가 더 예쁨을 받는다고 느껴져 속상했다. 엄마도 그걸 알아차리고는 안고 있던 팔을 풀었는데, 사실은 그때만큼 엄마의 따스한 품에 꼭 안기고 싶었던 적도 없었다. 루퍼스는 엄마의 품안에서 엄마는 원래의 나보다 나를 더 괜찮은 아이로 알고 계시는구나, 라고 생각했다. 마치 거짓말이 통했을 때와 같았지만, 이번에는 그리 기분이 좋지 않았다.

"저희 아이들에게 은총을 내려 주세요." 엄마가 나직이 읊조렸다. "은총을 내려 주시고 저희 모두를 지켜 주세요."

"아멘." 루퍼스가 예의 바르게 속삭였다. 불편한 마음을 떨쳐 내기 위해 엄마를 더 꼭 끌어안은 루퍼스는 엄마도 자기를 더 힘껏 끌어안는 느낌을 받았다. 그사이 서글프고 외로워진 캐서린은 돌처럼 딱딱하게 서 있었다.

거짓의 아들과 거짓에 속은 엄마, 그리고 깊은 상처를 받은 딸이 그렇게 정물처럼 그 자리에 조용히 있었다. 앤드루는 마치 성스러운 그림 같은 그들을 발견하고는 마음속으로 감탄했다. "성가족보다 성스럽구나."

"삼촌이랑 같이 산책할까?" 앤드루가 말했다. 캐서린은 현관 베란다에서 두 사람이 보이지 않을 때까지 지켜보았다. 그리고 벽에 붙어 있던 의자 하나를 끌어다가 그 위에 앉고는 몸을 흔들어 보았다. 시끄러운 소리만 내지 않으면 흔들어도 괜찮을 것 같았다. 한번 해보고 싶었던 것이다. 그런데 아무리 조심스럽게 가만가만 흔들어도 흔들 의자가 베란다 널빤지 바닥을 짓누르면 자갈 밟는 소리가 났다. 의자에서도 크지는 않지만 삐걱거리는 소리가 났다. 캐서린은 의자를 흔들다 말았다. 잘못이라고 생각해서가 아니라 누가 듣는 게 그냥 싫어서였다. 캐서린은 팔과 손을 높이 들고 쭉 뻗어서 의자 팔걸이에 얹고 난간 틈으로 잔디밭과 그 너머의 거리를 내다보았다. 개똥지빠귀 한 마리가 묵직하게 풀밭에서 폴짝거렸다. 개똥지빠귀는 캐서린을 흘깃 보다가 다시 바늘로 찌르듯 잠깐 노려보고는 더는 관심을 보이지 않았다. 묵직하게 폴짝거리며 잠깐 캐서린을 흘깃 쏘아볼 때처럼 짧은 풀을 쿡쿡 찔러댈 뿐이었다.

길 건너 저 아래 편에서 닥터 드칼브가 집으로 걸어오고 있었다. 아직 짙은 색 옷차림이었다. 캐서린은 아빠가 늘 멀리서 자기를 알아보고 손을 흔들어 주던 기억을 떠올리며 닥터 드칼브가 자기를 돌아보고 손을 흔들어 주기를 기다렸다. 하지만 그는 손을 흔들기는커녕 돌아보지도 않고 곧장 집으로 들어가 버렸다.

그 집 옆 마당 꽃밭 안쪽에는 새하얀 긴 드레스 차림에 하얀 장갑을 끼고 머리에 종이봉투를 쓴 드칼브 부인이 있었다. 부인은 쭈그려 앉지 않고 몸을 깊이 숙였고, 옆으로 움직일 때마다 큰 키에 호리호리한 몸을 펴면서 한손으로 치맛자락을 거머쥐고 살짝 올렸는데, 외할머니가 갓돌을 오르내릴 때와 같은 모습이었다. 부인은 다시 몸을 숙였다. 꼭 아기침대를 들여다보면서 잘 자라고 인사하는 것 같았다.

길거리에는 사람들이 꽤 있었는데, 다들 한쪽 방향으로 걸으면서 시내를 벗어나고 있었다.

현관 베란다 옆 세이지오렌지 나무의 나뭇잎들은 바람결에 잠든 것처럼 나른하게 누워 있다가 이따금씩 아주 조용히 몸을 흔들고는 다시 가만히 누웠다.

개똥지빠귀가 벌레를 잡았다. 그리고 뒤꿈치를 딛고 뒷걸음질 치면서 있는 힘껏 벌레를 끌어당겼다. 벌레가 고무줄처럼 늘어나다가 뚝 끊겨서 두 동강이 났다. 캐서린은 뱃속에서 무언가가 툭 끊기는 느낌을 받았다. 개똥지빠귀는 끌어온 벌레를 순식간에 게걸스레 먹어 치우고는 아까보다 더 빨리 부리를 휙휙 흔들면서 남은 벌레 반 토막을 잡아채고 다시 끌어당겼다. 벌레는 늘어나기만 할 뿐 끊어지지 않다가 통째로 서서히 땅에서 들렸다. 개똥지빠귀가 남은 벌레를 잡아채서 날아오르는 순간까지도 벌레는 여전히 꿈틀거렸다. 개똥지빠귀는 커다란 곡선을 그리면서 높이 날아올라 옆 마당의 나뭇가지 속으로 들어갔다. 가냘프게 쨱쨱대는 새끼들의 울음소리만 들릴 뿐이었다.

닥터 드칼브는 아내와 서로 마주 보며 이야기를 나누었다. 아저씨는 전체적으로 통통했으며 부인이 아저씨보다 더 컸다. 아저씨는 외투를 벗고 있었는데, 등에 연푸른 멜빵끈이 교차해 있었다. 흰 셔츠 위로 목덜미가 검붉은 색으로 익어 있었다.

한 블록 내려가면 나오는 다음 교차로에서 아직 많은 사람이 걸어오고 있었다. 다들 피곤해 보였지만 발걸음은 빨랐는데, 멀리서 보니 아주 조그맣게 보였다. 그들 역시 거의 모두 시내를 등지고 걸어왔다.

고든 드칼브 삼촌이 자기네 집으로 걸어오고 있었다. 삼촌도 아직 짙은 양복을 입고 한 손에는 모자를 들고 있었다. 엉덩이가 뚱뚱해서 오리처럼 뒤뚱거렸다. 캐서린이 앉아 있는 곳에서조차 고든 삼촌은 목이 몹시 굵고 그 목이 막힌 듯 얼굴은 빵빵해 보였는데, 앤드루 삼촌 말대로 꼭 뜨거운 으깬 감자를 입에 가득 머금은 모습이었다. 고든 삼촌이 고개를 들어 이쪽을 바라봐서 캐서린이 손을 흔들었지만, 고든 삼촌은 얼른 다시 고개를 돌리고는 잔디밭을 가로질러 그의 부모에게 다가가 이야기를 나누었다.

그때 갑자기 작은 소리가 들려 캐서린은 깜짝 놀랐다. 거실에서 나는 소리였다. 더는 아무 소리도 들리지 않았다. 고요함 속에서 캐서린은 의자에서 내려와 살금살금 베란다 한 구석의 창문으로 다가갔다. 외할머니가 피아노 뚜껑을 열어 둔 채 앞에 앉아 있었다. 캐서린에게도 건반이 보였다. 외할머니는 무릎에서 손을 떼지도 않고 한참 그렇게 앉아 있다가 일어서서 피아노 뚜껑을 닫고는 그린룸으로 갔다. 외할머니는 그곳에서 앞치마를 둘렀다. 그런데 캐서린이 창문에서 떨어지기 전에 외할머니가 다시 거실로 들어와서(할머니는 이쪽이 보이지 않겠지. 캐서린은 얼른 스스로를 안심시켰다) 잘 보이지 않는 눈으로 가만히 들여다보더니 입을 오므리고 다시 피아노 앞에 앉았다. 외할머니가 또 다시 피아노 뚜껑을 열고 건반 위에서 힘을 주어 손가락을 구부리고 움직였지만 소리는 나지 않았다. 캐서린은 외할머니가 잘 듣지 못한다는 사실이 떠올랐다. 외할머니는 엄청 크게 말하시잖아. 그래서 음악을 연주할 때도 잘 듣지 못해. 외할머니는 몸을 깊이 숙이고 그나마 조금 들리는 쪽 귀를 건반에 가까이 대면서 평소 연주할 때처럼 페달을 밟고 있었지만 소리는 들리지 않았다.

어, 왜 나는 안 들리지? 캐서린은 퍼뜩 자기는 원래 귀가 잘 들린다는 생각이 들었다. 더 유심히 관찰하고 귀를 기울였다. 그런데도 아무 소리가 나지 않았다.

문득 재미삼아 커다란 까만색 보청기로 들어 볼까 궁리하던 중 사람들이 길에서 오가는 소리와 도시의 웅웅거리는 소음이 들렸다. 그제야 캐서린은 피아노 소리가 들리지 않은 이유를 알 수 있었다. 안 들린 게 아니라 외할머니가 건반에 손을 대기만 할 뿐 소리를 내지 않았던 것이다.

잠시 후 캐서린이 들여다보던 창 가까이 거실 안쪽으로 외할아버지가 들어와서 우두커니 서있었다. 외할아버지는 외할머니를 잠자코 바라보았다. 할아버지도 귀가 어둡기는 해도 할머니만큼은 아니었다. 할아버지는 음악이 흐를 때면 늘 창가 쪽 거실 끝에 앉아 있었다. 그런데 지금 할아버지는 서있었다. 그렇게 서있던 할아버지는 할머니가 등지고 앉은 쪽으로 성큼성큼 다가가 할머니의 구부정한 어깨 혹은 머리에 얹으려는 듯 두 손을 들었다. 그러나 잠깐 그러고 있다가 다시 돌아서서 거실로 들어올 때보다 더 빨리, 더 조용히 밖으로 나갔다. 그러는 내내 할아버지가 고개를 푹 숙이고 있어서 캐서린을 보지 못한 것 같았다.

이제 외할머니는 연주를 마치고 건반 사이에 가만히 손을 얹고는 손가락을 움직여 검은 건반과 그 사이의 흰 건반을 그냥 어루만지기만 했다. 그러고는 손을 떼 무릎 위에 포갠 뒤 일어나서 피아노를 닫고 그린룸으로 들어갔다.

닥터 드칼브와 드칼브 부인, 고든 삼촌은 이제 정원에 없었다.

아빠는 어디 있지?

캐서린은 불현듯 자기가 혼자라는 걸 견디기 힘들었다. 복도로 들어가서 이스트룸에 가봤지만 엄마는 이제 그 방에 없었다. 복도를 따라 식당 쪽으로 가면서 외할머니가 식료품실에서 분주히 움직이는 소리를 들었지만 보고 싶지도 눈에 띄고 싶지도 않았다. 캐서린은 얼른 뒤꿈치를 들고 식당의 한 구석을 가로질러 식탁 뒤에 숨었다가 그린룸으로 들어갔다. 하지만 그 안에도 아무도 없었다. 창밖을 내다보니 외할아버지가 정원 한가운데 서서 잎이 뾰족하고 억센 용설란을 내려다보고 있었다. 캐서린은 어지러운 향기가 진동하는 거실을 지나 최대한 빠르고 조용하게 계단을 올라 이 층으로 향했다. 어밀리어 이모의 방문은 닫혀 있었다.

캐서린은 얼굴이 새빨개진 채 울음을 터뜨렸다. 복도를 뛰어갔다. 닫혀 있었다. 한나 할머니의 방문이 닫혀 있었다. 그 문 안에서 차갑고 힘없는 목소리가 차츰 잦아들었다. 한나 할머니의 목소리, 엄마의 목소리. 캐서린은 문에 귀를 바짝 대고 들어보았다.

오, 하나님, 인류의 창조주이시자 수호자이시여, 모든 부류와 모든 조건의 인간을 위해 주님께 비나이다. 모든 인간이 주님의 뜻을 알고 모든 민족이 주님의 구원을 알게 하소서. 무엇보다도 주님의 성스러운 교회가 온 세상에 널리 알려지기를 기도합니다. 선하신 성령의 인도와 다스림을 받아 기독교인임을 자처하고 스스로를 기도교인이라 부르는 모든 이가 진리의 도정으로 인도되어 영혼의 통합과 평화로운 연결과 삶의 올바름에 대한 믿음을 잃지 않기를 기도하옵니다. 끝으로 주님의 자애로운 선함을 어떤 이유로든 마음이나 몸이나 재산으로 고통을 받거나 번민하는 이들에게 권하옵나이다. 그리하여 주께서 기꺼이 그들의 몇 가지 필요에 따라 그들을 위로하고 그들의 번민을 덜어 주시기를 기원합니다. 그들이 고통 속에서 인내하게 하시고 온갖 환란에서 벗어나 행복을 누리게 하소서. 예수 그리스도를 위해 기도합니다. 아멘.

전능하신 하나님, 자비로우신 하나님 아버지, 저희 보잘 것 없는 종들은 주께서 선하고 자애로운 마음으로 저희를 봐주시는 데 겸허히 진심으로 감사드립니다. 주께서 저희를 창조하시고, 지켜 주시고, 이렇게 삶의 모든 은총을 내려 주신 데 진심으로 감사드립니다. 하지만 무엇보다도 우리 주 예수 그리스도를 통해 세상을 구원해 주신 주님의 헤아릴 길 없는 사랑에 감사드립니다. 은총의 수단과 영광의 희망에 감사드립니다. 그리고 저희는 주님께 간절히 비나이다. 저희가 주님의 모든 자비를 마땅히 분별할 줄 알고 저희가 온 마음으로 감사할 줄 알게 해주옵소서. 저희가 말뿐이 아니라 목숨을 다해 주님께 봉사함으로써 주님을 찬양하게 해주시고, 저희가 사는 동안 주님 앞으로 거룩하고 의롭게 걸어가게 해주옵소서. 우리 주 예수 그리스도를 통해, 그분에게, 주님과 성령께 모든 존귀와 영광이 영원히 함께 하시길 기원합니다, 아멘.

엄마는 목이 메었다. 한나 할머니는 아주 나직한 목소리로 기도를 계속 읊고 마무리 지었다. 그러고는 아까보다 더 조용히 속삭였다.

"메리, 애야, 그만하자."

잠시 후 엄마의 목소리, 흔들리고 울부짖는 듯한 목소리가 들렸다.

"싫어, 싫어요. 싫어, 싫어요. 부탁해요, 한나 고모. 저 — 저는…."

그리고 다시 한나 할머니의 목소리. "이제 그만하자니까."

그리고 엄마의 목소리. "이거라도 안하면 도저히 견딜 수 없을 것 같아요."

그리고 한나 할머니. "그래, 애야. 주께서 은총을 내리고 지켜 주실 게야. 그래, 그래."

그리고 엄마의 목소리. "조금만 있으면 저도 괜찮아질 거예요."

그리고 침묵.

그리고 한나 할머니의 차갑고 힘없는 목소리 — 그리고 엄마의 목소리 —

숨 막힐 듯한 정적 속에서 캐서린은 한나 할머니 방 맞은편의 열린 문으로 몰래 들어가 외할머니와 외할아버지 침대 밑에 들어가 숨었다. 더는 울지 않았다. 다시는 아무한테도 눈에 띄고 싶지 않을 뿐이었다. 캐서린은 옆으로 돌아누워서 칙칙한 카펫의 결을 보았다. 한나 할머니의 방문이 열리자 겁이 덜컥 나서 숨이 턱 막혔고 무릎을 가슴께로 올려 끌어안았다. 아래층에서 자기를 부르는 소리가 들리기 시작하자 캐서린은 몸을 더 웅크렸고, 계단을 올라오는 발소리와 걱정하는 말소리가 더 크게 들리자 몸이 떨렸다. 그 발소리가 복도에 이르렀을 즈음 침대 밑에서 기어 나와 문을 등지고 침대 끝에 걸터앉았다. 사람들이 들어오자 심장이 더욱 쿵쾅거려 가쁜 숨을 몰아쉬었다.

"아이고 여기 있었구나." 엄마가 큰소리로 말했다. 엄마의 놀란 얼굴과 눈물을 보고 캐서린은 잔뜩 겁을 집어 먹었다. "우리가 부르는 소리 못 들었니?"

캐서린은 고개를 저었다. 아뇨.

"아니, 대체 어떻게—잠이 들었구나?"

캐서린은 고개를 끄덕였다. 네.

"난 얘가 어밀리어 너랑 같이 있는 줄 알았지."

"전 고모나 자기 엄마하고 같이 있는 줄 알았죠."

"아니, 대체 어디 있었어, 아가? 세상에나, 혼자 있었어?"

캐서린은 고개를 끄덕였다. 아랫입술이 점점 더 삐죽 나오고 턱이 덜덜 떨렸다. 모두 미웠다.

"어휴, 이런 참. 어서 엄마한테 오너라." 엄마가 몸을 숙이고 팔을 내밀며 다가왔다. 캐서린은 있는 힘껏 뛰어가서 엄마 품에 얼굴을 파묻고 온몸이 눈물로만 만들어진 양 펑펑 울었다. 엄마가 아주 다정하게 "팬티 좀 보자. 왜 이렇게 푹 젖었지"라고 말하는 걸 듣고서야 정말로 팬티가 젖은 걸 알았다.

앤드루 삼촌이 이제껏 한 번도 같이 산책하자는 말을 한 적이 없던 터라 루퍼스는 왠지 우쭐한 기분이 들었다. 삼촌에게 뒤처지지 않으려고 부지런히 쫓아갔다. 어쩌면 그 일에 관해 듣겠구나 싶었지만 그래도 먼저 물어보는 건 좋은 생각이 아닌 것 같았다. 외할아버지의 집을 지나고 다음 블록으로 한참 들어가서 낯선 집과 나무들이 나올 즈음 루퍼스가 삼촌의 손을 잡았고 삼촌도 루퍼스의 손을 마주 잡아 주었다. 하지만 손을 꼭 쥐거나 조카를 내려다보지는 않았다. 루퍼스는 생각했다. 조금만 더 기다리면 삼촌이 말해 줄지 몰라. 아무튼 무슨 말이든 하겠지. 그러나 삼촌은 아무 말이 없었다. 반걸음 뒤처져서 삼촌을 바라보니 삼촌은 무슨 일로 화가 난 얼굴이었다. 삼촌이 내내 앞만 바라봐 루퍼스는 사실은 삼촌이 아무것도 보고 있지 않다는 생각이 들었다. 갓돌에서 내려서고 건너편 갓돌로 올라설 때조차 삼촌의 눈길은 움직이지 않았다. 삼촌은 얼굴을 잔뜩 찡그리고 어떤 나쁜 냄새를 맡을 때처럼 콧구멍을 벌름거렸다. 내가 무슨 잘못을 했나? 루퍼스는 속으로 자기에게 물어보았다. 아냐, 내가 잘못했다면 삼촌이 같이 산책하자고 안했을 거야. 아니지, 삼촌이 정말로 화가 나서 나를 혼내고 싶지만 집 안에서는 소란을 피우고 싶지 않아서 산책하자고 했을 수도 있어. 그래도 아무 말도 하지 않는 걸 보면 꼭 나를 야단치려고 하는 건 아니지 않을까? 아마 삼촌은 생각하는 중인지도 몰라. 어쩌면 아빠에 관해. 장례식에 관해(루퍼스는 막 출발하려는 영구차에 내리비치던 햇살을 보았다). 다들 거기서 뭘 했을까? 사람들은 아빠를 땅속에 내려 주고 그 위에 갖가지 꽃을 놓는다. 그리고 기도를 올리고 다들 집으로 돌아간다. 그린우드 묘지. 루퍼스의 마음 속에 그린우드 묘지가 선명하게 그려졌다. 묘지는 야트막한 언덕 위에 자리 잡고 있었다. 곳곳에 널린 하얀 비석 사이로 푸르른 나무가 빽빽했으며, 나무들 사이로 햇살이 가득 비치고 바람이 불었다. 한가운데 꽃이 잔뜩 쌓여 있고 꽃 무더기, 그 밑에 뚜껑을 닫은 관 속에는 아침에 본 모습 그대로 아빠가 누워 있었다. 다만 어두워서 아빠가 보이지 않았다. 그 안은 늘 어두울 것이다. 암소 뱃속처럼 컴컴

할 것이다.

태양이 빛나고 바람이 불어오리라.

레코드판에 바늘이 닿으면서 숯을 긁는 것 같은 소리가 그의 귀에 맴돌고, 버스터 브라운의 개*가 날카로운 이빨을 있는 대로 드러내고 웃는 게 보였다

"혹시라도 내가 하나님을 믿게 되거나," 삼촌이 말했다.

루퍼스는 얼른 고개를 들어 삼촌을 보았다. 삼촌은 여전히 앞만 똑바로 쳐다보며 아직도 화난 얼굴로 그러나 진정된 목소리로 말했다. "사후세계를 믿게 된다면 말이야,"

루퍼스와 삼촌은 조금 가쁜 숨을 몰아쉬면서 걸었다. 서쪽으로 가파른 오르막을 따라 샌더스 요새로 올라가고 있어서였다. 눈부시게 열린 하늘이 나무들을 흔들리게 했고 그 그림자 사이로 그들은 걸었다.

"아까 오후에 있던 일 때문일 게다."

루퍼스는 삼촌을 가만히 올려다보았다.

"구름이 잔뜩 끼어 있었거든." 삼촌은 여전히 앞만 보고 말했다. "그런데 구름이 빠르게 떠다녀서 햇살도 가끔씩 얼굴을 내밀었어. 그런데 너희 아빠를 땅속으로, 무덤 안으로 내리려고 할 때 구름 한 점

* 20세기 초 미국 만화 〈버스터 브라운〉에서 심한 장난꾸러기 버스터 브라운의 개 타지.

이 다가와서 무쇠 같은 그림자를 드리웠단다. 그때 말이야, 아주 완벽하고 장엄하게 생긴 나비 한 마리가 과— 관 위에, 바로 거기, 아빠의 가슴 바로 위에 내려앉았어. 그러더니 거기서 꼼짝도 않고 날갯짓도 거의 않고 있더구나. 꼭 심장처럼."

삼촌은 걸음을 멈추고 처음으로 루퍼스를 돌아보았다. 삼촌의 눈빛은 몹시 절실해 보였다. "나비가 내내 거기 앉아 있었어, 루퍼스. 그렇게 날개를 퍼덕이는 것 말고는 꼼짝 않고 앉아 있었어. 관이 노—노 젓는 배처럼 바닥에 긁히는 소리가 날 때까지 말이야. 그리고 관이 다 내려간 순간 쨍하고 해가 나와서 눈부시게 비췄지. 그러자 나비는 땅속 구—구덩이에서 날아올라 곧장 하늘로 올라가 높이 높이 보이지 않을 때까지 날아갔단다." 삼촌은 다시 언덕을 오르기 시작했고, 루퍼스는 뒤처지지 않으려고 다시 열심히 따라갔다. "거참 알 수 없는 일이지 않니, 루퍼스?" 삼촌은 다시 침통한 눈으로 앞만 쳐다보았다.

"네." 루퍼스는 삼촌이 진심으로 자기한테 묻고 있어 이렇게 대답했다. "네"라는 말로는 부족했지만 달리 할 말이 없었다.

"기적이란 게 있다면 말이야," 삼촌은 마치 누가 반박이라도 하는 것처럼 말했다. "그건 분명 기적이었어."

기적. 장엄. 루퍼스는 그런 말이 다 무슨 뜻인지는 몰랐지만 물어보지 않는 게 좋을 것 같았다. 루퍼스에게도 커다란 나비가 똑똑히 보였다. 나비가 알록달록한 빛깔의 날개로 아주 조용하고 웅장하게 날갯짓하는 모습이 보였다. 그리고는 홀연히 하늘로 날아올라 햇빛을 받아 화려하고 다채롭게 빛나는 모습이 보였다. 그러자 '장엄'이 무슨 뜻인지는 어느 정도 알 것 같았다. 그런데 '기적'은 뭘까. 아직 나비가 보이고 나비가 다시 거기 앉아서 커다란 날개를 퍼덕였다. 어쩌면 '기적'이란 나비의 날개에 그려진 온갖 빛깔의 줄무늬와 점박이 무늬를 말하는 건지도, 아니면 나비가 홀연히 날아오를 때 형형색색의 화려한 무늬가 햇빛 속에서 눈부시게 반짝거리는 모습을 말하는 건지도 몰랐다. 기적. 장엄.

삼촌이 나비 이야기를 들려줄 때 그 장면을 선명하게 떠올리면서 얘기한 터라 루퍼스에게도 그 장면이 생생했다. 그 광경을 상상해 보니 특별하고 좋은 일이 일어난 것 같았다. 아빠에게도 좋은 일인 것 같았고, 아빠가 그곳 어둠 속에 누워 있다는 사실이 별로 큰 문제가 되지도 않을 것 같았다. 좋은 일이 어떤 건지 정확히 몰랐지만 삼촌이 좋은 일이라고 여기고 그것에서 아주 강렬한 느낌을 받은 걸 보면, 틀림없이 루퍼스가 헤아릴 수 있는 것보다 훨씬 괜찮은 일이 있었던 것 같았다. 삼촌은 심지어 하나님을 믿는 이야기까지 꺼냈다. 삼촌이 하나님을 믿게 된다면, 이라고 말했다. 그전에 삼촌이 하나님을 입에 올린 건 하나님이 싫다고 말하거나, 하나님을 믿는 사람들이 싫다고 할 때밖에 없었다. 그런데 삼촌이 이렇게 말한 것은 무언가 더할 나위 없이 좋은 일이 있었다는 뜻일 터였다. 그러다 삼촌이 이런 이야기를 자기한테만 말해 준 것에 문득 가슴이 벅차서 긴 한숨을 내쉬었다. 삼촌은 하나님을 믿는 사람들에게 이런 이야기를 하지 않으려 했고, 이런 일에 관심을 가지면 욕할지도 몰라 하나님을 믿지 않는 사람들에게도 말하지 않으려 했다. 그래도 누구에겐가 말해야 했기에 루퍼스에게 말한 것이었다. 그 덕에 루퍼스는 아빠에 관해, 그리고 자기가 꼭 가야 했을 그 순간에 가지 못한 일에 대해 기분이 한결 나아졌다. 이제는 거의 아무렇지도 않았다. 물론 아빠에 대해 모든 것이 괜찮아졌다는 것은 아니었다. 아빠는 다시 돌아올 수 없으니까. 하지만 어찌됐든 전보다는 한결 나아졌다는 것은, 그곳에 가지 못한 것이 아무렇지도 않아졌다는 뜻이다. 마치 그곳에 가서 직접 그걸 본 것만 같고, 심지어 아빠도 다 괜찮다는 걸 말해 준 나비도 본 것만 같았기 때문이다. 이제 괜찮아, 삼촌이 느낀 대로 느꼈어. 루퍼스는 다른 누구에게, 엄마에게도, 가능하지도 않지만 아빠에게도, 말을 하거나 그것에 대해 이야기하고 싶지 않았다. 심지어 삼촌에게도, 벌써 다 말했으니까.

"에잇, 그 개자식!" 갑자기 삼촌이 말했다.

무슨 뜻인지는 몰라도 누구를 칭하는 말 중에 제일 나쁜 말이라는 건 알 수 있었다. 누군가를 그렇게 부른다면 싸워야 한다는 뜻이었고, 그 소리를 들은 사람은 그렇게 말한 사람을 죽일 권리도 있다는 뜻이었다. 루퍼스는 배를 얻어맞은 느낌이었다.

"잭슨이란 작자 말이다." 삼촌이 말했다. 삼촌이 아주 무섭도록 화가 나 보여서 지금까지는 전혀 화가 난 게 아니었다는 사실을 깨달았다. "잭슨 '신부님'. 자기를 꼭 이렇게 불러 달라고 하더구나.

그 자식이 어떻게 했는지 알아?"

삼촌이 눈을 부릅떠서 루퍼스는 무서웠다. "어떻게 했는데요?"

"그 자식이 너희 아빠한테는 장례예배를 끝까지, 완전히 읊어줄 수 없다는 거야. 아빠가 세례를 받지 않았다면서." 삼촌은 계속 눈을 부릅뜨고 루퍼스를 보았다. 루퍼스의 대답을 기다리는 것처럼. 루퍼스는 겁에 질려 바보같이 삼촌을 올려다보았다. 삼촌이 잭슨 신부를 좋아하지 않아서 좋기는 했지만 딱히 그게 중요한 것 같지는 않았다. 뭐라고 말해야 할지 뾰족한 대답이 떠오르지 않았다.

"정말로 유감이라고 하더라." 삼촌은 분통을 터트리며 신부의 말투를 과장하면서 따라했다. "뭐, 교회 규칙이라 어쩔 수 없다나."

"교회는 무슨." 삼촌이 으르렁댔다. "그러고도 자기네가 기독교인이라지. 구린내 나고 바스락거리는 검정 속치마나 입는 주제에. 자기보다 백배는 남자답고 백배는 선량한 사람을 땅에 묻으면서 '안 돼요. 여기 잠든 이분을 위해 전능하신 하나님께 따로 청탁을 넣거나 추천할 수는 없습니다. 이분은 성수 아래 머리를 대지 않았으니까요' 라고 말하더라니까. 무릎 꿇고 몸을 숙이며 굽실대고, 자기 몸이나 쳐대면서 성호나 그리고, 진실을 속이는 역겨운 말이나 늘어놓으면서. 그러다가 정작 기독교가 관용을 베풀어야 할 단 한 번의 순간이 오니까 어떻게 나왔는지 알아? 교회 규칙이다 뭐다 하면서 거부하지 뭐냐. 자기네 작은 패거리가 아니라면서.

정말이야, 루퍼스. 영혼까지 토할 것 같더구나.

그—그 나비는 잭슨이 영생토록 만날 수 있는 것보다 더 큰 하나님을 담고 있었어.

건방지고 빙빙 돌려서 말하기나 하는 개자식."

그들은 샌더스 요새 끝에 서서 들장미가 지천에 피어 있고 진흙 둔덕이 길게 늘어선 황무지를 바라보았다. 루퍼스는 감정을 추슬렀다. 방금 전까지만 하더라도 거의 다 괜찮았는데, 갑자기 달라지고 혼란스러워졌다. 여전히 다 괜찮고 다 그대로이고 여전히 똑같은데, 어떻게 갑자기 이렇게 됐는지 이해가 가지 않았다. 그 이전에는 기분이 어땠고 어째서 다 괜찮아졌었는지 명확히 기억조차 나지 않았다. 곰곰이 따져보니 그 이후로 삼촌이 말을 너무 많이 해서였다. 루퍼스는 삼촌이 잭슨 신부를 좋아하지 않아서 기뻤고 엄마도 신부를 좋아하지 않았으면 좋겠다고 생각했지만 그게 전부는 아니었다. 삼촌은 하나님과 기독교인들과 신앙에 관해 몹시 싫어하는 것처럼 말했지만, 조금 아까는 경외심과 심지어 사랑까지 내비쳤었다. 하지만 문제는 그보다 더 심각하다는 걸 루퍼스는 깨달았다. 다들 굽실대고 진실을 속이는 역겨운 말이나 늘어놓는다는 삼촌의 말은 잭슨 신부뿐만 아니라 그들 모두를 두고 하는 말이었던 것이다. 삼촌은 엄마를 미워해. 루퍼스는 속으로 말했다. 엄마를 진심으로 미워해. 한나 할머니도 싫어해. 삼촌은 엄마랑 한나 할머니를 싫어해. 그들은 삼촌을 전혀 싫어하지 않고 삼촌을 사랑하지만 삼촌은 그들을 싫어해. 하지만 삼촌이 사실은 엄마랑 한나 할머니를 싫어하지 않는 건 아닐까? 삼촌이 그 두 사람을 좋아하는 마음이 얼마나 컸는지, 얼마나 많은 방식으로 좋아하는 마음을 보여 주었는지, 특히나 아무 문제도 없고 다들 즐거운 시간을 보내던 때에는 그들과 얼마나 아무렇지 않게 잘 지냈는지, 그리고 이번에도 그들하고 얼마나 잘 지냈는지를 루퍼스는 떠올렸다. 삼촌은 엄마랑 한나 할머니를 싫어하지 않아. 그들이 삼촌을 사랑하는 만큼 삼촌도 그들을 사랑해. 그런데 삼촌은 그들을 미워하기도 해. 그 두 사람에 관해 말할 때는 꼭 얼굴에 침을 뱉고 싶은 것처럼 말하니까. 삼촌이 엄마랑 한나 할머니와 같이 있을 때는 잘해 주고 좋아하고 사랑해. 하지만 엄마랑 한나 할머니가 옆에 없고 그들이 기도 같은 걸 하고 있다는 생각이 들면 삼촌은 그들을 싫어해. 같이 있을 때는 그들을 좋아하는 것처럼 행동하는데, 이게 삼촌이 평소 느끼는 진심이야. 삼촌은 나한테만 나비 얘기를 들려줬어. 엄마랑 한나 할머니를 미워해서 그들한테는 얘기해 주지 않았어. 하지만 나는 그들이 싫지 않아. 그들을 사랑해. 삼촌은, 나도 그들을 싫어하는 것처럼 그들에게 말하지 않을 비밀을 나에게 얘기해 줬어.

그런데 그들도 나비를 봤잖아. 분명 엄마랑 한나 할머니도 봤어. 그래서 삼촌이 그들한테 말하지 않았던 거야. 앞으로도 말하지 않을 테고, 말할 필요도 없겠지. 그런 거야. 삼촌은 누군가에게 말하고 싶었는데, 내가 그 자리에 없었기 때문에, 내가 그것을 알고 싶어 할 거라고 생각했기 때문에 얘기해 준 거야. 맞아, 나는 알고 싶어. 그런데 삼촌이 엄마랑 한나 할머니를 미워한다면 알고 싶지 않아. 삼촌은 미워해. 삼촌은 마치 지옥문을 여는 것처럼 그들을 미워하지만, 그 마음을 들키고 싶어 하지도 않아. 삼촌이 그들에게 들키고 싶어 하지 않는 이유는 엄마랑 한나 할머니 마음을 아프게 하고 싶지 않아서야. 삼촌이 그들에게 들키고 싶어 하지 않는 이유는 엄마랑 한나 할머니가 삼촌을 사랑하고 삼촌도 엄마랑 한나 할머니를 사랑한다고 믿는다는 걸 알기 때문이야. 맞아, 삼촌이 그들에게 들키고 싶어 하지 않는 이유는 삼촌이 그들을 사랑하기 때문이야. 하지만 저렇게 미워하면서도 어떻게 사랑할 수 있지? 그들을 사랑한다면 어떻게 미워할 수 있지? 삼촌이 화가 난 이유는 그들은 기도할 수 있는데 삼촌은 그러지 못해서일까? 삼촌도 원하면 할 수 있는데 왜 안 하는 거지? 삼촌은 기도를 싫어하니까. 그리고 기도를 하기 때문에 그들도 싫어하는 거지.

루퍼스는 삼촌에게 "왜 엄마를 미워해요?"라고 물어볼 수 있으면 좋겠다고 생각했지만 그러기가 두려웠다. 루퍼스는 이런 생각에 빠져 폐허가 된 요새를 내려다보다가 다시 삼촌 얼굴을 보며 물어볼 수 있으면 좋겠다고 생각했다. 하지만 묻지 않았다. 삼촌도 아무 말도 하지 않았고, 잠시 후 "이제 집에 갈 시간이구나"라고 말했다. 집으로 가는 길 내내 둘 다 말이 없었다.

이전 이야기

이야기 1

어둠 속에서 깨어나 아이는 창문을 바라보았다. 길게 갈라진 커튼이 마룻바닥에 닿을 듯 흔들리며 늘어져 있었다. 투명하게 비치는 천을 겹쳐 만든 커튼의 안쪽 가장자리는 조가비처럼 물결 모양을 이루고 있었고, 열린 창으로 들어오는 바람에 경쾌하게 하늘거렸다.

거리의 탄소등이 커튼을 비추는 자리는 설탕처럼 하얬다. 기계로 수놓은 화려한 나뭇잎 무늬에 가로등이 닿는 자리는 하얀 빛이 훨씬 또렷했고, 축 늘어진 다른 자리는 검은 빛이었다.

가로등 불빛은 흔들리는 나뭇잎의 그림자를 커튼 위로 드리웠다. 나뭇잎 그림자는 커튼을 따라 움직이다 커튼 사이 유리창에도 떨어졌다.

불빛이 닿는 자리의 나뭇잎은 짙푸른 초록으로 불타는 것 같았다. 다른 자리의 나뭇잎은 아주 짙은 회색, 혹은 더 어두운 색을 띠었다. 이렇게 빽빽한 수천 장의 잎사귀 아래에는 자연의 빛이 한 줄기도 들지 않고 짙은 어둠만이 머물렀다. 나무 전체가 잠든 것처럼 살짝 움직이자 나뭇잎들이 서로 닿지 않은 채 소리 없이 흔들렸다.

아이의 방 창문에서는 다른 창 하나가 곧바로 마주 보였다. 그쪽의 열린 창문 너머에서도 커튼이 흔들리고 그 위로 다른 나뭇잎들의 흩어진 그림자가 하늘거렸다. 그 커튼 너머로, 그리고 커튼 사이의 유리창 너머로 아이의 방만큼이나 컴컴한 방이 있었다.

아이는 여름밤을 들었다.

메뚜기들의 기운 빠진 마지막 비명 소리에 온 세상의 대기는 잦아

드는 종소리처럼 떨렸다. 전철용轉轍用 기관차가 철커덕 연결 장치를 결합시키며 무겁게 숨을 내뱉었다. 그리고 제 무능을 탓하는 것 같은 웬 자동차의 거친 폭발음이 먼 곳으로부터 들려왔다. 텅 빈 거리에서는 지친 탭 댄서처럼 흐느적거리며 리듬을 타는 말굽소리가 들려왔고, 가느다란 쇠바퀴는 멈추지 않고 빙글빙글 돌며 연신 삐걱거리는 소리를 냈다. 뾰족한 하이힐과 발이 질질 끌리는 가죽구두를 신은 젊은 남녀가 오가는 소리도 들렸다.

흔들의자가 탈이 난 폐처럼 반복되던 가락을 멈추었고, 현관의 그네 줄은 거대한 구금*에서 나는 한 가지의 음처럼 팅팅 소리를 냈다.

아주 가까이 어디선가 집과 집 사이 한 뼘은 족히 자란 축축한 잔디밭 깊숙이에서 귀뚜라미 한마리가 귀뚤귀뚤 하고 울더니 다시 제 울음에 메아리로 화답했다.

세상의 어둠을 불줄기처럼 찢어내는 아이들의 함성에 비하면 현관에 나온 어른들의 목소리는 그저 쾌활하게 오갔다. 바로 옆방에서는 도르래로 신선한 물을 힘겹게 감아올렸다가 조용히 붓는 것 같은, 익숙한 어른들의 목소리가 들려왔다. 그 목소리들은 힘겨운 듯 끙끙거리다가 한시름 놓고는 마지막 말을 들어 올려 쏟아냈다. 아이는 창문을 바라보고 어둠의 당당한 종소리의 한가운데서 귀를 기울이며 더없이 평화롭게 누워 있었다.

다정한, 다정한 어둠아.

* 말굽 모양의 틀에 가는 철사를 맨 현악기로 입에 물고 손가락으로 연주한다.

나의 어둠아. 내 말이 들리니? 오, 너는 속이 비어 있고 온통 들어 주는 귀 하나니?

나의 어둠아. 내가 보이니? 오, 너는 둥글고 온통 지켜보는 눈 하나니?

오, 가장 다정한 어둠. 가장 다정한, 가장 다정한 밤. 나의 어둠. 사랑하는 나의 어둠아.

너의 지붕 아래에서 모든 것이 드나들어.

극성스럽고 씩씩한 아이들이 뛰어다니면서 불가능한 승리를 거머쥔 승자처럼 소리를 질러대지만 머지않아 바로 나처럼 잠이 들 거야.

아주 큰 어른들도 자신만만하게 말하고 언제나 거뜬히 돌보고 지켜 주지만 머지않아 그들도, 머지않아 바로 나처럼 들어와서 잠자리에 들 거야.

이제 곧 아무도 깨어 있지 않은 시간이 와. 메뚜기도, 귀뚜라미도 꽁꽁 언 개울처럼 조용해지겠지.

너의 거대한 지붕 아래서.

아빠 목소리가 들려. 절대로 두려워할 필요가 없어.

엄마 목소리가 들려. 절대로 외로워하거나 사랑을 갈구할 필요가 없어.

배고프면 그들이 날 먹여 주고, 마음이 아프면 그들이 날 위로해 주니까.

내가 놀라거나 당황하면 그들이 내 영혼 아래 무른 바닥을 단단하게 다져 줘. 나는 그들을 온전히 믿어.

아플 때는 그들이 의사를 불러 주고, 건강하고 행복할 때는 그들의 눈동자 속에 사랑받는 내 모습을 발견해. 그들의 빛나는 미소를 보면 힘이 나고 그들의 웃음에서 더없는 기쁨을 찾아.

아빠와 엄마의 목소리가 들려. 그들은 나의 거인, 나의 왕과 왕비, 세상 어느 누구도 그들만큼 현명하고 소중하고 명예롭고 용감하고 아름답지 않아.

나는 절대로 두려워할 필요가 없어. 내게는 사랑이 충만해.

그리고 문 밑으로 수호자 노예의 황금 막대 같은 불빛이 새어 나오는 그 방에서 그들과 이야기를 나누는 사람들은 나의 재치 있는 삼촌과 소녀 같은 이모. 나는 아직 그들을 잘 모르지만 그들과 나의 아빠와 나의 엄마가 모두 서로를 아끼고, 나는 그들을 좋아하고 그들이 나를 좋아하는 것을 알아.

그들의 말소리와 웃음소리가 편안하게 울려.

그러나 얼마 지나지 않아 그들도 떠나고 집 안이 정적에 휩싸일 테고, 얼마 지나지 않아 어둠이 그렇게 다정하면서도 나를 데려갔듯이 내 아빠와 엄마를 침대로 데려가 잠들게 하겠지.

너는 날마다 한 번씩 우리를 찾아오고 네가 뒤로 물러나지 않으면 단 하루도 날이 밝지 않아. 너는 우리에게 다가와서 우리를 감싸 안지. 하룻밤도 빠짐없이. 너야말로 우리를 일에서 해방시켜 주고, 뿔뿔이 흩어진 가족과 친구들을 한 데 모이게 해주고, 사람들을 잠시

나마 평온하고 자유롭게 해주고, 편안하게 해주지. 하지만 머지않아, 머지않아 모두가 침묵에 빠지고 꼼짝도 하지 않아.

너의 지붕 아래서, 너의 거대한 지붕 아래서, 어둠아.

그리고 너는 그 모든 침묵을 뚫고서 애초에 너 말고는 아무도 숨을 쉰 적도, 꿈을 꾼 적도, 존재한 적도 없는 양 걸어오지.

나의 어둠아, 너는 외롭니?

그저 귀를 기울여 줘, 그럼 나도 너에게 귀를 기울일게.

그저 나를 바라봐 줘, 나도 네 눈을 들여다볼게.

내가 잠에서 깨어 너를 느낀다는 걸 알고 그저 내 친구가 되어 준다면 나도 너의 친구가 될게.

두려워할 필요는 조금도 없어. 외로울 일도, 사랑이 아쉬울 일도 없어.

너의 비밀을 내게 들려 줘. 날 믿고.

이리 와. 가까이 다가와.

어둠은 과연 가까이 다가왔고, 아이와 영혼의 눈을 맞추며 말했다.

이제껏 숨 쉬었고, 이제껏 꿈꾸었고, 줄곧 그랬어.

그리고 칠흑 같은 밤 잔잔한 바다에서 뱃사람이 죽음의 송곳니를 드러낸 빙산이 보이지는 않아도 지척에 있다는 걸 느닷없이 마력의 숨결로 알아채듯이 허무가 천천히 제 모습을 드러냈다. 그 영원의 밤, 누대의 소멸하는 별들은 반짝거리는 각다귀 떼보다 미미하며 성운은 겨울 입김보다 하찮다. 그 어둠 속에서 영겁은 병 속의 죽은 뱀처럼 희멀겋게 휘감아 누워 있고 무한은 바다로 날아간 굴뚝새의 반짝임이다. 상상도 할 수 없는 난공불락의 침묵의 심연에서는 은하계 대변동이 호박琥珀과도 같이 소리 없이 아우성친다.

어둠이 말하기를,

이 만남은 언제니, 아이야, 우리는 어디에 있고 너는 누구니, 아이야, 너는 누구니, 네가 누구인지 너는 아니, 네가 누구인지 너는 아니, 아이야. 누구니?

어둠은 알았다. 아이가 잡힐 듯 다시는 잡히지 않는 기억 때문에 참을 수 없이 괴로울 테지만 결코 모르리라는 사실을. 어둠에 사로잡힌 이 작은 아이는 가장 잔혹한 기만에 지나지 않는다는 사실을. 아이는 그저 허무 중에 허무일 뿐이고, 어떤 배신 때문에 허무를 알게 되는 저주를 받았다는 사실을. 그래도 그런 적막 속에서 동지가 하나도 없지는 않다는 사실을. 심연 속에는 아무런 형체도 없이 천하무적으로 무시무시한 직관이 돌아다니고 있으니까. 그리고 영겁의 깊고 넓은 목구멍에서 희귀한 괴물을 넘어선 희귀한 괴물, 잔혹을 넘어선 잔혹의 냉정하고 광기어린 낄낄거림이 끓어올랐다.

어둠이 말하기를,

내 지붕 아래서, 내 거대한 지붕 아래서.

좀처럼 어둠에서 떨어지지 못하는 생명체가 한 구석에서 커지며 아이를 지켜보았다.

어둠이 말하기를,

네가 아빠라 부르는 사내의 소리가 들린다. 그런데 너는 어떻게 두려워할 수 있느냐?

세면대 아래서 뭔가 슬그머니 움직였다.

너를 자기 아이로 여기는 여인의 소리가 들린다.

괴물의 엎드린 머리 밑으로 영겁이 열렸다.

저 사내가 너를 어떻게 놀리는지 들어라. 그리고 저 여인이 어떻게 신나게 맞장구치는지 들어라.

커튼이 한숨을 쉬자 형언하기 힘든 힘이 지나갔다.

어둠이 가르랑거리며 입을 벌리고 말하기를,

네 눈에 드러난 이 변화는 무엇이냐?

조금 전만 해도 나는 네 친구였는데, 아니 네가 친구가 되어 달라고 해놓고선, 어째서 돌연 사랑이 사라졌느냐?

조금 전만 해도 너는 그렇게 열심히 내 비밀을 캐묻고선 네 갈망은 이제 어디에 있느냐?

변치 않아야 한다. 이제. 내 아가야, 내 사랑아, 갈망과 사랑이 영원히 충족되는 순간이 온다.

그리고 어둠이 씩 웃으면서 아이에게 더 친밀하게 들어가서 거대하고 뾰족한 입을 벌렸는데—

아아아아…!

아이야, 아이야, 어째서 날 배반하느냐?

이리 오너라. 가까이 오너라.

오오오오오…!

정말로 버릇없는 아이로구나? 네게 강요해야 한다면 끔찍이도 슬플 게다.

넌 결코 벗어나지 못하는 걸 알아. 애초에 벗어나고 싶지도 않아.

그러나 이 말에 아이는 두 개의 생명체로 갈라졌고, 그중 하나가 아빠를 외쳐 불렀다.

그림자들은 저희가 있어야 하는 곳으로 누웠고, 아이는 눈물을 흘리고 벌벌 떨며 창문을 바라보았다. 기다렸다.

아직도 귀뚜라미는 끌질을 했다. 목소리들이 밀기울처럼 차분하게 이어졌다.

하지만 아이의 머리 뒤로 아이의 눈길이 닿지 못하는 기다란 그림자 속에, 그 순간에, 감히 누가 그 무엇과 맞서겠다고 꿈이나 꿀 수 있겠는가?

목소리들이 뭔가를 비비듯이 나직했고, 웅얼웅얼 댔다.

아이는 다시 더 크게 악을 쓰면서 아빠를 찾았다.

목소리들이 공허하게 울리는 듯하고, 마치 높은 다리를 건너오는 것처럼 들렸다.

커튼이 가만히 부풀었다가 가라앉았다.

그림자들은 있어야 할 자리에 있었지만, 아무리 보려고 한다 해도 가장 어두운 자리에 깔린 그림자는 알아볼 수 없었다.

목소리들이 다시 평온해지고 무감해졌다.

아이는 고개를 홱 돌려서 아기 침대 머리맡 가로장 틈새를 바라보았다. 무엇이 서있는지 보이지 않았다. 아이는 다시 홱 고개를 돌렸다. 무엇인지는 몰라도 날렵하게 움직이더니 그렇게 한 번 더 보고 싶어 하는 아이의 바람 너머 뒤에서 영원토록 가만히 서있을 뿐이었다.

아이는 세면대를 보았다. 그저 세면대일 뿐이었다. 그러나 그 눈은 사악한 얼음이었다.

설탕처럼 하얀 커튼도 함부로 혀를 날름거리는 사악한 입 같았고, 흔들리는 나뭇잎들은 우글거리는 벌레 떼마냥 나무의 숨통을 조였다.

창문 옆 벽지 위의 흐릿한 얼룩 하나가 갈색 뱀처럼 보였다.

지독하게도, 건너편 창문에 창문을 보는 아이가 되비춰졌다.

귀뚜라미는 무슨 탐욕스러운 비밀을 품고 있길래 어떤 두려운 조상彫像을 집요하게 끌로 새겼을까?

목소리들은 메뚜기처럼 윙윙대고 기뻐하다가 망각했다. 아이에게 전혀 신경을 쓰지 않았다.

아이는 비명을 지르며 아빠를 불렀다.

그러자 비로소 목소리들이 달라졌다. 아빠가 깊은 숨을 들이쉬고 숨을 입천장에 담았다가 코뼈로 거칠게 내쉬는, 길고 짜증 섞인 코웃음을 치는 소리가 들렸다. 아빠가 일어섰는지 모리스 의자가 삐걱거리는 소리가 들렸고, 아빠의 짜증에 엄마가 쩔쩔매면서, 내가 가볼게, 제이, 라고 말하는 소리도 들렸다. 삼촌과 이모는 얼른 말소리를 줄이고는 대화에 더 이상 끼지 않았다. 의자에서 일어난 아빠는 코웃음보다는 덜 매정하기는 했지만 여전히 짜증 섞인 말투로 "아냐, 날 불렀으니까 내가 갈게"라고 말하고는 꾹 참으면서 아이의 방에 오는 지 지친 발걸음 소리를 냈다. 아이는 아까보다 심하게 무섭지 않아 걱정스러웠다. 하지만 눈물 자국이 남아 다행으로 여겼다.

방문이 열리자 황금빛이 가득 쏟아져 들어왔다. 아빠가 구부정하게 문 안으로 들어와서는 가만히 문을 닫고 살금살금 침대로 다가왔다. 그 얼굴이 다정했다.

"왜 그러니?" 아빠가 장난치듯 다정하게, 그러나 아주 굵은 목소리로 물었다.

"아빠." 아이가 힘없이 불렀다. 아이가 콧물을 들이마시며 꿀걱 삼켰다.

아빠가 목소리를 조금 높였다. "무슨 일이야, 우리 아들." 아빠가 이렇게 말하고는 손을 더듬어서 손수건을 끄집어냈다. "왜 그래! 뭣 땜에 우는 거야!" 뻣뻣한 손수건에서 담배 냄새가 났다. 아빠는 손끝으로 아이의 젖은 얼굴에 묻은 담뱃가루를 떼어 냈다.

"코 풀어. 그거 들이마시면 엄마가 싫어하잖아." 아빠가 손으로 뒤통수를 단단히 받쳐 주었다. 아이는 코를 풀면서 엉엉 울음을 토해 냈다.

"어이쿠, 왜 그래?" 아빠의 목소리가 더욱 높아졌지만 한없이 따스했다. 아빠는 아이의 머리를 조금 더 올려 주고 무릎을 꿇고 앉아 아이의 눈을 물끄러미 들여다보았다. 다른 손으로는 아이의 가슴을 가만히 토닥여 주었다. 아이는 눈물을 좀 더 짜내려고 애썼지만 때를 놓치고 말았다.

"나쁜 꿈을 꿨니?"

아이는 고개를 저었다. 아뇨.

"그럼 왜 그러니?"

아이는 아빠를 바라보았다.

"무서웠구나. 깜깜해서 무서웠어?"

아이는 고개를 끄덕였다. 두 눈에 눈물이 그렁그렁했다.

"안 되에에에." 아빠는 이런 식으로 발음했다. "너도 이제 큰 아이잖아. 큰 아이들은 조금 깜깜하다고 무서워하거나 그러지 않아. 큰 아이들은 울지 않는단다. 어디 있는 거야? 우리 아들 무섭게 만든 어둠 말이야. 여기야?" 아빠는 고갯짓으로 가장 어두운 구석을 가리켰다. 아이는 고개를 끄덕였다. 아빠는 성큼성큼 걸어가서 성냥을 바지 뒤쪽에 그어 불을 밝혔다.

그곳에는 아무것도 없었다.

"뭐가 있을 리가 없지…. 이 아래야?" 아빠가 서랍장을 가리켰다. 아이는 고개를 끄덕이고 아랫입술을 빨기 시작했다. 아빠는 성냥 하나를 더 그어서 서랍장 아래를 비추고 세면대 아래를 비추었다.

아무것도 없었다. 양쪽 다.

"아무것도 없어. 오래된 아기비누 쪼가리 말고는. 보이니?" 아빠는 비누를 가까이 가져와서 아이에게 냄새를 맡게 해주었다. 냄새를 맡자 더 어린아이가 된 기분이었다. 아이는 고개를 끄덕였다. "다른 데는?"

아이는 고개를 돌려서 침대 머리맡 틈새를 보았다. 아빠가 성냥을 켰다. "아이고, 저기 불쌍한 옛 동무 재키 녀석이 있네." 과연 한 구석에 재키가 앉아 있었다.

아빠는 헝겊 강아지를 훅 불어 먼지를 털어 내고 아이에게 내밀었다. "재키 가질래?"

아이는 고개를 저었다.

"불쌍한 꼬마 재키를 갖고 싶지 않아? 엄청 외로울 텐데? 온종일 저 구석에 쓰러져 있었잖아."

아이는 고개를 저었다.

"우리 아들 재키랑 놀기에는 너무 컸나?"

아이는 고개를 끄덕이면서도 아빠가 자기를 믿어 줄지 확신이 들지 않았다.

"그럼 이제 컸으니까 울면 안 되지."

불쌍한 우리 재키.

"불쌍한 우리 재키."

"불쌍한 우리 꼬마 재키, 엄청 외롭겠구나."

아이는 팔을 내밀어 재키를 받아들고는 재키를 달래면서 희미한 기억을 떠올렸다. 불을 붙인 초(그리고 뾰족뾰족한 솔잎), 짙은 초록 나뭇잎 냄새. 강아지는 어리둥절할 정도로 더 알록달록 했고 훨씬 컸다. 아빠가 커다란 얼굴로 활짝 웃으면서 "자, 강아지란다"라고 말해 준 기억이 아른거렸다. 아빠도 그날, 그 강아지를 기분 좋게 골라 너무 빨리 줘버린 기억이 떠올랐다. 이제 너무 늦었다. 아빠가 달래 주자 아이는 마음이 놓이고 불쑥 길게 하품이 나왔다. 참으려고 해보기도 전에 반쯤 나와 버리고 말았다. 아이는 불안한 눈으로 아빠를 흘끔거렸다.

"잠이 오는구나, 그래?" 아빠가 물었지만 질문이 아닌 것 같았다.

아이는 고개를 저었다.

"잘 시간이야. 모두 잘 시간이야."

아이는 고개를 저었다.

"너도 이젠 무섭지 않지?"

아이는 누워서 곰곰이 생각해 보고는 고개를 저었다.

"도깨비들은 다 갔어. 겁먹고 도망쳤잖아?"

아이는 고개를 끄덕였다.

"자, 그럼 이제 자야지, 아들." 아빠가 말했다. 아빠는 아이가 가지 말기를 애타게 바라는 걸 알았다. 그리고 아이가 무섭다고 하는 말은 거짓말일지도 모른다는 생각이 문득 들어 뭉클해져서 아이의 이마를 가만히 짚어 주었다. "그냥 쓸쓸해서 싫구나." 아빠가 다정하게 말했다. "꼬마 재키 녀석처럼. 혼자 있는 게 싫구나." 아이는 가만히 누워 있었다.

"아빠가 뭘 할 건지 말해 줄게. 노래를 한 곡 불러줄 거야. 그러면 넌 착한 아이가 되어 잠이 들 거야. 그렇게 할 거지?" 아이는 아빠의 단단하고 따스한 손에 이마가 눌린 채 고개를 끄덕였다.

"우리 무슨 노래 부를까?" 아빠가 물었다.

"개구리가 구혼하러 가요, 불러요." 아이가 말했다. 제일 긴 노래였다.

"그건 긴 노랜데. 길고 오래된 노래. 다 부를 때까지 잠들어야 해."

아이는 고개를 끄덕였다.

"오냐, 알았다." 아빠가 말했다. 아이는 재키를 고쳐 잡고 아빠에게 편하게 기대어 아빠를 올려 보았다. 아빠가 아주 낮은 목소리로 아주 조용하게 노래를 불렀다. 개구리가 구혼하러 가요, 어후우우우! 개구리가 구혼하러 가요, 어후우우우, 어후우우우, 라고 시작하고 개구리가 구혼하러 가려고 어떤 옷을 입는지, 수많은 난관을 거쳐서 마침내 어떻게 성공하는지, 이웃들은 뭐라고 속닥거리는지, 주례는 누가 보는지, 주례가 이 결혼에 관해 뭐라고 하는지, 어후우우우, 끝으로 결혼식 만찬으로 어떤 것이 나올지, 어후우우우, 메기 요리와 사사프라스* 차, 어후우우우, 노래하면서 아빠는 벽을 쳐다보고 아이는 자기를 보지 않는 아빠의 눈을, 어둠 속에서 노래하는 얼굴을 보았다. 두어 절마다 아빠가 아래를 흘끔거렸지만 아이는 긴 노래가 다 끝나도록 처음 시작할 때처럼 희미하게 변함없이 눈을 뜨고 있었지만 그나마 이제는 눈을 껌뻑거리기 시작했다.

아빠는 즐거워했다. 아빠는 일단 노래를 부르기 시작하면 제 흥에 깊이 빠져 들었다. 아빠는 옛날 노래를 아주 많이 알고 그런 노래를 제일 좋아했으며, 유행가도 몇 곡 알고 있었다. 만일 아빠가 알았다면 쑥스러워했을 테지만 사실 아빠는 자기 목소리에 도취되곤 했다. "아직 안 자니?" 아빠가 물었다. 아이는 아빠가 갈 염려가 없다는 걸 알고 있었기에 꽤나 솔직하게 고개를 저었다.

"갤런 불러줘요." 아빠 얼굴에 기쁨이 가득 번지는 게 좋아 불러 달라고 했지만 그 뜻이 무엇인지는 몰랐다. 아빠는 더 조용히 노래를 부르기 시작했다. 워낙 빠르고 호기 있는 노래라 자칫 잠을 달아나게 할 수 있어서였다. 아빠는 아들이 매번 '갤 앤'**을 '갤런'***으로 잘못

* 북미산 녹나무과 식물, 향이 좋아 차로 쓰인다.
** 'gal and', '여자가 있고'라는 뜻이다.
*** gallon, 술 등의 액체의 양을 재는 단위.

말하는 걸 재미있어 했다. 그리고 아내와, 아내보다는 덜하지만 처가 식구들이 이렇게 자신이 재미있어 하는 것을 재미있어 하지 않는 것이 또 재미있었다. 처가 식구들이 그가 '갤런'이라는 말을 순전히 농담으로 생각할 사람이 아니라고 생각하는 줄은 알지만 한동안 술 때문에 말썽을 일으킨 적은 없었다. 아빠가 노래를 시작했다.

내게는 여자가 있고* 귀여운 아기도 있네, 내 사랑, 나의 아기.

내게는 여자가 있고 귀여운 아기도 있네, 내 사랑, 나의 귀여운 아기.

내게는 여자가 있고 귀여운 아기도 있네.

여자는 날 사랑하지 않지만 귀여운 나의 아기는 날 사랑한다네.

오늘 아침,

오늘 저녁,

어느덧.

닭을 잡을 때 여자가 내 몫으로 날개를 남겨 준다네, 내 사랑, 나의 아기.

닭을 잡을 때 여자가 내 몫으로 날개를 남겨 준다네, 내 사랑, 나의 귀여운 아기.

닭을 잡을 때 여자가 내 몫으로 날개를 남겨 준다네, 내 사랑.

내가 일하는 줄 알지만 아무것도 하지 않아.

* 여기서 아빠는 '갤 앤'을 '갤런'으로 발음한다.

오늘 아침,

오늘 저녁,

어느덧.

매일 밤 여덟 시 반쯤에, 내 사랑, 나의 아기.

매일 밤 여덟 시 반쯤에, 내 사랑, 나의 귀여운 아기.

매일 밤 여덟 시 반쯤에, 내 사랑.

나는 백인들 대문 앞에서 기다린다네.

오늘 아침,

오늘 저녁,

어느덧.

아이는 아빠를 여전히 빤히 쳐다보았다. 빛이 거의 없어서인지, 아니면 많이 졸려서인지, 아이의 눈이 아주 어두워 보였지만 아빠는 아이의 눈이 자기 눈만큼 밝다는 걸 알 수 있었다. 아빠는 손을 떼고 아이의 이마에 맺힌 땀을 후후 불어 말리고 머리카락을 살며시 쓸어 넘기고는 다시 손으로 이마를 짚어 주었다.

너는 대체 무얼 하느냐, 퉁방울눈*아? 아빠가 아주 천천히 노래를 시작하는 사이 아빠와 아이는 서로 마주 보았다.

* Google Eyes, 눈알 모양의 작은 플라스틱 장난감.

너는 대체 무얼 하느냐, 퉁방울눈아?

너는 대체 무얼 하느냐, 퉁방울눈아?

너는 대체 무얼 하느냐, 퉁방울눈아?

아빠가 눈을 천천히 감았다가 깜짝 놀란 듯 번쩍 떴다가 다시 감았다.

너는 어디서 그렇게 커다란 퉁방울눈을 얻었느냐?

너는 어디서 그렇게 커다란 퉁방울눈을 얻었느냐?

네가 최고이니 내 장사에 네가 필요하구나.

너는 대체 어디서 그렇게 거대한 퉁방울눈을 얻었느냐?

아빠는 기다렸다. 손을 떼었다. 그러자 아이가 눈을 떴는데, 뭔가를 하다가 들킨 기분이었다. 아빠는 다시 가만히 아이의 이마를 짚어 주었다. "자야지. 아가. 이제 자야지." 아이는 여전히 아빠를 바라보았다. 아빠는 노랫가락 하나가 갑자기 떠올라 테너처럼 음을 높여 들릴 듯 말 듯 노래를 불러 주었다.

오, 기차 바퀴가 우르릉거리는 소리가 들린다.

앤, 기차 소리가 지척에서 들려.

기차가 우르릉 다가오는 소리가 들려.

우르릉우르릉 대지를 가로질러 온다.

　　올라타라, 아이들아,

올라타라, 아이들아,
올라타라, 아이들아,
많이 더 많이 탈 수 있단다.

아빠는 자꾸만 아득히 먼 곳을 바라보는 것 같았다. 아이도 아빠의
눈길을 따라 그 아득히 먼 곳을 찾았다.

오, 나는 저기 저 아래를 본다.
앤, 내가 무엇을 보는 것 같아?
빛나는 천사들이 무리지어서
나를 따라오는구나.
　올라타라, 아이들아,
　올라타라, 아이들아,
　올라타라, 아이들아,
　많이 더 많이 탈 수 있단다.

아빠는 고개를 숙이지 않고 정면의 벽을 한참이나 말없이 바라보
다가 계속 노래를 불렀다.

오, 해가 질 때마다
벳시 브라운에게 일 달러가 남았다.

귀여운 아가.

아빠는 고개를 숙였다. 이쯤 되면 아이가 잠들었을 것 같았다. 훨씬 더 나직이, 자기 귀에도 들리지 않을 정도로, 노랫소리는 빛나는 천사들 무리처럼 스르르 잠드는 아이 곁으로 살며시 다가갔다. 아빠는 노래를 이어 갔다.

누구나 아는 멋진 옛말이 있지,
눈이 내리지 않을 때는 토끼를 쫓지 못한단다.
귀여운 아가.

아빠는 이즈음해서 다시 노래에 뜸을 들이며 손으로 아이의 숨소리를 살폈다. 언제나 이즈음에 이르면 노래를 끝내기가 싫었다. 마지막 노래 구절이 너무 좋았기 때문이다. 그 가사가 떠오르자 아빠는 노래를 마저 부르고 싶은 간절한 마음을 더 이상 주체하지 못했다.

아, 비가 오지 않으리, 눈이 내리지 않으리.

이상하게 등줄기가 서늘해지는 느낌이 들었다. 거대한 삼나무가 흔들리며 번쩍거리더니 눈에 눈물이 고였다.

그러나 태양은 빛나고 바람이 불어오리니.

귀여운 아가.

거대한 삼나무, 석회암과 점토의 빛깔. 나무 때는 연기 냄새, 짙은 주황색 램프 불빛, 조용한 통나무 벽, 어머니의 얼굴, 부드럽게 이마를 짚어 주시던 어머니의 거친 손. 걱정마라, 제이, 걱정마라. 그리고 그가 태어나기도 전에, 세상에 나오는 걸 꿈도 꾸지 못하던 때에 어머니도 틀림없이 당신의 어머니나 아버지의 손길 아래 누워 있었을 테고, 그분들 또한 어릴 때 누군가의 손길 아래 누워 있었을 것이며, 그렇게 산 너머 저 멀리, 시간을 거슬러 저 멀리, 상상하지 못할 만큼 멀리, 아담까지 거슬러 올라가면 아담의 이마는 아무도 짚어 주지는 않았으리라. 어쩌면 하나님께서 짚어 주셨을까?

우리는 모두 얼마나 멀리 왔는가. 얼마나 우리 자신에게서 멀어졌는가. 아주 멀리 오고 도중에 아주 많은 일을 경험했기에, 다시는 집으로 돌아가지 못하리. 집에 갈 수도 있고 가면 좋을 수도 있겠지만 평생 두 번 다시 진정 돌아가지 않으리. 다 무슨 소용이랴? 내가 애써 되려고 한 그 모든 것, 내가 늘 원하고 집을 떠나 찾으려 한 모든 것, 다 무슨 소용이랴?

우리는 단지 하나의 길로만 집으로 돌아간다. 아들딸을 낳고 이따금 기억을 더듬어 자식들의 마음을 헤아려 다시 한 번 우리 자신이 된 것처럼 기억 속 가장 어린 시절로 돌아가는 수밖에 없다.

그가 얼마나 복 받은 사람인지, 또 그가 얼마나 감사히 여기는지 하나님은 아실 터이다. 모든 것이 그가 바랄 수 있는 만큼보다 더 좋고 더 나으며, 그가 마땅히 누려도 되는 몫보다 클 터이다. 다만 그의 몫이 무엇이고 얼마나 좋든지 간에, 한때 그의 모습이었지만 잃어버린 모습, 그리고는 다시는 찾지 못한 모습은 아니었다. 아주, 아주 오랜만에 기억을 더듬어 스스로 얼마나 멀리 왔는지 깨닫고는 충격이 커서 잠시나마 가슴이 찢어졌다.

목이 탔다. 은밀함과 기만의 이미지에, 솔직함과 분노와 자만의 이미지에 잠시 사로잡혔다가 당장 떨쳐냈다. 그리고 당당히 다짐했다. 내가 두 번 다시 술에 취하면 죽어야지. 그리고 내가 죽지 말아야 할 이유는 아주 많아. 그러니 다시는 술을 입에도 대지 않을 거야.

그는 스스로를 위하며 스스로에게 맞설 만큼, 충분히 강해야 한다고 애써 다짐했다. 이렇게 흐뭇한 다짐을 하는 동안, 잠시 맛봤던 완벽하고 영롱한 기억을 되찾으려고 안간힘을 써보았으나 안타깝게도 소용이 없었다. 지금 그가 기억하는, 그에게 또렷한 모든 것은 더 이상 그의 마음에 울림을 주지 못했다. 그는 슬픔에 빠져 머릿속이 텅 빈 채로 하염없이 벽만 쳐다보았다. 그때 뒤에서 소리 없이 문이 열렸다. 화들짝 놀라서 화를 내려 했지만, 이내 그런 감정을 느낀 스스로가 부끄러웠다.

"제이." 그의 아내가 나직이 불렀다. "애가 아직 안 자?"

"아니, 잠들었어." 그는 일어서서 무릎을 털었다. "생각보다 늦었나 보네."

"앤드루 오빠하고 어밀리어는 갔어." 아내가 속삭이면서 다가왔다. 아내는 그를 지나쳐 몸을 숙여서 침대시트를 반듯이 폈다. "대신 인사 전해 달래." 아내가 한 손으로 아이의 머리를 받쳐 들자 그는 인상을 찌푸리며 거칠게 고개를 저었다. "괜찮아, 제이, 깊이 잠들었어."
아내는 베개를 매만지고 물러났다. "오빠랑 어밀리어가 당신을 방해할까 봐, 혹시라도 루퍼스를 깨울까 봐 걱정하더라고."

"저런. 인사도 못 하고 보내서 미안하네. 시간이 벌써 그렇게 됐나?"

"이 방에 한 시간은 있었을걸! 애가 왜 그랬대?"

"나쁜 꿈을 꿨나 봐. 깜깜해서 무서웠나 봐."

"이젠 괜찮아? 잠들기 전에 말이야."

"그럼, 괜찮지." 그는 강아지를 가리켰다. "내가 뭘 찾았나 보라고."

"어머나 세상에, 애가 어디 있었어?"

"저 구석에, 침대 밑에."

"어머, 세상에나! 그래도 제이, 엄청 더러웠을 텐데!"

"아냐. 먼지는 깨끗이 털었어."

아내가 부끄러운 듯 말했다. "나도 어서 몸을 숙일 수 있으면 좋겠네."

그는 아내의 어깨에 손을 얹었다. "나도 그래."

"제이." 아내는 진심으로 상처받은 듯 몸을 뺐다.

"여보!" 그는 재미있어 하면서도 깜짝 놀라 말했다. 그는 아내의 어깨를 감쌌다. "다른 뜻이 있는 게 아니라, 아기! 애가 나오면 좋겠다고!"

아내는 남편을 뚫어져라 쳐다보다(아내는 아직 자기가 근시인지 몰랐다) 그 말에 숨겨진 의미를 알게 되고는 미소를 지었다. 그리고는 나직이 쑥스러운 웃음을 터트렸다. 그는 아내의 입술에 손가락을 대고 얼른 침대를 돌아보았다. 둘 다 고개를 돌려 아들을 보았다.

"나도 그래, 여보." 아내가 속삭였다. "나도 그래."

이야기 2

엄마도 노래를 불러 주었다. 엄마의 목소리는 다정한 잿빛 눈동자만큼 부드럽고 잿빛으로 빛났다. 엄마가 "자장, 자장, 우리 아가, 아빠가 양을 지켜 주신다"라고 노래하면 아이는 정말로 아빠가 산비탈에 앉아서 어둠 속의 수많은 하얀 양떼를 지켜보는 모습을 떠올릴 수 있었다. 그런데 왜 그러고 계실까? "엄마가 꿈나라의 나무를 흔들어서 너에게 작은 꿈들을 떨어뜨린다"라는 대목에서는, 정말로 조그만 꿈들이 커다란 눈송이처럼 밤하늘에 나풀나풀 떠다니다가 은은하게 반짝이는 넓적한 잎사귀가 조용히 숲 속의 아기를 덮어주듯이 어둠 속 아이에게 살포시 내려앉는 모습이 보였다. 엄마가 "가서 로더 아주머니한테 말하렴"이라고 세 번 반복하고는 "늙은 회색 거위가 죽었어요"라고 노래했다. 이어서 "거위를 아껴 둘 만했구나"라고 세 번 반복하고는 "깃털 침대가 되어 줄 테니"라고 부르며 다시 노래했다. 다시 세 번 반복해 노래했다. 가서 로더 아주머니에게 말하렴. 늙은 회색 거위가 죽었어요. 아이는 "거위를 아껴 둘 만했구나"라는 구절이 무슨 뜻인지 몰랐지만 묻지 않기로 했다. 아주 온화하게 들리지만 왠지 모르게 그 말 속 어딘가에는 아주 온화하게 들리는 바로 그 점 때문에, 두려워해야 할 무언가가 도사린다는 확신이 들었던 까닭이다.

뜻을 물어봐서 알아 버리면 약간이 아니라 아주 많이 무서울 것 같았다. 더군다나 엄마가 이 노래를 부를 때마다 어김없이 로더 아주머니가 보였다. 아주머니는 어느 누구와도 닮지 않고 그 이름 그대로 신비로운 회색빛이었다. 아주머니는 아빠만큼이나 키가 컸다. 아주머니는 드넓고 평평하고 탁 트인 황무지 우물 근처에 서있었는데, 얼마나 키가 큰지 꽤 멀리 떨어진 곳에서도 아주머니가 한눈에 보였다. 아주머니 뒤 멀리에는 잎사귀가 하나도 달리지 않은 시커먼 나무들이 서있었다. 아무 말 없이 꼿꼿이 서있는 아주머니의 모습은 어서 와서 늙은 회색 거위가 죽었다고 말해 주기를 기다리는 듯 보였다. 회색 드레스는 땅에 끌릴 정도로 치맛단이 길었고 큼직한 주름이 잡혀 있었는데, 두 손은 겹겹의 치맛자락 사이에 가려서 보이지 않았다. 선 보닛의 그늘이 어두워 얼굴은 단 한 번도 알아볼 수 없었지만 그늘 안에서도 두 눈은 늘 반짝였다. 그 두 눈은 화가 난 것도 아니고 다정한 것도 아닌 눈길로 그냥 정면을 똑바로 쳐다보면서 기다렸다. 거위를 아껴 둘 만했구나.

엄마가 〈흔들리는 아름다운 무차〉*라는 노래를 불렀다. 모든 노래 중 최고였다. "어서 와서 나를 집으로 데려다주렴." 한없이 기쁘고 반갑고 평화로웠다. 무차는 머나먼 집으로 돌아갈 때 먼 길을 걸어갈 수 없어서 타고 가는 아름다운 마차이지만 물론 무하고 비슷했다. 아이는 어떻게 아름다운 마차와 무가 비슷할 수 있는지 이해가 가지 않

* 미국의 오래된 흑인영가 〈Swing Low, Sweet Chariot〉의 'chariot'을 아이는 'cherryut'으로 들었다.

았지만 정말로 비슷했다. 집은 멀고도 멀었다. 걸어서 가기에는 너무 멀어서 하나님께서 무차를 보내 주실 때만 집으로 돌아갈 수 있을 터였다. 무차가 아이를 집으로 데려다 줄 것이었다. 아이는 그 집이 어떤 곳인지 상상해 본 적도 없지만 당연히 자기가 사는 집보다 훨씬 좋은 곳이라는 정도는 알고 있었다. 그래도 아이는 항상 그것이 집이라는 것을 알았다. 특히 다른 집 이야기를 들을 때마다 아이는 자기 집에 있는 것이 얼마나 행복한지 잘 알았다. 그럴 때면 늘 자기가 정확히 어디에 있는지 알았고, 바로 그곳에 있어서 행복하기 때문이었다. 아빠도 이 노래를 부르는 걸 좋아해서 어두워질 무렵 현관 베란다에서 가끔 불렀고, 온 식구가 뒷마당으로 나가 퀼트에 누워 함께 부르기도 했다. 아무도 아무 말도 하지 않고 그저 작은 소리에 귀를 기울이고 밤하늘의 별을 바라보면서 고요하고 행복하면서도 서글픈 기분에 젖어 있는 사이, 아빠가 불쑥 아주 작은 소리로 이 노래를 시작했다. 처음에 혼잣말처럼 "흔들리는"이라고 시작해서 "무차"가 나오는 대목에 이르면 엄마도 조용히 따라 부르다가 둘이 함께 "나를 집으로 데려다주러 오네"라며 목청을 돋웠다. 그러면 누워 있던 아이는 엄마와 아빠의 머리 사이로 별들을 바라보았다. 그 별들은 아주 가깝고 친밀하게 밀가루 같은 거대한 먼지를 일으키며 하늘 꼭대기를 떠다니는 듯했다. 아빠와 엄마는 다르게 노래했다. 엄마는 두 번째로 나오는 "흔들"을 부를 때 그냥 두 음으로 담백하고 깨끗하게 불렀는데, 아빠는 "흔들"을 높이가 다른 두 개의 음으로 불렀다. 하나 높은 음에서 엄마가 부른 음과 똑같이 미끄러져 내려가다 끝을 흐리면서 첫 음을 강조했고, 또 그러다가 음울하고 모호하게 내뱉으면서

"들"에서 "ㄷ"을 생략하고 아들이 몸을 들썩이게 할 정도로 리듬을 탔다. 그리고 아빠는 "내 모든 벗에게 나도 돌아간다고 전해다오"라는 구절에 이르러서는 엄마보다 네 음 높게 시작해서 템포를 살짝 늦추었고, 약간 꿈을 꾸듯이 엄마가 부르지 않은 음 서너 개를 부르고는 그중에 몇 음은 흘리듯이 읊조렸는데, 마치 외할머니의 피아노에서 검은 건반과 바로 옆 흰 건반을 동시에 누르는 것 같았다. 게다가 "나도 돌아간다고"라고 하지 않고 "나도 아, 돌아간다고"라고 불렀으며, 이것만이 아니라 노래하는 내내 아빠는 흥에 겨워 리듬을 타면서 눈을 감고 연신 만족스러운 듯 머리를 까딱거렸다. 하지만 엄마는 같은 노래를 달콤하고 차분한 목소리로 담백하고 진실하게 불러 음이 더 적고 단순했다. 가끔 엄마가 아빠처럼 불러 보고 아빠가 엄마처럼 불러 봤지만 그때마다 둘 다 곧 원래대로 돌아갔다. 그래도 아이가 보기에 엄마와 아빠 모두 서로의 노래를 무척 좋아하는 것 같았다. 아이는 두 가지 모두 마음에 쏙 들었는데, 그중에서도 엄마와 아빠가 함께 노래를 부를 때 둘 사이에서 엄마와 아빠를 만지는 게 제일 좋았다. 그런데 "요단강 너머를 건너다보니"라는 소절부터는 더더욱 좋았다. 그 순간에 별을 쳐다보는 게 너무 황홀했기 때문이다. 이어 "천사들의 무리가 내 뒤를 따르네"라는 소절에 이르러서는 마치 모든 별이 거대하게 반짝이는 취주악단처럼 아이에게 다가오는 것 같았다. 아득히 멀어서 음악이 들릴 것 같지 않았지만 이상하게도 별들의 얼굴은, 별들이 한껏 몸을 숙이면 두 팔로 아이를 들어 올릴 정도로 가깝게 보였다. 어서 와서 나를 집으로 데려다주렴.

엄마와 아빠는 노래를 끝내기 싫은 듯 조금 천천히 마지막 소절까지 부르고는 잠시 후 아무 말도 않은 채 아이 위로 손을 맞잡았다. 온 세상은 한결 조용해졌고, 그 정적 속에서 도시의 밤을 만드는 작은 소음들이 하나하나씩 켜졌다. 메뚜기, 귀뚜라미, 발자국, 말발굽, 희미한 목소리, 느릿느릿 끌려오는 기관차 소리. 그러다, 다 같이 하늘을 쳐다보다 아빠가 낯설고 아득하고 한숨 섞인 목소리로 "그럼…"이라고 말했다. 조금 있다가 엄마가 조용하고 이상하게 행복한 슬픔에 젖은 목소리로 "그래…"라고 화답했다. 둘은 한참이나 그렇게 있다가 아빠는 아이를 들어 품에 안고 엄마는 퀼트를 말고는 안으로 들어와 아이를 침대에 눕혔다.

아이는 엄마의 골반까지 키가 닿았지만 아빠의 골반에는 미치지 못했다.

엄마는 드레스를, 아빠는 바지를 입었다. 아이도 바지를 입었는데, 길이는 짧고 촉감은 부드러웠다. 반면 아빠의 바지는 빳빳하고 거칠었으며 구두 위에 닿을 만큼 길었다. 엄마의 옷 또한 아이의 옷처럼 부드러웠다.

아빠는 빳빳한 외투도 입고 빳빳한 셀룰로이드 칼라도 달고 어떤 날에는 딱딱한 단추가 달린 조끼도 입었다. 아빠의 옷이란, 줄무늬 셔츠와 작은 점이나 다이아몬드 무늬가 박힌 셔츠를 빼고는 대부분 까끌까끌했다. 그래도 아빠의 뺨만큼 까끌까끌하지는 않았다.

아빠의 뺨은 따스하면서도 차가웠는데, 방금 면도를 했어도 따끔거렸다. 늘 아이의 뺨을 간질였다. 목을 더 간질였는데, 때로는 조금 아프기도 했지만 아빠 힘이 아주 세서 언제나 재미있었다.

아빠한테서는 건초와 가죽 그리고 담배 냄새가 났다. 가끔씩 기운이 넘치는 다른 냄새도 나서 한편으로는 재미있기도 했지만 다른 한편으로는 뭔가 잘못되어 가는 느낌도 들었다. 이따금 엄마와 아빠가 다투는 소리도 들렸는데, 위스키 때문이었다.

한동안 아빠가 덥수룩하게 콧수염을 길렀다가 깔끔하게 깎은 적이 있었다. 엄마가 "어머 제이, 훨씬 멋져. 당신 입이 이렇게 잘생겼는데, 숨기다니 아깝잖아"라고 말했다. 얼마 후 아빠는 다시 콧수염을 길렀다. 훨씬 나이가 들어 보이고 키도 커 보였으며, 또 훨씬 강인해 보였다. 아빠가 얼굴을 찡그리면 콧수염도 덩달아 찡그려져서 아주 무서웠다. 그러다 아빠가 다시 콧수염을 깎자 엄마가 정말 좋아했고 아빠는 그 뒤로 다시는 콧수염을 기르지 않았다.

엄마는 그걸 콧수엄이라고 불렀다. 아빠는 콧시엄이라고도 말하고 어떤 때는 콧슈엄이라고도 했는데 장난으로 흑인처럼 말하는 것이었다. 아빠는 흑인처럼 말하는 걸 좋아하고 노래할 때도 흑인처럼 불렀다. 노래할 때만큼은 장난으로 그러는 게 아니었다.

아빠의 목은 까맣게 탔고, 목덜미에는 십자가 모양으로 갈라진 주름이 잔뜩 잡혔다.

아빠는 손도 매우 컸다. 목욕할 때, 아이의 턱부터 아래까지 한 손으로 덮을 정도였다. 손등 살갗 속에는 푸르스름한 굵직한 줄이 나있었다. 정맥이라고 했다. 까만 털이 손가락 위에도 나고 손목에는 더 많이 났고, 팔에는 밧줄처럼 굵은 정맥이 있었다.

이야기 3

한동안 엄마가 달라 보인 적이 있었다. 아이에게 말할 때도 언제나 다른 데 정신이 팔려 있었고, 의식적으로 신경을 써야만 다정히 아이에게 관심을 둘 수 있었다. 엄마의 머릿속을 알 수 없지만 아무튼 중요한 일인 것 같았다. 가끔 엄마를 바라보면 아이는 엄마의 눈길에서 어떤 일로 아주 기분이 좋다는 걸 알 수 있었다. 아이는 엄마가 무엇 때문에 기분이 좋은 건지, 그것을 어떻게 물어야 하는가를 알지 못했다. 그저 엄마를 바라보며 무슨 일인지 궁금해했다. 엄마 역시 그런 아들을 지켜봤고 때로는 다른 때보다 더 즐겁게 봤다. 한번은 엄마가 유난히 즐거워해 아들은 영문 모를 채로 있었는데, 엄마가 빙그레 미소 짓더니 크게 웃음을 터트렸다. 그리고는 얼른 두 손으로 아들의 얼굴을 감싸며 "너보고 웃는 거 아냐, 아가!"라고 말했다. 그때 처음으로 아이는 엄마가 어쩌면 정말 자기를 보고 웃는 건지도 모른다고 생각했다.

어떤 때는 엄마가 아이에게 거의 관심을 보이지 않고 엄마로서 꼭 해줘야 할 일만 해준 적도 있었다. 그럴 때면 아이는 묘한 외로움을 느끼며 엄마를 유심히 관찰했다. 평소 엄마를 대하는 태도가 달라진 적이 없는 아빠도 그럴 때면 엄마를 소중히 대했다. 말투까지 조심하는 것 같았다. 가끔은 아침에 외할머니가 찾아와서 아이가 옆에 있으면 잠깐 나가 놀라고 했다. 외할머니는 귀가 잘 안 들려서 까만색 보청기를 가지고 다녔는데, 귀에 대는 쪽 끝부분은 끈끈하고 퀴퀴한 냄새가 났다. 하지만 그런 보청기로 들었다 하더라도 다들 어찌나 조용히 말하든지, 아무것도 알아듣지 못했을 터이다. 특이하게 머뭇거리거나 수줍어하면서 "임신"이니 "발길질"이니 "분비물"이니 하는 특별한 말들이 오가기도 했지만, 다른 말들은, "아기용품"이니 "바시넷"*이니 "복대"처럼 아주 생소하긴 해도 딱히 두려움을 불러일으키는 말은 아니었다. 외할머니도 아이를 대할 때 어떤 이상한 일이 벌어지고 있는 듯 굴었지만, 그게 무엇이든 위험하지 않은 건 분명했다. 외할머니가 즐거운 기분으로 대해 주었기 때문이다. 아빠하고 앤드루 삼촌, 외할아버지도 평소처럼 아이를 대했는데, 앤드루 삼촌만큼은 어떤 긴장감을 감추고 엄마를 대하는 것 같기도 했다. 그리고 한나 할머니도 여느 때처럼 아이를 대했지만 엄마에게 좀 더 관심을 보였다. 어밀리어 이모는 아무도 자기를 안 쳐다보는 줄 알고 엄마를 한참이나 물끄러미 바라보았다. 그러다 한 번은 아이가 자기를 쳐다보는 걸 알고는 얼굴이 빨개져서 얼른 고개를 돌렸다.

모두가 호기심을 감추지 못한 채 엄마를 보았다. 다른 데를 보지 않으려고 신경을 바짝 쓰며 쾌활한 눈길로 엄마의 눈에만 시선을 고정하려고 애쓰는 것 같았다. 한동안 엄마의 몸은 꽃병처럼 불어났고, 엄마의 얼굴과 목소리가 이상하게도 무기력하고 나른했다. 아이는 엄마한테 무슨 일이 일어나고 있는지 물으면 안 될 것 같은 막연한 느낌을 받았다. 결국 앤드루 삼촌에게 "삼촌, 엄마가 왜 저렇게 뚱뚱해요?"라고 묻자 삼촌은 화가 났거나 놀라서 겁먹은 것 같은 목소리로 "에이, 넌 모르겠니?"라고 얼버무리고는 방에서 휙 나가버렸다.

* 휴대용 아기욕조 브랜드.

이튿날 엄마는 아이에게 조만간 아주 근사하고 깜짝 놀랄 만한 일이 생길 거라고 말해 주었다. 아이가 깜짝 놀랄 일이 뭐냐고 묻자 엄마는 크리스마스에 받는 선물이랑 비슷하지만 훨씬 더 좋은 거라고 대답했다. 아이가 어떤 선물을 받게 될지 묻자 엄마는 꼭 아이만을 위한 선물도 아니고 아이가 소유하거나 보관하는 선물도 아닌, 모두를 위한 선물이자 특히 우리 가족을 위한 선물이라고 말해 주었다. 그게 뭐냐고 묻자 엄마는 그걸 말하면 더 이상 깜짝 선물이 아니지 않겠느냐고 되물었다. 그래도 알고 싶다고 고집을 부리자 엄마는 말해 준다 해도 무엇인지 상상하기 어려울 거라면서 일단 먼저 만나보는 편이 나을 거라고 했다. 그러면 그걸 언제 만날 수 있냐고 묻자 엄마는 정확히 언제라고는 말하지 못해도 조만간 만날 수 있을 거라면서 한두 주 정도 지나서? 아니 어쩌면 더 빨리 올지도 모른다며 그때가 되면 바로 알려주마고 약속했다.

아이는 궁금해서 몸이 달았다. 지난번 크리스마스 때는 너무 어려서 숨겨 둔 선물을 찾아볼 생각을 하지 못했지만 이번에는 짚이는 곳을 다 뒤졌다. 그러나 아이가 뭘 하는지 눈치챈 엄마는 그렇게 찾아다녀 봐야 소용없다면서 깜짝 선물은 때가 되기 전에는 여기에 없을 거라고 일러 주었다. 아이가 그럼 지금은 어디에 있냐고 물었고, 아빠가 갑자기 웃음을 터트렸다. 엄마는 쩔쩔 매면서 "제이!" 하고 소리치면서 얼른 아이를 돌아보며 "하늘나라에. 아직은 하늘나라에 있어"라고 말끝을 흐렸다.

아이는 얼른 아빠를 돌아보며 엄마 말이 맞는지 확인하려 했지만 아빠는 당황한 듯 아이를 쳐다보려 하지 않았다. 하늘나라는 우리 아버지 하나님이 계시는 곳인데…. 아이는 하늘나라에 대해 더 이상 아는 것이 없어 답답했다. 하지만 더 캐묻는 건 어리석은 짓이라는 생각이 들었다.

"메리, 애한테 그냥 얘기해 주면 안 되나?" 아빠가 물었다.

"어머, 제이." 엄마가 깜짝 놀라며 만류했다. 그리고 입모양으로 "애 앞에서는 그 얘기 하지 말라니까!"라고 다그쳤다.

"아, 미안." 아빠도 입모양으로만 말했지만 주변이 조용해서 속삭이는 소리가 새어 나왔다. "그런데 왜 그래야 돼? 이런 얘기는 해줘도 되는 거 아니야?"

엄마는 그냥 소리 내서 말하는 편이 낫겠다고 판단한 모양이었다. "당신도 알다시피, 제이, 내가 루퍼스한테 우리 가족에게 깜짝 선물이 올 거라고 말했잖아. 어떤 선물인지 말해 주고 싶어도 아이가 상상하기 어려운 거니까 일단 먼저 보면 아주 근사할 거라고 얘기했잖아. 게다가 혹시라도 애가, 이거랑 저거랑 사이에 여 - 언 - 과 - 안 - 서 - 엉을 눈치챌지 모른다는 느낌이 든단 말이야."

"그럴 테지만 어차피 알 거잖아." 아빠가 항변했다.

"그래도 제이, 그냥 애한테 억지로 과 - 안 - 시 - 임, 관심을 갖게 해봐야 무슨 소용이야? 안 그래? 안 그러냐고, 제이!"

엄마는 정말이지 무척 초조해 보였고, 아이는 그런 엄마를 이해하지 못했다.

"당신 말이 맞아, 메리. 흥분하지 마. 내가 다 잘못했어. 내 잘못이야." 아빠는 일어서서 엄마에게 다가가 엄마를 안아 주고는 등을 토닥였다.

"어쩌면 내가 어리석은 건지도 몰라." 엄마가 말했다.

"아냐, 당신은 조금도 어리석지 않아. 당신이 어리석다면 어찌 보면 나도 마찬가지지. 다만 내가 괜히 그 말이 걸려서, 그 하늘나라라는 말이. 그뿐이야."

"흠, 그럼 뭐라고 해야 해?"

"그건 젠— 생각 안 나, 여보. 그냥 말을 않는 게 낫겠어."

엄마는 인상을 찌푸리며 씩 웃다가 코웃음을 치면서 갑자기 고개를 절레절레 흔들었다.

그러던 어느 날 이제까지 아이가 본 사람들 중에서 제일 덩치가 큰 여자가, 빛나는 까만 피부에 눈부시게 하얀 옷을 입고 밝은 금테 안경을 낀 여자가 집으로 찾아왔다. 한나 할머니처럼 강인한 미소를 띤 여자는 엄마를 안아 주고 이어 아이를 반갑게 끌어안고는 "에구머니, 꼬마야, 벌써 이렇게 많이 컸네!"라고 소리쳤다. 그 순간 아이는 이게 깜짝 선물인가 하고 생각하면서 포옹 너머로 엄마에게 물어보는 눈빛을 보냈다. 엄마가 "빅토리아 아줌마야"라고 가르쳐 주고는 그녀에게 "빅토리아, 얘가 루퍼스에요!"라고 하자 그녀가 "아이고 세상에나, 얘가 날 기억을 할런지 모르겠네"라고 말했다. 아이는 윤나는 피부에 미소를 머금은 넓적한 얼굴 위로 잠자리처럼 사뿐히 내려앉은 금테 안경을 보고는 불현듯 반짝이는 황금빛과 따스한 사랑이 담긴 몸짓이 기억나서 자기도 모르게 팔을 내밀어 빅토리아의 목을 감싸 안았다. 빅토리아는 깜짝 놀라면서도 반가워서 "아이고 세상에나, 아이구 아가, 아가"라고 탄성을 지르며 아이를 꼭 안았다. 그러다가 아이를 떼어 내 찬찬히 뜯어보면서 이제까지 아이가 본 얼굴들 중에서 가장 행복한 얼굴로 "요 녀석, 아줌마를 기억하는구나! 진짜로 기억하네! 맞지?"라고 감탄했다. 그녀가 행복에 겨워 아이를 잡고 흔들었으며, "빅토리아 아줌마를 기억하는 게냐?"라고 되묻고는 다시 아이를 잡고 흔들었다. "그런 게야, 요 녀석?" 아이는 퍼뜩 자기한테 던지는 질문인 걸 깨닫고는 수줍게 고개를 끄덕였다. 그러자 빅토리아는 다시 아이를 와락 끌어안았다. 그녀에게서 아주 좋은 냄새가 나서 아이는 그녀에게 머리를 기대면 그대로 잠들 수도 있을 것 같았다.

"엄마." 잠시 후 빅토리아가 장보러 나가고 없을 때 아이가 물었다. "빅토리아 아줌마는 냄새가 진짜 좋아요."

"쉿, 루퍼스. 지금부터 엄마가 하는 말 잘 들어, 알겠니? 알았으면 그렇다고 대답해."

"네."

"앞으로는 아주 조심해야 돼. 빅토리아 아줌마가 있을 때 아줌마 냄새가 어떻다고 말하면 안 돼. 알겠어? 알았으면 그렇다고 대답해."

"네."

"아줌마 냄새가 좋아도 그런 걸 말하면 아줌마가 몹시 기분 나빠할 수도 있어. 너도 사랑하는 빅토리아 아줌마가 속상해하면 싫지? 안 그러니, 루퍼스?"

"네."

"빅토리아 아줌마는—아줌마는 흑인이야, 루퍼스. 그래서 피부색이 아주 진한 거고. 그런데 흑인들은 냄새가 어떻다는 말에 아주 민감해. 민감하다는 게 무슨 뜻인지 알아?"

루퍼스는 조심스럽게 고개를 끄덕였다.

"그건 엄청 속상해도 어쩌지 못하고 울고 싶은 기분이 드는 거야. 아무리 마음씨 좋은 흑인이라도 냄새 얘기를 들으면 그런 기분이 든단다. 그러니까 아주 조심해야 돼. 알겠니? 알았으면 알았다고 대답해."

"네."

"그럼 이제 엄마가 너보고 뭘 조심하라고 했는지 말해 보렴, 루퍼스."

"빅토리아 아줌마한테 냄새가 어떻다고 말하지 말랬어요."

"또 아줌마가 듣는 데서는 절대로 그런 말을 해서는 안 돼."

"또 아줌마가 듣는 데서는 절대로 그런 말을 하면 안 돼요."

"왜 안 되지?"

"아줌마가 울지도 모르니까."

"그래 맞아. 그리고 루퍼스, 빅토리아 아줌마는 아주, 아주 깨끗해. 엄청 깔끔한 분이야."

엄청 깔끔하다.

빅토리아는 엄마가 식사를 준비하지 못하게 말렸다. 식사를 마치자 아이의 옷을 상자에 담기 시작했는데, 서랍에서 옷을 꺼내 상자에 담을 때마다 엄마한테 이것저것 물었다. 그리고는 아이를 씻기고 속옷부터 깨끗한 걸로 갈아입혔다. 아이는 정신이 하나도 없었다. 모든 채비를 마치자 엄마가 아이를 불러서 빅토리아 아줌마가 외할머니와 외할아버지, 앤드루 삼촌과 어밀리어 이모가 사는 집에 데려다주면 거기서 며칠 지내다 올 테니까 아주 얌전히 굴고 밤에 잘 때 이불을 적시지 않도록 각별히 조심해야 한다고 주의를 줬다. 또, 얼마 후에, 며칠만 있다가 돌아오면 집에 깜짝 선물이 와 있을 테고 어떤 선물인지 알게 될 거라고 일러 주었다. 아이가 선물이 그렇게 금방 올 거면 자기도 집에 남아서 보고 싶다고 하자, 엄마는 바로 그것 때문에 외할머니네에 가있는 거라면서 깜짝 선물은 혼자 있을 때만 올 수 있다고 말했다. 아이는 어째서 자기가 집에 있으면 선물이 오지 못하냐고 물었고, 엄마는 선물이 아주 조그맣고 겁이 많아서 아이가 있으면 겁먹고 도망칠지 몰라서 그러는 거니까 정말로 선물이 와주기를 바란다면 얌전히 말 잘 듣고 외할머니네에 가있는 수밖에 없다고 대답했다. 선물이 준비되면 빅토리아 아줌마가 다시 집으로 데려올 거라고 덧붙였다. "그럴 거죠, 빅토리아?" 모자가 얘기하는 내내 아주 재미난 일이라도 벌어진 양 싱글벙글 애써 웃음을 참으며 나직이 키득거리던 빅토리아는 아이가 뭐라 할 때마다 "아이고 세상에나"라고 중얼거리다가 아무렴 꼭 그러겠다고 대꾸했다.

"기도는 꼭 하렴." 엄마가 갑자기 사랑이 가득 담긴 눈길로 바라보자 아이는 조금 얼떨떨했다. "이제 다 컸으니까 혼자 기도할 수 있지?" 아이는 고개를 끄덕였다. 엄마는 아이의 어깨를 잡고 바늘에 실을 꿰듯이 지그시 바라보았다. 아들을 바라보는 엄마의 얼굴 위로 알 수 없는 놀라움과 두려움이 퍼져 나갔다. 엄마의 얼굴이 빛나기 시작하더니 미소가 떠올랐고, 그러다 곧 입이 씰룩거리며 바르르 떨렸다. 엄마는 아이를 꼭 끌어안았다. 뺨이 축축했다. 그리고 엄마가 속삭였다. "하나님, 사랑하는 제 아이에게 은총을 내려 주소서. 영원히, 영원히! 아멘." 엄마는 다시 아이를 떨어뜨리고 바라보았다. 엄마는 마치 엄청난 속도로 우주를 떠도는 것 같은 표정을 지었다. "잘 가라, 우리 아가. 아, 잘 가라!"

"아줌마 손 꼭 잡아." 빅토리아가 아이에게 말했다. 아줌마는 갓돌에 서서 햇살에 반짝이는 안경알 너머로 길 양옆을 살폈다. 목과 앞다리가 구부정한 연갈색 말 한 마리가 사륜마차를 끌고 활기차고 차분하게 지나갔다. 깨끗하게 씻긴 검정색 바퀴살에 햇살이 부딪히며 재잘거렸다. 저 아래 햇빛 속에서는 노란 전차 한 대가 호박벌처럼 윙윙거렸다. 나무들이 움직였다. 그들은 기다리지 않고 건넜다.

"빅토리아 아줌마."

"잠깐만, 아가." 빅토리아가 거친 숨을 몰아쉬었다. "무사히 길 건널 때까지 기다리렴."

"그래, 무슨 일이냐, 아가?" 반대편 갓돌에 오르자 빅토리아가 물었다.

"아줌마는 살이 왜 그렇게 까매요?"

아줌마의 빛나는 작은 두 눈이 조그만 안경알을 뚫고 나올 것처럼 보였고, 고통인지 위험인지 모를 강렬한 느낌이 전해졌다. 아이는 뭔가 잘못된 걸 알았다. 빅토리아는 바로 대답하지 않고 뚫어져라 아이를 바라보았다. 그리고 강렬한 느낌이 사라지자 빅토리아는 아이에게서 눈을 떼고는 다시 손가락을 더듬어서 아이의 손을 잡았다. 빅토리아의 얼굴은 먼 곳 어딘가를 향했는데, 단호해 보였다. "그냥 그런 거란다, 아가." 빅토리아가 진지하면서도 다정하게 말했다. "하나님께서 나를 이렇게 만드셔서 그런 거란다."

"그래서 아줌마가 흑인인 거예요?"

"흑인"이라는 말에 아줌마의 손에서 변화가 느껴졌다. 이번에는 빅토리아가 바로 대답하지도, 아이를 돌아보지도 않았다. 그리고 한참 지나서 입을 열었다. "그래. 그래서 아줌마가 흑인인 거야."

둘이 나란히 걷는 동안 아이에게도 깊은 슬픔이 찾아왔는데, 아이는 그 이유를 알 수 없었다. 빅토리아는 더 이상 할 말이 없어 보였고, 아이도 무슨 말이든 꺼내는 게 적절치 않다고 생각했다. 아이는 화려한 모자 아래로 아줌마의 크고 슬픈 얼굴을 바라보았지만 아줌마는 아이가 자기를 바라보는지, 심지어 아이가 옆에 있는지조차 잊은 듯 보였다. 그러다가 갑자기 아줌마의 손에서 힘이 느껴져서 아이도 아줌마의 손을 꽉 잡았다. 무엇이 잘못되었든 이제는 다 괜찮다는 뜻인 것 같았다.

한참 지나서 빅토리아가 "아가, 아줌마가 너한테 해줄 말이 있어"라고 말했다. 아이는 기다렸고, 둘은 걸었다. "빅토리아 아줌마는 그런 말에 맘 상하지 않는단다. 아줌마는 널 잘 아니까. 네가 절대로 누구한테 말을 함부로 할 아이가 아니라는 걸 알거든. 그런데 세상 흑인들 중에는 네가 어떤 앤지 모르는 사람이 아주 많아, 아가. 네가 그런 말을 하면, 그러니까 사람들의 피부에 관해서, 사람들의 색깔에 관해서 뭐라고 말하면 그 사람들은 네가 나쁜 뜻으로 그러는 줄로 오해할 거야. 엄청 기분 나빠하고, 어쩌면 너한테 화를 낼 수도 있어. 빅토리아 아줌마는 네가 절대로 나쁜 뜻으로 한 말이 아닌 걸 알지만 그 사람들은 아줌마만큼 널 아는 게 아니니까. 아줌마 말 알아듣니, 아가?" 아이는 진지하게 아줌마를 쳐다보았다. "피부니 색깔이니, 그런 말은 절대로 입 밖에 내선 안 돼. 흑인들이 듣는 데서는 더더욱. 왜냐면 그 사람들은 네가 자기네한테 나쁜 뜻으로 말하는 줄로 알 테니까. 그러니까 조심해야 돼." 빅토리아는 다시 아이의 손을 꽉 잡았다.

둘이 같이 걷는 내내 아이는 빅토리아 아줌마가 행복하면 좋겠다고 생각했다. 그런데 자기 때문에 아줌마가 행복하지 않은 건 아닌지 시무룩해졌다. "빅토리아 아줌마." 루퍼스가 불렀다.

"왜 그러니, 아가?"

"아줌마한테 나쁜 말을 하려던 거 아니에요."

빅토리아는 걸음을 멈추고 길 한복판에서 우두둑 소리를 내면서 엉거주춤 쭈그려 앉았다. 그러자 길을 가던 남자가 갑자기 옆으로 비키면서 쌀쌀한 눈으로 쳐다보고는 지나갔다. 빅토리아는 아이의 어깨에 두 손을 얹었다. 넓적하고 다정한 얼굴이 아이에게 바짝 다가오자 푸근한 냄새가 훅 끼쳤다. "세상에나, 아가야. 빅토리아 아줌마는 그런 게 아닌 줄 알지! 아줌마는 네가 세상에서 제일 착한 꼬마라는 걸 알아! 아줌마는 그냥 너한테 일러둔 거야. 흑인들은 이 세상에서 힘들게 살아가니까. 그리고 네가 그 사람들 마음 상하게 할 마음이 없는 아이인 줄 아니까. 일부러 그러는 게 절대 아닌 줄 아니까."

"전 아줌마 속상하게 만들고 싶지 않았어요."

"아이고 세상에나. 아줌마는 속상하지 않아, 눈곱만큼도. 너 때문에 행복하고, 너희 엄마 때문에 행복하고, 너와 너희 엄마를 위해서라면 아줌마가 세상에서 못할 일이 없단다. 아가. 그건 너도 알 거야. 알고 말고." 빅토리아는 다시 고개를 끄덕이면서 웃고는 아이의 어깨를 토닥였다. "네가 얼마나 보고 싶었는지 모른단다. 아가." 아줌마가 이렇게 말하기는 했지만 아이는 어쩐지 자기한테 하는 말이 아닌 것 같았다. "네가 내 자식이었대도 이보다 더 사랑하지는 못했을 게야." 침묵이 그들을 에워쌌고, 아이는 순간 광대한 공간을, 어둠 그 자체

와도 같은 거대한 평화와 위안의 공간을 느꼈다. 이런 광막한 공간 속으로 빅토리아의 흐린 얼굴과 반짝거리면서 흔들리는 나뭇잎이 스며들었다. "이제 가자꾸나." 빅토리아는 다시 우두둑 소리를 내며 일어서서 풀 먹인 옷을 매만져 폈다. "할머니를 마냥 기다리시게 해드리면 안 되지."

칙칙한 담쟁이가 담벼락을 덮고 있는 집 앞으로 작은 온실이 보였다. 현관에 어밀리어 이모와 외할머니가 나와 있었다. 길을 건너는 그들을 향해 어밀리어 이모가 손을 흔들어 주자 빅토리아가 활기차게 손을 마주 흔들며 꺽꺽 쉰 목소리로 "안녕들 하십니까?"하고 인사를 건넸다. 아이도 손을 흔들었다. 어밀리어 이모가 외할머니에게 몸을 기울이자 외할머니가 내다보면서 작은 보청기를 기울였고, 어밀리어 이모가 보청기 쪽으로 몸을 기울였다. 그리고는 둘이 같이 돌아보고 외할머니가 일어서서 높은 음으로 "어서 오너라"라고 외쳤다. 아이와 빅토리아가 입구 계단 앞으로 다가가자 외할머니가 조심조심 현관 계단을 내려왔고, 목련 그림자가 드리운 벽돌 길에서 모두 만났다. 어밀리어 이모가 외할머니 뒤에서 방긋 웃으면서 나타났다. 그리고 잠시 후 빅토리아가 떠났다. 빅토리아는 그 길 위로 몇 블록 떨어진 길모퉁이를 돌아 돛단배처럼 당당한 모습으로 유유히 사라졌다.

이야기 4

루퍼스네 집은 꽤 큰 동네의 통학 길에 있었다. 아빠가 루퍼스에게 손을 흔들어 주고 사라지면 그 길은 얼마 안 있어 학교로 가는 아이들로 채워졌는데, 그 광경이 제법 볼만했다. 처음에는 앞쪽 창문을 통해 내다보는 정도로 만족했다. 그 아이들은 루퍼스가 상상하지 못할 세계에 속한 존재들이었다. 루퍼스는 학교는커녕 유치원에 다닐 만큼 큰 아이도 알고 있지 못했기 때문이다. 점차 아이들에게 친근감이 생기고 호기심도 커졌다. 부러움은 물론 존경심까지 일었다. 루퍼스는 자기도 크면 아이들처럼 될 수 있다는 것을 아직 모르고 있었지만 어쨌든 그들도 자기와 똑같은 사람일 거라는 생각이 들었다. 처음에는 마당으로 어슬렁어슬렁 나갔다가 인도까지 가보았고, 급기야 모퉁이까지 내려가 삼거리에서 한꺼번에 몰려오는 아이들을 구경했다. 루퍼스는 아이들의 모습에 푹 빠졌다. 형들은 씩씩해 보이도록 옷을 입었고, 누나들은 파티에라도 가는 양 예쁘게 단장했다. 그 아이들은 대부분 삼삼오오 몰려다녔는데, 무리지어 다니던 아이들 중 몇몇이 다른 무리의 아이들을 부르곤 했다. 그들끼리는 서로 얼마나 잘 아는 사이인지, 사람들을 얼마나 많이 아는지, 세상을 또 얼마나 잘 아는지 알 수 있었다. 아이들은 색깔도 두께도 제각각인 책, 봉투나 상자에 든 도시락, 연필을 넣은 상자를 들고 다녔다. 아니면 모든 물건을 책가방에 담아서 들고 다니기도 했다. 루퍼스는 이런 걸 들고 다니는 아이들의 모습이 무척 부러웠다. 그런 모습들은 아이들을 아주 진지하고 중대한 목적을 가진 것처럼, 특권을 누리는 세계에 속한 것처럼 돋보이게 했다. 루퍼스는 특히 형들이 책을 갈색 캔버스 끈에 묶어서 흔들고 다니는 모습이 존경스럽기도 하고 부럽기도 했다. 하지만 형들이 그걸 루퍼스의 머리를 향해 흔들어 댈 때만은 예외였다. 그때마다 겁이 났고 깜짝 놀라기도 했다. 그렇게 때리는 시늉을 하는 형과 그 광경을 지켜본 다른 형들은 루퍼스가 겁을 먹고 놀란 표정을 짓자 크게 웃어 댔다. 루퍼스는 그들의 웃음이 당혹스럽고 기분 나빴다.

그래도 풀이 죽을 만큼 이런 일이 자주 있는 건 아니었다. 아이들이 학교에 갈 무렵, 그리고 집으로 돌아올 무렵에 모퉁이에 나가는 것이 하루 일과처럼 되었다. 그곳에 나가 있으면 오후 늦게 아빠의 모습이 보이길 기다리던 때만큼 신이 나고 행복했다. 루퍼스는 아이들과 가끔 눈이 마주치면 "안녕"하고 인사를 건네기도 했다. 쑥스러운 마음만큼 말을 걸어 보고 싶은 마음도 간절했던 까닭이다. 물론 대답이 돌아올 때는 거의 없었다. 형들은 한 일 초쯤 그냥 빤히 바라보다가 눈을 부라리거나 대개는 그저 냉랭하게 대할 뿐이었다. 누나들은 나이나 성격에 따라 깔깔거리면서 루퍼스가 시선을 돌리게 만들거나 아예 루퍼스가 보이지도 들리지도 않는 양 무시했다. 하지만 애초에 인사를 받아 줄 걸로 기대하지는 않은 터였다. 어쩌다가 아주 큰 형들이 웃으면서 "너도 안녕"하고 대꾸하면서 손을 내밀어 루퍼스의 머리를 헝클어뜨리기까지 할 때는 기분이 날아갈 것 같았다. 또 한 번은 아주 큰 누나들한테 인사를 건네자 그중 한 명이 성숙한 여인처럼 끈적거리는 이상한 말투로 "어머, 요 귀여운 꼬맹이 좀 봐!" 라고 큰소리로 말하기도 했다.

루퍼스는 당황스러우면서도 잠깐 우쭐해졌다. 그러다 형들 서넛이 꽥꽥대며 누나들이 한 말을 따라 하는 소리가 들렸는데, 진심에서 우러난 것이 아니라 증오와 경멸이 섞인 말투라서 루퍼스는 큰 충격을 받고 쥐구멍에라도 숨고 싶었다.

그들 중에 루퍼스가 이름을 아는 형은 두세 명도 되지 않았다. 대부분 몇 블록 떨어진 옆 동네에 사는 아이들이기 때문이었다. 하지만 꽤 많은 아이가 결국 루퍼스를 알게 되었다. 그들은 거의 날마다 루퍼스에게 다가와 "이름이 뭐니?"라고 똑같이 물었다. 루퍼스는 매번 이름을 똑똑히 알려 주었지만 그들은 바로 다음 날에도 기억하지 못했다. 이상한 느낌이 들긴 했어도 그들이 잊어버려 다시 물어보면 대답해 줘야 할 것만 같아 예의 바르게 이름을 가르쳐 주면 다들 와아아 하고 웃음을 터트렸다. 얼마 지나지 않아 루퍼스는 형들이 날마다 이름을 물어보는 건 정말로 이름을 잊어서가 아니라 그냥 자기를 놀리는 거라는 생각이 어렴풋이 들었다. 그래서 더 주의했다. 형들이 "이름이 뭐니?"라고 묻자 루퍼스는 얼굴을 붉히며 "내 이름 알면서. 나 놀리려고 그러는 거잖아"라고 말했다.

그들 중 몇몇은 낄낄거렸지만 이름을 물어본 형은 예의 진지하고 정중한 투로 "아냐, 난 네 이름 몰라. 나한테는 말해 준 적 없잖아"라고 말했다. 루퍼스는 혼란스러웠다. 저 형한테 말해 준 적이 있던가, 없던가.

"아냐, 말해 줬어." 루퍼스가 항변했다. "생각나. 그저께 말해 줬잖아."

몇몇 아이들이 다시 낄낄댔지만 한두 명은 진지한 표정을 지었고, 이름을 물어본 형 역시 여전히 진지하고 친절한 얼굴로 말했다. "아니, 정말이야. 정말로, 절대로 난 아니야. 난 네 이름을 몰라."

다른 형들 중 하나가 그럴듯하게 미끼를 던졌다. "야, 쟤가 네 이름을 알면 물어보겠냐, 안 그래?"

루퍼스는 대답했다. "치, 그냥 나 놀리려는 거잖아. 형들은 다 내 이름 알잖아."

그러자 또 누군가가 끼어들었다. "까먹었다니까. 알긴 알았는데 완전히 까먹었어. 나라도 알면 말해 줄 텐데 생각이 안 나."

역시나 사뭇 진지한 표정이었다. 그리고 처음에 물어본 형이 아주 착해 보이는 얼굴로 사정했다. "야, 이름 좀 알려 주라. 쟤한테는 말해 줬는지 몰라도 쟤도 기억 못하잖아. 쟤도 기억났다면 말해 줬겠지, 안 그래? 말해 주지 않을래?"

"당연하지. 나라도 생각났으면 말해 줄 텐데. 나한테도 다시 말해 줘."

그리고 다른 두세 명 역시 친절하고 존중하고 배려하는 말투로 맞장구쳤다. "야, 어서, 이름 좀 말해 주라."

루퍼스는 형들이 다른 때와 달리 친절하고 배려하는 태도로 나오자 진심으로 저러는 거라는 생각이 들어 당황했다. 그리고 잠시 생각해 보고는 조심스럽고 진지한 눈빛으로 이름을 잊어버렸다고 한 형을 바라보면서 말했다. "진짜 정말로 잊어버린 거 맞아?"

그 형도 진지하게 마주 바라보며 "내 몸과 마음에 성호를 긋고 맹세해"라고 하고는 정말로 성호를 그었다.

그러자 누군가가 다시 낄낄거렸고, 루퍼스는 그중에 몇몇은 틀림없이 자기를 놀리는 거지만 가운데 있는 형들만 아니라면 별로 신경 쓸 것 없다고 생각했다. 그래서 낄낄대는 소리 따위는 못 들은 척하고 예의 그 친절하고 진지한 얼굴들을 하나하나 둘러보면서 "진짜로 오늘은 놀리는 거 아니지?"라고 재차 확인했다. 그들은 절대 아니라고 했다. 루퍼스가 "이번에 말해 주면 꼭 기억해서 다음번에 또 물어보지 않을 거지?"라고 되묻자, 그들은 당연히 그러겠다고 다짐하며 몸과 마음에 성호를 그었다. 입을 열려는 순간 언제나처럼 문득 형들의 진심에 대해 강한 의구심이 들어 이름을 가르쳐 주기 싫었다. 하지만 또 한편으로는 언제나처럼 어쩌면 진심인지 몰라, 저 형들은 진심으로 묻는 건데 내가 답해주지 않으면 그건 나쁜 짓이야, 라는 생각이 들었다. 그런 생각 때문에 매번 다시 말해 줄 수밖에 없었다. "어," 루퍼스는 늘 그랬듯 쩝쩝한 투로 입을 열고 유난히 목소리를 낮춰 수줍게 이름을 말했다(이름 자체가 실제로 상처를 입는 느낌이 들었고, 두 번 다시 그 이름이 다치기를 원하지 않아서였다). "어, 루퍼스야."

입에서 이름이 나온 순간 루퍼스는 이번에도 또 속았구나, 저 형들 중 아무도 진심이 아니었구나, 하고 깨달았다. 그 순간 형들은 모두 흥분해 날뛰면서 비명을 질러댔다. 마치 매듭이 터져서 동네방네 산산이 튄 것처럼 그들은 경멸하는 투로 루퍼스의 이름을 부르짖으며 신나게 놀려댔다. 그중에 여럿이 어떤 노래를 아주 재미있다는 듯 불러 재꼈고, 루퍼스는 뭐가 재미있다는 건지 이해가 되지 않았다.

어, 루퍼스, 어, 래스터스, 어, 존슨, 어, 브라운,
어, 집세 낼 때 돌아오면 어쩔래?

그리고 다른 아이들은 "깜둥이 이름, 깜둥이 이름"이라고 소리치면서 그들이 흑인 아이들과 심지어 흑인 어른들 뒤에서 불러 대던 노래

를 불렀다.

깜둥이, 깜둥이, 석탄처럼 새카매.
전차를 타려고 하지만,
전차는 고장 나고 깜둥이는 허리가 부러졌네.
불쌍한 깜둥이는 동전 한 닢 돌려받고 싶다네.

서너 명은 달아나지 않고 그 자리에 서서 루퍼스를 향해 그의 이름과 이 노래를 악을 쓰며 불러 대고 '깜둥이'라고 외치면서 팔짝팔짝 뛰고 손가락으로 루퍼스의 가슴과 배와 얼굴을 쿡쿡 찔렀다. 그사이 루퍼스는 얼굴이 시뻘개져서 멍하니 서있다가 참담한 심정으로 집으로 걸어갔다.

루퍼스는 몹시 혼란스러웠다. 형들이 자신의 이름을 틀림없이 아는 것 같은데, 어째서 한 번도 들은 적이 없는 것처럼, 아니면 기억나지 않는 것처럼 자꾸만 물어보는 걸까? 그냥 날 놀려 주고 싶은 거야. 그런데 왜 자꾸 놀리려 하는 걸까? 왜 그런 걸 재미있어 할까? 뭐가 그렇게 재밌지? 아주 착한 척하고 진짜로 관심 있는 척하면서 감쪽같이 속여 봤자, 그저 상대가 다시 한 번 속았다는 걸 알게 될 뿐이잖아. 상대는 단지 이번에는 정말로 진심으로 물어봐서, 이번에는 진짜로 알고 싶어 하는 사람에게 대답해 주지 않으면 안 될 것 같아서 말해 준 것뿐인데. 형들 중에 몇 명이 물어보고 다른 형들은 옆에서 맞장구를 쳐주거나 그냥 구경하고 있을 때는 그들 사이에 어떤 미묘하고 긴장된 기운이 하나가 되어 감도는 것 같았다. 그럴 때면 루퍼스 혼자만 따돌림을 당하는 기분이 들어 그들이 자기를 좋아해 주면 좋겠고 그들과 함께 있고 싶어졌다. 왜 그럴까? 어째서 번번이 그 형들을 믿었을까? 이런 일은 반복해서 벌어졌고, 그들은 매번 무척이나 관심을 보이면서 친근하고 다정하게 다가왔지만, 알고 보면 눈곱만큼도 진심이었던 적이 없었다. 진실로 친절한 아이들, 단 한 번도 루퍼스를 속이거나 놀린 적 없는 아이들은 훨씬 더 큰 형들 몇 명뿐이었는데, 그들은 딱히 관심을 보이지도 않고 친근하게 다가오지도 않았다. 단지 "안녕, 얘야"라고 한 마디 툭 던지고 지나가면서 웃어주거나 머리를 헝클어트리거나 주먹으로 툭 칠 뿐이었는데, 아프게 하거나 겁주려는 게 아니라 그냥 장난이었다. 큰 형들은 다른 아이들과는 영 딴판이라 한 번도 세심하게 관심을 보이거나 살갑게 굴지 않았다. 그래도 그들은 모두 착한 형들인 반면, 다른 형들은 루퍼스와 마주칠 때마다 못살게 굴었다. 늘 똑같았다. 형들이 시비를 걸면 루퍼스는 그때마다 놀리는 거라고 확신하고 이번에는 절대로 속지 않겠다고 다짐했다. 그러나 그때마다 형들이 계속 말을 꾸몄고, 그러면 루퍼스는 점점 자신이 없어졌다. 확신이 없어지는 동시에 확신이 커졌지만 그래서 더 혼란스럽고 불안해졌다. 이렇게 그럴듯한 친절이 단지 자기를 속이고 골려먹으려는 행동이라는 확신이 들면 들수록 그만큼 더 그들의 얼굴에서 이번에는 진심일 것이라는 한 가닥 희망을 찾으려 했다. 그들에 대한 믿음이 줄어들수록 더 믿게 되고, 그들을 믿는 것이 더 쉬워졌다. 혼자라는 생각이 들수록 혼자가 아니라 그들 중 하나가 되고 싶었다. 그리고 결국 굴복할 때마다 굴복하기 직전에는 다시는 이렇게 당하지 않을 거라는 자신감이 조금 더 생겼다. 그리고 마침내 이름을 말할 때마다 조금 더 부끄럽고 조금 더 창피해져서 어느새 그 이름마저 창피하게 느껴졌다. 그들이 일제히 루퍼스에게 악을 써대고 노래를 부르며 놀려 댈수록 루퍼스는 자기 이름에 문제가 있다는 느낌이 강하게 들었다. 가끔 집에서도 미처 예상치 못한 순간에 누가 이름을 부르거나 심지어 엄마가 부를 때조차도 어떤 알 수 없는 이유로 깜짝 놀라고 창피해서 움츠러들곤 했다. 언젠가 엄마에게 루퍼스라는 이름이 정말로 깜둥이 이름이냐고, 어째서 다들 그 이름을 들으면 놀리느냐고 물었을 때, 엄마는 급히 루퍼스를 돌아보면서 카랑카랑한 목소리로 "누가 그런 소릴 하디?"라고 다그쳤다. 루퍼스는 겁을 집어먹고 누군지는 모른다고 대꾸했다. 엄마는 말했다. "그런 애들은 그냥 무시해 버려. 아주 예스러운 좋은 이름이야. 흑인들도 그 이름을 쓰기는 하지만 문제될 것도 없고 창피할 것도 없고, 백인들이 그 이름을 쓴다고 부끄러워할 일도 아니야. 너희 증조할아버지이신 린치 할아버지의 이름을 따서 너한테 붙여 준 거니까 오히려 자랑스러워해야지. 그리고 루퍼스, '깜둥이'라는 말은 절대로 쓰면 안 돼."

하지만 루퍼스는 엄마에게는 그 이름이 자랑스러울지 몰라도 자기는 아니라고 생각했다. 어떻게 남들이 놀리는 이름을 자랑스럽게 생각할 수 있겠는가? 언젠가 아이들이 잠잠해졌을 때 한 아이가 다가와서 조용히 "그건 깜둥이 이름이야"라고 말한 적이 있었다. 그 때 루퍼스는 기죽지 않으려고 애쓰면서 "아니거든. 아주 근사한 옛날식 이름이고 우리 린치 집안의 증조할아버지 이름을 딴 거야"라고 받아쳤다. 그러자 아이들은 "그럼 너희 할아버지도 깜둥이네"라고 소리치고 뛰어가면서 "루퍼스는 깜둥이, 루퍼스네 할아버지도 깜둥이, 깜둥이, 깜둥이"라고 외쳤다. 루퍼스는 그들의 등에 대고 "그런 거 아냐. 우리 증조할아버지고, 그런 거 아니야!"라고 소리를 질렀지만, 그 일이 있은 뒤로 아이들은 가끔 "너희 깜둥이 할배는 잘 계시냐?"라고 물었다. 루퍼스는 할아버지가 아니라 증조할아버지이고 자신의 증조할아버지는 흑인이 아니라고 처음부터 다시 설명하려고 했지만 그들은 귀담아 들어주지 않았다.

형들은 왜 이런 장난을 치면서 저렇게 좋아하는 걸까? 이런 장난이 쓸데없는 짓이라는 걸 틀림없이 알 텐데도 왜 날마다 자기한테 다정하게 굴고 관심이 있는 척 속여 가면서 뭔가 하게 만드는 걸까? 루퍼스는 도무지 이해할 수 없었다. 하지만 그들이 아무리 다정하게 굴어도 늘 골려먹으려고 그러는 것뿐이라는 걸, 그것을 막을 방법은 그들을 절대 믿지 말고 그들의 요구를 들어주지 않는 수밖에 없다는 걸 깨달았다. 마침내 형들이 아무리 친절하게 물어봐도 속아 넘어가지 않고 이름을 말해 주지 않으리라는 자신이 생겨 기분이 한결 나아지긴 했지만, 한편으로는 형들이 자기한테 관심을 적게 가져 줄 것이란 느낌도 들었다. 루퍼스는 사실, 형들이 돌아봐 주지도 않거나 나쁜 말이나 비웃음을 던지지도 않거나 책보로 때리는 시늉을 해서 자기를 움츠리게 만들지도 않고 그냥 지나가기를 바란 건 아니었다. 그저 자기를 놀리거나 못된 장난을 치지 않기만 바랐을 뿐이다. 그저 자기한테 다정하게 대해 주고 자기를 좋아해 주기만 바랐을 뿐이다. 그래서 형들에게 호감을 사기 위해 필요한 거라면 뭐든 다 할 준비가 되어 있었다. 다만 이름을 말해 주는 것만은 예외였는데, 아무리 따져

봐도 이름을 말해 봤자 좋을 게 하나도 없어서였다. 형들이 이름을 물어보지 않는다면(그리고 그들도 이내 이런 장난이 더 이상 무의미하다는 사실을 알아챘다) 자기를 놀리거나 못된 장난을 치지 않을 거라는 희망을 끝까지 버리지 않았다. 이제 아이들은 사뭇 진지한 표정으로 다가와 아주 중요한 질문이라는 듯 이렇게 물었다.

어, 루퍼스, 어, 래스터스, 어, 존슨, 어, 브라운,
어, 집세 낼 때 돌아오면 어쩔래?

루퍼스는 형들이 이렇게 물을 때마다 여전히 자기 이름을 놀리는 것 같았다. "래스터스"*라는 이름을 부르는 투가 왠지 형들이 두 이름을 모두 싫어하고 무시하는 것 같았다. 형들이 왜 그렇게 자기를 여러 이름으로 부르는지 이해가 가지 않았다. 그중에 하나만 진짜 이름이고 성은 폴레트인데 말이다. 형들이 "루프애스"**라고 부르기는 해도 그나마 자기 이름을 모르는 척하지는 않는 것이어서 기분이 썩 나쁘지는 않았다. 게다가 그들은 "집세 낼 때 돌아오면 어쩔래?"라고 물었을 뿐이다. 매번 똑같은, 밑도 끝도 없는 질문처럼 들리기는 했다. 그들이 진심으로 궁금해하는 것이고 루퍼스가 대답해 줄 수 있는 것이라면, 그들이 모르는 무언가를 말해 줄 수만 있다면 그들도 자신을 진심으로 좋아하고 더 이상 놀리지 않을 것 같았다. 그러나 루퍼

* 크림 오브 위트라는 시리얼이 있는데 상자에 래스터스라는 흑인 요리사 그림이 있다.
** Roofeass, 일부러 '멍청이^{ass}'라고 발음하는 것이다.

스는 이것도 분명 놀리는 거란 걸 알아챘다. 그들은 궁금하지 않았다. 대체 뭐가 궁금하겠는가. 아무런 의미도 없는 질문인데 말이다. 집세가 뭐지? 그게 돌아오면 어떻게 된다는 거지? 그것은 아마 아주 심술궂은 모습이거나 겉으로는 다정해 보여도 알고 보면 심술궂은 것인 줄도 몰랐다. 그리고 그게 돌아오면 어떻게 된다는 걸까? 그게 뭔지조차 모르는데 뭐가 될 수 있다는 거지? 그냥 그들이 지어낸 거라면? 그것은 살아 있는 게 아니라 그냥 이야기일 뿐이라면? 루퍼스는 집세가 뭐냐고 물어보고 싶었지만 그들이 바로 그걸 노리는 것 같은 기분이 들었다. 정말로 물으면 그들이 장난으로 파놓은 함정에 빠질 것만 같았고, 또 묻는 일 자체가 창피하고 한심스러웠다. 이제는 그런 건 절대 물어보지 않을 만큼 영리해졌다고 느껴졌다. 그래서 집세가 뭔지 절대 묻지 않았고, 또 그런 것은 엄마나 아빠한테도 물어보지 않는 게 낫겠다는 어떤 확신이 들었다. 그래서 그들이 다가오면 늘 그런 어리석은 질문을 받을 줄 예상했고, 실제로 그들이 물으면, 부끄럽지만 마음을 단단히 먹고 집세가 뭔지 물어보지 않기로 결심했다. 한번은 그들이 질문을 던져 놓고 배고픈 사람들처럼 호기심 어리고 냉랭한 표정으로 루퍼스를 쳐다보고 서있었는데, 루퍼스 역시 당황스러워 더 이상 견딜 수 없을 때까지 그들을 빤히 쳐다보았다. 그들은 못살게 굴려는 건지 친하게 지내려는 건지 알 수 없는 미소를 지었다. 루퍼스는 그러한 그들의 모습에서 친하게 지내려고 그런다는 가능성을 발견하고 덩달아 어정쩡하게 웃고는 고개를 수그려 땅바닥을 내려다보면서 "난 몰라"라고 중얼거렸다. 그런 행동이 또 그들의 흥을 돋웠는지, 그들은 루퍼스가 이름을 말해 줄 때만큼 흥겨워

했다. 하지만 그때만큼 떠들썩하지는 않았다. 그러다 가끔씩 루퍼스는 그들을 피하기 시작했고, 얼마쯤 시간이 흐른 후에는 이름을 묻는 질문에 대답하면 안 되는 것처럼 이 질문에도 대답을 하면 안 된다는 사실을 깨닫게 됐다.

루퍼스는 그들을 피하거나 질문에 대답하지 않을 때마다 그들을 이긴 것 같기도 했지만 한편으로는 힘들고 외로웠다. 그래서 어떤 때 잠깐 걷다가 돌아보면 어느새 그들이 다가와 다시 에워쌌다. 다른 어떤 때는 그대로 계속 걸어갔는데, 훨씬 더 외롭고 불행한 기분이 들었으며 집들 사이의 샛길을 지나 뒷마당으로 들어가 거기서 한참 머물곤 했다. 엄마에게라도 눈에 띌까 불안해서였다. 언젠가부터 모퉁이로 나가면 부푼 기대만큼 쓸쓸한 기분도 들 거라 짐작됐다. 그래서 가끔은 아예 밖으로 나가지도 않았다. 하지만 한동안 나가지 않다가 다시 나가면 어디 갔었느냐, 어제는 왜 안 나왔느냐, 하는 질문을 쉴 없이 받았다. 루퍼스는 뭐라 답해야 할지 몰랐지만 다들 자기가 어디 갔었는지 정말로 관심 있다는 얼굴로 캐물어서 용기를 얻었다. 그 후 며칠 동안 변화가 일어난 것 같았다. 그들 중에서 좀 더 나이가 많고 좀 더 넓게 볼 줄 아는 아이들은 앞으로도 계속 루퍼스를 놀림감으로 가지고 놀고 싶다면 전보다 훨씬 더 친근하게 대해 줘야 한다고 판단했다. 다른 아이들은 큰 아이들의 작전이 얼마나 잘 통하는지 지켜보면서 나중에 따라 하려고 했다. 루퍼스는 그들이 괜히 과장해서 친한 척하는 거라고 의심했다. 하지만 좀 더 교묘한 아이들은 겉으로 드러난 미끼를 가끔씩 바꿔 주기만 하면 십중팔구 루퍼스를 속일 수 있다고 직감하며 쾌재를 불렀다. 루퍼스는 언제든 그 미끼에 걸려들 준비가 되어 있었다. 처음에 어떻게 발동을 걸었는지 아무도 기억 못 하고 관심도 없지만 이렇게 계속 밀어붙이면 루퍼스는 결국 노래를 불러 준다는 걸, 멍청하게도 모두가 진심으로 좋아한다고 믿는다는 걸 누구나 알고 있었다. 그들이 "노래를 불러 줘, 루프애스"라고 부탁하면 루퍼스는 그들이 놀리는 줄 안다는 듯한 얼굴을 하면서도 대꾸를 하고는 했다. "아, 듣고 싶지 않잖나."

그들은, 꼭 듣고 싶다. 진짜 멋진 노래고 자기네가 부르는 것보다 훨씬 좋다, 루퍼스가 춤추면서 노래하는 것도 좋겠다고 꼬드겼다. 그리고 그들은 누가 봐도 진심인 것처럼 다정하게 노래에 귀를 기울이는 법을 일찌감치 터득했기에 루퍼스는 금세 홀랑 넘어가고 말았다. 그래서 루퍼스는 형들이 자기를 속인다거나 비웃는다고 생각지 못했지만 남들 앞에서 이런 짓을 반복할 때마다 점점 더 멍청이가 된다는 기분이 들었다. 노래도 자기가 기대한 만큼 멋지거나 재미있지 않았기에 이상하고 어리석은 기분에 휩싸여 마지막으로 한 번 더 의심쩍게 형들을 바라보았다. 그러면 그들은 어김없이 아주 신나는 표정을 지었고, 루퍼스는 두 팔을 들고 빙글빙글 돌면서 노래를 부를 수밖에 없었다.

나는 작고 부지런한 벌, 부지런한 벌, 부지런한 벌,
나는 작고 부지런한 벌, 토끼풀숲에서 노래하네.

노래하고 춤추는 동안 루퍼스는 자신의 노랫가락 사이로 어디에선가 어이없다는 듯 킬킬거리는 소리를 얼핏 들은 것 같기도 했다. 하지만 옆에서 뱅글뱅글 도는 큰 형들의 얼굴은 거의 다 차분하고 진지하게 벙긋 웃고 있었다. 그랬기에 다른 형들의 얼굴에 떠오른 경멸의 표정은 무시할 수 있었다. 춤과 노래를 마치고 숨을 고를 때 큰 형들은 진심으로 인정한다는 듯 손뼉을 치면서 "거 참 멋진 노래네, 루퍼스, 그 노래 어디서 배웠니?"라고 물었다.

이번에도 루퍼스는 그 질문 속에 나쁜 의도가 숨어 있는 것은 아닌지 의심하면서 선뜻 대답하지 않았다. 하지만 큰 형들이 한참 어르고 달래자 루퍼스는 간신히 "우리 엄마"라고 입을 뗐다. 그럴 때면 종종 작은 형들 몇몇이 비명을 지르고 웃음을 터트려 일을 망칠 뻔했지만 큰 형들이 나서 "너희들 닥쳐! 멋진 노래를 듣고도 모르겠냐?"라고 엄하게 꾸짖었다. 그리고 작은 형들을 빼버리고 루퍼스를 자기네 무리에 받아들여 준다는 표정으로 "저런 녀석들은 신경 쓸 것 없어, 루퍼스. 아주 멍청한 애들이라 아무것도 모르니까. 넌 그 노래나 불러"라고 말했다. 그러자 어떤 형이 끼어들며 "그래, 루퍼스, 다시 불러 봐. 와, 진짜 멋진 노래야"라고 했고, 또 다른 형이 "춤도 꼭 같이 춰야 돼"라고 부추겼다. 숫자는 줄어들었지만 소수정예의 관객을 위해 루퍼스는 이렇게 다시 광대가 되어 주었다.

그러다 누군가가 "애들아, 가야 돼"라고 불쑥 소리를 질렀다. 루퍼스는 갑자기 의자를 빼앗긴 것처럼 혼자 남았다. 아무도 박수도 쳐주지 않고 가버렸다. 하지만 제일 다정한 얼굴로 구경하던 몇몇 형들은 떠나기 전에 늘 세심히 "야, 고맙다, 루퍼스. 진짜 멋졌어"라고 말하고 "내일도 까먹지 말고 여기 나와야 돼"라고 토닥여 주었다. 이런 말 한마디는 매번 루퍼스를 혼란스럽게 만들었던 모든 것을 잊게 만들었다. 형들이 왜 그렇게 갑자기 가버린 걸까? 왜 다들 그렇게 계속 뒤돌아보면서 알쏭달쏭한 웃음을 흘리는 걸까? 어째서 그렇게 소리죽여 수군대다가 자기네끼리 머리를 맞대고는 갑자기 와자자하게 웃음을 터트리는 걸까? 왠지 모르게 그 웃음은 꼭 루퍼스를 향한 것 같았다. 그리고 언젠가 큰 형들 중 한 명이 갑자기 두 팔을 번쩍 들고서 뱅그르르 돌며 길에 뛰어들어 목청이 찢어질 듯 새된 소리로 "나는 작고 부지런한 벌"이라고 노래했을 때, 그 형들이 진정 그 노래를 좋아한 것도 아니며 그 노래를 부른 자기를 좋아한 것도 아니라고 직감했다. 그런데 좋아하지도 않으면서 왜 자꾸 그 노래를 불러 달라는 걸까? 또 한 번은 형들 중 한 명이 동네 저 아래에서 꽥꽥거리며 "우리 엄마"라고 떠드는 소리가 들렸다. 그 순간 루퍼스는 뭔가 뱃속을 관통하는 느낌이 들었다. 그들은 모두 웃어댔고, 루퍼스는 모든 것이 그저 못된 장난일 뿐이라는 확신이 들었다. 그러다가도 자기가 제일 좋아하고 가장 믿은 형들이 그동안 얼마나 다정히 대해 줬는지를 떠올리면 그 형들은 절대로 자기를 놀리지 않은 거라고 믿었다.

하지만 얼마 지나지 않아 그 형들마저 의심스러웠다. 어쩌면 그때 그들이 그렇게 잘해 준 이유는 그저 자기네가 착한 역할을 맡았기 때문은 아닐까? 그들이 비웃으면 루퍼스가 다시는 안하겠다고 버틸까 봐, 그러면 더 이상 놀림감으로 삼을 수 없기에 그랬던 건 아닐까. 그래도 항상 변함없이 잘해 준다면 분명 진심일 터였다. 하지만 다른 형들이 웃는 걸 보면 분명 어떤 이유로든 루퍼스의 행동이 잘못되었거나 어리석었다는 뜻일 게다. 루퍼스는 더욱 신중하리라 마음먹었다. 상대가 진심으로 다정하게 대해 주고 진심으로 원한다는 확신을 주지 않으면 누가 시킨다고 해서 아무 짓이나 아무 말이나 함부로 하지 않을 작정이었다. 루퍼스는 루퍼스대로 제일 좋아하는 형들까지 포함해서 모든 형들에게 주의를 기울였고, 그들은 또 그들대로 앞으로 훨씬 더 영리하게 굴지 않으면 장난을 전부 망칠지 모른다고 생각했다. 그래서 그들은 루퍼스에게 껌, 몽당연필, 분필, 사탕 따위를 상으로 주기로 약속했다. 그러자 루퍼스의 결심이 흔들렸다. 덜 영리한 아이들은 약속한 상을 주지 않았다. 때로는 그러는 게 더 재미있기도 했다. 하지만 머리가 빨리 돌아가는 아이들은 늘 변함이 없었고, 따라서 루퍼스는 그런 형들의 요구를 뿌리치지 못했다. 사실 일이 너무 술술 풀린 터라 다들 이내 따분해졌다. 영리한 아이들은 덜 영리한 아이들의 장난질, 이를테면 루퍼스가 춤출 때 한 아이가 뒤에 쭈그려 앉고 다른 아이가 루퍼스를 밀쳐서 뒤로 넘어뜨리는 따위를 재미있게 구경하면서도 단 한 번도 그런 장난질에 직접 가담하지 않았다. 오히려 아주 못마땅하다는 표정으로 루퍼스를 일으켜 세워 흙을 털어주는가 하면, 루퍼스가 머리를 세게 부딪쳐 울음을 터트릴 때 급히 다가가서 달래주기도 했다. 루퍼스가 어쩔 줄 몰라 하며 속아 넘어가는 꼴을 보면서 어이없어 하고 재미있어 하면서도 속마음만큼은 꼭꼭 숨겼다. 아무리 화가 나도 자기를 괴롭히는 아이들에게 섣불리 덤비지 못할 만큼 깡도 없고 힘도 없는 루퍼스를 경멸하면서도 역시 그런 속내를 잘도 숨겼다. 영리한 아이들은 늘 이렇게 루퍼스의 편인 것처럼 굴며 속였기에, 루퍼스는 멀쩡한 사람이라면 다시는 하지 않을 일을 또다시 하곤 했다.

그런데 나이 많은 형들은 서서히 이런 일들이 따분해지고 창피해지기 시작했다. 거기 모인 아이들 모두는 루퍼스보다 나이도 한참 많고 아는 것도 많았다. 가장 어린 꼬마들조차 학교에 다닐 정도이니 어찌 보면 루퍼스가 줄곧 놀림을 당하면서도 맞서지 못하는 것은 당연한 일이었다. 나이 많은 형들은 이런 시시하고 계집애 같은 노래를 시켜 봤자 얼마 안 가 재미가 없어질 거라는 걸 잘 알았다. 더 거친 장난을 궁리해야 할 것만 같았다. 하지만 자기네가 직접 나서서 그런 짓을 할 수는 없는 노릇이었다. 그들이 루퍼스 편이 아니라는 게 밝혀지면 장난은 물 건너 가버릴 터였다. 설사 그것이 아니라 하더라도, 아무리 멍청한 아이라 하더라도 한참 어린 꼬마한테, 반드시 치고받는 싸움을 불러 올 거친 장난을 자신들이 거는 건 공정하지 않았다. 게다가 지금까지 겪어 본 루퍼스는 아무리 싸움을 붙여 보려고 해도 싸울 배짱이 없고, 어쩌면 왜 싸워야 하는지도 모를 것 같았다. 그래도 그들은 궁금했다. 그래서 그들보다 작고 잔인하고 단순한 애들이 루퍼스에게 거칠게 장난을 걸도록 점점 자리를 내주었다. 하지만 아무런 소용이 없었다. 루퍼스는 그저 놀라고 고통스럽고 책망하는 눈길로 그들을 바라보고는 그냥 일어나서 가버릴 뿐이었다. 그런 루퍼스를 나이 많은 형들 중 하나가 다가가 위로해 주면 루퍼스는 울음을 터트렸는데 그 꼴이 재미있으면서도 역겨웠다.

　마침내 그들은 적당한 공식을 찾아냈다. 루퍼스 또래 몇몇 아이들이 루퍼스에게 자신들이 할 수 없고 해서는 안 되는 장난을 치도록 부추긴 것이다.

이야기 5

저녁을 먹은 후 아기들 그리고 루퍼스를 제외한 아이들은 모두 침대에서 까무룩 잠이 들었다. 엄마가 루퍼스도 재워야 한다고 했지만 아빠가 왜 꼭 그래야 하냐고 해서 루퍼스는 잠자리에 들지 않아도 되었다. 루퍼스는 아저씨들과 함께 현관 베란다로 나갔다. 다들 배가 부르고 졸음이 쏟아지는지 입을 열려고 하지 않았다. 루퍼스 역시 배가 부르고 졸려 거의 아무것도 보이지도 들리지도 않았다. 아빠의 무릎 사이 옅은 그늘 아래서 깜빡깜빡 졸면서 눈을 부릅뜨려고 안간힘을 썼다. 그 사이 부드럽고 나른하게 웅얼거리는 아저씨들의 목소리, 그 뒤로 부엌에서 아줌마들이 재잘재잘 수다를 떨면서도 애들을 깨우지 않으려고 한껏 낮춘 말소리, 설거지를 하며 접시를 달그락거리는 소리, 그리고 그들이 이리저리 오가며 마룻바닥을 밟는 발소리가 들렸다. 루퍼스는 초점이 들락날락하는 반쯤 감긴 눈으로 한가로이 반짝이는 수백만 장은 너끈히 될 무성한 나뭇잎과 나른하게 번쩍거리는 옥수수 잎사귀를 보았다. 가까이로 군데군데 구멍이 팬 마당에서 모이를 쪼는 암탉과 베란다 바닥의 울퉁불퉁한 가장자리가 보였으며, 반짝이는 은빛의 연무 속에 꿈결처럼 매달린 모든 것, 푸르스름하고 희끄무레한 하늘을 가린 푸르스름한 은빛의 길고 야트막한 언덕도 보였다. 루퍼스는 아빠의 가슴에 기댄 채 아빠의 심장이 쿵쿵거리는 소리와 뱃속이 우르릉 하는 소리를 들었다. 루퍼스는 옆구리를 받쳐주는 아빠 무릎이 참 단단하다고 생각하고 있었는데, 어느 순간 눈을 떠보니 엄마의 얼굴이 보였고 자신은 침대에 누워 있었다.

엄마가 어서 일어나 고조할머니를 뵈러 가야한다고 했다. 고조할머니가 장손인 루퍼스를 특별히 보고 싶어 하신다고 했다. 루퍼스와 아빠, 엄마, 캐서린은 앞자리에 탔고, 폴레트 할아버지와 제시 고모, 고모네 아기, 짐 윌슨, 에티 루, 세이디 고모와 고모네 아기는 뒷자리에 탔다. 가는 길을 잘 안다고 큰소리를 친 랠프 삼촌은 발판에 서서 가겠다고 했는데, 사실 자리도 거기 밖에 남아 있지 않았다. 그렇게 모두가 자리를 잡은 후 차는 슬슬 출발하여 덜컹거리지 않도록 조심조심 언덕길을 내려갔다. 그런데 도로에 들어서기도 전에 엄마가 아빠에게 잠깐 차를 세우라고 했다. 에티 루를 앞에 태우면 뒷자리에 탄 사람들이 여유 있게 가실 수 있다는 것이 엄마의 생각이었다. 엄마의 고집으로 다들 자리를 바꿨고 차는 다시 출발했다. 아빠는 길가에 깊이 팬 바퀴자국을 피하며 차를 몰아 도로로 진입했다. 아빠는 랠프 삼촌이 일러 주는 대로 다른 길로 라폴레트에서 벗어났다("그래, 알아. 그 정도는 나도 기억나"라고 아빠가 말했다). 차는 거의 덜컹거리지 않았다. 엄마는 아빠가 얼마나 조심스럽게 운전을 잘하는지, 속도를 너무 많이 내는 것만 깜빡하지 않으면 정말 운전을 잘한다고 칭찬해 주자 아빠의 얼굴이 빨개졌다. 하지만 얼마 지나지 않아 엄마의 얼굴이 화장실이 급한데 그 말을 꺼내기가 민망한 사람처럼 거북해졌다. 그러더니 조금 더 시간이 흐르자 "여보, 진짜 미안한데 솔직히 당신 지금 깜빡한 것 같아"라고 말했다.

"깜빡하긴 뭘?" 아빠가 대답했다.

"너무 빨리 달리는 것 같다고." 엄마가 다시 말했다.

"여긴 도로가 좋잖아." 아빠가 다시 대답했다. "도로가 좋을 때 시간을 벌어 둬야지." 그러면서 아빠는 조금 속도를 늦추었다. "그래, 기억나. 앞으로 노새 한 마리도 지나가기 힘든 구간이 몇 군데 나와. 가다 보면 말이야, 안 그래, 랠프?"

"어머, 정말?" 엄마가 말했다.

"그냥 당신 놀리는 거야." 아빠가 대답했다. "길이 그렇게 나쁘진 않아. 그래도 될 수 있으면 시간을 벌어 놓는 게 좋지." 그러고는 다시 조금 속도를 올렸다.

이삼 마일쯤 더 달린 후 랠프 삼촌이 "지금 여기서 커브를 돌면 간선도로가 나오거든, 바로 오른쪽으로 꺾으면 돼"라고 하자 차는 간선도로를 지나서 모래가 깔린 숲길로 들어섰다. 아빠가 속도를 조금 줄였다. 상쾌한 바람이 불어오자 엄마는 엄청나게 뜨거운 햇빛을 지나서 이런 그늘에 들어오니 정말 근사하지 않느냐고 감탄했다. 어른들은 다 같이 아무렴 그렇지, 라고 중얼거렸다. 곧이어 차가 숲길을 빠져나와 불에 탄 땅에 뾰족한 나무줄기가 무서우리만큼 비죽비죽 뻗어 나온 그루터기만 남아 있는, 블랙베리와 인동초가 지천으로 핀 지대를 이 마일쯤 달렸다. 그러자 저 앞에 산 하나와 산 그림자가 나타났다. 차가 그림자 속으로 들어가자 랠프 삼촌이 나직이 "이제는 산자락까지 가서 기슭을 따라 왼쪽으로 달리다가 오른쪽으로 두 번째 길이 나오면 그 길로 들어가"라고 가르쳐 주었지만, 막상 그 앞으로 도착해 보니 왼쪽으로 난 길만 나오고 오른쪽에는 길이 보이지 않았다. 아빠가 그냥 왼쪽 길로 들어섰는데 아무도 입도 뻥긋하지 않았다. 잠시 후 랠프 삼촌은 "거기선 선택의 여지가 없네, 안 그래?"라고 말하면서 멋쩍게 웃었다.

"그러게." 아빠가 맞장구치고 미소를 지었다.

"아까 큰소리친 것만큼 내 기억이 정확하진 않네." 랠프 삼촌이 대꾸했다.

"잘하고 있어." 아빠가 이렇게 말하자 엄마도 옆에서 맞장구를 쳐주었다.

"진짜로 맹세해. 그쪽에 분명히 양 갈래로 길이 나 있었어." 랠프 삼촌이 말했다. "하긴 여기 온 지가 벌써 이십 년 가까이 됐으니." 아유, 그렇게나 오래 됐어요? 엄마는 다시 추임새를 넣었고 틀림없이 삼촌이 기억력이 좋다고 생각하는 것 같았다.

"당신은 여기 와본 지 얼마나 됐어?" 아빠는 아무 말도 하지 않았다. "제이?"

"생각 중이야."

"저기서 돌아." 그때 랠프 삼촌이 갑자기 소리쳐 차를 다시 후진시켜 돌아가야만 했다.

차는 구불구불 긴 오르막을 엉금엉금 기어오르기 시작했다. 루퍼스는 툭툭 끊어지는 대화를 반쯤 흘려들었는데, 거의 알아듣지도 못했다. 아빠는 십삼 년 가까이 그곳을 찾지 않았다. 마지막 기억이 녹스빌에 오기 전에 들린 때라고 했다. 고조할머니는 늘 아빠를 애지중지했다고 랠프 삼촌이 말했다. 그래, 그런 것 같구나, 라고 폴레트 할아버지가 맞장구를 치고는 고조할머니가 항상 제이에게 흠뻑 빠져 있었다며 기억을 꺼냈다. 아빠는 자기도 고조할머니가 좋았다고 조용히 고백했다. 그러고 보니 차에 탄 사람들 중에서 고조할머니를 마지막으로 본 사람은 바로 아빠였다. 다들 아빠가 한두 달 전에 뵙고 오기라도 한 양 할머니는 어떠시냐고 물었다. 아빠는 고조할머니가 여기저기 나빠지고 있었고, 거동이 불편하고 류머티즘도 심하지만 정신만은 온전했다고 했는데, 물론 지금도 이런 상태라는 건 아니라고 덧붙였다. 굳이 덧붙일 필요도 없는 말이었다. 랠프 삼촌은 아무렴, 현실이 그렇다, 시간이 쏜살 같지 않더냐, 아마 올해가 마지막이 될 것 같다, 라고 말했다. 고조할머니가 아직 형네 아이들이나 우리 아이들, 제시네나 세이디네 아이들을 만난 적이 없으니까 분명 특별한 선물이 될 거라고 했다. 특별한 깜짝 선물. 아빠는 그래, 그럴 거야, 라고 맞장구치면서 자기는 고조할머니가 아직 우리를 알아볼 거라고 확신한다고 말했다. 그런데 설마 돌아가신 건 아니겠지? 엄마가 물었다. 아, 아니야, 폴레트 집안사람들이 한목소리로 대꾸하면서 고조할머니가 돌아가셨다는 소식을 들은 적이 없다고 말했다. 사실 건강이 많이 좋지 않다는 소식은 들었다고 했다. 가끔 기억이 뒤죽박죽되어 혼란스러워한다면서 참 불쌍한 노인네라고 입을 모았다. 엄마는 그럼, 그런가 보네요, 라고 대꾸하고는 참 가여운 분이라고 대꾸했다. 그리고 고조할머니는 보살펴 주는 분이 있냐고 넌지시 물었다. 어, 그럼, 이라고 모두 대답했다. 아주 잘 보살펴 드리지. 세이디가 자기 생활 다 내팽개치고 극진히 보필한다고 했다. 세이디는 폴레트 할아버지의 제일 큰누나이고 젊은 세이디 고모는 바로 이 세이디 할머니한테서 이름을 물려받은 거였다. 밤낮 없이 고조할머니 수발을 다 들어준다고 했다. 어머, 참 대단하신 분이에요, 라고 엄마가 감탄했다. 아무도 그렇게는 못할 거라고, 다들 고개를 주억거렸다. 고조할머니는 자식들을 모두 시집장가 보냈고, 자식들이 서로 자기네가 모시겠다고 해도 집을 떠나려 하지 않았다고 했다. 내가 예서 자식들 다 먹이고 키웠다, 열네 살에 이 집에 시집와서 평생 살았으니 난 예서 죽을란다, 라고 했는데, 이렇게 말한 지가 적어도 삼십오 년이 지났고, 고조할아버지가 세상을 떠나신 지도 사십 년 가까이 되었다고 했다. 맙소사, 그러면 연세가 아주 많으시겠네요! 엄마가 말했다. 아빠가 진지하게 "연세가 백셋이나 되셨어. 백셋이나 백넷. 정확히 몇 살인지 할머니도 모르셔. 그래도 1812년 이후는 아닌가 봐. 항상 1811년에 태어났을지도 모른다고 하셨거든"이라고 대답했다.

"세상에, 제이! 진짜야?" 아빠는 고개만 끄덕이고 눈은 계속 도로를 주시했다. "루퍼스, 한번 상상해 보렴." 엄마가 말했다. "한번 생각해 봐!"

"연세가 아주, 아주 많은 할머니야." 아빠가 진지하게 말했고, 랠프 삼촌이 진지하고 자랑스럽게 동의했다.

"그 할머니는 얼마나 많은 걸 보셨을까!" 엄마가 나직이 속삭였다. "인디언. 야생동물." 아빠가 웃었다. "식인동물 말이야, 제이. 곰이든, 살쾡이든—무시무시한 녀석들."

"여기 깊은 산속에 살쾡이가 있었어, 메리—우리가 놈들을 화가 painter라고 불렀거든, 검은 표범panther하고 비슷해서—나 어릴 때만 해도 이 근처에 있었어. 그리고 곰은 아직 있다던데."

"굉장하다, 제이. 당신도 본 적 있어? 검은 표범?"

"총에 맞은 놈을 본 적이 있어."

"맙소사."

"비열하게 생긴 짐승이야."

"알아." 엄마가 말했다. "물론 그랬겠지. 도저히 상상이 안 가―고조할머니가 거의 이 땅만큼 오래 사셨다는 게, 제이."

"어, 아니야." 아빠는 웃었다. "그렇게 오래 산 사람은 없지. 어디선가 읽었는데, 여기 이 산만 해도 자그마치…."

"여보, 난 이 나라를 말한 거야. 미국 말이야. 음, 어디 보자, 그러니까 고조할머니가 태어나셨을 때 미국 나이가 지금 내 나이도 안 된 거네." 다들 잠시 계산해 보았다. "그만큼도 안 됐어." 엄마가 자신 있게 말했다.

"어휴, 그렇게는 생각해 본 적 없는데." 아빠가 고개를 절레절레 흔들었다. "맙소사. 정말 그러네."

"에이브러햄 링컨이 고작 두 살이었어." 엄마가 중얼거렸다. "어쩌면 세 살." 마지못해 덧붙였다. 그리고 잠시 후 엄마가 말을 이었다. "한번 생각해 봐라, 루퍼스. 백 년도 넘다니." 그러나 아들은 무슨 말인지 알아듣지 못하는 것 같았다. "그 할머니가 누군지 알아? 폴레트 할아버지의 할머니야!"

"정말 그렇단다, 루퍼스." 할아버지가 뒷좌석에서 말했고, 루퍼스는 믿어지기는 하지만 상상이 안 간다는 표정으로 돌아보았다. 할아버지는 썩 웃어주며 눈을 찡긋했다. "이 할애비가 누구한테 '할머니'라고 부르는 걸 듣는 게 상상이 안 갈 게다, 안 그러냐?"

"네, 할아버지." 루퍼스가 대답했다.

"흠, 듣게 될 게야." 할아버지가 말했다. "할머니를 만나는 대로."

그때 랠프 삼촌이 툴툴거리며 걱정스러운 표정을 지었다. 아빠가 랠프 삼촌에게 물었다. "무슨 문제라도 있어, 랠프? 길을 잃었어?"

랠프 삼촌은 길을 잃은 건지 아닌지는 잘 모르겠고, 아니, 아직은 정말 그런지 모르겠지만, 제길, 그래도 이 길이 그 길인지는 잘 모르겠다고 말했다.

"저런, 삼촌, 어떡해요." 엄마가 말했다. "걱정하지 말아요. 아마 찾을 거예요. 조금 있으면 눈에 띄는 곳이 나올 거고, 그럼 다시 맞는 길로 들어설 거예요."

하지만 아빠는 낯빛이 어두워지고 애써 참는 표정으로 그냥 속도를 줄이고 그늘진 곳에 차를 세웠다. "지금 길을 알아내야 할 것 같아."

"내가 알기론 이 근방엔 없어." 랠프 삼촌이 풀이 죽은 목소리로 말했다. "그러니까 내 말은, 아직 돌아가는 길이 아니까, 지금 차를 돌려야 할 것 같아. 다음 주 일요일에 다시 오자."

"아, 제이."

"미안한 말이지만 오늘 내로 다시 시내로 돌아가야 하는 거 잊지 마. 다음 주 일요일에 다시 오면 되잖아. 그때는 좀 더 일찍 출발하자고." 그래도 결국에는 좀 더 가보기로 했다. 차가 좁고 긴 골짜기로 들어가서 숲속 길을 내려가는 사이 시커먼 산등성이만 드문드문 나타나고 길은 계속 랠프 삼촌이 틀린 길이라고 말한 방향으로만 나 있었다. 그러다 숲을 채 벗어나지 않은 곳에 오두막 한 채가 보였다. 모두가 나중에 말하길 옥수수 밭 정도도 아닌 보통 농가의 마당만한 곳이라고 했다. 하지만 그곳 사람들은 뚱하고 바짝 경계하는 얼굴로 바라보면서 그런 할머니는 본 적도 들어 본 적도 없다고 말했다. 거기서 한참 더 가자 조금 트인 골짜기가 나타났다. 랠프 삼촌은 이제야 알 것 같다면서 만약 여기가 맞다면 예전보다 훨씬 많이 변했다고 했다. 차가 커브를 돌자 반쯤 숲에 덮여 있는 들판이 나오고 어린 나무들이 흔들리는 배경 사이로 언뜻 회색 집 한 채가 보였다. 랠프 삼촌이 "맙소사"라고 외치더니 다시 "맙소사. 저기가 그 집이에요. 저기가 바로 그 집이에요. 우리가 뒷길로 내려온 거예요!"라고 흥분했다. 아빠도 그 집이 맞는 것 같다고 확신하는 표정이었다. 집이 점점 커졌고, 차를 급히 돌려 그 집의 앞쪽이 보이는 방향으로 달렸다. 아빠와 랠프 삼촌 그리고 할아버지가 "그래, 여기가 맞아"라고 동시에 소리를 질렀다. 그 집이었다. "저기 할머니 계시네"라고 하자 정말로 할머니의 모습이 보였다. 네모난 통나무로 지은 커다란 회색 오두막 둘레로는 지붕 덮은 통로를 만들고 이 층을 올렸으며, 앞쪽으로 잘 다져진 땅에는 거대한 참나무가 박혀 있었다. 마차바퀴로 보이는 커다란 쇠고리가 쇠사슬에 묶여서 참나무 가지에 걸려 있고 쇠사슬은 나무와 나무 그림자 속에 깊이 잠겨 있었다. 옥수수 밭만한 참나무 그늘 속에서 할머니 한 명이 부엌 의자에서 몸을 일으켰다. 그사이 차는 좌우로 덜컹거리면서 흙길을 따라 그늘 속으로 들어갔고, 옆에 다른 할머니는 여전히 꼼짝도 않은 채 의자에 앉아 있었다.

두 할머니들 중에서 젊은 쪽이 세이디 고모할머니였다. 세이디는 그들을 발견하자마자 한눈에 알아보고는 그들이 차에서 내리기도 전에 곧장 차 옆으로 다가왔다. "아이고, 세상에나." 할머니는 나직이 외치면서 두 손으로 차 옆을 짚고 한 사람 한 사람 둘러보았다. 할머니의 손은 길고 가늘었으나 웬만한 사내 손만큼 컸으며 불거지고 갈라진 손마디가 거칠었다. 검은 눈동자의 눈매는 매서웠고, 왼쪽 옆얼굴에 옅은 자주색 얼룩이 있었다. 할머니가 예의 그 매서운 눈으로 말없이 한 사람 한 사람을 뚫어지게 바라보자 루퍼스는 할머니가 화가 났나 보다고 생각했다. 그런데 할머니가 고개를 앞뒤로 흔들면서 이렇게 입을 여는 것이었다. "아이고 세상에나. 잘 지냈나, 존 헨리."

"잘 있었습니까, 세이디 누님." 할아버지가 말했다.

"안녕하세요, 세이디 고모." 아빠가 세이디 고모할머니에게 인사를 건넸다.

"잘 있었는가, 제이." 세이디 고모할머니가 예의 그 엄한 얼굴로 아빠를 바라보았다. "잘 지냈나, 랠프." 할머니는 역시 엄한 얼굴로 랠프 삼촌도 바라보았다. "네가 제시구나, 네가 세이디고. 잘 있었냐, 세이디."

"이쪽이 메리에요, 세이디 고모." 아빠가 말했다. "여보, 이분이 세이디 고모셔."

"만나서 영광이구나." 고모할머니는 매서운 눈으로 엄마를 쳐다보았다. "그래, 넌 줄 알았다." 고모할머니가 이렇게 말하는 동시에 엄마는 "저도 고모님을 만나 뵙게 돼서 얼마나 기쁜지 몰라요"라고 대답했다. "그리고 얘들이 루퍼스랑 캐서린이고요, 여긴 랠프네 애들 짐 윌슨하고 에티 루고요, 제시네 찰리는 애 아빠 이름을 따서 지었고, 세이디네 제시는 할머니하고 제시 고모 이름을 따서 지었어요." 아빠가 일일이 설명했다.

"어이구, 세상에." 세이디 할머니가 말했다. "흠, 정신이 하나도 없구나."

"할머니는 좀 어떠세요?" 아빠가 아직 차에서 내릴 생각도 않고 목소리를 낮추어 물었다.

"그럭저럭 괜찮으셔. 혹시 할머니가 아무도 몰라보셔도 서운해하진 말거라. 알아보실지도 모르고 아닐지도 모르지만. 나도 깜빡깜빡 잊으시거든."

랠프 삼촌은 고개를 절레절레 흔들며 혀를 찼다. "불쌍한 할머니." 그러면서 눈을 땅바닥에 깔았다. 아빠는 천천히 숨을 내쉬면서 볼을 부풀렸다.

"그래, 내가 너희라면 조용히 다가갈 거야." 고모할머니가 말했다. "한 번에 여러 사람을 본 지가 꽤 됐거든. 나도 그렇고. 너희가 한꺼번에 우르르 몰려가면 겁을 내실지도 몰라."

"그럼요." 아빠가 말했다.

"예." 엄마가 속삭였다.

아빠가 뒷자리를 돌아보았다. "아버지, 먼저 가서 만나보셔야죠?" 아빠가 목소리를 한껏 낮추어 물었다. "제일 어른이시니까."

"할머니가 보고 싶은 사람은 내가 아니야." 폴레트 할아버지가 말했다. "손주들을 먼저 보시는 게 좋을 것 같다."

"그 말이 맞는 것 같네. 할머니가 알아보실 수만 있다면." 세이디 고모할머니가 말했다. "너희 내외가 아들을 낳았다는 소식을 들으면 엄청 좋아하실 게다." 고모할머니는 아빠에게 이렇게 말하고는 다시 엄마를 보면서 "메리든 누구든. 엄청 자랑스러워하실 게야. 얘가 장손 아니냐"라고 덧붙였다.

"예, 그럼요." 엄마가 말했다. "5대째니까요. 얘부터 거슬러 올라가서요."

"할머니가 보낸 엽서는 받았나, 제이?"

"무슨 엽서요?"

"어머, 아뇨." 엄마도 거들었다.

"할머니가 나한테 엽서에다 뭐라고 쓸지 물어보시고는 너희 내외한테 우편으로 부치라고 하셔서 내가 그렇게 해드렸는데. 아직 못 받은 게냐?"

아빠가 고개를 저었다. "그런 얘기는 금시초문인데요."

"흠, 내가 틀림없이 우편으로 부쳤는데. 확실히 기억나. 내가 폴리까지 나가서 엽서를 사오고 다시 그 길을 되짚어가서 우편으로 부쳤거든."

"저희는 진짜 못 받았어요." 아빠가 말했다.

"어느 주소로 보내셨어요, 세이디 고모님?" 엄마가 물었다. "저희가 이사한 지 얼마 안 돼서…"

"꼭 어느 주소로 보내진 않았지." 고모할머니가 말했다. "그래야 되니? 제이가 우체국에서 일하잖아."

"어, 저 우체국 그만둔 지 오래됐어요. 그전에요."

"아유, 그래서 그리 됐나 보네. 난 그냥 '파나마, 커낼존, 크리스토발 우체국'으로 보냈지. 철자를 정확히 적어서. 크-리-스…"

"아." 엄마가 탄식했다.

"저런." 아빠도 안타까워했다. "저기요, 세이디 고모, 아시는 줄 알았어요. 루퍼스 낳기 한 이 년 전부터 녹스빌에서 살고 있어요."

세이디 할머니는 화가 난 것처럼 아빠를 쏘아보면서 차 옆을 짚었던 손을 천천히 들었다가 다시 탁 하고 내려놓았다. 그 바람에 루퍼스는 흠칫 놀랐다. 할머니는 고개를 몇 번 끄덕이고는 여전히 아무 말도 하지 않았다. 그러더니 냉랭하게 입을 열었다. "흠, 늙으면 나가 죽어야지. 별 수 있나."

"저기, 세이디 고모님." 엄마가 상냥하게 말했지만 아무도 듣지 않았다.

잠시 후 고모할머니는 여전히 침울한 얼굴로 아빠의 눈을 노려보았다. "네가 거기 사는 건 내 이름만큼 잘 알았는데 깜빡했어."

"아, 그거 참 안됐네요." 엄마가 안타까운 듯 말했다.

"안됐다는 생각은 들지 않아." 할머니가 말했다. "뱃속이 아릴 뿐이지."

"전 그런 뜻이 아니라…."

"딱 여기가!" 할머니는 손으로 배를 탁 치고는 다시 차 옆을 짚었다. "나도 요모냥 요꼴인데," 고모할머니가 아빠에게 말했다. "우리 할머니는 누가 살펴 드리겠냐?"

"에이, 별 거 아니에요, 세이디 고모." 아빠가 말했다. "누구나 가끔 실수해요. 저도 그러는데요. 전 고모 나이 반밖에 안 먹었는데. 메리는 또 어떻고요."

"그럼요." 엄마가 말했다. "전 완전 덜렁이에요."

할머니는 엄마를 힐끔 보고는 다시 아빠에게 눈을 돌렸다. "이번만이 아니야. 한 사흘 됐나. 글쎄 내가 말이다…." 그러다 말을 끊었다. "하긴 이런 소릴 떠벌려봐야 뭔 소용이 있겠냐. 예서 잠깐 기다려라."

고모할머니는 돌아서서 더 늙은 할머니 쪽으로 걸어가서 몸을 깊이 수그리고는 할머니의 귀에 대고 조금 크긴 해도 소리를 지르는 건 아닌 정도의 목소리로 "할머니, 누가 찾아왔어요"라고 말했다. 그들은 고조할머니의 흐린 눈을, 선보닛의 옅은 그늘 속에서 내내 그들을 바라보고 다른 데로 시선을 돌리지도 않고 거의 깜빡거리지도 않던 눈을 바라보았다. 그 눈이 움직이는지 지켜보았지만 미동도 하지 않았다. 고조할머니는 고개를 움직이거나 입도 벙긋하지 않았다. "제 말 들려요, 할머니?" 고조할머니는 옴팡한 입을 벌렸다 오므렸지만 말을 하는 것 같지는 않았다. "제이하고 그 애 마누라가 손주들을 데리고 녹스빌에서 할머니 뵈려고 왔대요." 세이디 할머니가 큰소리로 말했다. 고조할머니의 손이 허벅지 위에서 꿈틀거렸고, 이어 세이디 고모할머니 쪽으로 고개를 돌리는 듯싶더니 말소리는 전혀 들리지 않고 가냘프고 거칠게 끌끌거리는 소리만 들릴 뿐이었다.

"이젠 말씀도 못하시네." 아빠가 속삭이듯 말했다.

"아, 저런." 엄마가 탄식했다.

하지만 세이디 할머니는 그들을 돌아보며 매서운 두 눈을 반짝이며 이렇게 말했다. "할머니가 너희를 알아보신다. 어서 이리 오너라." 그들은 비질이 다 된 마당으로 쭈뼛쭈뼛 천천히 향했다. "좀 있다가 다른 애들도 왔다고 말씀드리마." 세이디 할머니가 말했다.

"할머니 번잡스럽게 해드리고 싶진 않아요." 아빠가 말했고, 다들 고개를 끄덕였다.

루퍼스는 고조할머니에게 가는 길이 멀게만 느껴졌는데, 다들 아주 조심스럽게 주춤거리면서 다가갔기 때문이었다. 교회에 있을 때와 거의 비슷했다. "고함치지는 마라." 세이디 할머니가 엄마, 아빠에게 일러주었다. "할머니가 무서워하실지 몰라. 그냥 귀에 바짝 대고 큰소리로 평소처럼 말하면 돼."

"알아요." 엄마가 말했다. "저희 친정어머니도 귀가 많이 어두우시거든요."

"그래요." 아빠가 말했다. 그리고 몸을 숙여서 고조할머니의 귀에 바짝 다가갔다. "할머니?" 이렇게 부르고는 할머니가 얼굴을 볼 수 있도록 몸을 조금 뒤로 젖혔고, 그사이 아이들은 엄마의 손을 하나씩 잡고 옆에 서서 지켜보았다. 고조할머니는 곧 아빠의 눈을 물끄러미 들여다보았고, 할머니의 눈과 얼굴이 미동도 않고 아주 먼 어딘가의 작은 한 점을 딱히 이유도 없이 온전히 집중해서 응시했지만 정작 눈앞의 대상에는 조금도 관심이 없는 듯 보였다. 아빠는 다시 몸을 숙여서 고조할머니의 입술에 살짝 입을 맞추고는 다시 얼굴이 보이도록 몸을 뒤로 빼면서 불안한 표정으로 살짝 웃었다. 아빠에게 입맞춤을 받은 고조할머니의 얼굴은 가볍게 밟혔던 풀잎처럼 서서히 원래대로 돌아왔고, 그 눈동자는 여전히 흔들리지 않았다. 고조할머니의 살결은 갈색 대리석처럼 보였다. 아주 오랜 세월의 물에 씻겨서 비누처럼 매끈했다. 아빠는 고조할머니의 귀로 다시 몸을 숙였다. "저 제이에요. 존 헨리네 아들이오." 고조할머니의 두 손이 치마 위에서 꼼지락거렸다. 하얀 뼈와 검은 정맥이 갈색 반점이 가득한 살갗에 비쳤다. 쭈글쭈글한 손마디가 주머니처럼 늘어졌고, 결혼반지 앞에 빨간 고무 고리를 끼고 있었다. 입이 벌어졌다 닫히면서 조용히 거칠게 꺽꺽대는 소리가 들렸지만 눈동자는 조금도 흔들리지 않았다. 할머니의 두 눈이 옅은 그림자 속에서 반짝였는데, 완벽한 모양의 유리 눈알처럼 빛나는 것이 사람의 눈 같지 않았다.

"할머니가 널 알아보시는 것 같아." 세이디 할머니가 조용히 말했다.

"말씀은 못하세요?" 아빠가 이렇게 물었다. 이제는 할머니를 보지 않아서 그루터기를 사이에 두고 둘만 대화를 나누는 것 같았다.

"가끔 하셔." 세이디 할머니가 말을 이어갔다. "어떤 때는 못하시고. 하긴 말이라고 하기는 그렇지만. 아마 말씀하시는 요령을 잊으신 것 같아. 그래도 내가 보기엔 할머니가 널 알아보시는 것 같아. 널 알아보셔서 얼마나 기쁜지 모르겠다."

아빠는 그늘 속에서 주위를 둘러보다 슬프고 불안한 얼굴로 루퍼스를 바라보았다. "이리 와, 루퍼스."

"아빠한테 가봐." 무슨 이유에선지 엄마도 속삭이면서 루퍼스의 손을 살짝 밀었다.

"그냥 할머니라고 부르면 돼." 아빠가 조용히 말했다. "외할머니한테 말할 때처럼 귀에 바짝 대고 '할머니, 저 루퍼스에요'라고 말해."

루퍼스는 고조할머니가 주무시기라도 하는 양 살금살금 다가갔다. 그리고 괜히 이상한 기분이 되어 까치발을 하고는 고조할머니 옆으로 가서 선보닛 속의 귀를 들여다보았다. 관자놀이가 망치로 때린 것처럼 움푹 들어가 있었고 어린 새의 배처럼 연약해 보였다. 고조할머니의 살갗은 면도칼로 그은 듯 미세한 빗금이 교차하여 무수히 많은 네모난 주름살로 잡혀 있었다. 그래도 빗금 하나하나가 돌처럼 매끄러웠다. 쭈글쭈글하게 접혀진 고조할머니의 귀에는 작고 동그란 금귀고리가 달려 있었다. 고조할머니한테는 흐릿하기는 했지만 아주 강렬한 냄새가 났는데 어린 버섯과 오래된 향신료 냄새 같기도 했고 땀 냄새 같기도 했다. 꼭 손톱이 빠질 때 같은 냄새가 났다. "할머니, 저 루퍼스에요." 조심스럽게 말하는 루퍼스의 연노랑 머리카락이 고조할머니 귀 뒤에서 흔들렸다. 고조할머니의 뺨에서 전해지는 냉랭한 기운이 전해졌다. "할머니가 널 보실 수 있게 조금 뒤로 물러서렴." 루퍼스는 아빠가 시키는 대로 뒤로 물러나 까치발로 선 채로 고조할머니에게 잘 보이도록 가만히 몸을 기울였다. "저 루퍼스에요." 루퍼스가 방긋 웃으면서 말하자 갑자기 고조할머니가 루퍼스에게로 눈길을 돌려 똑바로 쳐다보았다. 하지만 두 눈에 담긴 표정은 조금도 달라지지 않았다. 고조할머니의 두 눈은 색깔을 지닌 것, 그 이상도 이하도 아닌 것 같았다. 아주 가까이서 보니 눈동자 한가운데 점 속에 검푸른 기름처럼 어두운 색깔이 보였다. 그 옆의 거의 흰색에 가까운 연푸른 동그라미는 산산조각이 난 유리 파편들이 저마다 희미하게 반짝이는 것 같았고, 또 그 옆의 둘러친 검푸른 동그라미는 바늘 끝으로도 그리지 못할 정도로 가느다랗고 날카로웠다. 그 주위로 엉겨 붙은 것 같은 누렇고 구불구불한 실핏줄이 잔뜩 불거져 있었고, 제멋대로 말려 올라간 불그스름한 구리빛 속눈썹에는 검은색이 조금 섞여 있었다. 그 파란 눈 속에는 먼 조상의 분노처럼 어렴풋한 빛이 번득였다. 파란색으로 숨 쉬는 그 중심에 깃든 절망과 고독으로 아득한 세월의 슬픔은 저 깊은 우물보다 더 깊었다. 아빠가 뭐라 그러는 것 같았지만 들리지 않았다. 아빠가 다시 말하자 이런 말이 들려왔다. "할머니께 '제가 제이의 아들이에요'라고 말씀드려. '제이의 아들 루퍼스에요'라고 얘기해."

　루퍼스는 고조할머니의 귀로, 다시 차가운 향기가 감도는 동굴로 몸을 숙이며 "제가 제이의 아들 루퍼스에요"라고 말했다. 고조할머니의 얼굴이 자기 쪽을 돌아보는 느낌이 들었다.

"자 할머니께 뽀뽀해 드리렴." 아빠가 말했다. 루퍼스가 선보닛의 그림자 밖으로 몸을 뺐다가 다시 그 그림자 안으로 깊이 숙여서 고조할머니의 종잇장 같은 입술에 입을 맞췄다. 그러자 입이 벌어지면서 썩어가는 냄새와 향신료 냄새가 섞인 차갑고 단내 나는 숨결과 함께 거칠게 꺽꺽거리는 신음 소리가 새어 나왔고, 마치 얼음으로 만든 나이프와 포크로 옷을 뚫는 듯한 손길이 어깨에 닿았다. 고조할머니가 루퍼스를 가까이 끌어당겨 뚫어져라 바라보았다. 심각하고 강렬한 눈길이었다. 고조할머니는 아랫입술을 빨며 눈빛을 반짝이더니 갑자기 영화에서 두 개의 얼굴이 중간 과정 없이 합쳐지는 장면처럼 이제는 심각하지 않다는 듯 턱과 코가 서로 맞닿을 정도로 환하게 웃었다. 깊고 작은 두 눈에 기쁨이 넘실거렸다. 고조할머니는 다시 꺽꺽거리면서 틀림없이 어떤 말이기는 한데 알아듣기 힘든 말을 토해 내면서 루퍼스의 어깨를 더 꽉 붙잡았다. 그리고는 믿기지 않는다는 눈빛으로 방금 전보다 더 뚫어져라 바라보았다. 고조할머니는 눈이 파묻혀 보이지 않을 정도로 킬킬거리고 방긋방긋 웃고 또 웃으면서 고개를 한쪽으로 기울였다. 루퍼스는 갑자기 어떤 사랑의 힘에 이끌려 고조할머니에게 다시 입을 맞추었다. 그때 엄마가 "제이"라고 속삭이듯 부르는 소리가 들렸다. 부드럽지만 화가 난 듯 "할머니를 놔드리렴"이라고 빠르게 말하는 아빠의 소리도 들렸다. 아빠와 엄마가 고조할머니의 손을 조심스레 놓고 루퍼스가 조금 떨어져 섰을 때, 고조할머니가 앉은 의자 아래 먼지 바닥으로 흐르는 물줄기가 보였다. 아빠와 세이디 고모할머니가 침착하면서도 슬프고 위엄 있는 표정을 지었다. 엄마는 우는 걸 들키지 않으려고 무진 애를 썼다. 고조할머니

는 그대로 앉아 몸에서 뭔가가 빠져나가는 정도라고만 느끼는 것 같
았고 이내 평온해졌다. 아무도 아무 말도 하지 않았다.

이야기 6

어느 날 늦은 오후, 테드 삼촌과 케이트 이모가 멀리 미시간 주에
서 놀러왔다. 케이트 이모는 빨강머리였다. 테드 삼촌은 안경을 썼
고 온갖 표정을 다 지을 줄 알았다. 그들은 루퍼스에게 책을 한 권 선
물했다. 루퍼스는 그 책에서 뚱뚱한 남자가 머리에 두건을 두르고 술
달린 방석에 앉아서 뱀처럼 긴 관을 입에 물고 있는 그림을 제일 좋
아했는데, 거기에는 이렇게 적혀 있었다.

봄베이의 뚱뚱한 남자
어느 볕 좋은 날 담뱃대를 물고 있네
도요새라 불리는 새 한 마리가
담뱃대를 물고 날아가자
봄베이의 뚱보 화가 났네

그런데 그림에 새는 한 마리도 없었다. 아빠는 아직도 도요새 사냥*
을 하러 나갔나 보다고 말했다.

* 부질없는 시도를 뜻하는 관용어.

그들은 진짜 삼촌과 이모가 아니라 실리아 이모 같은 사람들이었다. 그냥 친구였다. 다만 케이트 이모는 먼 사촌이었다. 캐리 할머니 딸이고 캐리 할머니는 루퍼스네 할머니랑 의자매였다. 의자매는 아버지나 어머니 한 쪽만 같은 자매인데 두 할머니는 어머니가 같았다.

　삼촌과 이모는 거실에서 새로 산 침대 겸용 소파에서 잤다.

　이튿날 아침 동트기 전에 모두 일어나 L&N역으로 향했다. 어떤 아저씨가 차로 그들을 데리러 왔는데, 역까지 가는 전차가 없어서였다. 짐이 너무 많아서 그 아저씨도 상자 하나를 날라야 했다. 그들은 커다란 방에 앉아 있었고, 그곳에는 사람들이 가득 들어 차 있었다. 엄마는 테드 삼촌에게 여기가 남부역보다 시골 사람들이 많아서 좋다고 말했고, 아빠도 그런 게 좋다고 맞장구쳤다. 씹는담배 냄새와 오줌 냄새 그리고 헛간 냄새가 진동했다. 아줌마들 몇몇은 선보닛을 쓰고 남자들은 거의 다 납작한 모자 대신 낡은 밀짚모자를 썼다. 어떤 아줌마는 아기에게 젖을 물리고 있었다. 기차를 타려면 한참 더 기다려야 했다. 아빠가 말했다. "메리만 믿으면 기차를 놓칠 일은 절대 없어. 대신 정해진 날짜보다 하루 전날에 타야 돼." 엄마는 "제이"라고 부르며 뭐라 했고, 테드 삼촌은 웃음을 터뜨렸다. 어떤 아저씨가 울림이 있는 듣기 좋은 목소리로 기차 몇 대를 크게 불렀다. 그러더니 이어 역 이름을 줄줄이 부르기 시작했다. 아빠가 벌떡 일어나 "저거 우리 차야"라고 외쳤다. 그들은 짐을 다 챙겨서 아저씨가 선로 번호를 부르자마자 서둘러 움직여서 좌석 두 개를 차지하고 자리를 돌려 마주 보게 해놓았다. 잠시 후 기차가 출발할 때는 어느새 날이 환히 밝아 있었다. 어른들은 저마다 졸린 표정으로, 말하는 척했지만 말을 많이 하지는 않았고, 잠시 후 케이트 이모가 꾸벅꾸벅 졸면서 엄마의 어깨에 머리를 기댔다. 남자들이 웃었고, 엄마 역시 빙그레 웃으면서 "냅둬요. 그냥 둬요"라고 말했다.

객차를 돌며 신문과 간식을 파는 아저씨가 지나갈 때 엄마가 있는데도 테드 삼촌은 루퍼스에게 알록달록한 작은 사탕이 가득 든 유리 기관차를, 캐서린에게도 똑같은 사탕이 든 유리 전화기를 사주었다. 아빠는 한 번도 그런 걸 사준 적이 없었다. 아빠와 테드 삼촌은 흡연실에 오래 가 있었는데, 담배도 피울 겸 가족들이 편히 앉게 해주기 위해서였다. 기차 안은 덥고 갑갑했다. 하지만 한참 가다가 아빠가 급히 통로로 뛰어오더니 엄마한테 창밖을 내다보라고 했다. 엄마가 창밖을 내다보면서 "어, 뭔데?"라고 묻자 아빠는 "아니—위를 보라고"라며 가리켰다. 아빠가 가리킨 쪽을 보니 관목이 우거진 산 위 하늘에 웅장하고 거대한 잿빛이 섞인 푸른 기운이 보이고 마치 그 틈새로 빛이 새어나오는 것 같았다. 기차가 길게 커브를 돌자 잿빛이 섞인 푸른 기운이 부채꼴로 열리며 저 앞으로 시골의 전경이 펼쳐졌다. 푸른 기운들이 앞 다퉈 올라가면서 고즈넉하고 어둑어둑한 빛을 뿌리자, 엄마가 "아아! 정말 눈부시게 아름다워!"라고 감탄했다. 아빠는 수줍어하면서 마치 아빠가 소유한 것을 엄마에게 준 것처럼 "저게 그거야. 저게 분명 스모키 산맥*이야"라고 말했다. 아닌 게 아니라 정말로 연기smoky처럼 보였고 가까이 다가갈수록 연기와 거대한 그림자들이 그들 주위로 떠내려오는 듯했지만 루퍼스는 그것이 분명 구

* The Smokies, 그레이트스모키 산맥.

름이라는 걸 알 수 있었다. 조금 지나자 구름의 모양이 더욱 선명해졌다. 풍선처럼 팽팽하게 부푼 청동색의 불룩한 구름들이 보이고, 어두운 푸른색의 웅장하고 깊은 계곡이 산꼭대기부터 인근의 봉우리들 밑으로 눈에 보이지 않을 만큼 깊이 파고 들어갔다. "꼭 거대한 파도 같아, 제이." 엄마가 연신 감탄했다. "그래, 맞아." 아빠가 맞장구쳤다. "당신 기억 나?" "그럼 기억나지." "파도가 부서지기 직전에 햇살이 파도를 비추는 모습 같아."

"그러게." 아빠가 말했다.

"케이트도 꼭 봐야 돼." 엄마가 말했다. "케이트!" 엄마가 케이트 이모의 어깨를 흔들었다.

"쉿!" 아빠가 나직이 나무라며 인상을 썼다. "자게 둬!" 케이트 이모는 아직 비몽사몽간이지만 이미 잠이 깨서 대체 무슨 일인가 하는 어리둥절한 얼굴이었다.

"어서 봐, 케이트." 엄마가 말했다. "저기 밖에!" 케이트 이모가 내다보았다. "보여?" 엄마가 물었다.

"응." 케이트 이모가 대꾸했다.

"저기가 지금 우리가 가는 곳이야."

"응."

"굉장하지 않아?"

"응."

"아, 정말 숨 막히게 아름다워."

"그러네." 케이트 이모는 이렇게 대답하고는 다시 잠이 들었다.

엄마는 한 번도 본 적 없는 재미있는 표정으로 아빠를 쳐다보면서 당황하고 놀라며 웃음을 간신히 참았지만, 아빠는 벌컥 웃음을 터트리고 말았다. 그러나 케이트 이모는 깨지 않았다. "꼭 캐서린 같아." 엄마가 속삭이면서 웃자 모두 창밖의 산을 물끄러미 내다보면서 사뭇 심각하고 진지한 얼굴을 하고 있던 캐서린을 돌아보았다. 캐서린은 웃음을 터트리는 그들이 전부 자기를 보고 웃는 줄 알고 얼굴이 새빨개졌다. 다들 더 크게 웃을 수밖에 없었고 루퍼스까지 덩달아 웃자 캐서린이 아랫입술을 삐죽거렸다. 그제서야 다들 웃음을 그쳤다. 엄마가 캐서린을 달랬다. "에구, 아가. 장난도 받아넘길 줄 알아야지."

하지만 아빠는 "웃음거리가 되는 걸 좋아할 사람이 어디 있나"라고 말하며 캐서린을 무릎에 앉혔고, 캐서린은 다시 입술을 집어넣고 창밖을 내다보았다. 산등성이를 쌀알처럼 빽빽이 덮은 나무들 하나하나가 보이기 시작하더니 초록빛의 온갖 색조와 간간이 검정빛에 가까운 색조가 펼쳐졌다. 얼마 가지 않아 기차는 속도를 늦추며 깃털 같은 나무 꼭대기와 산 어깨쯤을 지났다. 깊고 거대한 골짜기가 기차 옆으로도 밑으로도 지나갔다. 골짜기들은 마치 햇빛과 구름 그리고 밤처럼 어두운 그늘 속에서 아주 느릿느릿 진지하게 춤을 추는 듯 보였고, 저 멀리 산등성이에는 아주 작은 오두막과 옥수수 밭이 드문드문 보였다. 그보다 더 작은 노새와 노새를 끄는 사람까지 두어 명 보였는데, 그들 중 한 사람이 손을 흔드는 것도 보였다. 저 높이 변화무쌍한 햇빛 속에서 산꼭대기들이 제일 느리게 뒤틀면서 자리를 바꾸었다. 한참 지나서 아빠가 이제 슬슬 짐을 챙기는 게 좋겠다고 말했고, 잠시 후 그들은 기차에서 내렸다.

그날 밤 저녁을 먹으면서 루퍼스가 치즈를 더 달라고 하자 테드 삼촌은 "여기다 휘파람 불어 봐. 그러면 치즈가 식탁에서 뛰어내려 네 무릎에 떨어질걸"이라고 말했다.

"테드!" 엄마가 나무랐다.

하지만 루퍼스는 신이 났다. 아직 휘파람을 불 줄 모르면서도 치즈를 가만히 노려보면서 있는 힘껏 휘파람을 불어 보았다. 치즈는 식탁에서 뛰어내려 무릎 위에 떨어지기는커녕 제자리에서 꿈쩍하지도 않았다.

"좀 더 불어 봐." 테드 삼촌이 부추겼다. "더 힘껏."

"테드!" 엄마가 또 다시 나무랐다.

루퍼스는 있는 힘껏 휘파람을 불었고 서너 번 정도 정말로 휘파람이 나왔지만 치즈는 꿈쩍도 하지 않았다. 테드 삼촌과 케이트 이모가 웃음을 참느라 부들부들 떨었고, 루퍼스는 뭐가 그리 웃긴 건지 이해가 가지 않았다. 아무리 휘파람을 불어도 테드 삼촌이 말한 것처럼 치즈는 움직이지 않았다. 그냥 휘파람을 불려고만 한 게 아니라 정말로 휘파람이 나왔는데도 말이다.

"아빠, 치즈가 왜 나한테 뛰어내리지 않아요?" 루퍼스가 아빠에게 물으면서 억울하고 다급한 마음에 울먹거렸다. 테드 삼촌과 케이트 이모는 큰소리로 웃음을 터트렸지만 아빠는 심경이 복잡하며 당황한 표정을 지었고, 엄마는 화를 벌컥 냈다. "이제 그만해요, 테드. 정말 창피한 줄 아세요. 이제껏 사람을 믿으라고 배운 어린애를 속이고 그 앞에서 웃어대다니요!"

"메리." 아빠가 엄마를 만류했다. 테드 삼촌은 무척 놀란 얼굴이 되었고, 케이트 이모는 걱정스러운 표정을 지었지만 다들 여전히 웃음을 참지 못하는 듯 조금씩 킥킥거렸다.

"자자, 메리." 아빠가 다시 엄마를 말리자 엄마는 아빠에게 화살을 돌리며 분통을 터트렸다. "난 상관없어, 제이! 다 필요 없어. 아빠가 아들 편을 들어주지 않으면 내가 나설 거야. 정말로!"

"테드가 나쁜 뜻으로 그런 게 아니잖아." 아빠가 말했다.

"그럼요, 그런 거 아니에요, 메리." 테드 삼촌이 변명했다.

"그럼요, 아니죠." 케이트 이모가 거들었다.

"그냥 장난치는 거잖아." 아빠가 다시 말했다.

"맞아요, 장난이에요, 메리." 테드 삼촌의 변명이 다시 이어졌다.

"그냥 장난으로 그런 거야." 아빠와 케이트 이모가 동시에 말했다.

"흠, 그런 장난은 하나도 재미없어." 엄마는 여전히 분을 삭이지 못했다. "어린아이의 믿음을 깨트리다니."

"저기요, 메리. 애도 이제 믿어야 할 거랑 믿지 말아야 할 걸 구별할 줄 알아야죠." 테드 삼촌이 이렇게 말하자 케이트 이모가 고개를 끄덕이면서 삼촌의 무릎에 손을 얹었다. "상식을 배워야 한다고요."

"우리 애도 상식이라면 많이 알거든요." 엄마가 발끈했다. "아주 똑똑한 아이라는 걸 알아주세요. 하지만 어른들이 무슨 말을 하면 믿으라고 가르쳤다고요. 사람을 의심하지 말라고. 그래서 삼촌을 믿은 거예요. 삼촌을 좋아하니까. 그래도 부끄럽지 않아요?"

"자자, 메리. 그만합시다." 아빠가 끼어들었다.

"그래도요, 메리. 아까 그 치즈 얘기를 믿는 사람이 어디 있겠어요?" 테드 삼촌이 말했다.

"아니, 이 애가 믿을 거라고 생각한 거 아닌가요." 엄마가 벌컥 화를 냈다. "아니면 그런 얘기를 왜 꺼내요?"

테드 삼촌은 황당한 표정을 지었고, 아빠는 부러 더 크게 웃으면서 분위기를 바꾸려 했다. "우리 마나님이 자네를 궁지로 몰았군." 테드 삼촌이 어색하게 웃으며 말했다. "그런 것 같네요."

"당연히 그렇죠." 엄마가 눈을 부라렸지만 아빠가 얼굴을 찡그리면서 "쉿!"하고 엄마를 말렸다.

《가족의 죽음》은 제임스 에이지가 자신의 아버지를 위해 소설로 쓴 자전적 추도사이다. 에이지의 아버지는 그가 여섯 살이 되던 해에 세상을 떠났다. 그 트라우마적인 사건을 이야기의 뼈대로 삼은 이 책은 한 가족에게 찾아온 예기 치 않은 비극을 가족 구성원 하나하나가 어떻게 바라보며 어떻게 견뎌 내는가 를 그려 낸 작품이다.

가족의 남편이자 아빠인 제이 폴레트는 산업화에 소외된 녹스빌 북부 산악 지방 출신이다. 그는 도시 녹스빌에서 어떤 어려움도 회피하지 않고 꿋꿋하 게 맞서며 안락한 중산층의 삶을 이뤄 낸다. 하지만 달라진 현실에 혼곤히 취 하지만은 않는다. 여전히 찰리 채플린을 좋아하고, 여전히 선술집을 좋아하며, 여전히 자신의 고향을 동경한다. 흑인에게, 가난한 이들에게 변함없이 따뜻한 시선을 보내며 녹스빌의 산업화로 침식되어 가는 가치를 안타까워한다. 아이 들과 아내의 눈에는 이러한 그가 무척이나 강인한 존재로 비쳐진다.

그런데 그토록 강인하다고 굳게 믿었던 그가 어느 날 집으로 돌아오지 않 는다. 아이러니하게도 산업화의 상징인 포드 자동차를 몰고 집으로 오는 길에 사고를 당하며 홀연히 가족 곁을 떠나고 만 것이다. 남겨진 가족들은 이 '가족 의 죽음'을 현실로 받아들이지 못한다. 독실한 기독교인인 메리는 믿음으로 충 만한 자신에게 왜 이런 아픔이 찾아왔는지 도통 알 수가 없고, 죽음이 무엇인지도 아직 모르는 네 살배기 어린 딸 캐서린은 이 상황이 그저 이상할 뿐 아빠가 집에 돌아오기만을 손꼽아 기다린다.

그리고 아빠와 둘만의 소중한 비밀을 만들어 온 여섯 살 난 외톨이 소년 루퍼스 역시 우상과도 같은 아빠를 다시 볼 수 없다는 것이 아주 먼 꿈결 속의 이야기처럼 막연하게만 들릴 뿐이다. 아빠의 죽음에 호기심을 품은 또래 아이들이 자신을 주목한다는 것에 잠시나마 우쭐대기도 하지만, 의자에 밴 아빠의 익숙한 냄새를 맡고는 그를 향한 그리움의 심연 속으로 빠져들고 만다.

소설가 겸 시인으로서, 영화 비평가 겸 시나리오 작가로서, 르포라이터 겸 저널리스트로서 다양한 장르를 넘나들며 최고의 문장가로 명성을 쌓은 에이지는, 이 모든 과정을 그만이 구사할 수 있는 탁월한 문체로 담담하고 섬세하게 포착해 낸다. 중심이 되는 가족 외에도, 귀가 들리지 않아 남편을 잃어버린 딸을 제대로 위로해 줄 수 없는 외할머니의 자괴감, 두 아이에게 아빠가 얼마나 위대한 사람이었는지를 가르쳐 주고 아빠의 장례를 지켜보게끔 배려해 주는 흑인 월터의 자상함 등 이 책에 나오는 인물 하나하나에 혼을 불어넣어 주고 있다.

이 책은 여러 각도에서 읽힌다. 죽음이 남겨 놓은 빈자리를 가족들이 필사적으로 봉합하고 치유하는 과정을 그렸다는 점에서는 '가족 소설'이라 읽히고, 스토아적 신자와 맹목적인 신자, 교회에 분노하는 자와 교회에는 분노하지만 영적 충동은 인정하는 자가 저마다의 관점에서 죽음에 대해 논쟁을 벌인다는 점에서는 '종교 소설'로 읽힐 수 있을 터이다. 또한 순진하면서도 영리하고 감수성이 예민한 "어른" 아이 루퍼스에게 아빠의 부재란 어떤 것인지를 잔잔하게 서술했다는 점에서는 '성장 소설'로도 읽힐 수 있을 것이다.

그러나 어떻게 읽히든 간에 더 중요한 것은 이 책이 미국인들이 가장 사랑하고 자랑스러워하는 작품으로 자리매김하고 있다는 것이다.

에이지는 이 책에 수 년 동안 자신의 모든 것을 다 쏟아 부었는데, 1955년 45세의 나이에 심장마비로 갑작스런 죽음을 맞고 말아 이 책 또한 영영 묻혀 버릴지도 모를 처지에 놓이게 되었다. 그러나 친구이자 편집자인 데이비드 맥도웰이 유고를 모아, 사고 전후의 날들을 시간 순으로 배열해 중심 줄거리에 놓고 나머지 부분을 따로 편집하여, 1957년에 출간하였다. 이 책은 출판되자마자 뜨거운 반향을 불러일으켰고, 출판 이듬해인 1958년에는 퓰리처상을 수상하며 뛰어난 작품성을 인정받았다. 또한 〈집으로 가는 길(All the Way Home)〉이라는 제목으로 연극과 영화로 각색되어 무대와 스크린에 올려지기도 했다.

뿐만 아니라 2005년에는 〈타임〉 100대 영문 소설로 선정되는 한편, 미국 문학의 고전만을 엄선하여 펴내는 비영리출판사인 라이브러리 오브 아메리카에서도 출판되는 등, 이 책은 미국 지성인들이 꼭 읽어야 하는 작품으로 손꼽히고 있다. 아울러 프랑스어, 독일어, 스페인어, 이탈리아어 등으로 번역되며 60년 가까이 변함없이 전 세계 독자의 마음을 사로잡고 있다.

1909	11월 27일 미국 테네시 주 녹스빌에서 휴 제임스(제이) 에이지와 로라 타일러 에이지의 장남으로 태어남.
1916	5월 18일 아버지 제이 에이지가 자동차 사고로 사망함.
1919–24	테네시 주 스와니 근처 성공회 기숙학교인 세인트 앤드루 스쿨에 다님. 그곳에서 제임스 H.플라이 신부와 평생 이어지게 될 우정을 시작함.
1924	녹스빌로 돌아와 녹스빌 고등학교에 다님. 어머니는 세인트 앤드루 스쿨의 에스킨 라이트 신부와 결혼한 후 메인 주 록랜드로 이주.
1925	여름동안 플라이 신부와 영국과 프랑스를 여행한 후 뉴햄프셔 주 엑세터에 있는 필립 엑세터 아카데미에 입학.
1927	〈월간 엑세터〉의 편집자로 선출되고, 문학의 등불 클럽 회장을 역임.
1928–32	하버드 대학교에 다님.
1929	여름 내내 네브래스카 주와 캔자스 주에서 이주농장 노동자로 일함.
1930	아서 퍼시 손더스의 살롱에 소개되는데, 뉴욕 주 클린턴의 손더스 가문은 문화예술계와 학계의 중심이었음. 이곳에서 손더스의 딸, 올리비아와 교제.

1931	하버드 대학의 유서 깊은 문예지인 〈하버드 애드버킷〉의 회장으로 선출됨.
1932	경제잡지 〈포춘〉의 리포터로 일하기 시작함.
1933	1월 28일 올리비아(비아) 손더스와 결혼. 녹스빌로 돌아와 테네시강 유역 개발공사에 관해 취재하고 〈포춘〉에 기고.
1934	첫 시집 《나에게 항해를 허락하라(Permit Me Voyage)》가 예일 젊은 시인선(Yale Series of Younger Poets)으로 출간.
1935-36	1935년 11월부터 1936년 5월까지 비아와 함께 플로리다 서해안의 안나 마리아에서 지내면서 그의 대표적 시 〈녹스빌:1915년 여름(Knoxville:1915, Summer)〉을 완성.
1936	〈포춘〉의 '삶과 환경' 시리즈를 의뢰받아 사진가 워커 에반스와 앨라배마 주 밀즈힐을 여행함. 그곳에서 두 달 동안 소작농 가족과 함께 생활한 경험을 기사화하여 〈포춘〉에 보내나 〈포춘〉은 원고 게재를 거부함.
1938	11월 비아와 이혼한 후에 12월 6일 앨마와 결혼. 〈녹스빌:1915년 여름〉이 〈파티잔 리뷰〉에 실림.
1939	〈포춘〉이 게재 거부한 소작농에 관한 기사를 《이제 훌륭한 사람들을 찬양하자(Let Us Now Praise Famous Men)》라는 제목으로 출간. 브루클린에 관한 기사를 〈포춘〉이 게재 거부하자 〈포춘〉과 일하는 것을 그만 둠. 〈타임〉에 서평을 시작.
1940	3월 20일 첫째 아들 조엘이 태어남. 그러나 〈포춘〉에서 일하며 알게 된 미아 프릿치와 불륜관계를 시작함.
1941	〈타임〉에 영화 비평을 시작. 앨마, 아들 조엘을 데리고 멕시코로 감.
1942	〈네이션〉에 영화 비평을 시작.
1943	〈미국이여! 부끄러운 줄 알아라〉 집필.
1944	8월 미아와 결혼. 헐리웃으로 이주.
1945	재니스 러브, 헬렌 레빗과 영화 〈거리에서(In the Street)〉 제작.

1946	11월 7일 첫째 딸 줄리아 테레사(디디) 태어남.
1947	찰리 채플린 주연의 핵전쟁 영화 〈과학자와 부랑아(Scientists and Tramps)〉 작업을 시작하나 중도에 그만 둠.
1947–48	《가족의 죽음(A Death in the Family)》의 중요 부분 집필.
1948	그의 대표적 시 〈녹스빌:1915년 여름〉을 노랫말로 하여 사무엘 바버가 작곡한 〈소프라노와 오케스트라를 위한 녹스빌:1915년 여름〉이 보스턴에서 초연됨. 첫 번째 장편 시나리오로 스티븐 크레인의 《파란 호텔(The Blue Hotel)》을 각색.
1949	헬렌 레빗의 다큐멘터리 영화 〈콰이어트 원〉의 내레이션 부분을 집필하는데, 이 작품은 베니스 영화제에서 최고상을 수상함. 〈라이프〉에 영화 비평 시작.
1950	5월 15일 둘째 딸 안드레아 마리아가 태어남. 존 휴스톤의 〈아프리카의 여왕〉의 시나리오 집필.
1951	1월 15일 처음으로 심각한 심장마비를 일으켜 입원함. 〈아프리카의 여왕〉이 아카데미상 시나리오 부문 후보에 오름. 세인트 앤드루 스쿨에서의 경험을 그린 중편소설 《새벽 당번(The Morning Watch)》 출간.
1952	포드 재단과 에이브러햄 링컨의 생애를 다룬 5부작 TV시리즈물을 집필하기로 계약하고 시나리오 작업을 시작하는데, 이 시리즈물은 이듬해 2월까지 격주로 방영. 스티븐 크레인의 《신부, 옐로우 스카이에 오다(The Bride Comes to Yellow Sky)》를 각색.
1953	폴 고갱의 일기를 다룬 시나리오 〈노아 노아〉 집필.
1954	타마라 콤스톡과 불륜관계를 시작하는데, 그들이 같이 한 시간은 《가족의 죽음》을 왕성하게 집필한 시기와 일치함. 찰스 로튼 연출의 〈사냥꾼의 밤〉 시나리오 집필. 9월 6일 둘째 아들 존 알렉산더가 태어남. 〈뉴욕 타임스〉 음악 비평가 하워드 토브만과 감독 프레드 진네만과 협업하여 젊은 음악가를 위한 탱글우드 스쿨에 관

한 스크립트 작업을 시작함. 릴리언 헬먼과 레너드 번스타인의 뮤지컬 〈캉디드〉의 아이디어와 노랫말을 작업함.

1955   5월 16일 뉴욕시의 택시 안에서 심장마비로 사망. 뉴욕 주 힐즈데일에 묻힘.

1957   《가족의 죽음》 데이비드 맥도웰의 편집으로 출간.

1958   《가족의 죽음》 퓰리처상 수상.

1960   테드 모젤이 《가족의 죽음》을 희곡으로 각색한 〈집으로 가는 길 (All the Way Home)〉이 브로드웨이에서 공연됨. 이 연극은 연극 부문 퓰리처상과 연극비평가상을 수상함.

1962   《플라이 신부에게 보내는 편지(The Letters of James Agee to Father Flye)》 출간.

1963   진 시몬즈와 로버트 프레스톤이 주연한 〈집으로 가는 길〉의 영화판 개봉.

지은이 제임스 에이지

제임스 에이지는 1909년에 미국 남부 테네시 주에서 태어났고 하버드 대학을 졸업했다. 대공황 시대 앨라배마 주 소작인의 실태를 다룬 르포르타주《이제 훌륭한 사람들을 찬양하자(Let Us Now Praise Famous Men)》로 명성을 얻었다. 영화 비평가와 시나리오 작가로도 이름을 알렸고, 사무엘 바버가 곡을 붙인 〈녹스빌:1915년 여름(Knoxville:1915, Summer)〉을 비롯한 시와, 중편소설도 썼다. 1955년에 사망했고, 2년 후 어린 시절의 자전적 이야기를 담은 대표작 《가족의 죽음(A Death in the Family)》이 출간되어 퓰리처상을 수상했다.

옮긴이 문희경

서강대학교 사학과를 졸업하고, 가톨릭대학교 대학원에서 심리학을 전공했다. 전문 번역가로 활동하고 있으며 옮긴 책으로는《타인의 영향력》,《박쥐》,《프로이트의 여동생》,《아멘 아멘 아멘》,《아그네스 그레이》,《리버튼》등이 있다.

가족의 죽음

초판 1쇄 발행 2015년 8월 8일
초판 3쇄 발행 2020년 1월 1일

지은이 제임스 에이지
옮긴이 문희경
발행편집 유지희
책임편집 조현구
디자인 송윤형, 이정아
독자모니터 박경아, 심유정

펴낸곳 테오리아
출판등록 2013년 6월 28일 제25100-2015-000033호
주소 120-836 서울특별시 서대문구 연희로 30, 405호
전화 02-3144-7827
팩스 0303-3444-7827
전자우편 theoriabooks@gmail.com

ⓒ 테오리아 2015

ISBN 979-11-955706-0-7 (03840)

잘못된 책은 구입한 곳에서 바꾸어 드립니다.